La Mort brutale
et admirable
de Babs Dionne

Ron Currie

La Mort brutale et admirable de Babs Dionne

Traduit de l'anglais (États-Unis)
par Charles Recoursé

roman

Flammarion

Titre original : *The Savage, Noble Death of Babs Dionne*
Éditeur original : G. P. Putnam's Sons,
une marque de Penguin Publishing Group,
une division de Penguin Random House LLC.

ISBN : 978-2-0804-6912-0

Pour ma grand-mère,
Rita Talbot Currie (1930-1992)
et
pour sa mère,
Rose Talbot (1910-1973)
et
pour sa mère,
Apolline LaPierre Talbot (1876-19..)
et
pour sa mère,
Celina LaPierre (1843-1900)
et
pour sa mère,
Rose Cormier LaPierre (1815-1894)
et ainsi de suite, jusqu'au tout début.
*Je vous aime, et je me souviens de vous**[1].

1. Les mots et expressions en italique et suivis d'un astérisque sont en français dans le texte. (*N.d.T.*)

Il nous faut vivre en anglais, il est impossible de vivre en français.
Telle est la pensée la plus secrète des Canuck.

Jean-Louis Lebris de Kerouac –
La vie est d'hommage

I am the prophecy
I did not come from nothing
And nothing came from me
I took your name in vain
I burnt your effigy

Idles – « Car Crash »

PREMIÈRE PARTIE

Prélude

1668-1968

Il faut visualiser les générations sous la forme d'une chaîne, un maillon menant au suivant, et l'ensemble – jusqu'au maillon le plus éloigné – étant à jamais lié, inséparable. Il faut arrêter de croire que nos ancêtres sont moins réels que nous. Ceux qui nous ont précédés ne sont pas les notes de bas de page de la « vie extrêmement importante » que nous menons. Ce sont des personnes véritables et toujours vivantes. Nos dieux respirent à travers nous. Ils saignent et pleurent et dansent, ils arrachent leurs dents pourries avec des pinces qu'ils ont stérilisées avec du whisky de contrebande. Ils labourent leurs champs et espèrent la pluie. Le soir, ils chantent des berceuses à leurs enfants : *Frère Jacques, frère Jacques, dormez-vous, dormez-vous**. Ils serrent leurs draps dans leurs poings quand ils ont de la fièvre. Ils actionnent de grandes machines qui fabriquent du tissu et du papier pour le monde entier. Ils combattent au front. Ils mentent parfois. Ils veillent celles et ceux qu'ils aiment dans leur sommeil. Ils tiennent une cigarette roulée entre leurs doigts et attendent désespérément l'aube, pour toujours.

Leurs fantômes sont tout autour de nous, ils hurlent et réclament d'être vus et entendus, tel Jacob Marley secouant ses chaînes dans *Un chant de Noël* de Charles Dickens. Et, comme lui, ils ont des choses à nous apprendre.

Ainsi, lecteur, lectrice, considère qu'ils ne font qu'un avec toi. Une entité unique s'étalant sur des siècles et des siècles. Elle te traverse, mais tu n'en es certainement pas l'incarnation finale.

Ainsi, jadis, tu as été une femme dénommée Évangeline Lenormand : orpheline parisienne, pupille de l'Église, survivante, cynique. Tu arrives à La Nouvelle-Orléans en 1667. La majorité des filles qui voyagent avec toi ont cru ce que les prêtres leur ont fait miroiter : de beaux maris au sang bleu et toutes les richesses du Nouveau Monde (à portée de main). Toi, tu ne t'y es pas laissée prendre.

Le bateau, qui empeste la merde, la pourriture et l'humidité, roule pendant des mois sur les vagues incessantes. Au bout de la première semaine, les passagers comme les membres de l'équipage commencent à tomber malades, grattent des plaques rouges sur leur peau et empoignent leur crâne fiévreux. Tu vois mourir dix autres *filles du roi** dont les dépouilles sont emmaillotées dans des draps, bénies pour la forme et balancées par-dessus bord. Puis la fièvre en rend folles une douzaine d'autres.

Tu attends ton tour, mais tu restes en bonne santé, un pur coup de chance – quant à savoir si cette chance joue en ta faveur ou pas, vu comme les choses vont tourner, c'est une autre question. Lorsque le bateau accoste à Québec, il ne reste que vingt et une survivantes et chacune débarque d'un pas léger, toujours étonnamment convaincue que le destin va lui sourire. Ton tour arrive enfin, tu fermes la marche en traînant ta malle dans la boue parce que tu ne fais confiance à personne d'autre qu'à toi-même.

Les autres filles ne perdent pas de temps, elles se marient et tombent enceintes et sèchent déjà des peaux de castor avant que tu aies eu le temps de dire *tabarnak**. Dans ce lieu qui compte huit hommes pour une seule femme, il est inévitable que l'un d'entre eux te mette le grappin dessus. Il s'appelle Joshua Currey. Il fait du troc de peaux avec les Mi'kmaq, et comme il est écossais tu ne le comprends pas davantage qu'il ne te comprend. Il empoche ton *trousseau** et les cinquante livres qui l'accompagnent – il en a le droit –, et une fois tout l'argent dépensé il t'abandonne à l'automne 1673 avec deux filles, Dominique et Madeleine.

Un siècle plus tard tu es Aimée, l'arrière-petite-fille de Madeleine, comme les femmes qui t'ont précédée tu as une épaisse tignasse noire sur le crâne, et comme elles tu attires des hommes désireux de la dompter. Tu contribues à la résistance contre les Britanniques en égorgeant deux tuniques rouges qui pensaient pouvoir obtenir les faveurs d'une *Canadienne** sans débourser un sou.

Ce sont désormais les protestants anglophones qui font la loi, des gens qui dissimulent leurs préjugés et leur malveillance derrière leur bonne éducation. Les mensonges recommencent, des mensonges qu'on a déjà racontés aux Acadiens avant de brûler leurs fermes et de les éparpiller aux quatre vents, des mensonges qui seront racontés encore et encore à toutes les Françaises aux cheveux sauvages qui te succéderont : vous pouvez garder votre pape. Vous pouvez garder vos coutumes et votre langue. Nous n'allons pas vous tuer. Nous n'allons pas vous chasser. Nous n'allons pas vous enfermer dans des ghettos et laisser les maladies vous ronger. Nous allons vous traiter comme nos égales. Nous n'allons pas recouvrir vos prêtres de goudron et de plumes. Nous n'allons pas vous violer. Nous n'allons pas, pour toutes les générations à venir, faire de votre vie un enfer puis nous offusquer dans nos salons que vous vous conduisiez comme le font les malheureux.

Et c'est ainsi que, deux cents ans de mensonge plus tard, tu es Barbara Levesque, la huitième arrière-petite-fille d'Évangeline Lenormand. Tout le monde t'appelle Babs. Nous sommes en 1968, tu as quatorze ans et une chevelure aussi noire, ronde et rebelle à la gravité que celle d'Angeline, plusieurs siècles auparavant. Tu habites à Waterville, dans le Maine, et n'as jamais connu le Québec de tes ancêtres car ton grand-père, Léonard Levesque, a pris le train pour Waterville en 1918, bravant la grippe espagnole et le KKK, afin de se faire embaucher à l'usine de papier Hollingsworth & Whitney. Léonard et ses dix fils, dont fait partie ton père, André, bossent tous pour H&W, et à eux tous ils laissent quatre doigts, une main droite et un poignet, et presque l'intégralité d'un pied droit dans les broyeuses impitoyables de l'usine. Et encore, ce bilan ne tient pas compte du frère cadet de ton père, Paul, qui a eu les pieds, les mollets et les genoux écrasés à cause d'un ouvrier qui a provoqué une avalanche en retirant le mauvais tronc d'une pile de grumes d'épicéa. Paul a touché deux mille dollars pour ses jambes, grâce auxquels il a ouvert Levesque's Variety, un *drugstore* au croisement de Water Street et King Street, dans le cœur de Little Canada, le quartier bas qui est toujours le premier inondé quand la rivière sort de son lit au printemps et où on parle français à tous les coins de rues, le quartier que tu considères comme ton chez-toi.

Au mois de février, ton frère Jean est rentré de Da Nang dans un cercueil ceint d'un drapeau américain ; c'est le premier membre de la famille à être inhumé au cimetière Saint-Francis de Waterville, en réalité un terrain vague au fond du grand cimetière protestant. Les catholiques ont droit à cinq ou six hectares de mauvaises herbes au pied d'une colline où tout le monde balance ses ordures, et cet été, depuis la tombe de Jean, tu aperçois le coin rouillé d'une machine à laver abandonnée qui dépasse de la crête de la colline. En avril, Martin Luther King a été tué d'une balle dans la tête, comme ton frère ; il y a quelques jours, en juin, Bobby Kennedy a lui aussi été tué d'une balle dans la tête, et bien que le pays tout entier brûle et sue, toi tu ne penses qu'à ton nouveau job d'été, qui consiste à tenir la caisse de Levesque's Variety du lundi au vendredi de 8 heures du matin à 2 heures de l'après-midi.

Pour les commerçants francophones tels que ton oncle, une des réalités de la vie est que la police de Waterville peut venir prendre tout ce qu'elle veut, quand elle veut ; c'est là une évidence de longue date dont personne ayant un tout petit peu de bon sens ne se plaint. Les flics pourris ont les clés de tous les commerces, hôtels et concessionnaires automobiles de la ville, officiellement afin de pouvoir les inspecter et enquêter sur d'éventuelles effractions – le plus souvent cependant, ce sont eux les auteurs des effractions. La gamme de leurs larcins s'étend du chapardage au cambriolage pur et simple. Des sandwichs chez LaCroix's Hamburger Heaven, des paires de babies pour leurs filles chez LaVerdiere's Clothing. Il y a une rumeur qui circule depuis deux ans, un sergent aurait ouvert la grille de Boucher Marine et fichu le camp à bord d'un canot de sport Carver à moteur (in-bord) 225 chevaux et cabine couchette. Un braquage culotté, même pour les crétins de la police de Waterville. Un braquage qui a fait parler, et pas qu'un peu. Toute la ville est pourrie jusqu'à l'os et étrangement fière de l'être ; il faut bien avouer que cette réputation de nid à scandales et à intrigues, dans une région de patelins industriels qui se ressemblent tous, ne manque pas de cachet.

En semaine, deux équipages de policiers patrouillent dans Little Canada, et tous deux passent régulièrement au Levesque's pendant que tu tiens la caisse. Le lundi et le jeudi, il s'agit de Jimmy Hamlin, mince, le teint cendreux et un nez en bec d'aigle, et Kevin Smyth, dont le ventre étouffe les tintements de son ceinturon. Le lundi, ils prennent chacun une cartouche de Pall Mall, et le jeudi Jimmy en prend une autre pour le week-end pendant que Kevin rafle un assortiment de Banana Flips et de Pop-Tarts, qu'il engloutit sur place en réfléchissant à ce qu'il pourrait voler d'autre et en laissant des miettes partout sur le plancher de ton oncle.

« *Souris, c'est tout** », t'a conseillé ton oncle Paul. Il te connaît bien et ne veut pas avoir d'ennuis. « Souris comme s'ils te rendaient un service. Ça ne coûte rien, les Pop-Tarts. »

Mais, déjà que tu n'arrives pas à décocher un sourire à ton oncle, aux hommes qui le dépouillent c'est hors de question. Une citation de *Roméo et Juliette* qui s'est gravée dans ton cerveau au semestre précédent te tourne dans la tête : « Ô froide, déshonorante, ignoble soumission ! » Sur le coup, tu n'as pas compris pourquoi ce vers t'a sauté aux yeux, comme surligné en fluo, mais tu te rends compte à présent que Mercutio aurait tout à fait pu parler de ton oncle, de toute ta famille, de l'intégralité de Little Canada où on anglicise son nom, se plie aux règles d'un jeu truqué et accepte de se faire dépouiller au grand jour car c'est le prix à payer pour pouvoir tenir un magasin. Toute ta vie tu n'as vu que soumission, et les adjectifs « déshonorante » et « ignoble » te paraissent bien faibles. Ces flics volent un handicapé. Leurs pères dirigent le conseil de révision qui a envoyé ton frère à la mort. Et il faudrait que tu leur souries ? *Mais non* !* Plutôt te trancher la gorge. Ou celle de l'un d'entre eux.

C'est pourquoi, lorsque arrive le mois de juillet tu apportes le couteau de para de ton frère, le mets sous le comptoir et veilles à le planquer chaque jour à 2 heures moins 5, juste avant que ton oncle arrive en boitant sur ses jambes de bois et prenne le relai derrière la caisse.

Le mardi, le mercredi et le vendredi, c'est le pire des équipages qui passe, le genre qui te donne envie de faire semblant d'être malade pour ne pas avoir à bosser : Roy Davies et Scott Markee. Davies, encore, ça va. C'est un crétin, aucun doute, un protestant et un voleur, mais ça va. Le problème vient de Scott Markee, qui à sa naissance ne s'appelait ni Scott ni Markee, mais Sacha Marquette. Il a fait changer son nom pour pouvoir devenir flic. C'est un traître et un faux-cul, trop heureux de se voir absorbé et effacé par une culture qui le méprise. Scott sait parler français mais refuse d'en dire un seul mot. Il a reçu le baptême et la confirmation à Notre-Dame, mais il passe ses dimanches sur les bancs de la Première

Église baptiste. Il a déménagé au nord de la ville et épousé une certaine Matilda – Matilda, *pour l'amour de Dieu* !* Et chaque mardi, mercredi et vendredi il fait tinter la clochette de la porte de Levesque's Variety, racle le parquet avec la semelle de ses bottes et remplit un panier de courses à ras bord d'articles pour lesquels il ne débourse jamais un seul cent.

Ce mois de juillet, chaque fois que Scott se pointe, tu le suis du regard pendant qu'il arpente les allées du magasin et tu calcules mentalement le montant de ce qu'il prend puis inscris le total dans le cahier à spirale où ton oncle consigne les crédits. Une barre de chocolat Hershey's, un pack de six Schlitz, une douzaine d'œufs et un exemplaire de *Time* : 2,07 dollars, taxes comprises. Du mélange pour gâteaux, une livre de viande, du dissolvant, un flacon d'aspirine, encore un pack de six : 2,94 dollars. Et ainsi de suite. Ça ne te sert à rien, hormis à bouillir un peu plus à chaque nouvelle ligne que tu inscris dans le registre, parce que tu aurais eu plus vite fait de lécher ton coude que d'obliger Scott à payer son dû.

« Souris », t'a dit ton oncle, et il sourit alors qu'il a perdu la moitié de ses jambes et que ses genoux disparus lui font mal, qu'il ne lui reste plus qu'une douzaine de chicots jaunes dans la bouche, et que les restes de Jean sont enterrés dans la partie la plus merdique du cimetière, où les ordures poussent comme du chiendent.

Pour les clients qui paient leurs dettes, les crédits sont à régler au début du mois, si bien que tu passes l'essentiel du 1er août, un jeudi où il fait une chaleur étouffante, à effacer des ardoises en transpirant dans un maillot du joueur de base-ball Carl Yastrzemski, maillot qui, comme la plupart de tes fringues, appartenait à ton frère. Tu encaisses des billets et rends de la monnaie et barres des lignes dans le registre jusqu'à ce qu'il n'en reste plus qu'une poignée, tout en t'éventant sans grand succès avec la rubrique locale du journal du matin, tandis que des gouttes de sueur se prennent dans le duvet du creux de tes reins.

Une des dernières clientes à régler ses dettes est Bernadette Roy, une veuve âgée qui vient une fois par semaine acheter des cigarettes et de la pâtée pour son chat. Pas beaucoup plus de 1 mètre 50 dans les bons jours, Bernadette a encore perdu quelques centimètres au printemps à cause d'une hernie discale, et son carré bouffant dépasse à peine du comptoir quand elle s'approche en clopinant pour y empiler des boîtes de Friskies, une à une, en une petite tour.

Pendant quelques instants il n'y a que les claquements de la caisse enregistreuse sur laquelle tu tapes les prix. Puis Bernadette brise le silence. « Il faut que je te demande pardon, *p'tite** Barbara, dit-elle.

— Pourquoi ? » réponds-tu sans prêter attention au diminutif, tout en continuant de compter les boîtes de pâtée deux par deux.

« Ton frère. Jean. Je ne te fais jamais la conversation quand je viens parce que j'ai peur qu'on commence à parler de lui. »

Tu ouvres un sac en papier d'un geste sec, pivotes vers le présentoir à cigarettes et attrapes une cartouche de la marque préférée de Bernadette, des Winston Menthol 100's. « Vous n'avez pas besoin de vous excuser, Mme Roy. Il n'y a pas grand-chose à dire.

— Ils devraient fiche la paix à nos gars, dit-elle en t'aidant à mettre les boîtes de pâtée dans le sac. Qu'ils se débrouillent tous seuls avec leur *maudite** guerre. »

C'est alors que tu comprends : Markee et non Marquette. Première Église baptiste et pas Notre-Dame. Uniforme bleu de la police et non pas uniforme olive de l'armée. Tu en restes pétrifiée, la dernière boîte dans la main au-dessus de la gueule du sac.

« Combien je dois pour le mois dernier ? demande Bernadette. On n'a qu'à y ajouter tout ça. »

Tu ne réponds rien.

« Ma chérie », dit Bernadette.

Tu l'as entendue, mais à peine, à croire que tu as la tête sous l'eau et qu'elle te parle depuis la surface, qui déforme son visage généreux.

« Barbara. » Bernadette pose sa main, guère plus grande que celle d'un enfant de cinq ans, sur la tienne. « Est-ce que ça va ? »

Le contact de sa peau te ramène sur terre, lentement. Tu clignes des paupières et laisses tomber la boîte de pâtée dans le sac. « Oui, merci. » Tu lèves les yeux vers l'écran de la caisse. « 19 dollars et 48 cents.

— Les Winston ont augmenté ?

— Je… je ne sais pas, Mme Roy. Je vérifie. »

Tu te détournes et étudies ostensiblement le prix des cigarettes sur le présentoir en t'efforçant de reprendre une contenance. Les Winston n'ont pas augmenté, mais il te vient à l'esprit que Bernadette t'a peut-être posé cette question parce qu'elle n'a plus un rond. À Little Canada, on ne manque jamais de raisons d'être fauché, même quand on vient de toucher son chèque.

C'est pourquoi en te retournant vers elle, tu mens : « Oui, vous avez raison. Je vous ai compté dix cents de trop sur chaque paquet, je ne sais pas pourquoi. Ça fait donc seulement 18,48 au total. »

Elle te tend un billet de vingt et tu attrapes du bout des doigts deux quarters et deux pennies dans le tiroir-caisse, que tu lui rends en même temps qu'un billet d'un dollar. Bernadette pose le sachet et son sac à main sur le haut de son déambulateur, confie dans un murmure ton frère au pardon du Seigneur, et s'en va.

Lorsque Scott arrive tranquillement un peu plus tard, les pouces calés dans son ceinturon, le .38 spécial claquant contre sa hanche à chaque pas, le soleil de la fin d'après-midi a étouffé tout semblant de courant d'air et transformé le magasin en four à pain. Il y a près d'une heure que tu n'as pas eu de clients, rien ne bouge dans la rue, la chaleur a même réussi à faire taire les oiseaux. Et voilà Scott qui débarque et fait ses emplettes dans le rayon des bonbons, l'air de rien, insouciant et sans la moindre goutte de sueur sur le corps, l'enfoiré ; sa vie est-elle si enchantée que même les températures tropicales d'une journée comme celle-ci n'arrivent pas à l'atteindre ?

La radio posée derrière le comptoir t'annonce que le pape désapprouve la contraception et affirme que le Seigneur en fait autant. Sans déconner, songes-tu en suivant Scott du regard. Continuez à faire deux fois trop de mioches pour l'argent que vous gagnez. Trimez comme des mules mais restez dans la dèche. Picolez et fumez pour émousser le malheur. Vieillissez trop tôt et crevez sans vous plaindre, pour les siècles des siècles, amen. Merci beaucoup, pape Paul, t'es le meilleur.

Tu braques le regard sur Scott en espérant qu'il le sentira et que ça l'obligera à lever les yeux. Mais il continue à flâner en piquant dans les rayons : ici une boîte de Potato Stix, là une bouteille de Coca. Il cale la capsule de la bouteille contre le bord d'une étagère et abat son poing dessus, faisant sauter la capsule et un éclat de bois en prime. Ce vandalisme n'était peut-être pas prévu, mais Scott ne paraît pas le regretter. Il ne montre même pas qu'il l'a vu, ne s'excuse pas, ne tente pas de le réparer. Il boit la moitié du soda d'une traite, puis tire un exemplaire du *Boston Globe* du présentoir à journaux et se dirige vers la sortie.

Tu dis, « Sacha. »

Tu n'as aucune idée de ce que tu comptes faire ou dire ensuite, mais ta voix a l'effet escompté : Scott s'arrête, la main au-dessus de la poignée de la porte, et tourne la tête dans ta direction.

« C'est Scott, mon nom », dit-il, les yeux embrasés par la colère vive de celui qui pense avoir légitimement le droit d'évoluer dans le monde sans rencontrer d'opposition.

« Et moi je suis la Fée Clochette », réponds-tu, toujours sans trop savoir ce que tu fais. Tu te mets à feuilleter ostensiblement le registre de ton oncle. « On est le premier du mois, *Sacha*, faut payer ton ardoise. Et si je compte bien, tu nous dois vingt-six dollars et soixante-dix cents pour le mois de juillet. »

Sa main descend jusqu'à son ceinturon, il se retourne vers toi. « Hein ?

— À régler aujourd'hui. »

Scott continue de te dévisager en plissant les yeux comme un lézard. Puis, tout à coup, il sourit, glousse et s'avance vers la caisse. Il pose sa bouteille de Coca et met les deux mains à plat sur le comptoir.

« T'es une gamine, Barbara, t'as pas compris comment ça marche, dit-il.

— Oh mais si, j'ai très bien compris. Et c'est pas la peine de me parler sur ce ton.

— T'as la langue un peu trop bien pendue, je vais devoir en toucher un mot à ton oncle, dit Scott. Je me demande ce qu'il en pensera.

— Tu sais très bien ce qu'il va dire. "Je suis désolé, M. Markee. Ça ne se reproduira pas, M. Markee." C'est un lâche, comme tous les autres. »

Scott sourit à nouveau. « Contrairement à toi, c'est ça ? Toi, t'es plus courageuse que tout le monde.

— Ça n'a rien à voir avec le courage. J'en ai marre, c'est tout.

— Ah bon ? Marre de quoi ?

— Des gens comme toi. »

Il se recule et croise les bras, feignant l'amusement, mais tu notes qu'une goutte de transpiration s'est enfin formée sur sa tempe gauche et s'apprête à la dévaler parallèlement à sa patte. « Les gens comme moi ? dit-il. Je sens que je vais me marrer. Qu'est-ce qu'ils ont les gens comme moi ?

— Toi aussi t'es un lâche. Pareil que mon oncle. T'as honte d'être ce que Dieu a fait de toi. Donc tu mets un masque, un uniforme. T'apprends à lisser ton accent. Tu te dis que si tu fais illusion assez longtemps, ils seront obligés de te laisser entrer au paradis des protestants. »

Le visage de Scott s'assombrit à nouveau et il prend une profonde inspiration. « Écoute, Barbara, dit-il. Je suis prêt à laisser filer pour cette fois, vu que ton frère est mort récemment...

— À t'entendre on croirait qu'il est parti dans son sommeil. Il est pas *mort*. Il a été tué. Il a pris une balle dans la tête. Tu veux savoir comment je le sais, Sacha ? Personne nous l'a dit. Le cercueil était fermé, mais je l'ai ouvert. Je voulais voir.

— Horrible, cette guerre », dit Scott, qui ne semble pas particulièrement chiffonné par la guerre et ses horreurs.

« Oui, horrible, cette guerre, quelle tristesse. Mais tu devrais bientôt t'en rendre compte par toi-même, non ? Parce que j'ai pris conscience d'un truc aujourd'hui. Les policiers sont pas exemptés de la conscription, si ? »

Scott hausse les épaules et sourit, manière de dire : *Tu m'as bien eu.*

« Mon frère est mort pendant que toi, tu te balades dans le quartier, aussi à l'abri que la virginité de sœur Mary Margaret. C'est toi qui devrais être dans ce cercueil, pas lui.

— Et ta virginité à toi, Barbara ? T'es toujours aussi pure que sœur Mary Margaret ?

— Désolée, mais t'arrives trop tard, un autre a déjà remporté le gros lot. »

Un mensonge.

« Bah, fait Scott. Les vierges, c'est pas aussi bien qu'on le dit.

— Alors, qu'est-ce que t'attends ? » Tu jettes un coup d'œil à l'horloge. « Mon oncle sera pas là avant une heure. Et ça m'étonnerait qu'on ait d'autres clients aujourd'hui. »

Scott te regarde de travers, il commence à douter, mais tu restes de marbre.

Tu dis, « À la une, à la deux… »

Il déglutit.

Tu dis, « Quelle surprise. T'as aucun problème à prendre tout ce que tu veux, mais dès que c'est offert, tu te dégonfles comme tous les autres. »

Quelque chose attrape l'avant de ton maillot de base-ball ; une seconde plus tard, tu comprends que c'est la main de Scott et qu'elle te soulève du sol. Ses articulations blanches qui remontent contre la base de ton nez ; ses doigts qui empestent le goudron de ses Chesterfield. Puis une substance visqueuse et rouge se met à couler sur sa main comme un filet de crème glacée par une chaude journée d'été : c'est du sang, et il sort de ton nez. Scott est fort, plus que tu ne l'imaginais. Il t'attire à lui, t'allonge à moitié sur le comptoir, et tu entends que les fils de ton col claquent et se déchirent. Tu tends la main sous le comptoir pour attraper le couteau de ton frère, mais il est trop loin – autant essayer de chercher dans ton placard à la maison. Tu lèves les yeux et le regard de Scott t'apprend que tu l'as gravement mésestimé : il va te tuer. Le peu d'humanité qui restait en lui a foutu le camp, remplacé par une rage simiesque ; ses pupilles sont aussi larges et noires que des flaques d'encre et il retrousse les lèvres. Lorsqu'il arme son poing gauche derrière sa tête, tu cesses de chercher le couteau et lèves les mains devant toi, pas pour repousser le coup mais pour tenter d'atteindre ses yeux. Mais il te tient fermement à bout de bras, et tes ongles ne griffent que de l'air. Son poing gauche prend son élan, comme un marteau prêt à s'abattre sur un clou… et c'est alors que la clochette tinte et que Bernadette entre de son pas traînant, avec son déambulateur qui la précède en tapant sur la barre du seuil.

Quand il entend le carillon de l'entrée, Scott se métamorphose instantanément. Ses lèvres recouvrent ses dents et la chaleur de la conscience humaine revient dans son regard. Il lâche ton maillot comme si le tissu lui brûlait les doigts, lisse sa veste et offre à Bernadette un sourire de policier modèle, aussi éblouissant qu'une ampoule de cent watts.

« Mme Roy », dit-il en portant la main à sa casquette tout en essuyant sa main ensanglantée sur le postérieur de son pantalon. « Quelle belle journée. »

Elle le dévisage et répond d'une voix égale, « Il fait une chaleur à crever, oui. » Puis elle se tourne vers toi et dit, « Barbara, en rentrant à la maison j'ai fait mes comptes et je me suis aperçue que tu ne m'as pas compté assez pour les Winston. »

Scott continue à sourire. Il rassemble son Coca, ses Potato Stix et son journal, et il se dirige vers la porte avec l'air du type qui vient de se rappeler qu'il a un rendez-vous urgent.

En t'essuyant le nez, tu dis, « Sacha. T'oublies ton ardoise. »

Il pivote vers toi. « Je suis à peu près sûr qu'on est quittes, dit-il. Et c'est Scott, mon prénom.

— Tu me l'as déjà dit. Mais je vais essayer de parler dans une langue que tu connais, ça évitera les malentendus : *paye ce que tu dois, connard**. »

Il plisse les paupières, mais tout de suite il recommence à sourire et dit, « Mesdames, je vous souhaite une bonne soirée », avant d'ajouter en te regardant dans les yeux : « Et faites attention à vous. »

Faire attention ? Pas moyen que tu passes tes journées à regarder par-dessus ton épaule. Tu es chez toi, ces rues t'appartiennent, il a abdiqué tous les droits qu'il avait vis-à-vis d'elles. C'est pourquoi, trois semaines plus tard, ne l'ayant pas revu, tu commets l'erreur de penser que tu as gagné, qu'il a été suffisamment intimidé et humilié, voire terrorisé, par sa propre rage pour garder ses distances.

À l'avenir, avec tous les ennemis que tu te feras, jamais plus tu ne les tiendras pour vaincus avant qu'ils soient morts.

26 août 1968. Impossible de dire pourquoi Scott choisit cet après-midi plutôt qu'un autre, et le terrain de jeux de Halde Street, un endroit où, à tout moment, de l'aube jusqu'au crépuscule, peuvent se trouver une dizaine de témoins. Peut-être qu'il a fini par perdre le contrôle de sa colère après avoir fulminé pendant près d'un mois. Peut-être qu'il croyait vraiment pouvoir agir à sa guise sans jamais être inquiété. Et il aurait peut-être eu raison s'il s'en était pris à n'importe qui d'autre qu'à toi.

Comme chaque jour, tu rentres du magasin de ton oncle en compagnie de ta meilleure amie, Rita. Vous marchez épaule contre épaule le long du grillage et de l'étroite bande d'herbes folles qui vous séparent du terrain de basket, où quatre étudiants tentent chacun leur tour et sans grand succès de lancer un ballon dans le panier. De cet après-midi, tu ne garderas qu'un souvenir fragmenté et uniquement composé d'instants arbitraires, isolés et comme dépouillés de tout contexte. Le *bonk* du ballon sur le revêtement fendillé. Rita qui rit à une blague trouvée dans un des *Playboy* que ton père cache mal. Les draps jaunes qui sèchent dans une véranda au deuxième étage. Le bruit d'une semelle en gomme sur les graviers derrière vous. La douleur soudaine quand la main de Scott se referme sur ton avant-bras, semblable à celle des brûlures indiennes que ton frère t'infligeait quand tu lui tapais sur le système. Rita qui tambourine sur la poitrine de Scott avec les deux poings en criant, « Lâche-la », avant qu'il l'envoie valdinguer sur l'herbe. Puis un trou noir, l'obscurité, le silence, le néant ; quand tu en ressors, tu es sur la banquette d'une voiture de police dont le cuir est imprégné d'une vieille odeur d'après-rasage et de tabac. Le long et lent vagissement de la sirène qui ne s'approche ni ne s'éloigne, qui avance à jamais. Des mains rugueuses qui te poussent dans une pente, en direction de la rivière. Les aiguilles de pin qui se collent à tes paumes et te piquent le dos. Les branches d'un orme qui oscillent dans la brise au-dessus de ta tête, un clignotement bleu et blanc derrière les feuilles papillonnantes. Un drôle de vertige, à croire que tu as été droguée, et l'impression que, sans les va-et-vient étouffés de Scott, tu pourrais t'endormir au pied de ces arbres.

Les pensées s'enchaînent dans ton esprit : tu habites à une heure de voiture d'un splendide littoral rocheux que des centaines de milliers de touristes viennent admirer chaque année, et pourtant tu n'as jamais vu l'océan. À ce tarif, autant vivre dans le Nebraska. Cet océan, que tant de personnes associent au Maine, pour toi c'est comme s'il n'existait pas. Voilà à quoi tu penses, étendue sous la masse brutale de Scott.

Par la suite, pendant des décennies, tu entendras des hommes demander à des femmes sur un ton sceptique, dans des tribunaux et à la télé, pourquoi elles ne se sont pas débattues. Ces femmes évoqueront toujours la peur – elles se sont senties impuissantes face au poids et à la force de leur agresseur et se sont soumises en craignant pour leur vie si elles résistaient. Pour toi, c'est différent. Tu veux laisser croire à Scott qu'il a réussi à te briser. Tu veux qu'il continue à penser que le monde lui appartient de même que tout ce qui s'y trouve, car pendant qu'il te prend une chose, il t'en donne une autre, et pas des moindres : il te donne la colère qui déterminera la trajectoire de tous les instants qui suivront celui-ci.

Alors, une fois que Scott en a terminé : l'acier du couteau de ton frère dans ta poche, puis dans ta paume. Le clic de la lame qui s'ouvre. À quelques mètres, une antique Ford T, abandonnée dans les bois depuis des dizaines d'années, jusqu'aux garde-boue dans la vase. Scott, insouciant et vidé, le dos luisant de sueur, qui rentre sa chemise d'uniforme dans son pantalon. Son hoquet lorsque la lame pénètre dans son dos. La pointe qui ricoche sur une côte. Le gargouillis des tourbillons dans la rivière. Le sang qui gicle du poumon transpercé. Son visage quand il tombe à son tour sur le dos, ses talons qui tapent sans force contre la terre et son regard qui semble t'implorer de l'aider. Sa bouche qui remue sans bruit, comme celle d'un poisson condamné dans la cale d'un bateau. L'air qui siffle par le trou dans son dos, un bruit fort et pressant qui s'adoucit peu à peu, ralentit, se calme, s'apaise. Et enfin le silence, uniquement troublé par la brise qui décoiffe les hautes branches et le cri d'un goéland solitaire.

Tandis que tu essuies la lame du couteau dans la chemise de Scott, tu remarques son trousseau de clés, toujours attaché à son ceinturon par un cordon en spirale. Tu sais que le pouvoir de Scott ne découle pas de son arme de poing, ni de son badge ou de l'autorité qu'il représente, mais de ces clés : en lui donnant accès à tout Little Canada, elles l'en rendent de fait propriétaire. Tu détaches le trousseau et le soupèses, puis tu tournes les talons et commences à escalader la berge escarpée de la rivière en t'accrochant à des branches et de jeunes troncs.

Au début tes mains glissent et tu dois faire attention, mais le plus gros du sang se dépose sur l'écorce des arbres et au bout d'un moment tes prises deviennent plus sûres. Tu n'as pas peur, ni de ce que tu as fait ni des conséquences, et ta respiration reste lente et régulière malgré la pente. Soixante mètres plus haut, tu émerges des arbres et comprends que Scott t'a emmenée tout au bout de Water Street, sur une section de la route presque déserte où passent seulement les gens qui se rendent à la nouvelle station d'épuration, à quelques centaines de mètres de là, où la route s'achève.

Personne en vue et peu de chances que quelqu'un se pointe. Ça te laisse du temps pour réfléchir, mais tu as surtout besoin de temps pour accepter l'évidence qui s'impose à toi. Pour rester, tu dois partir. Pour t'approprier ton lieu de naissance, tu dois t'en séparer, au moins pour un temps. Si on considère que le meurtre de Scott était l'expression violente de ta détermination à vivre où tu le désires et comme ça te chante, alors tu dois commencer par faire don de toi à une entité supérieure, aussi puissante que l'État qui va se lancer à ta poursuite et capable de te protéger quand tu ne le pourras pas.

Voilà pourquoi tu tournes à droite sur la route et entames le long trajet du retour, pendant que le sang de Scott se fige sur ta chemise et tes jambes nues. Tu dépasses les premières maisons éparses, vides car tous les habitants bossent dans l'équipe de jour à l'usine, puis tu atteins la partie plus densément peuplée de Little Canada, où tu ne peux pas passer inaperçue. Les hommes sont absents, comme toujours semble-t-il, soit dans le ventre du monolithe de brique qu'est l'usine, soit dans les bars quand ils débauchent, mais les femmes, elles, sont bien là, elles étendent du linge pendant que les enfants jouent dans les flaques laissées par l'orage de la nuit précédente, et tandis que tu marches d'un pas lent et calme tout le monde s'interrompt et te regarde bouche bée, et certains gamins te suivent même à quelques mètres en arrière. Personne ne parle. Personne ne te demande ce qui t'est arrivé, si ça va, où tu vas. Le spectacle que tu offres, teinté d'horreur et de mystère, coupe court à toute velléité de conversation. Chacun comprend que tu évolues en cet instant dans un plan au-delà du langage. Il y a quelque chose de sacré dans cette vision – la solennité sacramentelle du sang –, et par chez toi on sait entourer le sacré d'une bonne couche de silence. De fait, les femmes et les enfants hésitent même à parler entre eux, en tout cas tant que tu es là, et même après ton départ ils se contentent de murmurer à l'oreille des autres en suivant du regard ta silhouette qui s'éloigne.

Tu prends à gauche dans Grove Street et gravis la colline, dépasses le cimetière où repose le *pauvre** Jean, la démarche régulière et les yeux braqués sur la route. Au sommet de la colline, tu tournes à droite dans Gold Street, puis à gauche dans Preston. Au même moment, en ville, tous les standards sont bombardés d'appels, sans lesquels la police aurait été envoyée quelques minutes plus tôt. Mais presque tous les témoins qui tentent de signaler une adolescente jambes nues et couverte de sang n'obtiennent que le bêlement morne d'une tonalité occupée, et avant que la première voiture de patrouille arrive dans Little Canada tu as déjà franchi les portes de Notre-Dame et pénétré dans le crépuscule perpétuel de sa nef où nul autre que Dieu ne pourra te juger pour la mort de Scott.

Tu gagnes la première rangée de bancs, juste devant l'autel, t'assieds sur le côté droit et patientes. Le bois est frais sous tes cuisses, et il adhère à ta peau à cause du sang de Scott. Derrière l'autel, évidemment : Jésus, mort en croix, le torse nu, une plaie rouge entre les côtes.

Tu as passé des centaines d'heures dans cette église. Tu as été baptisée à deux mètres de là, tu avais six ans et tu étais si petite que tu tenais dans une des grandes paluches tendres de ton père. Plus récemment, tu as fait ta confirmation au même endroit, blanche comme le mois de janvier dans ton aube de circonstance, exposée aux regards du Seigneur et de tout le quartier. C'est ici que tu t'es levée pour l'Évangile et agenouillée pour la communion, que tu as échangé des poignées de main avec tes voisins et laissé tomber des billets tout neufs, sortis du portefeuille paternel, dans les paniers d'osier qui circulaient parmi les fidèles. La plupart du temps, toutefois, tu n'écoutais pas les homélies et marmonnais les prières, captivée par la seule chose qui t'intéressait réellement dans toute cette affaire : le chemin de croix.

De là où tu es assise, tu peux voir les quatorze stations, représentées tout autour de la nef par des vitraux qu'illumine le soleil. Au-dessus de ton épaule droite, Jésus est condamné à mort par Ponce Pilate ; au-dessus de la gauche, son corps est déposé dans le tombeau. Entre les deux, sur douze vitraux à intervalles réguliers, le supplice est raconté en nuances de rouge, d'orange et de bleu. Jusqu'à aujourd'hui, les seules fois où tu es venue dans cette église sans y être obligée, c'était pour passer de longs moments à contempler ces images. L'intérêt que tu leur portes n'a pas grand-chose à voir avec la religion : tu es fascinée par leur aspect macabre et direct. Le sang, l'agonie, le mélodrame. Le sous-texte qui lie souffrance et proximité avec Dieu, si évident qu'il mérite à peine le nom de sous-texte. Tout en étudiant les stations, tu t'es parfois demandé ce que penserait un extraterrestre si on lui disait que le principal rituel religieux d'un tiers des habitants de la planète suppose de mimer le cannibalisme. Au lieu de prier comme tu aurais dû le faire devant chaque station, tu t'agenouillais et songeais que, si Jésus avait été exécuté en Amérique, toutes les personnes que tu connais porteraient probablement une petite chaise électrique autour du cou.

Mais cette fois, sur ton banc, tu passes en revue les stations et elles ne t'inspirent rien.

« On dirait que tu as besoin de te confesser », fait une voix.

Tu te retournes et découvres le père Clément Thibault, mais tu ne le reconnais pas tout de suite. Au-dessus des épaules, rien n'a changé : les mêmes cheveux bruns coupés en brosse et le même visage d'ange adolescent qui le fait paraître bien plus jeune que ses trente ans. Ce qui te perturbe, c'est son jean et sa chemise à carreaux. Comme il est à Notre-Dame depuis moins d'un an, tu ne l'as toujours vu qu'en soutane ou bien en chemise noire et pantalon à la sortie de la messe. Dans cette tenue, tu ne serais pas surprise s'il venait s'asseoir à côté de toi en cours d'éducation civique.

« Tu es blessée ? » demande-t-il.

Tu fais non de la tête.

« Ce n'est pas ton sang, dit-il, moitié affirmation, moitié question.

— Majoritairement non », réponds-tu.

Bien qu'il ne soit pas à la tête de la paroisse depuis longtemps, le père Clément s'est taillé une réputation d'homme sympathique et décontracté, l'exemple parfait du prêtre Vatican II – chose qui ne plaît pas à tout le monde dans le quartier, notamment aux hommes âgés qui ont du mal à considérer un jeunot comme l'intermédiaire du Seigneur sur la terre. Il fume sans se cacher, et souvent à la porte du presbytère, en face de l'église. On raconte en outre qu'il a ses habitudes à Huard's Tavern, dans Gold Street, toujours au comptoir, toujours seul, toujours avec un whisky sans glace. C'est le premier prêtre à dire la messe en français et non plus en latin. Les rumeurs les plus folles abondent sur la vie qu'il menait avant de revêtir la robe : il aurait joué de la trompette dans un orchestre de jazz, il aurait eu des problèmes de drogue, il aurait même été *marié*.

Tu espères cependant qu'il se conformera, au moins sur un aspect, à la tradition de l'Église : en aidant les brebis galeuses, et notamment les jeunes, à disparaître quand elles ont des ennuis.

Il t'observe un long moment, puis il s'éloigne vivement dans l'allée centrale et verrouille les portes. « Quelqu'un t'a vue entrer ? lance-t-il.

— Je sais pas. »

Le père Clément s'attarde près de l'entrée, parcourt la rue du regard à travers le jour dans la porte, puis fait demi-tour, passe devant toi et se dirige vers la sacristie.

Tu dis, « Mon père.

— Pas un mot », fait Clément par-dessus son épaule. Il ouvre une porte située sous les pieds du Christ et disparaît plusieurs minutes.

Comme d'habitude, il fait frais dans l'église, et comme tu es assise depuis un moment, un frisson né dans tes jambes remonte à présent vers le creux de tes reins. Quelque part dehors, loin, une sirène retentit et son ululement envahit toute la vallée. Une seconde sirène se joint bientôt à elle, et toutes deux se répondent en un chœur strident et vengeur.

Le père Clément revient avec un essuie-main et un jean chiffonné. Il te tend l'essuie-main en veillant à ne pas laisser son regard s'aventurer plus bas que ton visage.

« Essaie de te nettoyer un peu, dit-il. Ce pantalon ne sera probablement pas à ta taille, mais c'est le premier que j'ai trouvé dans la pile des dons. »

À cette distance, tu entends sa respiration hachée et remarques le trouble dans ses yeux, malgré ses efforts pour conserver son calme sacerdotal.

Tu lui demandes, « Vous voulez savoir ce qui s'est passé ? »

Le père Clément lève une main. « Je n'ai aucune idée de ce qui t'arrive, dit-il. La seule chose que je sais, c'est que tu es venue me trouver parce que tu as besoin d'aide. Et j'ai l'intention de t'aider. Mais on va faire les choses dans les règles.

— D'accord.

— Écoute-moi bien. Si tu me dis quoi que ce soit ici, nous ne serons que deux personnes ordinaires qui parlent, et dans ce cas je pourrai, et je devrai peut-être, le répéter. Mais si tu attends qu'on soit dans le confessionnal – si on fait les choses correctement –, je ne répéterai pas un mot de ce que tu me diras, à personne. Parce que je connaîtrai tes péchés de même que le Seigneur les connaîtra, or aucun homme ne peut forcer le Seigneur à révéler ce qu'Il sait. »

Tu inclines la tête sur le côté.

« Saint Thomas d'Aquin, dit le prêtre. Il avait des idées intéressantes sur deux ou trois sujets. »

Tu le fixes avec des yeux de merlan frit.

« Bref. Va dans les toilettes des dames, débarbouille-toi et reviens me voir. *Tu as compris* ? »

Dix minutes plus tard, à peu près débarrassée du sang de Scott, tu entres dans le confessionnal en retenant d'une main un jean pour hommes taille 32, et tu fermes la porte du compartiment réservé aux pénitents.

« Bonjour », dit le père Clément, silhouette à peine visible de l'autre côté du grillage.

Tu t'agenouilles et fais le signe de croix. « Pardonnez-moi, mon père, car j'ai péché. Je ne me suis pas confessée depuis huit jours.

— Que le Seigneur t'aide à confesser tes péchés, répond le père Clément.

— Amen. »

Puis, durant quelques secondes, aucun de vous ne parle.

Enfin, tu dis, « Je ne sais pas par où commencer.

— Je pense qu'on peut passer sur les devoirs que tu as oublié de faire et les pensées impures, et en venir directement à la raison pour laquelle tu es arrivée couverte de sang dans la maison du Seigneur.

— J'ai tué Scott Markee.

— Le policier ?

— Je lui ai donné un coup de couteau.

— Ça se voit, dit le père Clément. *Tabarnak**. Tu es certaine qu'il est mort ?

— S'il ne l'était pas quand je l'ai laissé, il doit l'être maintenant.

— Mais pourquoi, Barbara ?

— Pour la même raison que je n'avais pas de pantalon en arrivant. »

Le prêtre garde le silence un moment. Puis il dit, « Prions pour lui.

— Hein ? *Non* !*

— Barbara. Le Christ a souffert pour son âme comme pour la tienne.

— Vous êtes sûr que vous voulez qu'on parle de ça alors que je le sens encore en moi ? »

Nouveau silence du prêtre. Puis il récite seul un *Je vous salue Marie*, si bas que tu entends uniquement le léger chuintement des *s* entre ses dents.

« Maintenant, dit-il quand il a fini de prier en vain pour le salut de Scott, raconte-moi tout.

— Le Seigneur sait déjà ce qui s'est passé.

— C'est vrai, dit-il, mais pas moi. Et si tu veux que je t'aide à te faire pardonner un péché capital, il faut que j'en sache autant que Lui.

— Un péché capital ?

— Tu as tué un homme, Barbara.

— Il m'a violée !

— S'il te plaît. Raconte-moi ce qui s'est passé.

— Ce qui s'est passé, c'est que Sacha a oublié d'où il venait.

— Sacha ?

— C'était le vrai prénom de Scott. Avant qu'il le fasse changer.

— Je ne comprends pas.

— Mais si. Les Francos les plus péteux font changer leur nom. Ils tournent le dos aux autres Francos. Sacha, il volait dans le magasin de mon oncle. Je lui ai demandé d'arrêter, alors il m'a violée. Puis je l'ai tué. Fin de l'histoire.

— Barbara, dit le père Clément. Pour que je puisse t'aider, il faut que tu regrettes ce que tu as fait. Sincèrement.

— Mais je ne regrette pas.

— Je comprends. Mais tu…

— Non, vous ne comprenez pas. Vous ne pouvez pas comprendre.

— J'essaie, dit le père Clément.

— Je peux vous poser une question ?

— Bien sûr.

— Si Jésus est mort pour mes péchés, pourquoi est-ce que je dois me repentir ? »

Le père Clément marque un temps, tu l'entends inspirer profondément puis expirer lentement. « Je vais peut-être te surprendre, dit-il, mais c'est une question avec laquelle je me débats, moi aussi. Assez souvent.

— Et donc, la réponse ?

— La réponse, dit-il, c'est qu'il n'y a pas de réponse claire. Contrairement aux idées reçues, la vraie foi est loin d'être aveugle. De tous Ses enfants, ceux que le Seigneur préfère sont ceux qui font le plus d'efforts pour essayer de Le connaître. Et, en contrepartie de cette faveur qu'Il nous fait, nous devons Lui obéir même quand nous trouvons que ça n'a pas de sens. Surtout quand nous trouvons que ça n'a pas de sens.

— Ça n'a pas de sens. »

Le père Clément éclate de rire. « Bien joué, dit-il. On n'a pas beaucoup de temps, Babs, donc je vais t'expliquer comment je vois les choses.

— D'accord.

— J'ai une amie chez les sœurs de Saint-Joseph, dans le Vermont. Elle te recueillera. Tu dois partir tout de suite, sans voir personne et sans dire au revoir à personne. Tu ne pourras peut-être jamais revenir. Est-ce que tu comprends ?

— Je vais devoir faire semblant d'être nonne ?

— Pas faire semblant, dit le prêtre. Pour les sœurs, tu entreras au couvent comme novice. Tu les aideras à l'école et dans leurs actions auprès des pauvres. Tu prieras comme une dingue matin, midi et soir. Tu suivras des cours, tu t'occuperas des jardins et tu deviendras probablement très habile pour confectionner des couvre-lits.

— Et après ?

— Après, si nous décidons que tu peux revenir, tu devras être prête à te confesser et à te repentir. J'insiste, Babs. Ça pourra prendre un an. Ça pourra en prendre trois. Quoi qu'il en soit, il faut que tu considères cette période comme un temps nécessaire pour retrouver le chemin du Seigneur. Concentre-toi uniquement là-dessus. D'ici là, je ferai ce que je peux ici.

— Le Seigneur risque d'être déçu s'Il attend que je Lui dise que je m'en veux. »

Derrière le grillage, le père Clément soupire à nouveau. « L'orgueil est père de tous les péchés, Babs. Ça aussi, c'est saint Thomas d'Aquin qui l'a dit.

— Il commence déjà à me soûler, lui. »

Durant ton absence, l'histoire de ce que tu as infligé à Sacha enfle et mute, chuchotée en secret et répétée autour d'une bière, à la scierie et à la laverie, dans les salons et les bars. Imagine un peu, une fille de quatorze ans qui poignarde un adulte – encore mieux, un flic – et l'abandonne dans les bois où il se vide de son sang ! À ton retour, cinq ans plus tard, tout Little Canada le sait même si personne ne l'exprime : ce quartier t'appartient, ces rues t'appartiennent, et cela *pour toujours et à jamais, amen**.

Chapitre 1

30 juin 2016

À quel moment l'avenir d'une personne est-il scellé ? Prenons un exemple : ce soir, Sis Dionne est toujours en vie, mais dans vingt-quatre heures elle sera morte – assassinée, plus précisément. D'ici là, est-il possible d'empêcher son décès ainsi que les conséquences de celui-ci, à savoir la dissolution violente d'une famille et d'un quartier ? Sa mère, Babs, peut-elle agir différemment ? Et sa grande sœur, Lori ? Peut-être, mais rien n'est sûr. Dans l'ensemble, la réalité échappe malheureusement à nos moyens de la percevoir. Dieu reste mutique et les physiciens n'ont pas encore tout compris, ce qui nous laisse en proie à nos éternelles spéculations et superstitions. Voici ce que nous savons : à ce stade, dans cette vie, dans l'histoire qui s'apprête à se déployer, Sis sera tuée d'ici moins d'une journée, et sa dépouille incinérée sans aucun décorum puis abandonnée dans une décharge publique. Si l'on prend suffisamment de recul, cette fin peut apparaître comme la somme de décisions innombrables s'étendant sur plusieurs siècles, un affrontement d'armées et d'idées, un regard appréciateur et la fécondation d'un ovule, toutes les ondulations et vibrations de l'histoire en lien même très lointain avec sa vie, autant de paramètres dont la plus petite modification aurait pu éviter à Sis ce sort atroce. Mais, d'un point de vue pratique, dans nos vies, nous faisons des choix, les événements se produisent tels qu'ils se produisent et, comme on dit, tout est dans tout et réciproquement. Voilà pourquoi Sis va bientôt mourir.

Ce soir, toutefois, elle est toujours en vie, elle respire, et c'est sa sœur Lori qui vient de mourir.

Lori gît dans les toilettes d'un bar, le You Know Who's, à Waterville, dans l'État du Maine où sa mère, Babs, dont l'esprit est aussi mordant que la gueule d'un requin, a élevé ses deux filles. Près de Lori se trouve une seringue hypodermique vide, et une goutte de son sang coagule sur la pointe de l'aiguille. Ses jambes reposent, immobiles, superposées comme les lames d'une paire de ciseaux. Elle a un bras tendu devant elle, sa manche est retroussée jusqu'à son biceps décharné et moucheté d'hématomes vert-de-gris, et puisqu'elle vient de mourir, et puisque le cœur meurt avant le cerveau, elle rêve :

Un convoi de camions militaires roule sur la Highway 1 dans la province de Wardak, en Afghanistan. Humvees, blindés MRAP hérissés de mitrailleuses et de lance-grenades, lourds véhicules tactiques évoquant des tracteurs futuristes à la carrosserie couleur sable. Le paysage qu'ils traversent est une immense plaine poussiéreuse, cernée au loin par des montagnes. Les cimes sont enneigées, mais en bas il fait aussi chaud que dans l'Hadès car le soleil tape sur les roches et le sable. Aucun signe de vie, aucun mouvement à part celui des camions qui se traînent sur l'asphalte, aucun bruit hormis leurs diesels grondants.

Lori conduit le sixième véhicule de ce convoi, un tactique à dix roues motrices qui transporte un container. Elle paraît minuscule derrière le volant mais elle est à l'aise avec les commandes. Ses cheveux sont attachés en une queue-de-cheval qui dépasse de son casque. Son épaule est ornée d'une barrette de sergent-chef : trois bandes vers le haut, une vers le bas. À côté d'elle est assis Sammy Menendez, et comme à son habitude – même quand il dort – Sammy parle.

« Prenez l'autoroute de la Mort en direction du nord, dit Sammy. En chemin, arrêtez-vous à chaque pont, chaque point d'eau, chaque abreuvoir et chaque chiotte que vous croiserez, histoire que le colonel Hajji puisse faire la bise à ses soldats – des soldats qui prévoient peut-être, ou peut-être pas, de vous faire sauter le caisson. Quand vous arriverez au bout de la route, faites demi-tour. Revenez sur vos pas. Essayez de ne pas vous faire buter.

— Les ordres, c'est les ordres, répond Lori.

— Vu qu'on m'a foutu dans un bataillon logistique, je suis bien obligé d'admettre que je suis pas très fort en tactique, dit Sammy. N'empêche, s'arrêter toutes les demi-heures à découvert dans la région la plus dangereuse du monde pour torcher le cul d'un colonel en

carton, ça me semble pas être le meilleur moyen d'utiliser tout ce personnel et tout cet équipement.

— On n'escorte pas le colonel Ahmadi, dit Lori. On achemine du matériel électrique et des vivres. Il se trouve qu'on embarque aussi le colonel Ahmadi, mais c'est un aspect secondaire de la mission.

— D'accord, dit Sammy. Donc si je saute sur une mine pendant qu'il taille le bout de gras à un checkpoint, ma mort aussi sera secondaire ?

— Je pense, ouais, dit Lori.

— Génial, dit Sammy. Tu vérifieras qu'ils mettent bien ça sur mon certificat de décès. Ça consolera vachement ma mère. »

Lori sourit et appuie sur le frein car les véhicules qui la précèdent ralentissent puis s'arrêtent.

« Quoi encore ? » grommelle Sammy. Un camion tactique l'empêche de voir, mais Lori a une vue dégagée sur ce qui se passe devant.

« Des hommes de l'ANA qui gardent un pont. J'imagine que le colonel va descendre leur faire coucou.

— Tu m'étonnes », dit Sammy.

La radio leur révèle le véritable motif de cet arrêt : des conversations croisées font état d'un engin artisanal découvert à quatre kilomètres en amont par un chien détecteur ; les démineurs arrivent de Bagram dans des hélicoptères Black Hawk.

« On en a pour un moment, dit Lori.

— J'hallucine », dit Sammy. Il attrape son fusil, plonge une main dans le sac posé sur le plancher

de la cabine et en sort un grand paquet de réglisses Twizzlers.

Ils descendent du camion. D'un bout à l'autre du convoi, des Marines mettent pied à terre, parcourent la zone du regard, cherchent des indices montrant que le sol aurait été dérangé par l'ennemi. Mais tout le problème de cette terre, c'est qu'elle garde ses secrets. Lori se méfie d'un groupe de collines à main droite de la route, distantes d'environ trois cents mètres, et de la poignée de constructions en terre qui se massent à leur pied, mais elle contourne le véhicule sans rien dire pour ne pas énerver Sammy.

Ce qui n'est pas nécessaire, car Sammy s'en charge tout seul. « Pardon de me répéter, dit-il. Je sais, je ne suis plus ou moins qu'un livreur, mais si j'étais un vrai Marine je trouverais que c'est un très, très mauvais endroit pour s'arrêter.

— Y a pas grand-chose pour se mettre à couvert, dans le coin, dit Lori.

— Mais plein de cachettes dans ces maisons, dit Sammy.

— C'est un village hazara, dit Lori. Ils détestent les talibans encore plus que toi.

— C'était peut-être vrai hier, dit Sammy. Mais aujourd'hui ?

— Eh ben tu vas pouvoir essayer d'améliorer les relations, dit Lori. Voilà le comité d'accueil. »

Une dizaine de garçons, qui se renvoyaient un ballon de volley quand le convoi est arrivé, se dirigent à présent vers les camions. Sammy adore ces moments, c'est pour eux qu'il a toujours des Twizzlers avec lui.

Quelques instants plus tard, trois Black Hawk surgissent dans le ciel et filent vers le nord. Le vacarme de leurs rotors brise le charme et chacun semble brusquement se rappeler qu'il ne faut faire confiance à personne, pas plus à des gamins de dix ans qu'à des Marines sympas qui vous offrent des cadeaux. Les gosses se replient vers ce qui leur sert de terrain de volley, les mains pleines de bâtons de réglisse. Sammy revient vers l'avant du camion, où Lori contrôle le système de gonflage des pneus. Une durite fait des siennes et elle n'est pas d'humeur.

« Ils vont vraiment nous faire poireauter trois heures pendant que les démineurs jouent à Docteur Maboul ? demande Sammy.

— Avant que tu recommences à râler, sache que 1) ça ne me plaît pas plus qu'à toi, et 2) y a rien à faire donc je ne veux rien entendre.

— OK. À vos ordres, sergent.

— Je suis sérieuse, Sammy. Si ça t'inquiète tant que ça, fais ton boulot et surveille cette ligne de crêtes jusqu'à ce qu'on nous annonce qu'on peut repartir. Et n'oublie pas de t'hydrater. »

Une demi-heure s'écoule dans le silence, c'est la première fois que Lori voit Sammy se taire aussi longtemps. Elle commence à se demander si elle n'a pas été trop dure avec lui. Elle réfléchit aux mots qu'elle a prononcés et au ton qu'elle a employé et elle reconnaît ceux de sa mère, Babs.

Soudain, elle est arrachée à ses pensées par un grand choc sourd, comme si Dieu tapait du pied derrière l'horizon : le bruit familier de la matière qui se désintègre violemment. Un bruit toujours éloigné, mais jamais suffisamment. La secousse se diffuse paresseusement à travers la vallée, rebondit par vagues successives sur les collines et finit par s'éteindre. Moins d'une minute plus tard, la radio donne le feu vert : l'engin a été détoné, le convoi peut reprendre la route.

Ils grimpent à bord, mais Sammy ne décroche toujours pas un mot.

« Il te reste des bonbons ? lui demande-t-elle.

— Je croyais que t'aimais pas la réglisse ?

— C'est vrai. Je trouve ça dégueu. »

Ils échangent un sourire, le convoi se met en branle et il lui tend un Twizzler.

Ils franchissent le pont dans un lourd grondement. Par la vitre, Lori aperçoit deux sentinelles de l'Armée nationale afghane. Elle n'arrive pas tout de suite à mettre le doigt sur ce qui la chiffonne dans leur attitude. Et puis elle comprend : elles sont en alerte, ce qui est très bizarre, et par ici tout ce qui est bizarre, même quand ça paraît anodin, mérite qu'on y regarde à deux fois. Quatre-vingt-dix pour cent du temps, et surtout quand ils montent la garde, dans le meilleur des cas les militaires de l'ANA sont amorphes et glandent en fumant des clopes, avachis comme des ados qui boudent. Ces deux-là se tiennent bien droit, l'arme à la main. Ils paraissent prêts à combattre. Et puis Lori se rappelle la présence du colonel et songe qu'ils doivent surjouer pour se faire bien voir.

Une seconde plus tard, il y a un bruit aussi minuscule que bref dans la cabine, comme si un objet dur et pointu avait tapé sur la vitre – un gravillon, par exemple. Au même instant, Lori sent l'air se voiler juste devant son visage. Tout cela – le bruit et la sensation – se produit simultanément, et bien que ses sens absorbent l'information, tout va trop vite pour que son cerveau puisse l'interpréter. Elle cherche donc des données complémentaires. Elle tourne la tête en direction de l'origine du bruit et note que sa vitre est perforée, des fêlures semblables à une toile d'araignée zigzaguent à partir d'un trou situé presque au centre. Ensuite, elle se tourne vers Sammy pour lui demander s'il a une idée de ce qui se passe. Le visage de son équipier est dirigé vers elle, il sourit mais il a dans la joue, juste sous l'œil gauche, un trou qui mesure à peu près la taille d'un penny, sec et sombre comme s'il s'agissait d'une planche de contreplaqué et non de la chair d'un homme. Dans la tête de Lori, une cacophonie d'alarmes se déclenche. Puis les muscles faciaux de Sammy se relâchent peu à peu, tandis que la gravité abaisse les coins de sa bouche. L'espace d'un instant, son visage est vide et Lori ne l'a jamais vu comme ça – pas seulement inexpressif, carrément inhabité. Enfin, sa mâchoire s'entrebâille, son sang se déverse sur son menton et trempe sa chemise qui vire au noir.

Lori ne comprend rien de tout cela – ce qui vient d'arriver, ce que ça signifie. Elle ne comprend rien quand le Humvee deux places plus loin dans le convoi est soulevé du sol par une colonne de flammes avant de retomber sur le flanc, ni quand des petits calibres commencent à claquer dans les collines à gauche, ni quand les M16 et les mitrailleuses calibre 50 s'éveillent tout autour d'elle et répliquent furieusement. Elle n'est plus qu'amygdale et hypothalamus, sang ionisé et esprit déserté, et elle descend de la cabine en trébuchant, abandonne Sammy et se retrouve au milieu d'un stand de tir.

Pour une raison qui lui échappe – si tant est qu'il y en ait une –, elle prend le temps de fermer sa portière. Au même moment, une balle touche le blindage et ricoche en sifflant dans le ciel, puis d'autres projectiles s'écrasent sur la route devant avec de petites explosions de béton. Si elle était capable de réfléchir, elle ramperait vers la relative sécurité qu'offre l'autre côté du convoi, où tous les autres Marines – du moins ceux qui ne sont pas déjà morts ou inconscients ou qui gémissent en faisant connaissance avec leur hémoglobine – se sont mis à couvert.

Au lieu de ça, elle s'écarte de la route et prend la direction des collines.

Elle n'a pas d'arme, elle est sur pilote automatique et elle marche calmement face au feu. Une balle geint non loin de ses pieds. À cinquante mètres sur sa gauche, une roquette siffle en laissant derrière elle un tube de fumée, percute le flanc de son camion et met le feu au container qu'il transporte. Une balle fend l'air tout près d'elle, puis d'autres, de plus en plus nombreuses car les hommes dans les collines concentrent leurs tirs sur cette cible qui semble mystérieusement leur offrir sa vie sur un plateau. Derrière Lori, des voix la supplient de revenir, des cris rauques lui demandent ce qu'elle branle.

Mais Lori continue de marcher vers les collines, et lorsqu'elle reprend ses esprits elle comprend enfin : rien ne peut lui arriver. Elle en est sûre, elle en a cette certitude particulière et inébranlable qu'on ressent dans les rêves. Et lorsque cette révélation se grave en elle, la semelle de ses bottes quitte le sable du désert. Elle lévite – non, elle s'envole, laissant derrière elle ce monde en ruine. Les bruits de la bataille s'estompent, emportés par le vent qui souffle dans ses oreilles, et elle se met à sourire, timidement d'abord, puis avec confiance, puis elle part d'un grand rire et tournoie sur elle-même, libre et en apesanteur. Elle lâche son casque, défait les attaches de son gilet pare-balles et rit en le regardant tomber.

À cette altitude, l'Afghanistan ne ressemble à rien de ce qu'elle connaît : le pays est magnifique. Les crêtes acérées drapées de brume, la terre rouillée du désert, et plus loin, au sud, un patchwork de terres cultivées, grands rectangles approximatifs de toutes les nuances imaginables de vert, fendus par la ligne noire d'un cours d'eau. C'est le paradis. Comment se fait-il qu'elle ne s'en soit pas rendu compte plus tôt ?

Durant les cinq cent soixante-huit jours qu'elle a passés en Afghanistan, Lori a souvent eu l'impression qu'elle allait mourir dans ce pays. Jusque-là, elle n'a jamais eu le sentiment de pouvoir y mourir heureuse.

Mais alors son attention est attirée par une drôle de sensation juste derrière son sternum. Une soudaine rigidité qui lui semble parfaitement opposée à la vie, inquiétante et instantanément terrifiante – suivie par un coup profond, celui de son cœur qui se remet en marche et tape contre ses côtes. Elle aspire une grande goulée d'air et commence à tomber en piqué tel Icare, en torche ; elle bat inutilement des jambes et des bras pendant que le ciel et la terre s'intervertissent sans répit et elle sent qu'elle crie même si elle ne s'entend pas et les roches au pied des collines se ruent vers elle et…

Lori se redresse brusquement sur le sol des toilettes du You Know Who's, ses paupières s'ouvrent en grand, un cri se coince dans sa gorge et immédiatement la dope lui file la gerbe. Où est-elle ? Plus important : quand ? Des indices : un lavabo. Un miroir. Deux cabines jumelles séparées par une cloison, la base répugnante des cuvettes qu'elle distingue depuis son point de vue au ras du sol. Près du lavabo, une poubelle en plastique déborde de sopalin froissé. Le sol est humide, elle a les mains et le cul mouillés. Sur le mur d'en face, un miroir en pied ; son pourtour est couvert de graffitis rudimentaires tracés au marqueur, et en son centre il y a une image animée de Lori qui fixe son reflet, ses épaules qui se soulèvent à chaque respiration, ses cheveux coupés court et n'importe comment, sous ses yeux les valises de toute une vie et au plafond des néons qui n'arrangent rien. Il lui manque dix kilos, il n'y a que la peau sur les os de ses avant-bras qui dépassent de ses manches retroussées, et elle réussit enfin à se rappeler à quel point du temps et de l'espace elle se trouve : ni en Afghanistan, ni en Irak, ni à Camp Lejeune ni dans l'avant-poste de Sayed Abad, mais chez elle ; elle est chez elle, dans le Maine, et ça explique pourquoi elle n'est absolument pas surprise de découvrir qu'elle partage le miroir avec deux hommes accroupis de chaque côté d'elle, ils portent l'uniforme bleu marine des secouristes et elle est presque sûre d'en reconnaître un des deux, le plus âgé, il a une moustache et il tient la seringue vide de Narcan qui vient de lui sauver la vie.

Et cet homme lui dit, « Bienvenue parmi les vivants, abrutie. »

Chapitre 2

1er juillet 2016

Désirait-elle vraiment mourir ? Elle trouve cette question idiote. Les médecins sont pourtant bien obligés de la lui poser, afin de déterminer si elle représente un danger pour elle ou pour autrui. Des cases à cocher, de la paperasse à remplir, etc. Des lois à appliquer, des directives à suivre. C'est la grande ironie de la procédure : si elle avait cherché à se tuer, la loi les aurait autorisés à lui retirer sa ceinture et ses lacets et à l'enfermer dans une salle équipée d'un miroir en acier et d'une porte s'ouvrant des deux côtés pour empêcher qu'elle s'y barricade ; à l'inverse, puisqu'elle s'est tuée sans le faire exprès, par négligence ou ignorance, elle peut repartir et recommencer sur-le-champ si elle en a envie.

« J'ai pas mal bouquiné pendant mon déploiement », explique-t-elle au médecin. Elle est étendue sur un lit dans le service des urgences et il se tient à côté d'elle, un porte-bloc dans la main, sans même faire semblant de l'écouter. « Une fois, j'ai lu un livre où l'auteur essayait de faire comprendre les pulsions suicidaires aux gens qui n'en ont jamais eu. En gros, il invitait le lecteur à imaginer qu'il était tout en haut d'un immeuble en flammes. Y a de la fumée partout, ça devient difficile de respirer. Le feu sera là d'un instant à l'autre. La seule issue, c'est la fenêtre. Vous voyez où je veux en venir.

— Hm-hmm, fait le médecin.

— Donc l'idée, c'est que, lorsqu'on finit par sauter parce que les flammes se rapprochent trop, on a autant peur de la chute que s'il n'y avait pas le feu. On n'a pas envie de tomber. Simplement, à choisir entre sauter et finir carbonisé, on préfère encore sauter.

— Très bien », dit le médecin. Il prend son téléphone dans sa poche, lit quelque chose sur l'écran et le remet dans sa poche.

« Sauf que, bien entendu, les gens qui sont en bas et qui nous crient de ne pas sauter ne comprennent pas le choix qu'on a à faire. Eux, ils voient seulement la chute. Ils ne sentent pas le feu.

— Très bien, dit le médecin.

— Et vous, dit Lori, vous êtes un connard comme tous les autres, vous êtes sur le trottoir, vous me dites de ne pas sauter, mais vous ne savez pas de quoi vous parlez. »

Il lève les yeux de son porte-bloc et, pour la première fois, il la regarde en face.

« Donc, pour vous répondre, dit Lori sur un ton égal, en soutenant son regard. Non, je n'ai pas envie de mourir.

— Parfait, répond le médecin en griffonnant sur son porte-bloc. L'infirmière va préparer vos documents de sortie. »

Un quart d'heure plus tard, Lori sort des urgences vêtue du même jean et de la même chemise en chambray qu'elle portait à son arrivée. Les clés de son pick-up, son téléphone et ses cigarettes pendent au bout de ses doigts dans un sachet en plastique portant la mention EFFETS PERSONNELS. Au poignet droit, elle a toujours le bracelet froissé qu'on lui a mis à son arrivée. À 7 heures du matin, il commence déjà à faire chaud et l'air est si humide que Lori ne serait pas étonnée de voir un poisson passer devant elle en nageant. Elle va devoir se farcir pas loin de sept kilomètres à pied jusqu'à Little Canada, où son pick-up est resté garé devant le You Know Who's.

Mais avant tout, et même si le cœur n'y est pas, elle doit jeter un coup d'œil à son téléphone.

Elle plonge la main dans le sachet, y pioche l'appareil et le sort de sa veille. Trois messages, tous de Babs, qui n'augurent rien de bon :

21:38 : Où es-tu ?
01:19 : Où est ta sœur ?
02:04 : Et pourquoi personne ne fait son taf, bordel ?

Sous l'auvent en béton des urgences, Lori grommelle, commence à rédiger une réponse, s'arrête, efface ce qu'elle a tapé, réfléchit une minute. Elle balaie le parking du regard, comme si le béton allait lui apprendre où est sa sœur ou comment attendrir sa mère. À cette heure, il est encore presque vide, une poignée de jolis modèles récents dans la section réservée au personnel et des tas de boue réparés avec du fil de fer et de l'adhésif dans la partie allouée aux patients et aux visiteurs. De l'autre côté de la route se trouvent un petit terrain de jeux et un terrain de foot où des ribambelles d'enfants courent derrière des ballons et se marchent dessus le samedi matin. Encore derrière, c'est la rivière, plus loin les collines verdoyantes, et au-delà des collines s'étend tout un monde où Lori serait débarrassée de la rage de sa mère, de la désinvolture de sa sœur, et de la mécanique voulant que les deux phénomènes s'alimentent mutuellement à l'infini.

Lori se donne une gifle pour s'éclaircir les idées. Au lieu de répondre à Babs, elle envoie un message à sa sœur, dont le prénom de baptême est Céleste mais que tout le monde a toujours appelée Sis, pour des raisons oubliées depuis longtemps.

07:06 : T'as bien choisi ta soirée pour planter Babs. Sors ton cul de ton lit et va faire du café.

On serait tenté de dire que Little Canada a connu des jours meilleurs, mais ce n'est même pas vraiment le cas. Des jours différents, oui – mais pas meilleurs. Quand Babs était petite, on avait davantage de problèmes que d'argent, et ça continue. Quand Babs était petite, on bossait trop pour des salaires trop bas, et ça continue. À l'époque, la bière et le tord-boyaux coulaient à flots ; aujourd'hui, c'est l'héroïne. Et ainsi de suite. Les pauvres sont pauvres, le reste n'est que dates et détails.

Il y a toutefois trois différences capitales entre le quartier qu'a connu Babs enfant et celui où elle vit et qu'elle contrôle désormais.

Pour commencer, les messes à Notre-Dame du Perpétuel Secours ne sont plus quotidiennes mais ont lieu uniquement le samedi soir et le dimanche matin (ce qui ne change rien pour Babs, vu qu'elle n'a plus mis les pieds dans l'église depuis son départ pour le Vermont un peu avant l'aube du 27 août 1968). Du lundi au vendredi, les portes de Notre-Dame sont fermées à clé, et si vous avez besoin d'un prêtre, il faut passer un coup de fil.

Ensuite, à Notre-Dame, depuis la messe de Noël 1990, le Notre Père et le kyrie sont dits en anglais et non plus en français.

Ce qui nous amène à la troisième différence capitale entre le Little Canada de 1968 et celui de 2016 : cinquante ans plus tôt, on ne pouvait pas s'y promener sans croiser une personne qui parlait français. Aujourd'hui, il est presque impossible d'en trouver une seule. Pour tout dire, la majorité des francophones du quartier se trouvent en cet instant autour de la table de Babs. Ce sont toutes des femmes, elles sont toutes amies depuis des dizaines d'années et il vaut mieux éviter de les faire chier, *tabarnak**.

Sinistre et mutique, Babs Dionne (née Levesque) préside l'assemblée, surmontée par un nuage de fumée aux airs d'orage. Elle écoute parler les autres en portant tour à tour à sa bouche un mug de café et une Marlboro dont le filtre est maculé de rouge à lèvres. Ce matin, les jacasseries habituelles des femmes sont en sourdine car tout le monde sait qu'il y a des affaires sérieuses – et personnelles – à l'ordre du jour. Mais il appartient à Babs et à elle seule de mettre le sujet sur la table, et comme elle ne l'a pas encore fait, il plane dans l'air au cœur de la fumée.

Au mur face à elle est accrochée une photo en 20x25 prise quelques années plus tôt où elle figure avec son mari, Rheal. Ils sont habillés pour une occasion que Babs a oubliée – peut-être un mariage puisqu'ils dansent, ils sont de profil, tournent la tête vers l'appareil et leurs mains sont levées à hauteur d'épaule. Elle ne sourit pas, contrairement à Rheal dont le dentier étincelle. Babs a eu tout le temps de réfléchir ces huit derniers mois, depuis la mort de son mari, et elle en a employé une bonne partie à rester assise sur cette même chaise et à étudier cette photo en tentant de se rappeler où elle a été prise, mais la réponse continue de lui échapper. Une idée vient néanmoins de lui traverser l'esprit : elle est presque certaine que, si elle se lève et va examiner le cliché de très près, elle distinguera une légère coloration jaune autour des yeux de Rheal, trahissant le cancer du foie qui l'emporterait. C'est peut-être son esprit qui lui joue des tours, mais elle en mettrait sa main à couper.

Elle ne voit plus que ça alors qu'elle ne voyait rien à l'époque, lorsque ça aurait pu tout changer.

Peu à peu, Babs se rend compte que les discussions se sont tues. Les femmes attendent en silence et jouent avec leurs mugs en évitant son regard. S'arrachant à la photo, les yeux de Babs se posent sur ces femmes, ses amies et associées dans les affaires de Little Canada. Elle tire une longue taffe sur sa cigarette puis l'écrase dans un cendrier en verre couleur émeraude, aussi grand qu'un plat de service et disposé au centre de la table.

« Quoi ? » fait-elle en passant l'assemblée en revue.

Pas un mot. Stella, toujours ivre y compris en cet instant, à 9 heures du matin, renifle un peu mais se ressaisit et plaque une main sur sa bouche. Carmeline, aussi maîtresse d'elle-même que Babs, feuillette calmement un prospectus qui était glissé dans le journal du matin en faisant mine de ne pas avoir entendu la question. Bernette et Stella ont le regard plongé dans le café premier prix qui remplit leurs mugs. Quant à Rita, que concerne la dimension personnelle de l'ordre du jour, elle fixe Babs avec un air à la fois implorant et rebelle.

Babs pousse un soupir puis s'aperçoit que sa main droite tremble à côté de son paquet de cigarettes. Afin de l'occuper, elle prend son téléphone et envoie un message à ses filles.

09:01 : Une de vous a intérêt à me répondre fissa, sinon je vais vraiment me mettre en colère.

« Vous avez vu ? dit Carmeline en tapotant avec un doigt sur le prospectus. Deux pots de cornichons pour 3 dollars cette semaine.

— C'est quoi le prix normal ? demande Stella.

— 1,79 le pot, répond Carmeline.

— 60 cents c'est pas rien, dit Stella. Y a un nombre maximum de pots ? »

Carmeline plisse les yeux afin de déchiffrer les petits caractères. « Quatre par client.

— Voilà, y a toujours une limite, dit Stella. C'est ça, l'arnaque. Avec leurs promos, ils te donnent envie de venir acheter des cornichons et tu finis par prendre un tas de trucs dont t'as pas besoin, juste parce que tu les vois dans les rayons. Si tu fais pas gaffe, tu ressors avec du faux-filet et du caviar que t'as payés plein pot, en plus de tes quatre pauvres pots de cornichons.

— En parlant de cornichons, dit Carmeline avec un regard placide en direction de Stella.

— Vous voudriez pas la boucler, toutes les deux ? » fait Babs.

Devant l'évier de la maison où il vit avec Sis Dionne, Bruce Coté récure une poêle avec le dernier lambeau d'un tampon en laine d'acier tout en repensant à la fois, quand il était encore au collège, où DJ Hawes lui a mis une raclée. Durant un match de foot, DJ s'est échappé sur son aide et, contre toute attente, Bruce, désigné gardien de but parce que c'est le poste qu'on donne toujours au moins sportif de l'équipe, a réussi à arrêter son tir. Un moment de gloire pour lui qui, même à cet âge, pouvait compter ses succès sur les doigts d'une main. Cette fois-ci, il a fait ce qu'il fallait : il a vu DJ fondre sur lui depuis la gauche, est légèrement sorti de sa cage pour fermer l'angle et compliquer le tir, puis, tandis que l'attaquant armait sa frappe, il s'est jeté et a étouffé le ballon sous sa poitrine. Bruce se repasse régulièrement cet épisode et éprouve le même mélange de fierté et d'ébahissement d'avoir pu réaliser un tel exploit sous pression, d'avoir su garder son calme, lire le jeu et, sans même réfléchir, accomplir la mission qui lui était assignée, tant qu'à faire avec un peu de style.

Debout devant l'évier, tout en s'acharnant sur la poêle avec son tampon, Bruce s'efforce, comme chaque fois, de ne pas penser à ce qui s'est passé ensuite.

Car à la fin du match, dans le vestiaire qui sentait la chaussette humide et le détergent industriel, DJ annonça publiquement son intention de coller une branlée à Bruce après les cours. Ce dernier fut donc condamné à entendre, tout le reste de la journée, la nouvelle circuler au moyen de petits mots transmis de main en main et de murmures échangés entre les bureaux, et à redouter ce qui arriverait quand le bus les déposerait tous les deux à Little Canada, en bas de Grove Street. Pendant le déjeuner, tout en mangeant un sandwich tout aplati au beurre de cacahuètes et à la confiture, Bruce se rongea les sangs. En cours de bio, il découpa sans enthousiasme la peau caoutchouteuse d'une grenouille morte et se rongea les sangs. En cours d'histoire des États-Unis, il écouta d'une oreille le débat sur la guerre contre les Français et les Indiens et se rongea les sangs. Toutefois, lorsque les bus s'alignèrent devant le collège à la fin des cours, Bruce avait cessé de se ronger les sangs et son inquiétude avait été remplacée par l'habituelle résignation tendue qui s'installait en lui quand il avait eu suffisamment de temps pour se préparer à une raclée. Car il faut savoir que, depuis sa plus tendre enfance, les autres avaient toujours trouvé de bonnes raisons de s'en prendre à lui, et DJ était loin d'être le plus costaud ou le plus terrifiant.

C'est pourquoi, lorsque le bus s'arrêta dans Grove Street, au lieu d'essayer de foncer vers la sécurité que lui offrirait la maison de son père, juste au coin de la rue et à portée de vue, Bruce descendit lourdement les marches de métal et attendit DJ. Les bras ballants, il laissa tomber son cartable dans la poussière. Quelques garçons, qui descendaient habituellement à d'autres arrêts, le suivirent, se mirent en demi-cercle un peu plus loin et attendirent le carnage avec impatience. Enfin, ce fut au tour de DJ d'apparaître, et il sourit en constatant que Bruce avait eu le courage de l'affronter au lieu de s'être enfui quand il en avait encore le temps.

« J'espère que t'es prêt, parce que tu vas prendre cher », annonça DJ. Il portait un sweat à capuche MY CHEMICAL ROMANCE et un jean noir avec des lanières en cuir noir qui pendaient le long des jambes.

Il mesurait une tête de plus que Bruce, et à treize ans il avait déjà un peu de duvet sur le bout du menton.

« Je crois, ouais », répondit simplement Bruce tandis que le bus s'éloignait.

DJ était trop cool pour venir au collège avec un sac à dos ou même des livres, de sorte qu'il n'avait rien à poser. Il écarta légèrement les pieds, le talon arrière décollé du sol et prêt à pivoter, un poing au niveau du menton et l'autre de la joue. En le regardant, Bruce se rappela pourquoi DJ n'arrêtait pas de répéter que son grand frère avait boxé au niveau régional, comme si le fait que son frère soit (prétendument) un dur faisait de lui un dur par ricochet.

« Mets-toi en garde », annonça DJ.

Bruce ferma les poings et les leva devant sa poitrine.

« En garde, j'ai dit. »

Tout ce que voulait Bruce, c'était que l'autre en finisse afin qu'il puisse aller dans sa chambre et se remettre à peindre ses figurines en étain du *Seigneur des anneaux*. Une fois qu'il aurait nettoyé son sang, bien sûr. Et puisqu'il allait de toute façon prendre une volée, et que les figurines mesuraient moins de trois centimètres de haut et exigeaient de la précision, il n'avait aucune intention de s'esquinter les mains en donnant des coups.

« Allez, viens, frappe-moi », dit-il à DJ.

En des temps plus nobles, un garçon plus noble aurait peut-être décliné l'invitation. Hélas, DJ n'avait rien de noble, pas plus que les autres qui étaient venus dans le seul but de voir Bruce se faire rétamer.

Ils crièrent et brandirent les poings en l'air tandis que DJ envoyait Bruce au tapis d'un direct et crochet du droit, se bousculèrent et se poussèrent quand DJ leva sa bottine, le genou presque au niveau du sternum, et l'abattit sur le plexus de Bruce en lui coupant la respiration, Bruce qui roula sur le côté et se mit en boule en espérant vainement que ça le protégerait.

On pourrait croire que DJ se serait arrêté là, campé au-dessus de Bruce qui hoquetait et saignait, une main enroulée en bouclier autour de la nuque et l'autre agrippant sa poitrine. Les autres garçons devaient penser que DJ allait lui fiche la paix. Ils avaient cessé de l'encourager et de chahuter et étaient maintenant immobiles, mal à l'aise, certains avaient les mains dans les poches et se rendaient compte au plus profond d'eux-mêmes que DJ y était peut-être allé un peu fort, pourtant celui-ci recula son pied, visa la main de Bruce et frappa de toutes ses forces.

Des os craquèrent, tous entendirent le bruit, et Bruce hurla comme s'il avait reçu une balle dans le ventre. Il roula sur le dos, serrant sa main massacrée dans son autre main, une jambe battant faiblement le sol comme pour tenter de le propulser au loin.

C'est alors qu'un homme apparut, grand, l'air strict, un torse comme un tonneau de bière, des cheveux coupés en brosse avec une précision militaire et grisonnants sur les tempes. Avançant avec la puissance heurtée d'une excavatrice hydraulique, il tourna au coin de la rue et fondit sur eux, ses écrase-merde frappant le trottoir en cadence. Tous les garçons se figèrent, DJ compris – ils ne savaient pas qui était cet homme, voyaient seulement un adulte qui approchait à toute allure d'un air déterminé, et vu ce qu'ils étaient en train de faire, ça sentait mauvais. On était bien au-delà des histoires de cour de récré, lèvre enflée et nez qui saigne. Bruce était blessé. Ils allaient avoir de vrais ennuis, et ces ennuis prenaient la forme d'un homme dont les pas semblaient presque faire trembler le sol tandis qu'il avalait les derniers mètres les séparant.

Puis l'homme s'arrêta, les jambes écartées, la bouche entrouverte et le souffle rapide, rageur. Il dévisagea les garçons, qui se détournèrent, puis il regarda Bruce, lequel avait cessé de pleurer et levait les yeux vers lui avec une terreur muette et bien trop familière.

« Vous tous, gronda l'homme sans le quitter du regard, si vous avez un tout petit peu de jugeote, vous allez foutre le camp d'ici. »

Une putain de bonne nouvelle de leur point de vue, mais avant qu'ils aient le temps de faire un geste, l'homme se baissa et chopa Bruce par la chemise, le souleva et le tint en l'air sans le moindre effort. Les jambes de Bruce battaient dans le vide et il se remit à pleurer, en silence, tout en continuant à serrer sa main brisée contre sa poitrine tel un oiseau blessé.

« Tu m'expliques à quoi tu joues ? » lui demanda l'homme.

Dans un mélange de morve et de larmes, Bruce miaula, « Papa, je... »

Les garçons en oublièrent leur intention de décamper et restèrent bouche bée. Ce colosse, c'était le père de Bruce ?

« Qu'est-ce qu'on fait quand quelqu'un nous frappe ? » demanda l'homme. Puis il administra un revers à Bruce, presque sans y penser, mais vu que sa main était aussi grosse qu'une patte d'ours, le coup emporta quand même la tête du gamin.

« Qu'est-ce qu'on fait ? » répéta l'homme.

Bruce parvint seulement à répondre un borborygme.

Plus fort cette fois, une vraie gifle. La joue de Bruce s'enflamma immédiatement, et les garçons n'en perdirent pas une miette.

« Bruce, qu'est-ce qu'on fait quand quelqu'un nous frappe ?

— On le frappe aussi ! » vagit Bruce, et jamais les garçons n'avaient entendu un son aussi étrange et aussi pur, c'était celui d'un cœur qui se brise comme un verre en cristal, et bien plus tard certains d'entre eux, désormais adultes et alors qu'ils n'auraient pas pensé à Bruce depuis plusieurs décennies, se réveilleraient en sursaut quand ce cri résonnerait entre les murs de leur chambre obscure. Et ils se rappelleraient.

À présent, debout devant l'évier de sa cuisine, lui aussi désormais adulte et encore un peu bourré de la veille, tout en songeant à s'envoyer un petit gorgeon de la vodka qu'il planque dans la chasse d'eau lorsqu'il aura fini la vaisselle, Bruce tourne la tête vers la petite table où son fils, Jason, est assis bien droit, les mains posées sur les cuisses. Neuf ans et pas plus épais qu'un roseau, avec sous l'œil gauche un œuf de pigeon qui enfle comme un anévrisme. Il a devant lui des œufs brouillés et un toast maintenant froid, ainsi qu'un verre de jus d'orange.

« Il est bon, ce jus ? » demande Bruce qui voit pourtant que Jason n'y a pas touché.

Pour toute réponse, le gosse se trémousse nerveusement.

Bruce range la poêle, à peu près propre, dans l'égouttoir à côté de l'évier. « Je l'ai pressé exprès pour toi, tu sais, dit-il. Je me suis levé tôt et je suis allé t'acheter des oranges. »

Mais tu lui as aussi mis une trempe et tu t'en souviens même pas, espèce de sac à merde. Si tu buvais encore un coup, plutôt ?

C'est prévu. Dès qu'il aura réussi à faire manger le petit, il ira aux toilettes, il fermera la porte, soulèvera doucement le couvercle de la chasse d'eau, sortira la bouteille de vodka, la laissera goutter au-dessus du réservoir pour éviter de mouiller le sol et s'enverra une bonne grosse lampée, voilà ce qu'il lui faut, juste de quoi apaiser les papillonnements dans sa poitrine et étouffer les baskets qui crissent dans son crâne, une gorgée pour se lancer et ensuite il se consacrera à Jason, ils traverseront le monde seuls tous les deux puisque la mère du petit a disparu depuis deux jours – à moins que ce soit trois ? –, et Bruce compte bien se limiter à cette unique grosse lampée de vodka médicinale qui lui permettra, aujourd'hui, d'aimer son fils d'une manière un peu moins imparfaite.

C'est le plan. Il vaut ce qu'il vaut.

Bruce se retourne et tente un sourire. « Alors, t'as l'intention de les manger un jour, ces œufs ? »

Jason le regarde sans rien dire ; la bosse sous son œil reflète laidement la lumière du soleil qui baigne la cuisine.

Bruce lui sourit encore. « Bon, si tu les manges pas, je vais les manger. »

Jason s'apprête à marmonner une sorte de non-réponse afin de temporiser, quand un coup frappé à la porte du fond lui sauve la mise. Des pas pressés dans le couloir, et quelques instants plus tard Lori déboule sans avoir attendu qu'on lui ouvre.

« Elle est pas là », lui dit Bruce.

Comme si elle ne l'avait pas entendu, Lori considère Jason, remarque le cocard et lui prend le menton dans la main pour y regarder de plus près.

« Est-ce que ça va ? » lui demande-t-elle très gentiment.

Le petit fait oui de la tête.

Elle fusille Bruce du regard. « Bien, alors file dans mon camion, dit-elle à Jason.

— D'abord il finit son jus d'orange », dit Bruce.

Lori s'empare du verre et le boit cul sec. « Dans le camion, dit-elle à Jason en posant le verre vide. Allez. »

Jason se lève et sort par la porte du fond.

« Où tu l'emmènes ? demande Bruce.

— Où est Sis ? demande Lori.

— Ça fait deux jours que je l'ai pas vue.

— Elle a zappé une livraison hier, Bruce.

— Quoi ?

— Si t'es au courant de quelque chose, il faut me le dire.

— Ça fait deux jours que je l'ai pas vue », réitère Bruce.

Il y a un silence pendant que Lori l'observe. Puis : « On parlera plus tard de son œil », dit-elle, et elle s'en va à son tour.

Babs agite sa cigarette en l'air, dessine des loopings de fumée comme si la clope était un de ces avions qui écrivent des messages dans le ciel. « Rita, si c'était pas ton fils, tu réclamerais sa tête, comme nous toutes, dit-elle.

— Tim est un bon gars, Babs », répond Rita.

Les autres s'étranglent avec leur café.

Carmeline, qui n'a jamais, en cinquante-neuf ans, laissé un seul mot d'anglais franchir ses lèvres bien qu'elle le comprenne parfaitement, intervient en français : « C'est un junkie et un abruti.

— Il a dépouillé Larry, dit Babs. Il a tout pris.

— Même ce qui ne lui servira pas à se défoncer, ajoute Stella.

— Comment vous savez que c'était Tim ? demande Rita.

— Réfléchis, Rita, dit Babs. C'est une pharmacie. Y a des caméras. »

Bernette se lève et va se resservir un café. « Tim devrait s'estimer heureux que Larry soit venu nous trouver au lieu de porter plainte, dit-elle en remplissant son mug.

— Résultat, toute la ville reste avec ses ordonnances sur les bras, dit Stella.

— Ce crétin a pris mes cachets pour le cholestérol », dit Carmeline.

Incrédule, Rita les dévisage l'une après l'autre. Les yeux sont braqués sur elle. Tout indique que Tim va le payer cher, bien qu'il soit son fils.

« On peut pas laisser filer, tranche Babs. Pas cette fois.

— Je te rappelle qu'on parle de ton neveu », réplique Rita.

Mais Babs se borne à hausser les épaules, manière de dire : *Tant pis.* Elle écrase son mégot et secoue le paquet pour en faire tomber une nouvelle cigarette. Tandis qu'elle l'allume, elle voit la Chevrolet bleue de Lori se ranger le long du trottoir, mais au lieu d'en vouloir à sa fille pour son retard, elle éprouve un sentiment bien plus troublant : du soulagement. Toutefois, si elle est soulagée, ce n'est pas parce que sa fille va bien – elle n'en a jamais douté –, plutôt parce que Lori va pouvoir l'aider, venir en renfort. Babs n'est pas habituée à avoir besoin qu'on la secoure, ça la surprend et elle n'aime pas ça. Si elle doit faire désormais aveu de faiblesse, elle préférerait le savoir au préalable, avant que ladite faiblesse lui mette des bâtons dans les roues.

Et voilà que sa main droite recommence à trembler. Elle l'immobilise avec la gauche et dit aux dames, « Mon petit-fils arrive. »

Sur quoi, la conversation se poursuit en français.

« Ce n'est pas en prenant Tim comme bouc émissaire que vous allez régler quoi que ce soit, dit Rita. Il y a d'autres toxicos qui traînent dans le coin.

— Mais c'est le seul qui vole mes médocs », réplique Carmeline.

Jason et Lori entrent par l'arrière et les dames se jettent sur le petit dans un vacarme de basse-cour, en lui soufflant au visage leur fumée et leur haleine caféinée – *Non mais regardez-moi ces bouclettes !* Mon Dieu*, *comme tu as poussé ! Ça fait une éternité que je t'ai pas vu !* Jason fend lentement la mêlée en accueillant cette avalanche d'affection avec une joie timide, et se retrouve enfin devant sa grand-mère. Babs lui prend les deux mains en veillant à ne pas laisser son visage s'assombrir quand elle remarque le cocard.

« Bonjour, mon petit chéri, lui dit-elle en anglais.

— Salut, *Mémère** », répond Jason.

Babs le serre contre sa poitrine et lève les yeux vers Lori. « C'est son père qui lui a fait ça ? demande-t-elle en français.

— Il s'est pas cogné dans un réverbère », confirme Lori.

Babs inspire un grand coup, se bricole un sourire et recule Jason pour le tenir à bout de bras. « Tu as faim ? lui demande-t-elle.

— Papa m'a fait un petit déjeuner, dit Jason.

— Ce n'est pas ce que je t'ai demandé.

— J'ai pas très envie de manger, dit Jason.

— Je me doute, dit Babs. Écoute, est-ce que tu veux dormir chez *Mémère** ce soir ? On pourra jouer à *Sneak King* sur la Xbox.

— C'est nul, *Sneak King*, dit Jason.

— D'accord, va jouer à ce que tu veux. » Babs le pousse légèrement vers le salon. « On ira se chercher à déjeuner tout à l'heure, toi et moi. »

Les dames le regardent s'en aller.

« Tu as des nouvelles de Sis ? demande Lori à Babs.

— Ta bonne à rien de sœur peut attendre, répond Babs en français. On a des affaires plus urgentes à régler. »

Elle passe la tablée en revue – une fois de plus les femmes baissent la tête, sauf Rita. Babs soutient son regard, et pendant ce court instant cinquante années défilent entre elles. Babs est la première à détourner les yeux – ils glissent juste au-dessus de Rita, sur la photo qui la représente en compagnie de Rheal. Elle tire une dernière bouffée et écrase sa cigarette.

« Qui vote pour envoyer Tim vers des cieux plus cléments ? » demande-t-elle en levant la main et plantant à nouveau ses yeux dans ceux de Rita.

Lentement, non sans regret, Carmeline, Stella et Bernette lèvent la main à leur tour. Quant à Rita, bien sûr, elle garde les siennes croisées sur la table.

« Merci, mes amies, dit Babs. Maintenant, j'ai besoin de parler avec ma fille.

— Avant que tu nous congédies, intervient Rita, est-ce qu'on pourrait justement parler un peu de ta fille ? L'autre.

— Tante Rita, dit Lori. N'aggrave pas les choses.

— Mais avec plaisir, dit Babs. Tire sur la corde autant que tu voudras, Rita.

— Chaque fois que Sis déconne, on passe l'éponge, dit Rita. Mais quand c'est Tim, on l'excommunie. Y a quelque chose qui m'échappe ?

— La différence, dit Babs, c'est que Sis est ma fille. »

Rita laisse échapper un bruit de gorge méprisant.

« Tu espérais autre chose ? demande Babs. Tu pensais que j'allais t'expliquer de manière logique pourquoi Tim doit dégager et pourquoi Sis s'en sortira toujours ? Mais y a pas d'autre réponse. C'est ma fille. Point final. Et si ça te déplaît, je te retiens pas.

— C'est injuste, dit Rita.

— Évidemment que c'est injuste ! crache Babs. Sérieusement, Rita. La "justice", c'est des conneries pour les patriotes et les bons citoyens. La chambre de commerce, les gentils étudiants qui vivent dans les hauteurs. Nous, en bas, on a mieux à faire que de croire dans la "justice". En tout cas, on *avait* mieux à faire. »

Des larmes vernissent les yeux de Rita. « Putain, Babs.

— En plus, dit Babs, on rend service à Tim. Bates lui fera pas plus de cadeaux que nous. Si Tim reste dans les parages, il est bon pour passer dix ans à Warren. C'est vraiment ce que tu veux ? »

Un silence. L'air vibre. « Ce que je veux, dit Rita, c'est que tu comprennes enfin que les gens ne sont pas des objets, tu peux pas les manipuler à ta guise. »

Rita se lève et sort à grandes enjambées en laissant sa cigarette encore allumée dans le cendrier et la porte grande ouverte.

« Rita », crie Babs. Mais elle est partie.

Après avoir attendu une minute, les femmes rincent leurs mugs dans l'évier l'une après l'autre, disent *à plus** à Babs et Lori, et décollent.

« Fait chier, dit Babs en allumant une nouvelle cigarette.

— Ça s'est bien passé », dit Lori.

Babs tire une taffe et recrache la fumée avec force, les yeux toujours braqués sur la porte. « Tu crois qu'elle est consciente de ce qu'elle vient de faire ?

— Qui ça ? Rita ?

— À ton avis ?

— Qu'est-ce qu'elle vient de faire ?

— C'est la dernière fois qu'elle partait de cette maison.

— Maman.

— Je peux pas la laisser me défier devant tout le monde, dit Babs. Personne peut s'en tirer à si bon compte, même pas elle.

— Et donc quoi ? Tu vas la buter ?

— Non, dit Babs. C'est toi qui vas le faire.

— Maman !

— Je plaisante, dit Babs. Je vais m'occuper d'elle. Toi, tu as déjà Tim sur les bras.

— J'avais compris, merci.

— Et si tu te servais un café ? Vu ta tête, ça te ferait pas de mal. »

Lori se laisse tomber sur une chaise et s'empare de la cigarette à moitié fumée que Rita a abandonnée dans le cendrier. « C'est la dernière chose dont j'ai besoin, là. » Elle ferme les yeux, renverse la tête en arrière et porte la cigarette à ses lèvres.

« Ah. Un peu tendue ? demande Babs. Peut-être quelque chose qui aurait l'effet inverse ?

— Tu vas vraiment excommunier Tim ?

— Pas moi. *On* va l'excommunier. Tu as vu le vote aussi bien que moi. »

Lori se redresse et ouvre les yeux. « J'ai l'impression que Sis a un problème. »

Babs jette un regard en direction du salon. « Baisse la voix, dit-elle. Ou parle en français.

— Ta fille a disparu*.

— Mon argent a disparu*.

— Bruce dit qu'il ne l'a pas vue depuis deux jours.

— Il commence à me courir sur les nerfs, lui.

— C'est leurs affaires.

— Leur couple, c'est leurs affaires, dit Babs. Mais ce petit, c'est mes affaires à moi aussi. Si ton père vivait encore…

— Ouais, sauf qu'il est mort. »

Dans l'impasse, elles se regardent et se taisent. Au bout d'un moment, Babs pose une main sur l'avant-bras de Lori.

« Tu as une mine atroce, dit-elle.

— Et toi, t'as une tête de momie », dit Lori.

Babs éclate de rire et lui tapote le bras. « Ta sœur va revenir. D'ici là, Jay-Jay restera avec moi, dit-elle. Pendant ce temps, va trouver ton cousin Tim et annonce-lui la mauvaise nouvelle. »

Chapitre 3

1er juillet 2016

Faites un sondage auprès de cent junkies, demandez-leur ce qu'ils feraient s'ils décidaient pour la énième fois d'arrêter la came. Pourvu qu'ils disposent d'une assurance et diverses autres ressources (par exemple, des personnes qui se soucient d'eux), cinq d'entre eux suivraient une cure de désintox en bonne et due forme. Dix ou quinze autres atterriraient aux urgences, d'où ils seraient expédiés dans un service de désintoxication sous-équipé au quatrième étage d'un hôpital sous-financé où, en compagnie d'une foule de schizophrènes et d'alcoolos, entre les mains d'un personnel bien intentionné mais brutal, ils baveraient et chialeraient en grelottant pendant une semaine, après quoi on leur filerait l'adresse d'un dispensaire de méthadone en leur souhaitant bonne chance. Les quatre-vingts derniers sueraient sang et eau pendant les cinq ou six premières heures de leur abstinence, au terme desquelles les véritables Cavaliers du Manque arriveraient au grand galop, et à ce stade ces quatre-vingts-là seraient capables de tabasser leur mère pour un fix qui les renverrait tout droit sur le manège de l'addiction et de l'angoisse.

Il va sans dire que, au sein de ce panel, aucun des sondés n'entamerait sa cure de sobriété par une bonne séance de course à pied. C'est pourtant ce que choisit de faire Lori en sortant de chez sa mère.

Cela dit, parler de course à pied relève, selon le point de vue qu'on adopte, de la charité ou de l'hyperbole. Déjà en nage dans son T-shirt MARINES et son short de gym avant même d'être descendue de son pick-up, elle clopine à présent le long d'une boucle de trois kilomètres qui fait le tour de Little Canada, et elle ruisselle autant que si on lui avait renversé un bol d'eau sur la tête. Même ses chaussures sont trempées.

Un observateur ne lui trouverait pourtant rien de remarquable, il ne verrait qu'une femme mince, à la mine sombre, qui s'obstine à faire son jogging sous un soleil de plomb. À mieux y regarder, cependant, notre observateur discernerait dans ses yeux une chaleur encore plus brûlante : la flamme de la haine. Lori hait cet endroit qui l'a vue naître et grandir, les vieilles maisons croulantes avec leur peinture écaillée et leur bardage en vinyle couvert de mousse, les touffes d'herbes qui se font passer pour des pelouses, les chiens efflanqués qui aboient sans arrêt au bout de leur corde. Elle hait aussi les habitants du quartier, mais ils sont au courant et la respectent : les apprentis gangsters blancs comme neige changent de trottoir et les poivrots lèvent leur canette pour la saluer.

Du point de vue de Lori, la communauté à laquelle sa mère s'accroche appartient au passé. Presque plus personne ne parle français. L'église n'est guère qu'un presse-papiers surdimensionné qui maintient en place le coin sud-ouest du quartier, davantage monument d'une époque révolue que lieu de culte actif. Il n'y a plus de principe directeur, si tant est qu'il y en ait eu un jour, ce qu'affirme mordicus Babs. Little Canada n'est qu'un ghetto de campagne, que Lori a quitté à la seconde où elle l'a pu, et parfois encore elle éprouve un sentiment d'égarement au réveil quand elle se rappelle où elle est.

Au bout de son troisième tour du quartier, au lieu de prendre à droite dans Water Street pour repartir vers le terrain de jeux et le cimetière, Lori vire à gauche et descend la longue pente qui suit le cours de la rivière, dépasse le bâtiment trapu en brique qui abrite l'antenne locale des Veterans of Foreign Wars (organisation à laquelle ont appartenu trois générations de Dionne, mais pas Lori), la façade décrépite du Scottie's Variety (où elle était pizzaïolo pendant ses années de lycée), la boîte de nuit Chez Paree (désaffectée depuis longtemps et où, un soir de 1984, un homme est entré avec une tronçonneuse dans l'optique de découper Rheal, le père de Lori, et a fini à l'hôpital avec une fracture du crâne et sans sa tronçonneuse, pour sa peine). Elle dépasse l'ancien Waterville Florist (sur la vitrine duquel demeure un message écrit au crayon gras : L'ESPOIR ÉCLÔT), puis un KFC décati et couvert de tags où le dernier *bucket* de poulet remonte à cinq ou six ans, avant d'arriver enfin à l'édifice qui constitue la raison d'être de Little Canada : l'usine Hollingsworth & Whitney. Une sirène aux oreilles de milliers de paysans francophones affamés. Une papeterie internationale. Pourvoyeuse de salaires et de cancers. Dévoreuse de chiffres. Destructrice de la faune et de la flore de la rivière. Emblème de l'ambition, de la prospérité et de la vigueur à l'américaine.

Désaffectée, elle aussi, et depuis un bail.

Lori s'arrête et croche ses doigts dans le grillage qui entoure l'usine. Elle n'a pas changé depuis 1846 : un premier bâtiment à six étages dépourvu de fenêtres qui abritait autrefois les chaudières et les pulpeurs, et un second, deux fois moins haut mais long comme quatre pâtés de maisons, où de gigantesques rouleaux en fonte vrombissaient jour et nuit pour sécher la pulpe de bois et la presser en feuilles de papier infinies. Les fenêtres du rez-de-chaussée sont condamnées par des planches de contreplaqué et la plupart de celles du premier étage sont cassées. Des ordures et les feuilles de l'automne dernier s'accumulent dans les coins et sous les escaliers. La cheminée, qui a fumé avec rage pendant toute l'enfance de Lori telle une cigarette géante, est endormie à jamais.

Les machines ont disparu, le bois a disparu et les ouvriers ont disparu, mais Lori sait que les fantômes sont toujours là. Et ils sont nombreux.

Elle tourne les talons et repart en trottinant vers la ville. Les cinq cents derniers mètres sont faciles, une fois qu'elle a franchi la côte escarpée mais courte où Water Street conflue avec Main Street, mais ça lui laisse tout de même le temps d'osciller une vingtaine de fois entre l'idée que ce n'était pas le bon jour pour décrocher et la résolution d'arrêter la came. Enfin, suante et tremblante, elle arrive à son pick-up. Elle tire sur la poignée, mais la portière est fermée à clé. Elle palpe les poches de son short, rien. Elle jette un coup d'œil par la vitre et repère la clé sur le siège passager, près de son téléphone. Fait chier.

Environ au même moment, Jason et Babs sortent par l'avant de la maison et s'apprêtent à monter dans le break de Babs quand un SUV Mercedes dernier modèle se range le long du trottoir avec un petit coup de klaxon amical.

Babs jette un coup d'œil au véhicule, un pied déjà à bord de sa voiture, et dit à Jason, « Monte. Je reviens tout de suite. »

Tandis qu'elle s'approche de la Mercedes, le conducteur baisse sa vitre, révélant un couple de trentenaires : dents superbes et peau saine, vêtements décontractés mais chers.

« Quelle chaleur, aujourd'hui, dit l'homme à Babs.

— Je peux vous aider ? demande Babs.

— On espère que oui, dit l'homme en exhibant une nouvelle fois ses dents. On a quitté l'autoroute pour chercher un endroit où déjeuner, mais on s'est un petit peu perdus. Y a pas beaucoup de réseau par ici. Vous sauriez où on peut trouver des *lobster rolls* ? »

Babs a un sourire sardonique. « Vous êtes à cent cinquante bornes du phare le plus proche, mon vieux. »

L'homme et la femme lui rendent son sourire, cependant ils commencent à douter.

« Un truc que peu de gens savent, dit Babs. Autrefois, le homard, c'est ce qu'on donnait à bouffer aux prisonniers. En avoir deux fois par semaine, c'était considéré comme une punition rare et cruelle. Et puis un commerçant futé est passé par là et aujourd'hui y a plein de bobos comme vous qui sont heureux de payer dix dollars pour avoir le droit de bouffer trente grammes d'une espèce de cafard préhistorique géant. »

L'homme éclate de rire. « Sans blague, fait-il. C'est passionnant. Mais bon, si vous pouviez nous indiquer… »

Babs le fixe un moment. « Bien sûr, je vais vous indiquer, dit-elle enfin. Allez au bout de la rue et prenez à droite. Continuez jusqu'au carrefour et prenez à gauche. Vous finirez par tomber sur la I-95. Engagez-vous sur l'autoroute et continuez à rouler jusqu'à ce que vous soyez de retour dans le Massachusetts. »

Le couple la regarde sans comprendre, sourires hors de prix désormais éteints.

« Et remettez jamais les pieds ici. »

La vitre remonte, lentement, et le joli couple s'éloigne dans son joli SUV, suivi du regard par Babs qui sourit d'un air satisfait.

Toujours en nage, jurant à voix basse, Lori cherche par terre de quoi casser la vitre de son pick-up. Pliée en deux, elle ne peut voir Shawn Paradis qui approche sur le trottoir, mais lui la remarque. Il s'arrête et l'observe un moment, il n'en croit visiblement pas ses yeux.

« Lore ? » dit-il enfin.

Elle sursaute, se redresse, et sursaute à nouveau en reconnaissant celui qui l'interpelle.

Il sourit, « Continuez, soldat.

— Je ne suis plus dans les Marines, dit Lori.

— Marine un jour, Marine toujours, non ? demande Shawn.

— Pas quand on est passé en cour martiale », répond Lori.

Tous deux gardent le silence un moment, stupéfaits de se retrouver face à face.

« Je dois avouer, reprend Shawn, que tu es la dernière personne que je m'attendais à croiser.

— Pareil, dit Lori.

— Tu ressembles à une merde sortie du four.

— Merci, Shawn. Qu'est-ce que tu fais dans le coin ? »

Il indique ses pieds : petites sandales camelote du salon de beauté, ongles récemment vernis.

« Une pédicure, répond-il. Ça m'aide à me détendre. »

Un peu perplexe, Lori considère ses orteils. « C'est quelle teinte, ça ?

— Petite robe noire. Une de mes préférées.

— D'accord, et la suite du programme, c'est quoi ? Le maillot à la brésilienne ?

— Non, je laisse pousser. Vous êtes peut-être pas au courant, à la campagne, mais les toisons seventies reviennent à la mode. »

Lori sourit malgré elle. « Je voulais dire : qu'est-ce que tu fais au pays ?

— Je pourrais te retourner la question.

— J'habite ici. »

Shawn hausse les sourcils et prend une mine exagérément surprise. « Sans déconner, dit-il.

— Eh ouais. Et toi ?

— Mon père est malade.

— Je croyais que t'avais rien à faire de ton vieux, dit Lori.

— C'est vrai. Je suis venu pour ma mère. »

Nouveau silence. Un peu plus mal dans sa peau à chaque seconde, trop consciente de l'image qu'elle renvoie, Lori voudrait pouvoir prendre congé, grimper dans son pick-up et rentrer chez elle en laissant une grande trace de gomme dans son sillage. Mais ses clés sont toujours sur le siège passager et la portière est toujours verrouillée. Elle reste donc plantée comme une idiote sans savoir quoi répondre.

Shawn se charge de briser le silence. « Alors. Tu fais quelque chose plus tard ?

— Stop, pas un mot de plus.

— Quoi ? fait Shawn avec un grand sourire. Je t'ai seulement posé une question innocente pour savoir comment tu as prévu d'occuper le reste de ta journée. Et/ou de ta soirée.

— Tu trouves que j'ai l'air prête pour un *date*, Shawn ?

— Ça, c'est à moi d'en décider. »

Lori regarde alentour. « J'ai un programme un peu chargé, dit-elle, mais je devrais pouvoir trouver un peu de temps si tu veux bien me rendre un service.

— Je t'écoute, dit Shawn.

— Tu sais comment forcer la porte d'un pick-up ? »

Shawn la fixe d'un air interrogatif. « Pas toi ? »

Et comme Lori n'a pas la force de supporter un moment pareil – les tremblements, la transpiration, les chiens qui aboient dans sa tête, Sis aux abonnés absents, Shawn qui ressurgit d'un passé mort et enterré et se met en quatre pour lui faire croire qu'elle l'attire encore, ce méchant soleil qui lui cogne sur le crâne comme la matraque de sa mère –, elle se baisse, attrape un morceau de bitume détaché du trottoir et se met dans une position de lanceuse de poids pour l'expédier dans la vitre du pick-up.

Mais, juste avant qu'elle jette, Shawn lui pose une main sur l'épaule.

« Est-ce que je peux te suggérer une approche un peu plus subtile ? »

Lori se tourne vers lui.

En lui indiquant le pick-up, il dit : « L'autre portière n'est pas verrouillée, Einstein. »

C'est la vérité : côté passager, le bouton noir de la porte se dresse fièrement et joyeusement.

« Super », fait Lori, qui lance tout de même le morceau de trottoir à travers la vitre, histoire d'entendre quelque chose se briser.

La clientèle du Sunset Beach de Belgrade, dans le Maine, à vingt minutes de route de Waterville, est principalement composée de personnes qui n'ont pas les moyens de se payer un chalet au bord du lac : jeunes familles de prolos, ados de la ville, gérants d'entreprises foireuses de pharmacologie illicite. Babs, elle, aurait tout à fait pu s'offrir cash une maison avec vue sur le lac, de même qu'elle aurait pu s'offrir une plus jolie baraque en ville ainsi qu'une voiture fabriquée au XXIe siècle. C'est par choix qu'elle vit dans la maison où elle est née ; par choix qu'elle garde, et entretient à grands frais, le break Ford Country Squire de 1978 que Rheal a acheté neuf pour leur mariage ; et par choix que, depuis des années, elle dépense trois dollars par personne plus cinq pour le parking afin d'emmener Jason au Sunset Beach.

Au Sunset Beach, le code vestimentaire en vigueur peut être qualifié de « bouseux décontracté » : shorts découpés dans des jeans et maillots deux pièces étirés au-delà de la limite. On s'y promène en éclusant des canettes de mauvaise bière locale et on y fait cuire des steaks sur des barbecues enchaînés à des rochers pour empêcher qu'ils puissent être volés sans utiliser un chalumeau. Des coffres ouverts des voitures s'échappent des tubes de rock classique qui se chevauchent les uns les autres, et les poubelles débordent sur la pelouse, vomissant sachets de chips, bouteilles de soda et couches sales.

Arrivés relativement tôt, Babs et Jason ont réussi à s'approprier la table la plus proche de la petite plage, à l'écart de la foule. Les reliefs de leur pique-nique jonchent la table, et des enfants poussent des cris en s'éclaboussant non loin dans l'eau peu profonde.

« Tu te rappelles quand on venait ici presque tous les week-ends ? demande Babs.

— Ouais, fait Jason.

— Et puis tu as grandi et tu en as eu marre de passer du temps avec ta *mémère**.

— C'est pas vrai.

— Ah bon ?

— C'est papa, il a dit que je devais commencer à faire des choses dans la maison. Si je voulais aller à la plage, ou jouer au basket. L'un ou l'autre.

— C'est la vérité, ça ? » dit Babs.

Ils se taisent un moment. Quand elle entend du bruit derrière eux, Babs se retourne et découvre une grosse femme, bras nus couverts de tatouages amateurs, qui hurle sur un nourrisson et menace de l'enfermer dans la voiture pour le punir de quelque chose. Plus loin, à une table, un homme au ventre en forme de planète velue mélange de la liqueur de café avec du lait dans un gobelet Dunkin' Donuts géant.

Babs se retourne vers Jason. « C'était plus sympa, avant, dit-elle.

— Avant, y avait un toboggan, dit Jason.

— Mais oui, c'est vrai. Je me demande pourquoi ils l'ont enlevé. »

Jason hausse les épaules.

« Sûrement un gamin qui s'est coincé le slip dans la raie des fesses en touchant l'eau et les parents auront fait un procès », dit Babs.

L'image fait rire Jason.

« Les gens deviennent des vraies chochottes, Jay-Jay, dit Babs. Sauf toi. Et moi. »

Un jet-ski rugit trop près de la plage en projetant un panache d'eau qui retombe tout près des enfants. Babs lui décoche un regard assassin, puis elle inspire un coup et se tourne vers Jason.

« Il faut qu'on parle de ton œil, bonhomme », dit-elle.

Pas de réponse.

« C'est ton père qui t'a frappé ?

— Après, il m'a fait un jus d'orange pressé, dit Jason.

— Alors, c'est comme ça que ça marche ? D'abord il te fait mal et ensuite il est gentil ? »

Jason acquiesce, à peine, et sur son visage plusieurs loyautés s'affrontent : envers son père, envers sa *mémère**, envers lui-même et son désir de ne pas trahir les secrets. Babs soupire et avance sa main sur la table pour qu'il y dépose la sienne.

« Jay-Jay, dit-elle, est-ce qu'il frappe aussi ta maman ? »

Jason hausse les épaules.

« Il va falloir que tu m'en dises plus.

— Je crois pas, non, dit Jason. Ils se disputent beaucoup. Quand je suis couché, en général.

— Mais il ne la frappe pas. Il n'y a que toi qu'il frappe. »

Nouveau haussement d'épaules.

Babs laisse son regard errer sur l'eau, en direction d'une toute petite île près du centre du lac, où, quand elle était enfant, avant Sacha, avant qu'elle comprenne vraiment qui elle était, elle allait en barque avec ses frères et sœurs pour cueillir des myrtilles sauvages.

« *Mémère**. Pourquoi tu trembles ? »

Baissant les yeux, Babs s'aperçoit que Jason a lâché sa main et que cette traîtresse de main tremble sur la table, à côté des miettes du sandwich qu'ils ont acheté à l'épicerie en venant.

« *Mémère** a un problème », dit-elle en français.

Le petit la fixe, interdit.

« Et j'ai peur de découvrir ce que c'est, dit-elle, toujours en français.

— Je comprends pas ce que tu dis, *Mémère**, dit Jason.

— Je sais, répond-elle en anglais. Mais c'est important que tu comprennes. C'est important que tu apprennes le français.

— Pourquoi ? Y a plus personne qui parle français.

— Écoute-moi. Si tu ne connais pas ta langue, tu ne peux pas savoir qui tu es. Et si tu ne sais pas qui tu es, alors tout ce que ton *pépère** et moi on a construit, tout le travail qu'on a fait, les choses qu'on a essayé de protéger, ça va disparaître. Tu comprends ? »

À nouveau cette expression sur le visage de l'enfant, aux prises avec ses loyautés contradictoires. Babs l'observe, l'encourage du regard, mais elle finit par se rendre compte qu'il est épuisé et elle s'adoucit.

« Allez, dit-elle en se levant. On va se baigner ?

— T'as pas de maillot, dit Jason.

— C'est parce que je vais seulement dans l'eau jusqu'aux mollets. Tu as oublié ? »

Jason sourit. « Tu mouilles toujours ton pantalon, dit-il. Et ça te met toujours en colère.

— Prends ta serviette, petit malin. »

Ils se dirigent vers l'extrémité de la plage, à l'écart des enfants qui jouent à s'éclabousser. Babs retrousse les jambes de son pantalon pendant que Jason s'avance et rassemble son courage avant de plonger – été ou pas, les lacs du Maine restent froids, surtout ceux qui, comme celui-ci, sont alimentés par des sources.

Babs grimace en mettant les orteils dans l'eau. « Tu te souviens, tout à l'heure, quand j'ai dit que tu pourrais dormir chez *Mémère** ce soir ? » demande-t-elle.

Immergé jusqu'à la taille, Jason joint les mains sur le torse, ses épaules et ses bras sont hérissés de chair de poule. « Oui, dit-il sans se retourner.

— Je me disais que ce serait bien si tu restais plus longtemps, dit-elle. Ce serait comme avant, quand tu passais plusieurs jours avec *Pépère** et moi. À l'époque où il y avait un toboggan dans cette décharge.

— Je crois pas que Papa voudra, dit Jason.

— *Mémère** lui touchera deux mots. » Babs avance à tout petits pas, elle a maintenant de l'eau aux chevilles. « Alors, tu y vas ou quoi ? »

Avec un petit cri, Jason plonge et disparaît. La surface se trouble, puis s'apaise, et soudain la peur transperce la poitrine de Babs. Plus que de la peur, c'est une terreur brutale et absolue, le genre de sensation qu'elle n'a jusqu'alors connue que dans ses rêves. Et puis la tête de Jason transperce la surface et le garçon est hilare, il prend de grandes goulées d'air et le froid lui donne le vertige. Le fond du lac ne s'est pas ouvert pour l'engloutir. Il est toujours là, toujours vivant. Il se tourne vers Babs qui s'efforce de lui sourire, consciente de l'aspect grotesque de sa tentative, de son visage raide comme la cire.

Puis Jason se remet à rire et la pointe du doigt en prononçant des mots qu'elle ne saisit pas. Suivant la ligne invisible qui part de son index, elle baisse les yeux et voit que l'ourlet de son pantalon baigne dans l'eau du lac.

« Et merde », fait-elle.

Chapitre 4

1er juillet 2016

Tandis que Babs se lamente sur son ourlet trempé, l'Homme, ni jeune ni vieux, ni noir ni blanc, étrange et pourtant bien de ce monde, fonce sur la I-95 à bord d'une Chevrolet Impala dont la carrosserie a la couleur des os délavés par le soleil.

Comme toujours, ses affaires l'appellent.

Semblable aux éléments, l'Homme est amoral et imperméable à toute tentative de raisonner ou de marchander. Les demandes de grâce vibrent sur une fréquence que ses oreilles ne captent pas. Il est le cinquième avis de retard en cas de facture impayée. L'ordre d'expulsion, l'appel menaçant de l'organisme de recouvrement, la saisie, le droit de gage, le *Rien à foutre, je veux mon fric.* Il est l'anéantissement de l'avenir que vous imaginiez. Au moment où il se présente sur le pas de votre porte, vous avez déjà été amplement averti, ne manque éventuellement qu'une fanfare précédée d'une banderole QU'EST-CE QUE TU FOUS CONNARD ?, par conséquent il ne vient pas pour négocier. Son travail consiste à vous faire comprendre que ce n'est pas à vous de décider, que vous ne maîtrisez rien et que vous n'êtes ni aussi intelligent ni aussi débrouillard que vous le pensiez. À vous rappeler que, lorsqu'on laisse pourrir certains problèmes trop longtemps, ils deviennent insolubles. L'Homme peut sembler être irréel, une illusion, mais nier son existence ne suffira pas à vous en protéger. Il n'a pas besoin que vous croyiez en lui pour encaisser vos dettes.

L'Impala de l'Homme semble toujours juste sortie du concessionnaire, mais on aurait du mal à s'en rendre compte car il roule une fois et demie au-dessus de la vitesse autorisée. Vu depuis le bas-côté, c'est un éclair blanc. Non qu'il soit particulièrement pressé. À vrai dire, il ne se presse jamais, même lorsqu'il roule à tombeau ouvert. Il n'est pas sujet à l'urgence comme le sont les personnes ordinaires. Son pouls dépasse rarement les soixante battements par minute (quarante quand il se tient immobile). Il n'a jamais eu besoin de déodorant. Pas une seule fois il n'a souffert du mal de crâne que provoque le cortisol, l'hormone du stress qui, chez la plupart de ses congénères, est le compagnon quotidien de la vie moderne. La raison en est peut-être génétique. Quoi qu'il en soit, son système nerveux autonome demeure assoupi dans toutes les situations où une personne lambda sonnerait l'alarme, activant tous ses leviers hormonaux et cardiovasculaires afin de préparer son corps à une menace mortelle, qu'elle soit authentique ou imaginaire. Chez lui, ça ne marche pas comme ça.

Il identifie bien la tension et le danger au niveau intellectuel, mais son corps refuse d'y répondre. Non seulement cela explique qu'il ne connaisse qu'une seule humeur – l'impassibilité joyeuse –, mais cela le rend absolument indifférent à la peur, à la douleur et aux espoirs qui affectent le commun des mortels.

Les yeux rivés à la route, les mains en position 10 h 10, il conduit.

Par le passé, avant de comprendre qu'il a été envoyé sur terre dans le seul but de distribuer des leçons d'humilité, l'Homme a suivi une formation pour devenir coiffeur. À la Pierre's School of Cosmetology de Toronto. Il était doué. Il apprenait vite, avait la main sûre. Et cette école n'est pas un établissement véreux où le premier venu peut apprendre à jouer des ciseaux. Pour y entrer, il ne suffit pas de vouloir gagner sa vie en coupant des cheveux. La Pierre's School est l'équivalent de Harvard dans le domaine de la haute coiffure. La compétition y est sauvage. L'exigence aussi. Les coups bas et les trahisons plus fréquents que dans les compagnies de ballet. Les étudiants ne reculent devant aucun subterfuge et aucun sabotage, car les mieux classés seront presque automatiquement recrutés par les plus grands salons du monde. Là, ils factureront la coupe trois mille dollars, parfois plus. Quand une mode se répand de Chicago à Hong Kong, il y a fort à parier qu'elle a été initiée par un ancien de la Pierre's. Il faut avoir du talent. De la détermination. Une vision. Il faut comprendre intuitivement le cheveu.

Le comprendre avec ses mains, pas avec son cerveau. Il faut vivre pour la boucle. Haïr les pointes fourchues aussi violemment que si elles avaient tué votre grand-mère. Il faut être capable d'évaluer la porosité, la tonalité, la densité et une dizaine d'autres facteurs, puis synthétiser ces observations afin de faire coïncider ce que désire la cliente et ce qui est possible, tout en entretenant une conversation profonde et empathique au sujet de sa belle-mère.

Même au milieu de cette élite, l'Homme s'illustra. Il était le grand favori pour finir major de sa promotion, un honneur qui lui aurait ouvert toutes les portes. Nine Zero One à Los Angeles. Balmain à Paris. Sa propre ligne de shampooings et de crèmes. Une clientèle qui lui aurait envoyé des jets privés pour la rejoindre aux quatre coins du monde.

Sauf que.

Sauf que, pour obtenir leur diplôme, les étudiants de la Pierre's School doivent maîtriser l'art presque oublié du rasage au coupe-chou. Et ils savent, bien avant de commencer les cours de coupe-chou en quatrième année, que ce sera le plus grand défi de leur vie. Dans ce cours, les abandons sont encore plus fréquents que durant la formation des Navy SEALs, malgré une évaluation relativement simple qui consiste à raser vingt ballons de baudruche. L'instructeur en chef, un Français nommé Arthur Pépin, est surnommé « Attila » par les étudiants et s'en vante. Il arrive de son pas impérieux au milieu des groupes d'aspirants occupés à racler la mousse sur leurs ballons, s'arrête devant chacun et l'observe de son regard pénétrant. Il ne parle jamais, ne formule ni encouragement ni critique. Tous les jours, pendant des mois, il observe en silence, gardant pour lui et pour le Seigneur ses réflexions et impressions. Sa stricte opacité contribue à la difficulté de l'épreuve, mais la réalité crue et immuable est que l'écrasante majorité des étudiants, même les plus confiants et capables, n'ont pas le tempérament qu'exige le rasage au coupe-chou, et cela Pépin n'y est pour rien. Ils sont trop nerveux, même avec des ballons. Ils retiennent leur respiration, se tendent, et… PAN ! La première fois, Pépin pose un regard entendu sur le coupable, lequel fixe d'un air horrifié les lambeaux de son ballon, puis il croise les mains dans son dos et reprend son inspection sans un mot. Au demeurant, les mots seraient superflus : chacun sait n'avoir le droit qu'à une seule erreur. À la seconde, Pépin se contente, d'un geste sec, d'indiquer la porte que le fautif devra prendre pour ne jamais revenir.

L'Homme, lui, n'avait pas ces problèmes. Tandis que ses congénères se bourraient de calmants dans les toilettes avant les cours et utilisaient leur main libre pour stabiliser celle qui tenait le rasoir, lui sifflotait en travaillant, pas plus angoissé que s'il admirait le soleil couchant dans un transat sur une plage des Caraïbes. Il devint le premier étudiant dans l'histoire de la Pierre's à réussir un sans-faute au défi des vingt ballons. Dans son for intérieur, Pépin détestait l'Homme, car le mieux gardé de ses nombreux secrets était que lui-même n'avait jamais pu raser vingt ballons d'affilée. Et même s'il était le seul à savoir que l'élève avait surpassé le maître, il ne pouvait s'y résoudre.

Voilà pourquoi, lorsque arriva l'heure de l'examen final – qui consistait à raser Pépin en personne –, l'Homme avait déjà perdu avant que son blaireau ait effleuré la joue de l'enseignant. À l'aise comme de coutume, et aussi certain de son avenir qu'on peut l'être dans un univers capricieux, il inclina doucement le fauteuil dans lequel était assis Pépin, sous les yeux des étudiants rassemblés dans l'amphithéâtre au centre duquel se trouvait le fauteuil. Immobile et les yeux clos, Pépin semblait à peine respirer. L'Homme attendit que l'amphithéâtre soit plein, puis il enveloppa le visage de l'instructeur dans une serviette fumante, qu'il plia et replia de manière à ne plus laisser visibles que ses narines. Ensuite, il exerça une légère pression du bout des doigts afin de l'appliquer sur les joues et le cou. Cela fait, il déballa son nouveau rasoir, acheté pour l'occasion et fabriqué dans un morceau d'obsidienne craché par le volcan hawaïen Mauna Loa lors de son éruption en 1984, une pierre noire qui reflétait la chaude lumière jaune des ampoules. Cette lame était en théorie cinq cents fois plus tranchante que l'acier japonais, et à sa vue un murmure parcourut l'assistance. L'Homme posa le rasoir sur une petite table à instruments tout en finissant de compter en silence jusqu'à quatre-vingt-dix, après quoi il retira la serviette chaude, la plia en quatre et la remisa à côté du rasoir. Il se munit d'un bol et d'un blaireau, fit mousser le savon à raser et l'appliqua sans urgence, sans trac, sans même ce qu'on pourrait appeler de la patience car, pour que la patience existe et se manifeste, il faut un contraire, un contraire dont l'Homme était neurologiquement incapable : l'impatience.

Enfin, le grand moment arriva. L'Homme prit la lame d'obsidienne, étira la peau de l'instructeur entre le pouce et l'index de sa main libre et posa le tranchant juste sous la pomme d'Adam à un angle parfait de quatre-vingt-dix degrés. Quelques petits gestes vifs, comme lorsqu'on époussette une veste, et la barbe de trois jours que Pépin s'était laissé pousser fondit sous l'obsidienne.

Les autres étudiants retenaient leur souffle et sentaient leur cœur tambouriner contre leurs côtes pendant que l'Homme travaillait tout en souplesse sur la gorge de l'instructeur. À la première erreur, même infime, l'obsidienne l'aurait entaillée sans mal. Comment l'Homme faisait-il pour être aussi détendu ? Comment pouvait-il être aussi attentif et décontracté à la fois ? Et cette mélodie qu'on entendait, était-ce lui qui se mettait à fredonner ? Inconcevable, mais vrai ! Contre toute attente, contre toute logique, aussi tranquillement que s'il se baladait en forêt, l'Homme chantonnait un air joyeux tout en travaillant, s'arrêtant à intervalles réguliers pour essuyer – avec délicatesse – la lame sur son tablier.

Les spectateurs étaient partagés entre l'envie et l'admiration, l'incrédulité et un émerveillement enfantin. Quelques secondes plus tard, pourtant, un même sentiment ferait l'unanimité : tous seraient horrifiés.

Car ce qui se passa, c'est qu'une personne toussa.

N'allez cependant pas croire qu'il s'agissait d'un hasard malheureux. Pépin avait promis un A à un certain étudiant si ce dernier s'engageait à tousser, une seule fois, à un moment inopportun durant l'épreuve de l'Homme, offrant à Pépin une raison crédible pour tourner la tête. Son idée était de forcer l'Homme à lui laisser une légère marque, voire une petite coupure, qui l'aurait disqualifié sur-le-champ et, malgré son sans-faute sur les ballons, l'aurait privé de sa place de major de promotion, privé d'une place chez Balmain, privé de sa propre ligne de produits, privé de la vie qu'il s'imaginait et qui prenait la forme d'une valise pleine de billets.

Problème, Pépin ignorait que le rasoir était en obsidienne, car il avait déjà les yeux sous la serviette au moment où l'Homme avait dégainé sa lame. Il avait certes entendu murmurer l'assistance, mais il n'y avait pas réfléchi plus que ça. Et il avait bien noté une absence de friction suspecte tandis que l'Homme lui rasait la gorge, mais il ne lui était pas venu à l'idée d'en conclure que la lame contre sa peau était suffisamment aiguisée pour couper en deux jusqu'aux cellules de ses cheveux. Les yeux fermés, attendant la toux, il mettait cela sur le compte d'une technique développée par l'Homme pour raser en appliquant le minimum de pression. Cela pouvait expliquer son succès avec les ballons, mais ce n'était guère avisé, songeait Pépin avec délice, pour raser de vrais poils – ainsi que chacun s'en rendrait bientôt compte.

À cet instant, il songea donc qu'il ferait peut-être mieux de ne pas réagir quand l'étudiant tousserait, de rester de marbre, de laisser finir l'Homme afin que son humiliation soit complète quand l'assemblée constaterait la médiocrité de son travail. Afin que tous voient et comprennent que son infaillibilité n'était qu'une façade, un bête tour de prestidigitation qui aurait eu sa place dans un cirque de campagne, mais n'avait rien à faire dans les augustes salles de la Pierre's School of Cosmetology.

Ce que Pépin ne pouvait bien sûr pas savoir, c'est qu'il était en train de déterminer s'il allait vivre ou mourir.

Puis il décida que, tout compte fait, rien n'était plus accablant que d'écorcher un client. Du reste, l'Homme avait presque terminé son cou, prouvant sans équivoque qu'il ne savait pas s'y prendre et n'était pas digne de se voir décerner l'imprimatur de l'école de cosmétologie la plus sélective au monde.

C'est pourquoi, lorsqu'un étudiant toussa dans les hauteurs de l'amphithéâtre au moment où l'Homme s'apprêtait à effectuer un dernier passage sur la gorge de Pépin, posant déjà sa lame sur la carotide, offerte et charriant un sang gorgé d'oxygène, l'instructeur se conforma à son plan et bougea la tête vers la gauche, légèrement mais juste assez.

Une seconde plus tard, il ouvrit grand les yeux, et les trois premières rangées eurent un mouvement de recul en apercevant la panique dans son regard. Il y eut un hoquet, puis le silence s'abattit sur l'amphithéâtre ; l'assemblée était pétrifiée, le souffle coupé et le cœur suspendu. Au cours de ces premiers instants, rien ne permettait de deviner à quel point les choses avaient mal tourné – rien à part ces yeux, écarquillés sur un spectacle terrible et majestueux que Pépin était seul à voir.

À la source de cette confusion, il y avait l'estafilade. La lame était si acérée, l'incision si fine que personne ne pouvait encore la voir. Pas même l'Homme. Courbé au-dessus de l'instructeur, la tête penchée, il s'efforçait de faire concorder la terreur dans les yeux de Pépin et son immobilité parfaite, électrique. Quelques secondes passèrent. Toujours pas un bruit, pas un mouvement. Et puis deux choses se produisirent successivement : les yeux de Pépin, d'ordinaire si brillants, se troublèrent et parurent s'emplir de lait. Juste après, un trait écarlate se dessina sur le côté gauche de sa gorge ; on aurait pu croire à une longue coupure causée par une feuille de papier, puis le trait perdit sa netteté et le sang se mit à couler, d'abord en ruisselets, puis en rideau et pour finir en torrent, tout le sang de Pépin s'enfuyait comme par une bonde ouverte et trempait ses vêtements, tombait en cascade sur le sol avec un bruit rappelant celui d'une averse sur un trottoir.

Un chœur de cris étranglés et de bruits sauvages s'éleva dans l'assistance tandis que le sang de Pépin se répandait et lapait les chaussures de l'Homme. Des étudiants qui ne se connaissaient pas s'agrippaient l'un à l'autre, pleuraient, invoquaient le Seigneur, et, parfois, vomissaient. Plusieurs d'entre eux se ruèrent vers les sorties pour chercher du secours, quand bien même il n'était pas nécessaire d'avoir fait médecine pour comprendre qu'aucune technique de ce monde n'aurait pu ramener Pépin parmi les vivants.

Quant à l'Homme, le coupe-chou à la main, les chaussettes de plus en plus chaudes et trempées, il voyait son avenir s'échapper sous ses yeux mais il s'en moquait car, pour la première fois de sa vie, il ressentait quelque chose. Son bruit blanc interne, ininterrompu depuis vingt-deux ans, était soudain remplacé par un étrange signal insistant. Il commença à trembler, de manière presque invisible. Ses pupilles se dilatèrent et son souffle se bloqua dans sa poitrine. N'ayant jamais connu ce que nous appelons une émotion, il n'avait aucun point de référence lui permettant d'identifier et de nommer ce qu'il éprouvait tandis que ses congénères fuyaient l'amphithéâtre et que les jambes de Pépin s'agitaient pour les imiter.

Il n'existe cependant qu'un seul mot pour qualifier ce qui se produisait en l'Homme à cet instant : le désir.

Et il est possible de relier par une ligne droite cette bouffée de désir à l'instant présent, où l'Homme traverse le centre du Maine pied au plancher sur la I-95, désormais seulement séparé de Waterville par une petite vingtaine de kilomètres. Depuis la mort de Pépin, l'Homme s'est réorienté vers un autre secteur, un secteur qui lui offre régulièrement l'occasion de ressentir la seule émotion dont il est capable. S'il était devenu coiffeur, il n'aurait pas pu voyager en égorgeant chaque fois que le besoin s'en présentait. Alors que cet emploi le lui permet, l'oblige même à le faire assez souvent. Et l'Homme ne prend jamais de vacances ; contrairement à la plupart des personnes qui se rendent dans le Maine, il est ici pour affaires.

Mais c'est alors que, derrière lui, apparaît un gyrophare bleu. Le travail devra attendre quelques minutes. L'Homme lève le pied et se range sur la bande d'arrêt d'urgence, suivi par une patrouilleuse de la police d'État. Il tire le frein à main mais ne coupe pas le contact, les mains sur le volant en évidence, le regard droit devant, neutre et immobile.

Impossible de déterminer l'âge de l'Homme car il n'a pas la moindre ride, son visage n'a même pas vraiment de texture. Son teint lui donne l'apparence étrange d'une statue de cire ou d'un cyborg.

Le flic se campe devant la portière, il transpire dans son pesant uniforme bleu et cela semble le mettre de mauvaise humeur. « Permis de conduire et papiers du véhicule », ordonne-t-il en étudiant l'Homme, ses mains, l'intérieur de l'Impala. Quelque chose lui titille l'arrière du cerveau – la voiture trop propre, le conducteur qui ressemble à un mannequin en plastique.

L'Homme déplace sa main droite pour ouvrir la boîte à gants et le flic voit que le compartiment ne contient rien d'autre que les papiers. Tandis que l'Homme lui tend les documents sans le regarder, il songe que tout cela est de plus en plus bizarre.

Le flic inspecte la carte grise, émise au Québec et conforme aux plaques. « Vous venez de loin, dit-il.

— Mon travail m'amène souvent à faire de la route, répond l'Homme.

— Vous logez dans le coin ?

— Je suis à Waterville depuis quelques jours, dit l'Homme, mais aujourd'hui j'avais un rendez-vous à Benton.

— Vous savez à combien vous rouliez ?

— À cent quatre-vingt-quinze, dit l'Homme en regardant défiler la circulation d'un air impassible.

— Très juste. On peut savoir pourquoi vous êtes aussi pressé ?

— Je croyais que c'était la vitesse réglementaire. »

Le flic interrompt son examen des papiers, se baisse à la fenêtre et dit, « Excusez-moi ?

— C'est ce qui est écrit sur les panneaux, dit l'Homme sans un regard. Cent quatre-vingt-quinze. »

Le flic mettrait sa main à couper que l'autre se fout de lui, mais il joue le jeu. « Ce n'est pas la vitesse maximale, dit-il. C'est le numéro de la route. Et c'est I-95, pas 195. »

Enfin, l'Homme tourne la tête vers lui.

Le temps s'arrête. Le flic contemple le néant, et le néant le fixe.

« Ah bon, dit l'Homme. Dans ce cas, je suis content que vous ne m'ayez pas chopé quand j'étais sur la 201. »

Face à ce visage qui aurait pétrifié la Méduse, le flic perd soudain ses forces et en laisse tomber le permis et les papiers par la vitre ouverte.

« Monsieur, dit l'Homme, un des aspects de mon travail consiste à poser des questions aux personnes que je rencontre. Une espèce de sondage informel, si vous voulez. Est-ce que ça vous embête si je vous pose ces questions ? Vous avez quelques minutes ?

— Je... je... bien sûr, répond le flic.

— Excellent, dit l'Homme. Ça va être très simple. Première question : avez-vous parfois l'impression qu'une tragédie va s'abattre sur vous ?

— Une tragédie ? demande le flic.

— Vous savez, le sentiment que tout se désintègre autour de vous. Une odeur de sang dans l'air. Une peur diffuse mais omniprésente.

— Oui, bien sûr, dit le flic. Enfin, oui, il y a des choses qui m'inquiètent.

— Quel genre de choses ?

— Les factures. Je me demande aussi si j'aurai ma promotion. Et puis il y a mon petit dernier qui a une malformation congénitale aux jambes et...

— Je ne parle pas des petits soucis, l'interrompt l'Homme. On ne va pas se mentir : à part vous, tout le monde se moque des détails de votre vie. Ce que je veux savoir, c'est si vous avez des inquiétudes d'ampleur biblique. S'il vous arrive de rêver à des villes englouties par la mer. Si la lumière orange d'un coucher de soleil vous fait redouter, l'espace d'une seconde, que le monde entier ait pris feu.

— Oui, je crois, dit le flic. Ça m'arrive de penser à des choses comme ça. Comme tout le monde, non ?

— Et dans ces moments-là, dit l'Homme, quand vous pensez à *des choses comme ça*, que faites-vous pour vous réconforter ? Que faites-vous pour continuer comme si de rien n'était, après avoir entraperçu la fin du monde ?

— Je ne sais pas, dit le flic après quelques instants de réflexion. Je me rends compte que ce n'est pas la réalité. Seulement mon esprit qui me joue des tours.

— Et si je vous disais que c'est la réalité ? »

Le flic a un rire nerveux. « Ah oui ?

— Oh oui, ça ne fait aucun doute, dit l'Homme.

— Eh ben, dit le flic, alors c'est que j'ai des choses plus importantes à penser, le plus souvent.

— C'est sûr, dit l'Homme. Les factures et tout ça. Une dernière question : savez-vous ce qu'a répondu Carl Sagan lorsqu'on lui a demandé pourquoi, s'il y a tant de systèmes solaires dans l'univers, nous n'avons jamais enregistré aucune preuve de l'existence d'une vie extraterrestre ?

— C'est qui, Carl Sagan ?

— Il a répondu que le plus probable est que toute forme de vie s'autodétruise avant d'acquérir la capacité de voyager dans le cosmos. »

Le flic le dévisage un moment. « Bon… essayez de rester en dessous de cent dix, d'accord ? » dit-il, puis il regagne sa voiture au trot sans attendre une réponse.

À quoi l'Homme répond, en regardant dans le vide, « Bien sûr, monsieur. Passez une bonne journée. »

Chapitre 5

1er juillet 2016

Même dans les années 1970, lorsque la chaîne ABC diffusait le bowling en prime time le samedi soir et que Babs et Rheal jouaient en compétition, le Spare Time Bowling Center de Waterville aurait pu, en étant charitable, être qualifié de ruine. Quarante ans plus tard, les amateurs de quilles sont devenus presque aussi rares que les mammouths laineux, et le Spare Time a pris des airs post-apocalyptiques au milieu de la zone industrielle lugubre qui l'héberge. Des herbes folles et de jeunes ormes frêles poussent dans les lézardes du parking désert. Éparpillés sur le béton, des palettes, des tessons de bouteilles, un pneu chauve privé de sa jante. Des flacons de médicaments, bien entendu, aussi nombreux que les pigeons. Au-dessus de l'entrée, l'enseigne, dont plusieurs néons ont grillé depuis l'époque où Lori était au lycée, indique désormais SPA TIM.

Babs pousse la porte d'entrée, sans se soucier de l'écriteau interdisant les armes à feu. À l'intérieur, comme d'habitude, il n'y a pas un client et les pistes brillent en silence sous les néons. Sur la droite, l'employé, un vingtenaire constamment défoncé, dort sur ses deux oreilles, le front posé sur le bord du bureau. Babs se dirige vers le fond et pousse la porte de la salle des machines, malgré la mention RÉSERVÉ AU PERSONNEL.

Dix minutes plus tard, Daryl Bates, le chef de la police de Waterville, entre par la sortie de secours située de l'autre côté de la salle. Mince comme un fil, Bates ressemble à un héron et en a la démarche, mais aujourd'hui ses longues enjambées sont entravées par la botte orthopédique qu'il porte au pied gauche. Il est en civil, coiffé d'une casquette des Red Sox, et a l'œil gauche couvert par un bandeau.

Le chef de la police parcourt le bowling du regard, repère l'employé toujours endormi et traverse l'espace qui le sépare de la salle des machines aussi rapidement et discrètement que possible.

« Chef Bates, toujours aussi ponctuel, le salue Babs quand il referme la porte derrière lui.

— Combien de fois il faudra que je te le répète ? dit Bates. Pas de noms.

— Calmos, Daryl, y a pas de mouchards ici. Qu'est-ce qui t'est arrivé à l'œil ?

— Cornée déchirée.

— Et à la patte ?

— Je suis tombée à cause d'un divan que j'avais pas vu. »

Elle croise les bras et le toise en souriant. « Pardon, chef, mais on peut pas dire que ça inspire confiance.

— Mets un cache-œil, on verra si tu trébuches pas une fois ou six.

— Tu arrives à voir cette chaise ? cette table ? Ce serait dommage que tu te prennes les pieds dedans.

— Il faut qu'on discute de Tim, dit Bates.

— C'est réglé, à l'heure où on parle.

— Non, dit Bates. Ça fait le cinquième cambriolage “non résolu” en un mois. J'ai le conseil municipal sur le dos, et je te parle même pas du journal. Ce coup-ci, je vais devoir faire régner la loi.

— C'est moi qu'il a volée, dit Babs. Il va quitter la ville dans la journée.

— C'est *nous* qu'il a volés, réplique Bates. Justement, à ce propos ? »

Babs prend une enveloppe dans son sac à main et la lui tend. « Cette affaire concerne le quartier, dit-elle. Je ne veux pas une goutte de sang. En plus, Tim est mon neveu. Je ne peux pas me permettre qu'il finisse en prison.

— C'est pas de chance, parce que tu vas devoir t'habituer à le voir dans une combinaison orange.

— Très bien, dit Babs. Va parler au juge, remplis ta paperasse. On verra bien qui trouvera Tim en premier. Perso, je parie sur Lori. »

Bates fourre l'enveloppe dans sa poche arrière. « Puisqu'on parle de problèmes à régler…

— Qu'est-ce que tu veux dire ?

— Malgré tous les indics que tu as dans cette ville, tu n'as vraiment aucune idée de ce que ta fille trafique ?

— De mes deux filles, ce n'est pas pour Lori que je m'inquiète le plus en ce moment.

— Je veux plus entendre parler de Tim, dit Bates. On l'enferme. Et il vaudrait mieux que les médicaments qu'il a volés soient en sa possession quand on le cueillera. »

Babs l'écarte et se dirige vers la porte. « C'est toujours un plaisir, Daryl. Évite d'avoir un nouvel accident en partant.

— Je peux te voir plus tard ? lui demande-t-il.

— Va plutôt voir ta femme à Sunnybrook, ça te changera », dit Babs en poussant la porte.

Quand Lori pénètre dans la salle en sous-sol du You Know Who's, les seuls clients sont un duo de vieux poivrots tannés par les ans qui se disputent en français dans un coin, sous une grande affiche encadrée de *Bonnie and Clyde*. Cette affiche était déjà au mur lorsque Rheal a commencé à l'emmener ici, l'année de ses cinq ans. En ce temps-là, Lori cirait des chaussures pour un dollar l'unité et utilisait ses gains pour se payer des bouteilles de Coca-Cola en pagaille tandis que Rheal jouait au Crib avec ses potes, cinquante dollars la partie. Quand il entend la porte s'ouvrir, Big Bucky Desjardins, le propriétaire et barman de jour, lève les yeux des citrons verts qu'il est en train de découper. Un mètre 98 et pas loin de cent quarante kilos, aussi grégaire que gigantesque, Bucky sourit sous sa barbe de trappeur et pose deux verres à whisky sur le comptoir.

« Mais c'est la fouteuse de merde ! » lance-t-il avec un rire qui résonne dans la salle. Les vieux dans le coin s'interrompent pour regarder ce qui se passe.

Lori leur jette un coup d'œil de travers et ils reprennent leur dispute. « Oh, la ferme, dit-elle à Bucky en se hissant sur un tabouret.

— Pardon, fait Bucky. Je vais la fermer, bien sûr, compte sur moi – si tu me promets d'arrêter de clamser dans mes chiottes.

— Je te propose un marché, répond Lori. Répare ton enseigne et j'arrêterai de clamser dans tes chiottes.

— Qu'est-ce qu'elle a, mon enseigne ?

— Je te l'ai déjà dit. La forme possessive de "who", c'est "whose", W-H-O-S-E. Mais W-H-O-apostrophe-S, c'est la forme abrégée de "who is". Ce qui signifie que, dans l'état actuel des choses, ton rade s'appelle "You Know Who Is Pub", et tu passes pour un con.

— T'es la seule à le voir, dit Bucky.

— Sers-moi juste à boire, je t'en supplie. » Elle se frotte les yeux avec le pouce et l'index.

Bucky attrape une bouteille de Wild Turkey et remplit un verre. « Sis est pas là aujourd'hui ?

— Apparemment pas. »

— Ben alors, ça doit faire huit mois que vous avez pas raté l'heure du thé, toutes les deux. Elle a perdu une jambe ou quoi ?

— Elle se planque. Je sais pas pourquoi.

— Hmm. C'est pas bon*.

— Ça a rien d'extraordinaire non plus, dit Lori. Elle finira bien par refaire surface.

— T'essayes de me convaincre ? demande Bucky. En tout cas on dirait que toi, t'essayes de te convaincre.

— Un peu des deux, sûrement. »

Bucky saisit la bouteille et ressert Lori, puis il remplit le verre qu'il avait sorti pour Sis. « Je tendrai l'oreille, tu peux me faire confiance. Et d'ici là, dit-il en levant le verre, je trinque avec toi. »

Lori acquiesce avec gratitude. Bucky s'envoie les trois doigts d'alcool cul sec, puis il retourne découper ses citrons. Lori prend son téléphone dans sa poche et rédige un message pour Sis.

13:32 : T'as besoin d'aide ?

Trop plaintif ? Trop alarmiste ? Lori tape sur « Envoyer » sans se laisser trop le temps de réfléchir. Sis doit comprendre qu'elle commence à inquiéter tout le monde – ce message réussira peut-être à fendre le brouillard d'alcool, de drogues et de négligence dans lequel elle s'est engluée. Lori pose son téléphone sur le comptoir et le fixe un long moment, priant pour qu'une réponse illumine l'écran. Rien. Elle boit un peu de bourbon. Rien. Elle regarde la chaîne d'info en continu qui passe sans le son, puis elle jette un nouveau coup d'œil à son téléphone. Toujours rien.

Elle soupire, se renverse en arrière et s'étire, regarde distraitement alentour et n'est ni surprise ni inquiète de découvrir son défunt père, Rheal, posté sur le dernier tabouret au bout du comptoir en acajou. Il prend la pinte de pisse d'âne près de sa main gauche, la siffle, s'essuie la bouche dans la manche de sa chemise et fait mine d'être surpris de voir sa fille. Il pose le verre, lui offre un de ses sourires goguenards et lui fait coucou. Lori lui rend son salut sans trop y croire, en notant que le verre de son père est à nouveau rempli bien que Bucky ne l'ait pas resservi.

« Deux heures de l'après-midi, c'est un peu tôt pour moi. »

La voix est familière, comme un T-shirt adoré qu'on a perdu et qu'on retrouve après des années au fond d'un placard. Lori se retourne sur son tabouret, c'est Shawn.

« T'es en vacances, répond-elle. Profite un peu de la vie. »

Il enfourche le tabouret voisin. « T'as raison, c'est l'heure de l'apéro quelque part dans le monde. »

Big Bucky approche en essuyant ses mains grosses comme des jambons. « Bienvenue, mon ami de la ville. Qu'est-ce que je te sers ?

— Qu'est-ce qui vous fait dire que je viens de la ville ? demande Shawn.

— Rien, à part tes fringues et tout ce que tu dégages. »

Lori pouffe et ça lui fait du bien, un peu de légèreté, ce n'est pas si fréquent. Quand a-t-elle ri pour la dernière fois ? Elle n'en a aucune idée.

« Raté, dit Shawn à Bucky, je ne suis pas de la ville. Je suis d'ici.

— Et pourtant la question continue à se poser, dit Bucky. Qu'est-ce que tu bois ? »

Shawn considère le verre de Lori. « La même chose qu'elle. Le Kool-Aid de Jim Jones, c'est ça ? »

Avec un sourire en coin, Lori regarde Bucky servir Shawn.

« Bon, fait Shawn. La dernière fois que je t'ai vue, je venais de récupérer un smoking de location et j'étais convaincu qu'on passerait notre vie ensemble.

— Je vous laisse discuter tranquilles, dit Bucky en regagnant l'autre bout du comptoir.

— C'était notre bal de promo, dit Lori. Pas notre mariage.

— Et si tu t'es engagée dans l'armée avant notre remise de diplômes, c'est uniquement pour le style.

— Je pourrais essayer de t'expliquer mes raisons, mais je ne suis même plus sûre qu'elles avaient un sens.

— C'est pas la peine. » Shawn boit une gorgée, grimace, inspire à travers ses dents. « Ton père s'en est chargé.

— Comment ça ?

— Je suis venu frapper chez toi le lendemain matin. Comme un chiot égaré. Il m'a emmené boire un coup ici. On s'est assis à la table, juste là. Il m'a dit que tu étais partie, et pourquoi. »

Lori se tourne vers l'endroit où est assis Rheal, qui lève son verre dans sa direction. « Je vois pas comment il aurait pu en savoir plus que toi, dit-elle.

— Il m'a raconté que tu avais besoin de mettre de la distance entre Babs et toi. Que t'étais pas faite pour rester dans un bled comme Waterville. Du coup, je me suis rendu compte que j'étais pas fait pour ça non plus.

— Il me connaissait peut-être mieux que je le pensais, finalement.

— Et pourtant, tu es revenue », dit Shawn.

Lori opine, concède le point, fait tourner son whisky dans son verre. « Et toi, alors ? demande-t-elle.

— Moi ? Gestionnaire de clientèle senior chez PricewaterhouseCoopers. Une grande maison de ville toute vide à Boston. Un chien qui peut pas me blairer. Je sais pas combien de montres et de belles paires de pompes.

— Ça a l'air super.

— Tu verrais ces montres. Des mécaniques splendides, je t'assure. »

Lori lève les yeux, tente de sourire sans vraiment y arriver. « Et pourtant, toi aussi t'es revenu. »

Sa phrase à peine finie, son téléphone vibre et elle se jette pratiquement dessus, tant elle voudrait que Sis ait retrouvé ses esprits et lui réponde enfin. Mais c'est Babs.

14:07 : Bates cherche Tim. On oublie l'expulsion. Trouve les médocs et laisse tomber.

Lori se lève et finit son bourbon cul sec.

« Où tu vas ? demande Shawn.

— Le devoir m'appelle.

— Mais on vient d'arriver.

— Et maintenant je m'en vais. » Elle sort de sa poche à briquet un billet de vingt chiffonné et le jette à côté de son verre.

« Et pour ce soir ? » fait Shawn.

Une main à plat sur le comptoir, Lori pose sur Shawn un regard tellement perçant que celui-ci a un mouvement de recul.

« Écoute, dit-elle. Je sais pas ce que tu te dis quand tu me regardes, mais je t'assure que la réalité est encore pire. Est-ce que tu vois mon père assis sur le tabouret au bout du comptoir ? »

Shawn est trop désarçonné pour répondre.

« Je t'ai demandé si tu vois mon père assis sur le tabouret au bout du comptoir », répète Lori.

Se retournant enfin, Shawn fait, « Euh, non.

— Non, bien sûr, mais moi si, comme je te vois. »

Shawn ne sait pas quoi dire.

« Je suis une junkie, Shawn. Je fais tout pour éviter que ma famille éclate, mais j'y arrive pas. L'Afghanistan m'a bousillé le cerveau, je vois des fantômes depuis que je suis rentrée. Et je peux pas passer une demi-journée sans me défoncer – si tu veux tout savoir, je suis défoncée en ce moment même, alors que j'en avais pas envie. Ce matin je me suis promise – *promise* – que je prendrais pas de dope. Et j'étais sérieuse. Pendant trois heures j'ai été sérieuse.

— Putain, Lore.

— Je vois mon père. Des mecs avec qui j'étais en mission. Je leur parle, je bois des coups avec eux.

— OK », fait Shawn.

Soudainement, l'expression de Lori change, l'agacement se mue en crainte. « Attends un peu, dit-elle. Toi, t'es vivant, hein ?

— À ma connaissance », dit Shawn.

Cependant elle ne peut pas le croire sur parole. Elle tend la main pour lui toucher le bras, le palper, et lorsqu'elle sent la chair chaude sous ses doigts, le soulagement envahit son visage.

« Rentre à Boston, va retrouver ton chien et tes belles pompes, dit-elle. Y a rien pour toi, ici. »

Elle tourne les talons, s'apprête à partir.

« Donc je t'appelle tout à l'heure ? demande Shawn.

— Avec plaisir », répond Lori sans se retourner.

Les locaux du garage Metric Motors sont une structure en taule aussi grande qu'un hangar à avions, plantée sur un hectare de friche le long de la bordure nord-est de Waterville. Côté esthétique, on est à fond tuning chic : à l'avant s'alignent *muscle cars* américaines gonflées, Subaru et Toyota customisées au point d'être méconnaissables, et quelques motos BMW et Yamaha qui attendent patiemment qu'on s'occupe d'elles. À l'arrière reposent les victimes de trajectoires et/ou de conditions météorologiques mal évaluées, des bagnoles tamponnées et tordues à divers degrés de gravité, certaines si endommagées qu'elles ressemblent à des feuilles de papier froissé. Chiens de prairie et mésanges circulent parmi les carcasses et un bourdonnement de clés pneumatiques s'échappe régulièrement par les portes coulissantes du hangar, ouvertes à cause de la chaleur.

Contre le flanc est du bâtiment, accroupi dans l'ombre, Tim Talbot s'efforce, à coups de marteau, de restituer sa forme à une aile cabossée, et comme toujours le résultat est catastrophique. Il tape et jure, essuie son front couvert de sueur, recommence à taper. Au bout d'une bonne demi-heure, il est seulement parvenu à transformer un gros cratère en une dizaine de petits creux, et lorsque Lori déboule il s'apprête à envoyer valser l'aile pour aller se défoncer.

« Il faut que je te parle », dit-elle.

Tim lève la tête, plisse les paupières. « À quel sujet ?

— Tu sais très bien à quel sujet. »

Tim appuie la pièce de carrosserie contre le mur et se relève en grognant, le marteau toujours à la main. « Moi aussi je suis content de te voir, Lore. Ça fait longtemps que t'es rentrée ?

— Pas loin d'un an, répond Lori.

— Du coup, j'imagine que c'est pas une visite de politesse, vu que je t'ai pas croisée depuis ton retour.

— C'est ma mère qui entretient les liens avec la famille, dit Lori. Moi, je m'en tape plus ou moins.

— Je vais pas te mentir, Lore, ça me blesse ce que tu dis.

— Moi non plus je suis pas enchantée d'avoir cette conversation, Tim. File-moi les cachets, et je m'en vais.

— Quels cachets ?

— Ceux de la pharmacie.

— Quelle pharmacie ?

— Tu commences à me faire chier, Tim.

— Moi ? Oh, zut », fait Tim, faussement inquiet. « Eh, les gars, Lori est vénère. Tu vas faire quoi ? Me casser la gueule ?

— Attention, tu m'as encore confondue avec ma mère. Elle est où la came ? Ici ou chez toi ? »

Tim lui jette un regard noir mais ne répond pas. Lori laisse passer quelques secondes, puis elle se dirige vers l'entrée du garage en écartant Tim d'un coup d'épaule.

« Où tu vas comme ça ? lui demande Tim.

— À ton casier. Et si j'y trouve ce que je pense y trouver, tu vas regretter de m'avoir compliqué la tâche inutilement.

— Lore. »

Elle s'arrête et se retourne.

« Laisse-moi au moins garder la dope.

— Certainement pas. Mais je suis sûre que ma mère sera ravie de te faire crédit.

— Mon cul, ouais. En plus, c'est pas pour moi. Il faut que je la vende. J'ai des dettes de partout.

— T'as des soucis plus graves qu'un loyer en retard, crois-moi. »

Le rictus de gros dur s'évapore, remplacé par une angoisse enfantine. « Qu'est-ce que je dois comprendre ? »

Lori a presque de la peine, Tim est trop bête pour se rendre compte qu'il a foutu sa vie en l'air quand il a braqué cette pharmacie. « Allez, Tim… Montre-moi les cachets. »

Mais Tim réussit encore à puiser au fond de lui un courage factice et bombe le torse. « Seulement si je peux les garder.

— Hors de question. »

C'est l'impasse. Tim baisse la tête, semble accepter son sort, mais tout à coup il bondit sur Lori en faisant des moulinets avec ses poings et en émettant un bruit à mi-chemin du grondement et du gémissement. Ralentie par la came et le bourbon, Lori réagit une seconde trop tard et Tim parvient à la toucher à la joue avec une droite flottante. Ce n'est pourtant pas elle qui s'en sort le plus mal, car lors du contact un des métacarpiens de Tim se brise net, l'os transperce la peau et soudain pour lui plus rien n'a d'importance, ni Lori ni la drogue, uniquement ce bout d'os, parfaitement cylindrique et rempli de moelle rose, qui le regarde en face.

Il pousse un hurlement, entoure sa main brisée avec l'autre et se met à danser en rond. Sérieusement énervée, Lori s'ébroue afin de s'éclaircir les idées, s'approche par-derrière et lui balance une gifle en plein sur l'oreille, ce qui a au moins l'avantage de lui faire oublier sa blessure pendant un instant. Il cesse de danser et se plie en deux, sa main valide sur l'oreille, en poussant un gémissement d'agonie, et Lori lui balance un coup de pied dans le cul qui l'envoie valdinguer sur l'herbe tête la première.

« Ton casier », dit Lori en enjambant les jambes de Tim. Elle lui donne un petit coup de pied dans le mollet. « Allez. Bouge-toi. »

Toute velléité combative envolée, Tim s'exécute, lentement et théâtralement. Il appuie sa main indemne sur le sol et s'agrippe au pantalon de Lori pour se hisser sur ses pieds.

« Ça suffit, dit celle-ci en le repoussant. On y va. »

Tim la précède à travers les portes coulissantes. À l'intérieur du garage, une demi-douzaine de mécanos accomplissent des prouesses sous les capots ouverts. Des clés bourdonnent, des écrous se dévissent et une meuleuse projette une crête d'étincelles. Personne ne semble se demander pourquoi des coups ont été échangés, ni même l'avoir vraiment remarqué.

« Si t'es sage, je te permettrai peut-être de garder un petit quelque chose, dit Lori. T'en auras besoin pour ta main.

— Trop gentil de ta part, Lore. »

Derrière une porte indiquant ENTRÉE AUTORISÉE – LA PÂTÉE POUR CHIENS ÇA COÛTE CHER se trouve la salle des employés, un espace polyvalent doté d'une petite table en formica, d'un frigo trapu, d'une loveuse et d'un transat qui semble avoir été récupéré au bord d'une route après un incendie. Des casiers sont alignés le long d'un mur, et dans un coin au fond se trouve une cuvette de toilette remplie de papier hygiénique ; il n'y a pas de lavabo.

« C'est cosy, dis donc », commente Lori.

Tim essaie d'entrer la combinaison de son casier avec une seule main, sans cacher qu'il a mal. Au bout de plusieurs tentatives, la porte en aluminium s'ouvre et il en sort une taie d'oreiller bosselée par des flacons et des boîtes.

« Tiens, enflure, dit Tim en lui tendant le tout. T'as une drôle de manière de traiter tes cousins.

— N'oublions pas qui a frappé le premier », dit Lori. Elle secoue la taie d'oreiller, la soupèse. « Y a tout ?

— Moins un flacon de Sophidone.

— Et à part ça ?

— C'est tout. Mais y a quelques flacons d'Oxy à l'intérieur.

— Même pas en rêve. »

Tim se laisse tomber dans le transat, qui libère un nuage de poussière. « Génial, dit-il en posant sa main blessée sur sa poitrine. Qu'est-ce que je vais faire, maintenant ?

— Au risque d'enfoncer une porte ouverte, dit Lori, je pense que la priorité devrait être d'aller aux urgences.

— Tu sais très bien ce que je veux dire. »

En le voyant brisé – au sens figuré comme au sens littéral –, Lori éprouve une pointe de sympathie malgré son agacement. Elle s'assied face à lui, pose sa tête dans le creux d'une main et se masse le cou avec l'autre.

« Tim, dit-elle enfin. On va parler sérieusement. »

Il la regarde.

« C'est terminé, dit-elle en levant sa taie d'oreiller. Et là, c'est la cousine qui te parle.

— D'accord, dit Tim.

— Il faut que tu te barres d'ici.

— Comment ça ?

— Barre-toi. Fous le camp. Quitte la ville. Ne passe pas par la case départ. Ne collecte pas deux cents dollars. Et ne reviens jamais.

— Je comprends pas.

— C'est pas grave. Pars, c'est tout. T'es en train de perdre du temps alors que t'en as pas beaucoup devant toi. »

Tim la fixe pendant quelques secondes, assimile ce qu'elle vient de lui dire.

« Et Babs ? fait-il.

— Elle peut plus te protéger.

— Elle peut plus ? Ou elle veut plus ?

— Ça change quelque chose ? »

Cette fois il paraît authentiquement blessé, tel un enfant qui s'aperçoit que ses parents l'ont abandonné sur une aire d'autoroute. « Pour moi, oui. »

Lori soupire. « Je m'en vais, Tim, dit-elle. Et si t'as quelque chose dans le cerveau, je te conseille de faire pareil.

— Ça sert à rien de m'enfuir, dit Tim. Si Babs ne me couvre pas, je suis baisé. Autant rester ici et assumer.

— Comme tu préfères. » Lori se lève.

« Tu veux pas attendre avec moi ?

— Pas avec une taie d'oreiller remplie de médocs volés, non.

— Attends avec moi, dit Tim en considérant, d'un air étrangement calme, l'os qui dépasse de sa main. C'est le moins que tu puisses faire. »

Lori se rassied lentement. Au bout d'un moment, Tim lève les yeux vers elle.

« Tu te rappelles quand on était petits ?

— Il va falloir que tu sois un peu plus précis.

— Jean et toi, vous m'appeliez tout le temps "Elmer". Vous pensiez que je savais pas pourquoi. Et c'est vrai, au début je savais pas. Mais j'ai fini par comprendre.

— Tim, sérieusement, tu ferais mieux de foutre le…

— J'essayais tout le temps de jouer avec vous, mais vous vouliez jamais de moi.

— C'est faux.

— Mais si, c'est vrai. Elmer. Comme la marque de colle.

— Tim…

— Vous pensiez que j'étais qu'un pauvre con, je vous soûlais. Je l'ai compris, mais je pouvais pas m'empêcher de vous admirer. Je me disais que si je traînais avec vous, je deviendrais peut-être un peu comme vous, un peu moins con. Je pensais que j'apprendrais peut-être à ne pas tout foirer. »

Des sirènes au loin. Lori se lève, attrape la taie d'oreiller et se dirige vers la porte.

« Et j'ai appris un truc, Lore, continue Tim dans son dos. Tu veux savoir ce que c'est ? »

Lori s'arrête, mais ne se retourne pas.

« T'es la plus intelligente de nous deux, tu l'as toujours été. Mais y a un point sur lequel je suis plus malin que toi, Lore. J'ai appris à ne pas traiter les gens de ma famille comme tu m'as traité. »

Lori ouvre la bouche, se ravise, ne répond rien.

« Casse-toi, maintenant, dit Tim. Avant qu'ils nous chopent tous les deux. »

En retraversant le garage, Lori voit que des lumières bleues commencent à danser sur les parois en tôle ondulée – et les autres mécanos, sans doute inquiets pour leurs activités personnelles, lèvent enfin le nez de leur travail. Lori se glisse par les portes coulissantes au moment où deux patrouilleuses et une banalisée s'arrêtent dans un panache de poussière. Elle grimpe dans son pick-up tandis que les flics – trois en uniforme, plus l'inspecteur Cloutier dans son sempiternel costume en synthétique – s'engouffrent à l'intérieur du garage. Sans lui accorder la moindre attention, ni à la taie d'oreiller.

Chapitre 6

1er juillet 2016

Tout comme la maison de Babs, le bungalow de Rita, situé à deux rues au sud, dans Paris Street, se distingue parmi ses voisins tant il est bien entretenu malgré ses cent ans. Sur le toit à pignon, refait le mois dernier, les bardeaux sont aussi serrés qu'une phalange romaine ; les volets sont d'un blanc immaculé et il y a une jardinière devant chaque fenêtre. Rita a construit elle-même le sentier en brique reliant l'allée au perron, et malgré les mouvements du sol qui gèle et dégèle à répétition tous les hivers, il demeure tellement droit qu'une balle de base-ball posée en son centre ne bougerait pas d'un centimètre.

Cette minutie – l'obstination à ce que les choses soient bien faites et le restent –, Babs l'apprécierait si elle venait voir Rita pour un motif plus agréable. Mais là, elle foule le sentier sans un regard pour le savoir-faire qui a présidé à sa réalisation. Elle monte les marches et écrase la sonnette, puis elle se retourne vers l'allée en attendant que Rita lui ouvre. Restées dans son break, Carmeline, Stella et Bernette patientent, presque entièrement dissimulées par le brouillard de leurs cigarettes.

Une minute s'écoule, Babs admire le soleil qui descend lentement derrière les pins sur la gauche de l'allée. Elle sait que Rita l'a entendue sonner et elle n'a pas l'intention de la supplier en sonnant une deuxième fois. Telle est la plus grande force de Babs : sa patience, ancrée dans une inébranlable confiance en elle. Si le fait de croire en son jugement, ses décisions et ses capacités était un sport, Babs serait la plus grande athlète de sa génération. C'est pourquoi, sous le porche de Rita, elle fait ce que personne ne pourrait mieux faire qu'elle : elle attend. Un coup de sonnette suffit. Rita sait qu'elle est là, et elle sait qu'il est aussi futile de faire la sourde oreille que de sauter dans un taxi en demandant au chauffeur de la conduire sur la lune. Elle finit donc par ouvrir, un verre de merlot à la main, en titubant de manière presque imperceptible.

« T'es la dernière personne que j'ai envie de voir », dit-elle en guise de salut.

Babs acquiesce, elle en est consciente. « Ça fait plus de cinquante ans qu'on est amies, Rita. Et presque aussi longtemps qu'on est de la même famille.

— Et, depuis cinquante ans, c'est toi qui décides de tout.

— Je comprends que tu sois en colère.

— T'es sûre ? C'est moi qui ai élevé ce petit. »

Une flamme s'allume dans les yeux de Babs. « Moi aussi j'ai élevé un fils. Tu t'en souviens peut-être. »

En entendant cette allusion à Jean, Rita se détourne, peinée.

« Et je sais bien que tu as élevé Tim, ajoute Babs. Je t'ai même aidée, si tu n'as pas oublié. Mais on s'y est mal prises.

— C'est toi qui le dis.

— C'est moi qui le dis et c'est la seule chose qui compte. »

Rita pose son verre sur un guéridon à gauche du chambranle. « J'ai pas l'impression que tu comprennes bien la situation, Babs, dit-elle. Là, tout de suite, j'ai envie de te faire du mal. J'ai vraiment envie de te faire du mal.

— Je te respecterais pas sinon, dit Babs. Mais avant que t'essaies de décrocher le titre, il faut que tu saches un truc.

— Quoi ?

— J'ai changé d'avis. »

Rita cligne des yeux. « Comment ça ?

— T'avais raison. Il faut que les règles soient différentes quand c'est la famille. J'ai dit à Lore de récupérer les médocs et de foutre la paix à Tim.

— Donc il peut rester ? C'est vrai ?

— Pas tout à fait. Y a un autre problème.

— Les flics ? »

Babs opine.

« T'as qu'à dire à Bates de pas s'en mêler. On va s'en occuper. Je vais m'en occuper.

— De son point de vue, on a eu tout le temps de nous en occuper, dit Babs. Et ça commence à chauffer pour lui.

— Et alors ? fait Rita. Dis-lui de pas s'en mêler.

— J'ai plus aucun levier d'action, Rita.

— Plus aucun levier ? Avec ce que t'as sur lui, tu peux lui faire prendre trois fois perpète.

— Il en a autant sur moi, et ça vaut pour nous toutes. Il sait que je ne vais pas rompre l'équilibre de la terreur pour les beaux yeux de Tim.

— Ben non, tu m'étonnes, fait Rita. Pourquoi tu ferais ça ? C'est seulement mon fils unique. »

Babs pose une main sur l'épaule de sa sœur. « Rita, dit-elle. Le jour où tu as choisi d'avoir un enfant, tu as accepté d'avoir le cœur brisé chaque jour qui passe jusqu'à ta mort. J'y suis pour rien. Et Bates non plus. »

S'ensuit un silence, durant lequel Babs sent la rage et le chagrin de Rita vibrer sous sa main. Elle jette un coup d'œil en direction de l'allée et, suivant son regard, Rita voit les autres dames entassées dans le break de Babs.

« Où vous allez, toutes ? demande Rita.

— Chez Bruce.

— Je vais chercher mon sac à main.

— Non. »

Nouveau silence, nettement moins chaleureux celui-ci, et chargé d'ions hostiles.

« Ce serait normal que je vienne », dit Rita.

Babs la fixe d'un air épuisé. « Putain, Rita, je fais tout pour être sympa.

— T'es pas *sympa*, réplique Rita. T'es jamais *sympa.*

— Sers-toi un autre verre. Fais-toi couler un bain. On a pas besoin de toi pour se charger de Bruce.

— Mais ces trucs-là on les fait toujours ensemble – toutes ensemble. »

L'impatience de Babs se matérialise alors, comme chaque fois, dans sa posture : elle se raidit, dégage les épaules et regarde Rita avec dédain, lui offrant un point de vue immanquable sur son menton. « Il faut vraiment que je t'explique ? demande-t-elle.

— Oui, dit Rita. S'il te plaît.

— Très bien. » Babs retire la main qu'elle avait posée sur l'épaule de Rita. « Voilà : c'est pas la première fois que tu fais l'erreur de te comporter comme si tu avais un droit de véto dans ma maison. Par contre, c'était la dernière. »

Rita avait beau se douter de ce qui l'attendait, elle est quand même sonnée et regarde, sidérée, Babs tourner sèchement les talons, descendre du perron, reprendre le sentier au pavage irréprochable et regagner sa voiture. C'est seulement lorsqu'elle ouvre sa portière que Rita réussit, enfin, à articuler quelque chose.

« Tu peux pas faire ça, Babs ! crie-t-elle. On est sœurs ! »

Babs interrompt son mouvement et lève les yeux vers le porche. Une émotion humaine – peut-être du regret, ou bien la douleur que provoque l'amour en se brisant – traverse son visage telle l'ombre d'un oiseau filant dans le ciel. Mais elle disparaît si vite qu'on ne pourrait jurer qu'elle y soit passée.

« Sauf erreur de ma part, dit Babs, mes parents ne t'ont jamais légalement adoptée. »

Sur quoi elle met le contact, le vieux break recule dans la rue et s'éloigne à toute vitesse. Aucune des femmes ne se retourne ni ne jette un coup d'œil dans les rétroviseurs, et Rita reste plantée sur la dernière marche de son perron, ivre et triste et furieuse, sans la moindre idée de ce qu'elle va pouvoir faire ensuite.

À l'autre bout de la ville, l'Impala de l'Homme se gare dans le parking de la clinique Lovejoy, désert en cette heure où la nuit tombe, à l'exception d'un Range Rover dernier modèle dont le luxe et la sophistication satisferaient n'importe quel prince saoudien. L'Homme descend de sa voiture, pose sur le Range Rover un bref regard non dénué d'admiration, puis il gravit le perron de la clinique, dont il trouve la porte fermée. Bien qu'il soit recherché à travers tous les États-Unis et le Canada – un inspecteur de la gendarmerie royale vient justement de prendre sa retraite anticipée, poussé à la dépression par une décennie de traque obsessionnelle –, il ne fait aucun effort pour éviter l'œil des caméras de sécurité.

À l'intérieur, Michael LaVerdiere, optométriste de son état, est assis à son bureau et met à jour les dossiers de ses patients tout en fumant un joint dont il laisse tomber les cendres sur le sol, le personnel de ménage s'en occupera. De même que l'Homme, LaVerdiere est un criminel. Contrairement à l'Homme, il estime – à tort – que les forces de l'ordre ignorent ses activités illicites, en conséquence de quoi il ne cherche pas à se cacher, se présente même comme une espèce de philanthrope œuvrant pour une bouchée de pain dans cette clinique où l'on soigne une population majoritairement pauvre et rurale. Il a la réputation d'être un excellent et généreux professionnel, un véritable héros hippocratique. Ce numéro de soignant désintéressé, qu'il débite à l'envi, lui a même valu quelques conquêtes féminines. Mais la vérité est que LaVerdiere travaille dans cette clinique parce qu'il est nul, et que ce n'est pas son salaire qui le fait vivre mais son activité clandestine, laquelle, jusqu'à l'arrivée de l'Homme, était tout aussi discrète que lucrative. À l'inverse de la plupart de ses condisciples en fac de médecine, LaVerdiere a fini depuis longtemps de rembourser ses prêts étudiants. Quoique célibataire, il est propriétaire d'une maison de huit pièces posée sur plusieurs hectares de terres avec vue sur le lac dans le village très prisé (et très cher) de Belgrade Lakes, non loin de Sunset Beach. Il se rend trois fois par an à Las Vegas où il perd des fortunes au black-jack et se soûle à en perdre la vue au Red Rock. Il possède un bateau, deux motos, le Range Rover, une MG de collection, un appartement dans la station balnéaire de Myrtle Beach et des parts dans un penthouse en multipropriété sur une île au large du Yucatán. Il choisit toujours la livraison express quand il commande en ligne. Chaque jour ouvrable, il brûle deux dollars d'essence pour traverser la ville dans son Range Rover afin de s'offrir un sextuple mocha latte vanille au lait de soja qu'il paie 8,72 dollars. Malgré tout, aux yeux du fisc, il gagne 60 000 dollars par an après impôts.

La nuit, il dort comme un bébé mort car il ne se considère pas plus versé dans l'immoralité ou le gaspillage que ses voisins. Il constate les bancs d'ordures balancées sur le bord de l'autoroute et tend l'oreille aux nobles et sentencieuses conversations des mères woke vêtues de leggings fabriqués au Bangladesh par des esclaves. Comme tout un chacun, il entend parler aux infos des eaux usées qui se déversent dans la nature et des chiots élevés en batterie, mais, contrairement à ses congénères, il est conscient que se tracasser pour ce genre de choses relève de l'hypocrisie la plus grotesque. Il envisage le capitalisme comme un jeu darwiniste à somme nulle, qui l'oppose au tic-tac de l'horloge de l'apocalypse et ne laisse aucune place à la justice ou à la légalité. Rien n'est juste ni légal en soi, seul compte ce que l'on réussit à faire impunément avant que tout parte en vrille, un raisonnement qui lui a permis de se tirer sans encombre de toutes ses entreprises.

Concentré sur une erreur qu'il vient de repérer dans un dossier, LaVerdiere ne remarque pas l'Homme lorsque celui-ci se matérialise, soudainement et sans un bruit, à la porte de son bureau. Et l'Homme se délecte d'attendre, sourire de Méduse aux lèvres, que le médecin lève enfin les yeux et sursaute dans son fauteuil comme s'il recevait une décharge électrique.

« Ah, putain ! dit LaVerdiere.

— Je vous demande pardon, dit l'Homme. Je ne cherchais pas à vous faire peur. »

LaVerdiere le regarde d'un air ahuri.

« Bon, d'accord, dit l'Homme. Je cherchais à vous faire peur.

— Comment vous avez fait pour entrer ?

— Je suis passé par la porte, répond l'Homme.

— J'avais demandé à Claire de fermer.

— Elle l'a fait. »

Le sang déserte le visage de LaVerdiere. « Qui… qui êtes-vous ? » demande-t-il.

L'Homme s'avance d'un pas dans la pièce, s'appuie à une bibliothèque et croise les bras. « Ça n'a pas d'importance, dit-il. Concentrons-nous plutôt sur la raison de ma présence.

— D'accord…

— Et plus précisément sur la personne qui m'envoie. J'imagine que le nom d'Ogopogo vous dit quelque chose. »

LaVerdiere écarquille les yeux. « J'ai… il est…

— Puisque notre temps est précieux, permettez-moi de combler vos lacunes. Il existe deux Ogopogo au Canada. Le premier est un monstre de légende qui vivrait dans un lac en Colombie-Britannique. Ce n'est pas celui qui m'emploie. Ça peut sembler évident, mais je préfère toujours préciser.

— C'est bien de… préciser, dit LaVerdiere, qui ne semble pourtant pas très convaincu par les mérites de la précision.

— Le second Ogopogo, mon employeur, n'a rien de légendaire. Il est Canadien, par conséquent il est poli et il aime la sculpture et le hockey sur glace. Mais il a aussi un penchant pour la cruauté. Un jour, sur ses ordres, j'ai donné un être humain à manger à deux tigres blancs. Avant l'épisode des tigres, cet homme était un des chauffeurs privés d'Ogopogo. Son crime était qu'il avait oublié de passer chercher la mère d'Ogo après son rendez-vous chez le coiffeur. »

LaVerdiere déglutit. « Ça semble un peu… disproportionné, non ?

— Chacun est libre de le penser, répond l'Homme. Mais voilà où je veux en venir : les enfants canadiens, qui grandissent avec la légende d'Ogopogo, ont peur de se baigner dans les lacs parce qu'ils sont convaincus qu'un serpent va les dévorer. Mais les adultes, tout du moins les plus malins, ne craignent pas les mythes. Ils craignent les hommes. »

L'Homme marque un temps pour évaluer les effets de son discours sur LaVerdiere. Le médecin semble éprouver le type de peur escompté.

« Ce qui nous amène à la raison de ma présence, reprend l'Homme. J'ai besoin de savoir pour qui *vous* travaillez.

— Pour la clinique, répond LaVerdiere en s'agitant dans son fauteuil. Je suis médecin. »

L'Homme laisse échapper un soupir exagéré. « Vous êtes médecin, mais vous avez rédigé plusieurs milliers de fausses ordonnances pour des opiacés au cours des cinq dernières années, dit-il. Et Ogo, qui se trouve être le principal distributeur d'héroïne dans l'est des États-Unis et du Canada, veut savoir qui complète et vend ces fausses ordonnances. »

LaVerdiere le regarde fixement, puis il ferme les yeux et renverse la tête en arrière. « Fait chier, lâche-t-il.

— Effectivement, abonde l'Homme.

— Je peux rien vous dire. Si je lâche un seul mot, je suis dans la merde jusqu'au cou.

— Vous y êtes déjà. Vous vous êtes mis dans la merde à la seconde où vous avez accepté de rejoindre un réseau de trafiquants. À la seconde où vous êtes né. À la seconde où vos ancêtres les plus lointains sont sortis de l'eau sur leurs pattes en forme de nageoires. Vous êtes dans la merde jusqu'au cou, docteur LaVerdiere, depuis la seconde, il y a cinq millions d'années, où un nuage de gaz et de poussière a commencé à tournoyer, d'abord très lentement, puis de plus en plus vite à mesure que la gravité apparaissait et que des fragments de matière s'aggloméraient les uns aux autres en formant d'abord le soleil, une étoile anodine, puis les planètes de notre système. Y compris celle sur laquelle nous sommes en cet instant, et où nous évoquons la profondeur de la merde dans laquelle vous vous trouvez, docteur.

— Je n'ai aucun contact avec personne », dit LaVerdiere d'une voix tremblante.

L'Homme fait un deuxième pas vers le médecin, puis, sans se presser, un troisième. « Bien sûr, dit-il, quand on l'observe sous cet angle – sous l'angle du temps géologique –, la merde dans laquelle vous vous trouvez est parfaitement invisible. Ce n'est même pas une merde, à vrai dire. Si, comme les moines bouddhistes les plus accomplis, vous pouviez replacer votre vie ainsi que sa relative insignifiance dans le contexte de toute la création, vous ne vous soucieriez vraisemblablement pas un instant de la merde dans laquelle vous vous trouvez. Et, de même que l'immolation pour les moines, les choses affreuses que je vous ferai si je n'obtiens pas le renseignement que je désire n'auraient pas davantage d'importance à vos yeux que la mort d'une mouche. Pourtant, dans l'état actuel des choses, nous pouvons considérer sans trop risquer de nous tromper que vous êtes incapable d'adopter un point de vue aussi éclairé. Vous êtes piégé, comme la plupart des hommes, dans l'illusion de l'Être avec ses faiblesses et ses désirs médiocres. Le désir de s'épargner la souffrance. De ne pas connaître la douleur. De tout faire, par exemple, pour éviter qu'on vous écorche le visage avant de vous tendre un miroir pour vous montrer votre crâne qui vous sourit. »

LaVerdiere est pétrifié. Il a cessé de respirer. Il regarde l'Homme sans ciller et comprend, sans la moindre équivoque, que ce dernier n'a pas l'habitude d'émettre des menaces en l'air, qu'il fera exactement ce qu'il a décrit avec l'indifférence d'un chauffeur de bus qui se gare à un arrêt.

L'Homme fait encore un pas, il est maintenant assez près pour choper LaVerdiere par le col. « Alors ? dit-il. Vous préférez parler, ou vous préférez les tigres ?

— J'ai aucun contact avec personne ! crie LaVerdiere. J'envoie les ordonnances à une boîte postale !

— Il doit bien y avoir quelqu'un qui vous rémunère.

— C'est en cash. Dans une consigne. Aléatoirement. Parfois ça prend deux semaines. D'autres fois, c'est dès le lendemain, sans raison. Des fois ils laissent l'équivalent de six mois d'avance. Je ne sais jamais ce que je vais avoir, ni quand. Je sais seulement que tôt ou tard je serai payé pour ce que j'envoie et qu'il n'y aura pas d'erreur.

— Mais au tout début, quand ça a commencé, dit l'Homme, vous avez sûrement été approché par quelqu'un.

— C'était il y a longtemps.

— Ça n'empêche. Dites-moi ce dont vous vous souvenez.

— Une… une femme, dit LaVerdiere. Une jeune fille, en fait, mais elle faisait plus que son âge. Elle donnait l'impression de brûler la chandelle par les deux bouts.

— Mais encore. »

LaVerdiere se mord la lèvre, réfléchit. Soudain, il fait, « Ah ! Je ne connais pas son vrai prénom, mais elle se faisait appeler Sis. »

L'homme opine en souriant.

« Sis », répète-t-il.

La seule chose qui pouvait rendre cette journée encore pire – du point de vue de Bruce, en tout cas – s'est produite, quelle putain de surprise. D'abord, son fils a été plus ou moins kidnappé. Ensuite, il a déconné et s'est encore bourré la gueule, tant pis pour ce qu'il s'est promis ce matin : lever le pied, pour de bon cette fois, pas de blague, sérieux. Et, pour ne rien arranger, il vient de foutre en l'air deux heures à regarder les Angels mettre une fessée aux Red Sox. La maison est vide, vu que Jason est parti et que cette pute de Sis n'a toujours pas remontré le bout de son nez.

Bruce est affalé sur le canapé avec, sur le ventre, une assiette de bâtonnets de poisson et de chips gaufrées, qui ne contient presque plus que des miettes. Un pack de six Busch Light, dont trois anneaux en plastique pendouillent mollement, est posé par terre à portée de main. Lorsque Bruce s'est installé avec son dîner, il faisait encore jour ; à présent la seule lumière dans la pièce – et même dans la maison – est celle de la télé, sur l'écran de laquelle les Red Sox continuent de s'agiter en vain comme si c'était la première fois de leur vie qu'ils jouaient au baseball, cette bande de tocards.

On frappe à la porte – trois coups rapides, secs et urgents. Que se passe-t-il ? Bruce et Sis doivent recevoir deux visites par an au maximum, et jamais après la tombée de la nuit. Il n'y a que deux possibilités, et elles n'intéressent pas Bruce : soit c'est une personne qui recueille des signatures pour une connerie politique dont il ignore tout et se fout, soit, pire, ce sont ces connards de mormons qui vont vouloir entrer pour siffler deux cafetières en le tannant avec le Christ. Bruce a eu largement sa dose de bondieuseries quand il était gosse, merci bien. Il ne bouge pas du canapé.

TOC, TOC, TOC. Qui que ce soit, on tape maintenant avec le poing, comme si on voulait défoncer la porte. Son agacement décuplé par la bière, Bruce se lève d'un bond en envoyant valser son assiette en plastique. Il maugrée jusqu'au vestibule, ses grosses chaussettes aux pieds, et ouvre violemment la porte, résolu à incendier la personne qui se trouve derrière, mais se ravise en découvrant Babs, flanquée par Carmeline, Stella et Bernette, portant chacune un carton vide dans les bras.

« Nouvelle règle, dit Babs. Quand Sis est pas là, Jason non plus.

— OK… fait Bruce en passant les visages en revue.

— Je suis venue chercher ses affaires.

— Quelles affaires ?

— Il va rester chez moi jusqu'à ce que Sis refasse surface.

— Pourquoi ?

— Les affaires du petit, Bruce.

— Mais, je…

— Écarte-toi.

— Je vais…

— Bouger de là, dit Babs en le poussant d'un coup d'épaule et en entrant dans la maison. Tu vas bouger de là. »

Leurs cartons dans les bras, les dames passent devant Bruce qui reste planté sur le pas de sa porte, muet et désarmé. Sans cesser de parler, Babs monte dans la chambre de Jason.

« Les seules choses dont il a besoin dans cette maison, c'est ses affaires, dit-elle. Ses chaussettes. Ses slips. Son gant de base-ball. Il a pas besoin de toi. »

Les marches grincent sous les cinq paires de pieds, Bruce fermant le cortège. Sur le palier, une ampoule nue projette les ombres des dames, étirées et monstrueuses, contre le lambris de la cage d'escalier.

Avec une bonne dose de générosité, la chambre de Jason pourrait être qualifiée de spartiate. La décoration se limite à un poster du joueur de base-ball David Ortiz qui donne un coup de batte, ses talons forant des trous dans la terre. Sous l'unique fenêtre se trouve un lit double, couette et drap-housse tire-bouchonnés à l'extrémité du matelas. Le sol est parsemé de petites dunes de vêtements – ici un sweat à capuche et une salopette retournée, là deux chaussettes sales dépassant sous un T-shirt noir – et le tiroir supérieur de la commode est grand ouvert, révélant de petites paires de chaussettes propres.

Babs se tourne vers Bruce, qui s'est arrêté sur le pas de la porte.

« Je prends ce gamin sous ma responsabilité, dit-elle, et je m'assurerai qu'il ne lui arrive plus rien. Tu ne toucheras plus à un seul cheveu de sa tête. Est-ce que c'est compris ? »

Bruce acquiesce pendant que les trois autres dames commencent à ramasser les vêtements de Jason et à les ranger dans les cartons.

« Où est Sis ? demande Babs.

— Aucune idée…

— Elle aussi, tu l'as frappée ?

— Non !

— Alors pourquoi elle est partie ?

— Tu sais comment elle est. Elle part. Elle revient. Le plus souvent je sais pas pour quelle raison elle disparaît, et encore moins quand elle va rentrer.

— Mais cette fois tu as une idée. »

Bruce la regarde sans un mot, espérant que son silence suffira.

« Je te pose encore une fois la question : est-ce que tu as levé la main sur ma fille ?

— Non. Je te le jure. »

Babs se tourne vers les dames, qui en ont terminé avec les vêtements dispersés et s'attaquent à la commode et à l'armoire. « Si je découvre que c'est faux, dit-elle, alors Sis aussi se passera de toi. Et quand Jason et Sis n'auront plus besoin de toi, plus personne n'aura besoin de toi. »

Bruce a une image assez précise de ce que ça peut signifier.

« Quand est-ce que tu l'as vue pour la dernière fois ? lui demande Babs.

— Lundi, répond Bruce, les yeux fermés, en se massant le front. Ou peut-être mardi.

— Peut-être mardi ?

— Babs, tu sais que je bois.

— Sans déconner. J'ai flairé ton odeur depuis le porche. » Babs inspire un grand coup pour se calmer, puis : « Dis-moi de quoi tu te souviens.

— Il était tard. Elle est rentrée défoncée, on s'est engueulés et elle est repartie en courant.

— Et tu ne lui as rien fait ?

— Seulement crié dessus.

— Rien d'autre ?

— Quelques insultes.

— Des cris et des insultes. C'est tout.

— Oui, madame. »

Babs vient se camper devant Bruce et avance la tête vers lui. « Tu ne te rappelles même pas quel soir c'était et tu espères que je vais te croire ? »

Ayant fini de razzier la chambre, Bernette et Stella passent devant Bruce sans un mot, avec leurs cartons pleins à ras bord. Carmeline reste en arrière, repère le poster du joueur de base-ball et décide de l'emporter aussi. Elle arrache les punaises et le roule, le pose sur le sommet de son carton, puis elle emboîte le pas aux autres en offrant à Bruce un sourire narquois.

Babs se retrouve seule avec son gendre. Il a beau mesurer une bonne tête de plus qu'elle, il se fait tout petit contre le chambranle de la porte. Babs remarque une tache rouge sous le col de son T-shirt, autrefois blanc mais désormais grisâtre et jaune sous les aisselles.

« C'est du ketchup ? demande-t-elle.

— Hm-hmm.

— T'as mangé quoi au dîner ?

— Des bâtonnets de poisson. »

Babs sourit, mais ce sourire ne monte pas jusqu'à ses yeux. « Tu ferais mieux de mettre de l'eau de Javel. Si ça s'incruste, ça partira jamais.

— Oui, madame.

— C'est comme le sang. Ça reste.

— Je… je m'en occuperai.

— N'oublie pas », dit Babs. Elle recule d'un pas mais ne rejoint pas les autres femmes, elle se contente de rester près de Bruce en regardant la chambre. Bruce ne comprend pas ce qu'il doit faire ou dire, mais, peu désireux de troubler cette soudaine et fragile détente, il regarde lui aussi la chambre de son fils en se demandant ce qu'il y a à voir, maintenant que tout a été débarrassé à part le lit.

Enfin, Babs rompt le silence. « Encore une chose », dit-elle.

Arrangeant – et pressé qu'elle s'en aille pour qu'il puisse se remettre à boire –, il reprend du poil de la bête. « Oui, Babs ? Tout ce que tu voudras.

— Je veux être vraiment certaine que tu as compris la leçon, dit-elle. Je prends Jay-Jay avec moi pour m'assurer que tu ne lèveras plus jamais la main sur lui.

— D'accord.

— Mais ça, c'est pour le passé. »

Bruce essaie encore de comprendre où elle veut en venir quand il la voit sortir de son blouson l'extrémité noire d'une matraque télescopique. C'est au moment où elle déploie l'arme d'un coup de poignet que son cerveau fait le lien entre l'objet et l'intention. Mais, même s'il avait la possibilité de se protéger, ou si c'était dans son tempérament, cette prise de conscience arriverait trop tard.

Par la suite, quand les images de cette mise à l'amende reviendront le tourmenter à travers un brouillard douloureux, Bruce se rappellera un détail avec une clarté et une insistance particulières : au bout de l'arme se trouvait un disque argenté du diamètre d'une pièce de cinq cents, sur lequel était gravé le *S&W* calligraphique, presque tarabiscoté, de l'armurier Smith & Wesson.

Puis la douleur explose dans le cou de Bruce et il s'écroule sur le sol de la chambre en gémissant comme un chien qui a pris un coup de pied. Babs se plante à côté de lui, enjambe son bassin et se baisse en brandissant sa matraque au-dessus de sa tête. Trois coups, cinq, le sang commence à gicler, Bruce demande miséricorde, mais Babs, sourde à ses cris, est comme enragée.

Chapitre 7

1er juillet 2016

Une junkie à bord de son pick-up à la nuit tombée, qui s'efforce de rester sobre pendant toute une journée pourrie. Sur sa joue, un bleu enfle et se propage, conséquence du coup que lui a donné son cousin deux heures plus tôt, un cousin qu'elle a ensuite condamné à dix ans de prison sur les ordres de sa propre mère. Elle a les idées embrouillées par la réapparition d'un amour enfoui depuis belle lurette et la disparition de sa sœur l'inquiète de plus en plus. Elle suinte la souffrance et elle a, sur le siège passager, une pharmacie au sens premier du terme.

Pas une configuration idéale, mais au moins Lori n'est pas complètement seule. Sammy Menendez, son ami défunt et compagnon d'armes, est assis à côté d'elle en costume de père Noël, barbe et saladier de bonbons compris. Le sac de médicaments est posé sur le velours rouge de son pantalon et il en sort un flacon après l'autre, qu'il lui propose.

« Ouh, ça a l'air bien, ça, dit Sammy en secouant un flacon à la façon d'une maraca. Effets secondaires possibles : douleurs au dos, miction accrue et fasciite nécrosante du périnée. »

Lori fait la grimace.

« La bactérie mangeuse de chair, en d'autres termes, dit Sammy.

— J'avais compris, merci.

— T'es pas cliente de ce genre de trucs ? » Tandis qu'il se remet à farfouiller dans le sac, sa barbe glisse et révèle le trou sombre et exsangue dans sa joue.

« Je ne suis "cliente" de rien du tout, répond Lori.

— Évidemment que si. Et t'as bien raison. Cette enveloppe charnelle, c'est une vraie saloperie comparée à ce qu'on a ensuite.

— Ouais, j'ai failli m'en rendre compte par moi-même hier soir. »

Sammy l'observe pendant une seconde. « Ah ouais ?

— Ouais. J'ai acheté une dope qui était trop coupée au fentanyl.

— Tiens, ça tu devrais aimer, dit Sammy. J'essaie seulement de t'aider, hein. Personne te reprochera de vouloir adoucir un peu les choses.

— Je peux pas continuer comme ça, Sammy. Il faut que je trouve quelque chose. »

Il lui tend un flacon de Valium, les sourcils levés, d'un air interrogateur et plein d'espoir.

« *Non*, Sammy.

— J'ai compris, c'est pas assez fort. » Il continue à chercher. « Qu'est-ce que t'as l'intention de "trouver", exactement ?

— Je sais pas. Un moyen de mener une vie normale ?

— Surfait, réplique Sammy. Mal défini. Et impossible pour des gens comme toi et moi.

— Tu m'étonnes, vu que t'es mort, dit Lori.

— Oui, dans mon cas les empêchements sont un peu plus visibles. Mais toi, alors ? T'es là, dans ton pick-up, avec un bleu sur la gueule et une taie d'oreiller remplie de médocs volés, à parler avec ton pote militaire mort. Si tu veux mon avis, t'es pas près d'avoir une vie normale.

— Je te l'accorde, dit Lori. Donc, j'ai quoi comme autres possibilités ?

— La prochaine fois que tu décideras de t'offrir une OD, fais ça dans un endroit confortable et privé, où personne te retrouvera.

— T'es en train de suggérer que je me suicide.

— Pas exactement, dit Sammy. Je t'invite juste à réfléchir au fait que, dans tes prises de décision, tu as un avantage sur la plupart des gens : tu as accès au point de vue des morts. Et, quand on est mort, je peux t'assurer que la vie paraît vachement moins formidable et précieuse que lorsqu'on était vivant. Avec le recul, on se dit que c'étaient surtout des emmerdes. Se lever tous les matins pour aller taffer, être obligé de chier deux fois par jour, tous les jours. J'ai passé beaucoup de temps à me demander pourquoi je me suis pas jeté à plat ventre sur la première mine que j'ai croisée, histoire d'en finir plus tôt.

— Je vais pas te mentir, dit Lori, y a eu des moments où j'ai pensé à te jeter sur une mine, figure-toi.

— Sans blague, dit Sammy en se remettant à inventorier les médicaments.

— Qu'est-ce que ça a de si génial, la mort ? »

Sans lever les yeux, il répond, « Tu vois tout ce qui te donne envie d'avaler un flacon de cachets d'une traite ? La tristesse, le désespoir, le doute, l'espoir, l'amour, la peur, l'indécision, le désir de comprendre sans jamais, jamais y arriver ? Envolé, tout ça.

— Envolé ?

— Enfin, pas tout à fait. C'est plutôt une question de perspective. On ressent plein de trucs, mais ça signifie plus grand-chose face au miracle inimaginable de l'existence.

— Donc, être mort, c'est comme être défoncé pour l'éternité. C'est ça que t'es en train de me dire.

— Pour toujours et à jamais. » Sammy prend un air exagérément enjoué et sort un flacon de la taie. « Jackpot ! lance-t-il. De l'Oxy. »

Lori le dévisage, considère le flacon. Elle acquiesce et Sammy le lui tend. Mais alors son téléphone sonne et Lori lâche les comprimés comme s'ils lui brûlaient les doigts.

« Je suis dans ma chambre au Hampton Inn, lui annonce Shawn. Avec une bouteille de bourbon pour seule compagnie.

— Ça ressemble à une chanson de blues un peu naze, rétorque Lori.

— Ma vie est une chanson de blues un peu naze depuis que t'es partie.

— Tsss.

— Chambre 304 », dit Shawn.

Lori réfléchit un instant. « J'ai un truc à faire d'abord et j'arrive. »

Elle raccroche. Sammy a disparu, le flacon d'Oxy repose sur la taie d'oreiller. Lori hésite un instant, puis elle ouvre la boîte à gants et le jette à l'intérieur.

À la maison de retraite de Sunnybrook, tout est calme : le dîner a été servi et débarrassé, le temps d'activité du soir est passé, et, comme chaque jour à 19 heures, l'éclairage des parties communes a baissé automatiquement. Le règlement veut que tous les résidents aient regagné leur chambre, et les six ou sept qui ont l'habitude de hurler pendant la nuit ont reçu un calmant. Tout et chacun est à sa place.

Dans la chambre 208, le chef Bates est assis au chevet de son épouse, Melinda. Elle est émaciée et blême, emportée par une démence précoce, les yeux vissés à la télé. La plupart du temps, Melinda erre dans les étendues cauchemardesques de son esprit déclinant. Elle ne sait plus où, ni qui elle est, mais elle a conservé sa capacité à donner instantanément les bonnes questions du jeu *Jeopardy!*. Durant plusieurs années, elle a été, bien malgré elle, une attraction pour ses enfants qui invitaient leurs amis à venir s'émerveiller du savoir apparemment infini que contenait le cerveau maternel, jusqu'au jour de 1994 où Bates l'a convaincue de participer au jeu. Elle décrocha cinq victoires, balayant ses adversaires telles des miettes de pain et atteignant le dernier tour du Tournoi des champions, où elle échoua en finale à cause d'un mauvais pari.

Sa carrière sur le plateau de *Jeopardy!* s'acheva donc, mais même lorsqu'elle commença à ne plus reconnaître les personnes qui partageaient sa vie depuis des décennies et qu'elle contracta l'habitude de remplir ses verres d'eau dans la cuvette des toilettes, même lorsqu'elle emménagea à Sunnybrook et resta presque du matin au soir alitée dans un état semi-catatonique, Melinda pouvait encore survoler des épisodes entiers sans commettre une seule erreur. Et c'est ce qu'elle fait en ce moment même, avec son mari à son chevet.

Il y a une page de pub et Bates rêve, comme ça lui arrive parfois, de se déchausser, de se glisser sous les couvertures avec sa femme et de s'offrir enfin une bonne nuit de sommeil, la première depuis qu'il l'a placée dans la maison de retraite il y a plus d'un an. Naturellement, ce n'est pas possible ; même si le règlement l'autorisait, le risque serait trop grand que Melinda se réveille et découvre auprès d'elle, non pas son mari, mais un inconnu.

Les pensées de Bates se tournent donc vers sa maison, où la vie n'est pas dénuée de petits bonheurs, même s'ils sont maigres. Il s'est préparé un plat de pâtes avec une sauce tomate crémeuse qui vaut le détour et il a en réserve une bouteille de pinot noir pour l'accompagner. Il a enregistré les deux premières heures du match des Sox et pourra, comme à son habitude, lancer l'enregistrement et rattraper le direct en sautant les pubs. Dans le placard au-dessus de l'évier, il garde une bouteille de Macallan douze ans d'âge, dont une bonne lampée lui garantit presque à coup sûr deux ou trois heures de sommeil. Le seul problème est ce grand lit vide, qu'il n'arrive jamais à occuper ni à réchauffer tout à fait, si bien que le plus souvent il dort tout habillé sur le canapé, enroulé dans un couvre-lit que Melinda a tricoté il y a vingt ans.

Quand la pub s'achève, Melinda se redresse dans son lit et, prise de panique, essaie de s'extirper des couvertures. L'ayant vue faire des dizaines de fois, Bates se lève calmement de son fauteuil et pose ses mains sur les épaules de sa femme pour attirer son attention. Elle cesse de se débattre et tourne la tête vers lui, affolée.

« Qu'est-ce qui se passe, chérie ? lui demande Bates.

— J'ai oublié Daryl et Missy à l'école ! Il faut que j'aille les chercher !

— Chérie, dit Bates en lui caressant l'épaule. Daryl et Missy ne vont plus à l'école depuis des années. »

Melinda ne l'écoute pas. Son regard bondit vers l'horloge posée sur la table de nuit. « Bientôt sept heures et demie ! J'ai cinq heures de retard !

— Melinda. Regarde-moi.

— Mais je...

— Chérie, regarde-moi. »

Elle obtempère et, la bouche et le menton tremblants, parvient à contenir son angoisse au prix d'un effort déchirant.

« Les enfants ne sont pas coincés à l'école, lui dit Bates. Daryl Jr est à Atlanta avec Kate et leurs enfants. Nos petits-enfants. Et Missy… bon, personne ne sait où elle est. Mais ce qui est sûr, c'est qu'elle n'est pas à l'école, d'accord ? »

Il plonge le regard dans les yeux de sa femme, continue à espérer en dépit du bon sens. Voilà à quoi se résume leur couple, désormais : lui qui tente d'apaiser les terreurs de sa femme quand elle se remémore sa vie, toujours en vain. Pourtant, l'espace d'un instant, il a l'impression que ses paroles s'impriment presque. Melinda soutient son regard, scrute les traits de son visage en quête de l'information qui lui donnera les réponses à ses questions. Et puis ses yeux s'assombrissent, elle plisse légèrement les paupières et Bates s'incline, sachant déjà ce qui va suivre.

« Qui êtes-vous ? demande Melinda. Lâchez-moi ! »

Bates obéit, lâche les épaules de sa femme et se lève. Elle continue à crier, et un observateur extérieur pourrait trouver à Bates un air triste et sans espoir, mais cela fait longtemps qu'il n'est plus ni triste ni sans espoir. Il est au-delà de ces deux émotions, au-delà même du désespoir. Ce qu'il éprouve s'apparente à ce qu'on doit ressentir quand on regarde à l'intérieur d'un trou noir.

« Qu'est-ce que vous faites là ? exige de savoir Melinda. Qui êtes-vous ? Allez-vous-en ! Allez-vous-en ! »

Un infirmier arrive au trot, mais Bates est déjà presque à la porte. « Je m'en vais, dit-il. Ça ne s'arrangera pas si je reste. »

Le soignant s'approche de Melinda pendant que Bates sort dans le couloir et se dirige vers la sortie. Juste au moment où il arrive à la porte et émerge dans l'humidité accrochée à la nuit immobile, son téléphone se met à sonner dans l'étui qu'il porte à la ceinture.

« Allo.

— On a un problème, chef. » C'est Farley. « Quelqu'un est venu renifler du côté de LaVerdiere tout à l'heure.

— Comment ça ?

— Je sais pas trop. Il nous a appelés, il était paniqué. Je suis en route.

— J'avais vraiment pas besoin de ça, putain », soupire Bates, davantage pour lui-même que pour Farley.

« Chef ? Comment vous voulez que je gère la situation ?

— Personne d'autre que toi ne parle au toubib, ordonne Bates en se ressaisissant. Je te retrouve là-bas. Ah, et je veux pas de paperasse. Aucun enregistrement. Rien. »

Chapitre 8

1er juillet 2016

En poussant la porte de chez Babs, Lori trouve sa mère et Jason assis par terre dans le salon, entourés par les reliefs de leur dîner– carton de pizza grand ouvert, assiettes en carton maculées de graisse et morceaux de croûte rongés – et occupés à jouer à *Sneak King* en riant. Babs lève les yeux quand Lori entre dans le salon, le sac de médicaments sur l'épaule.

« On est contente ? demande Babs en français.

— On est contente, répond Lori.

— Et Tim ?

— Probablement en train de chanter “Jailhouse Rock” à l'heure qu'il est. »

D'un coup de menton, Babs désigne le visage tuméfié de Lori. « Apparemment t'as eu besoin de le persuader.

— Il s'est cassé la main sur moi, explique Lori en français.

— Bien joué. »

Lori se tourne vers la télé. « Alors, vous jouez à *Sneak King* ?

— Jason donne une leçon à sa *mémère**, dit Babs.

— Fais bien attention à pas la mettre en colère, Jay, dit Lori.

— Tu veux bien ranger ça dans le placard de la cuisine ? » lui demande Babs en français.

Une minute plus tard, Lori revient sans la taie d'oreiller et se fait une place entre sa mère et son neveu.

« Des nouvelles de Sis ? demande-t-elle en français.

— Non, répond Babs. Mais j'ai rendu visite à Bruce.

— Alors ?

— Lui aussi il a fallu le persuader. »

Lori regarde sa mère avec perplexité.

« Prends de la pizza, lui dit Babs en ramenant son attention sur le jeu.

— Et Rita ? fait Lori.

— Je ne m'intéresse pas à Rita pour le moment », répond Babs qui enfonce des boutons et actionne des joysticks plus ou moins au hasard, avec un résultat aussi piètre qu'attendu. « Mais si tu veux prendre de ses nouvelles, je t'en empêche pas.

— Pas ce soir. J'ai un truc. »

Lori rafle une part de pizza et Babs lui donne une petite tape sur l'épaule, en douceur, avant de laisser tomber la manette sur ses jambes croisées.

« À ton tour, tante Lori », dit Jason.

Lori engloutit une grande bouchée de pizza et remet le reste dans le carton. « Le prends pas personnellement, Jay-Jay, dit-elle, mais je vais être obligée de te mettre une raclée.

— Tu parles, dit Jason en commençant son tour.

— C'est pas de gaité de cœur, dit Lori. J'espère que tu en es conscient. Mais plus tôt tu apprendras qu'il n'y a aucune pitié dans cette famille, mieux tu t'en porteras. »

Une demi-heure plus tard, Babs raccompagne Lori à son pick-up, bien que sa fille lui ait demandé à plusieurs reprises de s'en abstenir. Elle n'a pas envie d'avoir une conversation en tête à tête avec sa mère, et surtout pas celle qui s'annonce.

« Merci de t'être chargée de Tim », dit Babs en suivant Lori dans l'allée, un peu en retrait.

Lori pose une main sur la poignée de son pick-up et se retourne. « J'aimerais pouvoir te dire que ça m'a fait plaisir, mais...

— Si j'arrive à mettre la main sur l'inventaire de ce qui a été volé à la pharmacie, est-ce que je retrouverai tout ? demande-t-elle en posant sur sa fille un regard perçant.

— Je peux pas te le garantir, répond Lori sans tiquer. Ça ment, un junkie.

— Oh oui, répond sa mère. M'en parle pas.

— Maman, je suis pas d'humeur à tourner autour du pot, donc tu veux bien me dire ce que tu as à me dire ?

— J'ai appris pour hier soir, dit Babs.

— Ouais, et moi aussi j'ai entendu parler de quelque chose, réplique Lori. Comme quoi une vieille cinglée aurait mis une raclée à son gendre.

— La famille a besoin de toi.

— Je suis là, fait Lori en pointant un doigt vers son ecchymose.

— C'est la dernière fois qu'on a cette discussion. Je veux pas savoir comment tu t'y prends, mais tu as intérêt à décrocher. »

Lori lâche la portière et fait un pas vers sa mère. « Et cette discussion, tu l'as aussi eue avec Sis ? demande-t-elle. Tu lui as dit que la famille avait besoin d'elle ?

— Quand ta sœur refera surface, je lui passerai un savon, comme chaque fois. Elle, je m'attends à ce qu'elle déconne. Mais toi, il faut que je puisse compter sur toi.

— Eh ben je vais te dire un truc, Maman. Je suis pas ici pour que tu puisses compter sur moi. Je suis pas ici pour toi, en fait. Je suis ici pour protéger tout le monde de toi. »

Quand Babs entend ça, sa posture d'autorité froide se fendille légèrement. « Qu'est-ce que je dois comprendre ?

— En Afghanistan, il y a des conflits tribaux qui durent depuis mille ans. À l'époque où ces tribus ont commencé à se faire la guerre, elles n'avaient que des cailloux et des bâtons pour se taper dessus. Et ces conflits, ils peuvent rester en pause pendant des décennies puis s'embraser d'un coup. Mais personne ne commet jamais l'erreur de croire qu'ils sont terminés.

— C'est passionnant, tout ça, mais je vois pas le rapport avec notre conversation.

— J'ai passé trois ans de ma vie là-bas…

— Je te l'avais déconseillé.

— Trois ans, Maman, et j'en ai retenu très exactement une seule chose, une chose que tu n'as toujours pas comprise : la violence ne peut qu'engendrer la violence. Peut-être pas aujourd'hui, peut-être même pas le mois prochain. Mais ça finira toujours, toujours par te péter à la gueule. Malgré tout ce que le père Clément pourra te dire, personne n'oublie et personne ne pardonne jamais.

— Je vois toujours pas où tu veux en venir. Et il faut que je retourne à l'intérieur.

— Je vais être très claire : tabasser Bruce, ça revient à cogner Jason. »

Babs renifle et fait demi-tour, repart vers la maison.

« Combien de personnes devront se fracasser contre toi pour que tu finisses par piger, Maman ? crie Lori dans son dos. Et maintenant Sis a disparu. Elle t'esquive. Je sais pas pourquoi, mais elle t'esquive. »

Babs s'arrête sur son perron et se retourne, à nouveau drapée dans un calme frisant l'indifférence.

« Tu es revenue, dit-elle. Elle reviendra aussi. Jay est en sécurité, c'est tout ce qui compte. Va faire ce que tu as à faire. Demain, on cherchera ta sœur. »

Une heure plus tard, Lori et Shawn sont étendus côte à côte sur le lit de Shawn dans sa chambre à l'Hampton Inn, encore un peu essoufflés, un verre à la main et une bouteille de bourbon Wild Turkey sur la table de chevet. Quand Lori est arrivée, il ne leur a fallu que quelques secondes pour se jeter sur le lit, ils n'ont donc presque pas échangé un mot jusqu'à présent.

« C'était bien pour toi ? demande Shawn.

— Difficile à dire. Ça faisait tellement longtemps que j'ai plus trop de point de comparaison.

— Je peux te demander pourquoi t'as ce bleu sur la joue ?

— Non. » Une gorgée de bourbon.

« J'imagine que c'est pire pour l'autre.

— L'autre, c'est mon cousin, et il est en taule. »

En secouant la tête, Shawn se redresse contre la tête de lit afin de remplir son verre. « Les Dionne… dit-il. Les années passent, mais vous êtes toujours aussi tarées.

— Et t'en connais pas la moitié. » Lori tend son verre à Shawn qui verse quelques doigts d'alcool sur les glaçons. « Comment va ton père ?

— Il lui reste quelques semaines. Peut-être un mois, d'après l'infirmière de la maison de retraite. Elle m'a dit, je cite, “On ne peut pas être sûrs, vous verrez bien.” Démerde-toi, en gros.

— Tu vas rester ici en attendant ? »

Shawn transfère son verre dans sa main gauche et trace délicatement avec la droite un sentier sur le bras de Lori. « Je suis aussi bien dans cet hôtel que chez moi. C'est-à-dire pas très.

— Elle a l'air sympa, la vie que tu t'es faite, dit Lori. Avec ta collection de montres.

— Je t'emmerde. »

Tous deux sourient et se taisent un moment, contemplent le fond de leur verre.

« Qu'est-ce que tu fuis, exactement ? demande Lori.

— Toujours aussi directe, hein.

— C'est peut-être une question impolie et présomptueuse, mais ça te libère pas de l'obligation d'y répondre. »

Shawn l'observe une seconde, à la fois amusé et dérouté ; Lori voit les rouages de son cerveau se mettre en branle pendant qu'il décide ce qu'il va répondre, quel pourcentage de ce qu'il dira sera vrai. Enfin, il laisse son regard errer dans la chambre et prend une profonde inspiration.

« La question, c'est pas de savoir ce que je fuis, dit-il. C'est de savoir ce que je cherche. Ma psy m'a dit que…

— Ta psy ?

— Ben ouais. Quoi ? Tout le monde voit un psy de nos jours. »

Lori lève son verre. « Ici, on préfère les bonnes vieilles méthodes pour régler nos problèmes.

— Et ça marche bien ?

— À merveille. Ça se voit pas ? »

Shawn rit, boit. « Qu'est-ce qui t'est arrivé là-bas, Lore ?

— *Non**. Pas moyen. Négatif. Hors de question que tu me traites ou que tu me voies comme un pauvre sac de traumas.

— T'es pas un sac de traumas ?

— Si. Mais c'est pas la question.

— C'est là-bas que tu as commencé à voir des fantômes ?

— Je *vois* pas des fantômes. Ils sont là, point. Mais, pour répondre à ta question, oui. Les morts ont commencé à m'apparaître quand j'ai repris connaissance à l'hôpital de Ramstein. Mon pote Sammy attendait que je me réveille. Il a pris une balle dans la tête le jour où j'ai été blessée. Mort de chez mort. Et pourtant il était là, il avait envie de papoter.

— D'accord, fait Shawn. Mais comment t'as su qu'il était vraiment là ?

— Au début j'ai pensé que mon cerveau avait grillé. J'en ai parlé aux toubibs et ils m'ont répondu que c'était possible, que j'avais un hématome au lobe occipital et que soit ça allait se dissiper, soit je verrais des choses pour le restant de mes jours. Donc, quand je suis sortie, je me suis méfiée de ce que je voyais. Et j'avais Sammy qui me suivait partout, qui me répétait qu'il était réel et qu'il m'en voulait pas.

— Sympa.

— Super ambiance, ouais. Mais au moins je pouvais me raccrocher à la certitude que j'étais folle.

— Et ensuite…

— Ensuite ça a continué. Un matin je me lève et je découvre un jeune de ma section, Lincoln il s'appelait. Il est assis dans mon salon, il a un avant-bras coupé au niveau du coude et il le tient sur ses genoux. Il me dit que c'est à cause de moi qu'il est mort, que si j'avais été là il aurait pas posé la main sur cette théière. Sauf que, à ma connaissance, Lincoln était vivant, en bonne santé et toujours sur place. Un peu plus tard dans la journée, j'ai reçu un coup de fil et j'ai appris qu'il avait perdu un bras en sécurisant une maison à Kandahar. Comme un bleu, il a touché un objet qui était relié à un détonateur. Il s'est vidé de son sang avant d'avoir pu être transporté.

— Oh, fait Shawn qui vire au blanc.

— Deux mois plus tard, rebelote. Cette fois, c'est mon lieutenant qui est assis sur le pas de la porte et qui regarde les enfants jouer dans la rue. Criblé de shrapnels. Le lendemain, quand le téléphone a sonné, j'ai compris tout de suite.

— Donc, si je te suis bien, la théorie c'est que les morts se manifestent à toi du fait de ta blessure au cerveau.

— Non. La blessure, elle me permet seulement de savoir qu'ils sont là. Mais ils sont partout, tout le temps. Toi aussi, tu trimbales tes morts avec toi. Et si quelqu'un te mettait un coup à la tête avec une planche, si tu faisais un AVC, si t'étais frappé par la foudre, etc., tu commencerais peut-être à les voir. »

Ne sachant pas quoi répondre, Shawn attend pendant que Lori presse le verre froid contre sa joue endolorie.

« Il y a des mondes entiers qui existent au-dessus de nous, en dessous de nous et en nous, Shawn. Quelqu'un de plus intelligent que moi pourrait probablement t'expliquer comment ça fonctionne sur le plan physique. Moi, la seule chose que je sais, c'est que le passé n'est pas mort, comme disait l'autre. Il est même pas passé.

— Mais, dans ce cas, comment on fait pour vivre ? demande Shawn. Comment on fait pour avancer vers le futur ?

— Si je connaissais la réponse, je serais pas coincée au purgatoire avec le reste des âmes perdues. »

Shawn se tait un moment, puis il lève la bouteille et boit au goulot. Il obtient l'effet escompté : Lori éclate d'un rire bref mais authentique, dans lequel il y a autant de frustration et de solitude que d'amusement.

« T'es consciente, dit Shawn en toussant et en s'essuyant la bouche avec le dos de la main, que c'est vachement difficile à croire. Mais je veux bien essayer, parce que ça vient de toi.

— Parce que ça vient de moi ?

— Oui. Si tu me dis qu'une chose est vraie, c'est qu'elle est vraie.

— Exactement. »

Lori pose la tête sur l'oreiller et soupire, s'étire pour détendre ses muscles crispés par le manque. « T'as toujours envie qu'on se remette ensemble ? demande-t-elle.

— Je t'ai parlé de ma psy, dit Shawn.

— Tu m'en as parlé.

— Elle trouve que je suis le patient le plus facile qu'elle ait jamais eu. Elle me donne le même conseil chaque semaine.

— J'ai presque peur de demander ce que c'est.

— T'inquiète pas, je vais te le dire.

— Shawn…

— Puisque je fais depuis dix ans des rêves récurrents qui parlent de deuil et qui tournent toujours autour de la même personne, son avis de professionnelle c'est que je devrais au moins essayer de faire revenir cette personne dans ma vie. »

Lori pose son verre sur la table de chevet et se met sur le côté, tournant le dos à Shawn. Elle remonte la couette sur son épaule. « Je veux pas parler de ça pour le moment, dit-elle. J'ai besoin de dormir.

— T'as surtout besoin de partir d'ici, dit Shawn. Viens à Boston avec moi. »

Il a à peine fini sa phrase que Lori repousse la couette et se lève d'un bond, cherche ses vêtements et les enfile à la va-vite.

« Lore, dit Shawn. Attends. Du calme. T'es en train de mettre ta culotte par-dessus ton jean, putain. »

Mais ça ne la fait pas rire. « Si tu veux te venger de moi, y a des manières moins tordues de le faire, dit-elle en fouillant le tapis du regard pour trouver une chaussette égarée.

— De quoi tu parles ?

— Je t'ai brisé le cœur, dit Lori. Et sur le moment j'en ai rien eu à foutre. Je plaide coupable. Donc, si tu veux qu'on règle nos comptes...

— Attends deux secondes », dit Shawn. Il pose son verre sur le chevet et se lève pour lui faire face. « Tu m'as pas brisé le cœur. T'as rompu une promesse. T'as détruit ma capacité à faire confiance aux autres. Donc ne minimise pas en parlant de nos cœurs brisés, comme si on était dans un téléfilm à la con.

— Et je te demande pardon, Shawn. C'est sur la liste des choses que je changerais si je le pouvais. Mais ce que t'es en train de faire, c'est juste cruel.

— T'offrir une échappatoire, c'est cruel ?

— Oui. Pourquoi tu fais ça ?

— Parce que je suis encore amoureux de toi, répond Shawn. C'est la vérité. Je l'ai su à l'instant où je t'ai vue ce matin. Même si t'es complètement flinguée. »

Ayant localisé la fuyarde, Lori tourne la tête vers Shawn. « Je vais te dire une chose que t'as manifestement besoin d'entendre. Écoute-moi bien et grave ça dans ta tête : tu n'es pas amoureux de moi.

— Ah bon ?

— Non. Tu es amoureux du souvenir d'une personne qui n'a jamais existé.

— Quand je vais raconter ça à ma psy… »

Lori enfile ses bottes et attrape ses clés qu'elle a laissées sur la table. « Si t'as l'impression que je deviens de plus en plus petite, dit-elle, c'est parce que je m'en vais.

— Très malin, dit Shawn. Une petite virée en bagnole alors que t'es chamboulée et que t'as la tête pleine de bourbon ?

— Je vais bien.

— Tu vas bien. Mais rends-moi un service, s'il te plaît, pense à mettre le frein à main avant de te faire un fix.

— Va te faire foutre, Shawn. » Elle se dirige vers la porte.

« Je maintiens, Lori. Il faut que tu te casses d'ici. »

Lori s'arrête, la main sur la poignée. « Ce qu'il me faut, c'est du temps pour réfléchir.

— T'es sûre d'en avoir beaucoup, du temps ? demande Shawn. Parce que c'est pas l'impression que tu donnes. »

Chapitre 9

1er juillet 2016

Maintenant que Jason est endormi, Babs prend la taie d'oreiller dans le placard et sort de chez elle. Il y a quarante ans qu'elle n'a pas fermé sa porte à clé, et même si elle héberge son petit-fils, elle ne prend pas cette peine car personne à Little Canada ne serait assez stupide pour entrer chez elle sans y être invité. L'air nocturne est alourdi par une immobilité mortelle, et tellement humide que son visage semble verni quand elle atteint sa voiture. Alors qu'elle s'apprête à y monter, la Lincoln Continental de Bates s'arrête doucement au bout de son allée. Le chef de la police en descend et s'approche en boitillant.

« Je sais que je te l'ai déjà dit, fait Babs, mais je le répète : t'aurais pas pu trouver un véhicule personnel qui fasse un peu moins flic ?

— Je le ferais si je cherchais à éviter que les gens sachent que je suis flic, répond Bates en ajustant son cache-œil.

— Je te croyais avec ta femme.

— J'y étais.

— Elle se rappelle qui tu es ?

— Elle se rappelle qui présente *Jeopardy!*

— En même temps, comment oublier ? Cette moustache, mon Dieu.

— Écoute, dit Bates. On a un problème. Quelqu'un est venu mettre un coup de pression à LaVerdiere tout à l'heure. »

Une sensation familière dans la poitrine de Babs : une pointe d'inquiétude. « En quoi c'est notre problème ?

— Le bon docteur a tellement flippé qu'il nous a appelés. Mais, le temps qu'on arrive, il s'est souvenu qu'il était impliqué dans un trafic et il s'est refermé comme une huître. Il a prétendu que c'était simplement un vol avec effraction.

— Comment tu peux savoir que c'était autre chose ?

— Y a pas d'effraction. La personne est entrée comme une fleur – et elle a rien volé non plus. Mais c'est pas le plus bizarre : d'après LaVerdiere, le type avait un accent canadien.

— Francophone ou anglophone ?

— Anglophone, je suppose. »

Babs ouvre sa portière arrière et balance la taie d'oreiller sur la banquette. « Évidemment, dit-elle. Mais je vois toujours pas en quoi c'est notre problème.

— Qui que soit cet homme, LaVerdiere se chie dessus. Le type est au courant pour les fausses ordonnances. Ce…

— C'est LaVerdiere qui te l'a dit, ou tu te contentes de le déduire ? »

Regard noir de Bates. « Je le *conjecture* en m'appuyant sur mes trente années d'expérience.

— D'accord, d'accord, fait Babs en souriant. Je m'en remets à ta capacité à inventer des conneries fondées sur des informations partielles.

— Ce mec est puissant et il a un réseau. Et c'est pas après LaVerdiere qu'il en a. C'est après toi.

— Encore une conjecture ?

— Oui. Et tu ferais bien de la prendre au sérieux.

— Admettons que j'accepte ta théorie et que ce mec utilise le toubib pour découvrir qui est derrière ce commerce d'ordonnances. Ça signifie qu'il en a après *nous*, chef.

— À ton avis, pourquoi je suis venu te voir à 22 heures un soir de semaine ?

— Je suis seulement en train de te rappeler qu'on est dans la même galère, dit Babs. Écoute, il faut que j'y aille. Le temps passe, et mon petit-fils dort à l'intérieur.

— Encore une chose, dit Bates. On a pincé Tim.

— Je sais. Je vous l'ai laissé.

— Quand on l'a ramassé, tous les médocs avaient disparu, à part un demi-flacon de Sophidone. Tu trouves pas ça étrange ? »

Babs lui lance un regard en biais, entre dans sa voiture, se tourne vers la banquette arrière et fouille dans la taie d'oreiller. Quelques instants plus tard, elle lui tend un flacon.

« Ça alors, mais comment mon médicament pour les yeux a-t-il pu atterrir dans ta voiture ?

— Dis-toi que Noël tombe en avance cette année, répond Babs. Et arrête de poser des questions. Maintenant, si tu veux bien m'excuser, j'ai des biens volés à restituer. »

Bates tourne les talons et regagne sa Lincoln. « Ouvre l'œil, Babs. Il faut trouver ce mec avant qu'il nous trouve. »

Babs ne répond pas, elle le regarde se couler difficilement dans son siège et démarrer. Lorsqu'il tourne à gauche et que ses feux arrière disparaissent, elle repart vers la maison et vérifie que les quatre fenêtres sont bien fermées. Ensuite, au prix de nombreux tâtonnements, elle met la main sur la clé de la porte d'entrée. Elle la glisse dans le trou de la serrure et, en forçant un peu, réussit à débloquer le verrou qui n'avait pas bougé depuis quatre décennies. Après quoi elle se met en route pour aller livrer leurs traitements aux habitants de Little Canada.

Lori roule sans but dans le centre de Waterville en planant aussi haut que les anges grâce aux quatre-vingt-dix milligrammes d'Oxy qu'elle a broyés et sniffés sur son tableau de bord après avoir quitté Shawn. Elle zigzague entre la ligne médiane et le trottoir, qu'elle percute légèrement tout en se débattant avec son paquet de clopes par-dessus le volant. Du fait de la relation qui unit sa mère à la police, Lori pourrait se planter dans la vitrine d'un magasin, elle ne récolterait même pas une amende pour conduite en état d'ivresse ; malgré ça, entre le bourbon, l'Oxy, la contrariété et la fatigue qu'elle traîne depuis qu'elle est morte hier soir, elle sait qu'elle ferait mieux de rentrer.

Au lieu de ça, elle prend la direction du pont qui enjambe la Kennebec, à moins d'un terrain de football en amont de la dépouille de l'usine Hollingsworth & Whitney. Pendant quatre-vingts ans, ce pont a été franchi par des convois transportant des troncs, il a connu le remplacement des voitures à cheval par les chevaux-vapeur, les affrontements entre ouvriers francophones et hommes envoyés par l'agence Pinkerton pour briser leurs grèves, et les milliers de rouleaux de papier journal sortis de la papeterie en plus de cent ans. Il a aussi assisté à vingt-trois tentatives de suicide depuis sa construction à la fin du XIXe siècle, dont trois venant de la famille de Lori – le plus récent étant son grand-oncle Paul, qui a sauté dans les turbines hydroélectriques en 1993 quand sa boutique a fait faillite. Lori traverse ces pages d'histoire, s'engage dans la côte escarpée sur l'autre rive et continue dans la nuit sinueuse des collines.

Pendant ce temps, Babs fait son deuxième arrêt de la soirée, chez Kelly Dupont dans Carrean Street. Kelly vit seule avec ses deux filles et sert des petits déjeuners au restaurant Villager, en ville, depuis qu'elle a arrêté le lycée à seize ans ; elle en a aujourd'hui vingt-quatre. Sa plus jeune fille est diabétique de type 1 et c'est ce qui amène Babs sur le pas de sa porte. Elle frappe, attend, frappe encore, au bout d'une minute le rideau de la fenêtre s'écarte et Babs distingue un œil derrière la vitre. Le rideau retombe d'un coup sec, les verrous se défont l'un après l'autre et Kelly apparaît dans une robe de chambre élimée, sa cadette épiant Babs derrière une de ses jambes.

« *Bonsoir, petite Émilie** », la salue Babs. L'enfant sourit, mais se cache un peu plus derrière sa mère.

« J'ai des ennuis ? demande Kelly.

— Pas du tout. » Babs lui tend deux boîtes d'insuline rapide. « Je suis juste passée déposer ça. »

Kelly fixe les boîtes de médicament, puis elle lève les yeux vers Babs. « Oh mon Dieu, fait-elle. Merci.

— Si tu tiens à faire quelque chose pour me remercier, couche cette enfant », dit Babs en repartant vers sa voiture.

Lori file sur l'asphalte défoncé de North Pond Road, dont elle connaît chaque nid de poule et chaque virage par cœur depuis le lycée. Du temps où sa cousine Carrie vivait près de Pettee's Pond, les deux filles sillonnaient la campagne pendant des demi-journées entières, tirant sur leurs Camel Light et écoutant N.W.A. si fort qu'elles n'entendaient plus pendant plusieurs heures ensuite. Quelques dizaines de mètres avant le carrefour en T où North Pond Road débouche sur la Route 202, il y a une côte aussi escarpée que brusque et qui s'achève juste avant le panneau stop. Le jour où Lori a eu son permis, les deux filles se sont aperçu que ce raidillon faisait un tremplin parfait et s'en sont servi pour décoller au moins cinq cents fois. Au bout d'un moment, ça ne leur a plus suffi ; comme avec l'argent et la dope, il en faut toujours plus pour produire le même effet, si bien qu'elles ont commencé à prendre le tremplin de nuit sans les phares. 130 km/h, noir d'encre, elles savaient que la montée arrivait mais pas exactement à quel moment, et tout l'intérêt résidait dans cette conjonction entre un *quoi* inévitable et un *quand* incertain. Paupières plissées pour transpercer l'obscurité, muscles tendus, l'amygdale beuglant une alarme primale, l'estomac qui dégringole dans les pieds lorsque les roues avant attaquent la côte, puis, un instant après, la gravité qui lâche, le corps brusquement dépouillé de sa masse, qui flotte dans la nuit comme une nappe de brouillard. Pendant deux secondes environ.

C'est la sensation vers laquelle fonce Lori en cet instant, quand elle s'engouffre à toute vitesse dans la dernière longue courbe avant la ligne droite qui mène à la rampe. Elle manque de perdre le contrôle en prenant le virage trop large, puis elle donne un coup de volant sur la droite, écrase l'accélérateur et éteint les phares à deux cents mètres de l'objectif. Elle sait que, dans son état, en conduisant à l'aveugle, elle risque de finir dans le fossé avant d'atteindre la côte, mais c'est un danger qu'elles n'hésitaient pas à courir autrefois, or elle n'a pas davantage de raisons de vivre aujourd'hui qu'alors.

Si elle n'a pas peur de tomber dans le fossé et de fusionner avec un tronc d'arbre, elle n'a cependant pas non plus envie que ça se produise. Elle avance donc la tête au-dessus du volant et place les mains en position 10 h 10, tout en s'efforçant de distinguer les bords de la route dans l'éclat minimal d'une lune prisonnière d'épais nuages. L'aiguille du compteur tremble en frôlant les cent quarante, son vieux Ford F-150 ne monte pas plus haut, mais c'est bien assez pour ce qu'elle a en tête. Sous ses roues, la chaussée reste lisse et plate. Le pick-up engloutit à peu près trente-huit mètres par seconde, et elle est maintenant si proche qu'elle ne peut plus manquer la rampe. Elle y sera d'un instant à l'autre.

Mais alors elle aperçoit quelque chose. Une silhouette sur la route, une forme qui se détache à peine sur le noir de la chaussée et le charbon du ciel. Tout va si vite que, par la suite, Lori ne se rappellera pas avoir vu quoi que ce soit. Son seul souvenir : ses mains tournent le volant vers la droite, presque de leur propre gré, de même que nos doigts s'écartent de la flamme avant que notre cerveau ait enregistré la brûlure. Les vieux pneus Goodyear qu'elle n'a jamais pris la peine de permuter hurlent au moment où les freins se bloquent et où le pick-up dérape en travers de la route. Il glisse sur le bas-côté droit, propulsé par son élan, et Lori n'a plus aucun recours, aucune manœuvre de cascadeuse lui permettant d'influer sur ce qui se produira jusqu'au moment où, fatalement, le camion s'arrêtera. Par conséquent, elle patiente. Elle attend de percuter l'objet ou la personne qu'elle a vue sur la chaussée. Puis, comme ça n'arrive pas, elle attend que le pick-up parte en tonneaux car il semble bien parti pour le faire. Puis, comme ça n'arrive pas, elle attend la décélération brutale et catastrophique advenant lorsqu'un véhicule lancé à pleine vitesse heurte un rocher imprévisible. Mais au lieu de tout ça, le pick-up perfore les broussailles en vibrant, cahotant et ralentissant petit à petit, et à la fin, comme sa conductrice, il s'en tire à peu près indemne.

Lori est immobile dans le silence brutal, redevenue point fixe sur une planète filante, consciente d'être en vie sans toutefois en être certaine. Ses sens sont tellement éveillés qu'elle sent la poussière soulevée par sa glissade tournoyer et se poser sur son visage et ses bras. Elle s'écoute respirer. Puis elle ouvre la boîte à gants, avale à sec un nouvel Oxy, attrape sa Maglite et remonte les sillons que ses pneus ont creusés dans l'herbe jusqu'à retrouver l'asphalte.

Bien qu'elle n'ait senti ni entendu aucun impact, elle redoute ce que la lampe va révéler sur la route. Il y avait quelque chose, c'est certain. Et cette chose était vivante. Elle balaie la chaussée avec le pinceau de la lampe, d'un bord à l'autre, et ne discerne – heureusement – que des cailloux et de la terre, une bouteille d'ice tea, une branche d'arbre. Elle retient son souffle quand elle repère une forme longue et fine, flasque et tendineuse – un chat ? un enfant ? –, mais à mieux y regarder ce n'est qu'une vieille chemise en flanelle décolorée, lancée par la fenêtre d'une voiture il y a une éternité. Tandis qu'elle scrute le flanc de la butte, ne trouvant que d'autres déchets – un lambeau de pneu, un sac de courses en plastique –, elle commence à se demander si elle n'a pas tout imaginé, si la chose sur la route n'était pas le spectre d'une projection mentale. Ce ne serait pas la première fois que son esprit lui joue des tours plus vrais que nature. Elle finit par diriger la lampe vers le sommet de la côte, et là elle voit la renarde.

C'est une renarde parfaitement ordinaire. Un poil roux. Des oreilles droites qui s'achèvent en pointes effilées. Des yeux de chat. Elle est assise sur la route, à l'endroit où Lori l'a aperçue, un poulet mort dans la gueule, sa longue queue paisiblement enroulée tel un boa en plumes autour de ses pattes arrière. Aussi placide que le Bouddha en personne. Elle n'a pas bougé une oreille quand le pick-up l'a frôlée.

Elle plisse les yeux dans la lumière de la Maglite, mais le regard qu'elle pose sur Lori ne flanche pas. Il est calme. Presque complice. La renarde entrouvre la gueule, laisse tomber le poulet et semble l'avoir oublié avant même qu'il ait touché la route. Lori ne se sent pas simplement vue, elle se sent percée à jour par son regard, le regard d'une divinité, différente du Dieu qu'on lui a enseigné à l'église. Cette déesse-renarde voit tout et sait tout, comme le Dieu que Lori a appris à vénérer, mais contrairement à Lui elle ne juge pas. Son pouvoir et sa raison d'être se bornent à observer et, ce faisant, à révéler Lori à elle-même, dans son entièreté. Toutes les choses qu'elle sait être – une femme, la descendante d'une autre femme, une camée, une Marine, une tueuse –, mais aussi celles qu'elle a oubliées ou qu'elle pense enterrées : une amante. Une héroïne. Une quêteuse et une clairvoyante. Une humaine qui, comme le dit la chanson, cherche à faire le bien, mais n'est pas prête pour ça.

Toutes ces facettes d'un même être nommé « Lori », une masse de viande conçue pour souffrir, parfaitement seule dans l'obscurité d'une route de campagne, face à une renarde.

Lori s'assied en tailleur sur le bas-côté et éteint sa lampe torche. Une fois ses yeux habitués à la nuit, elle retrouve la renarde et toutes deux s'observent un long moment.

Ayant livré presque tous les médicaments à leurs destinataires, Babs se tient maintenant sur le dernier perron. Elle est venue offrir, mais elle est aussi venue demander. Il est tard ; elle espère seulement qu'il n'est pas trop tard.

Elle appuie sur la sonnette et patiente. Les secondes passent. Enfin, la lampe du porche s'allume et, comme sa fille quelques instants plus tôt, une impression d'être percée à jour s'empare d'elle. La porte s'ouvre sur le père Clément, verre de bourbon à la main, vêtu d'un short et d'un T-shirt aux armes du MARIE JOSEPH SPIRITUAL CENTER. Ses jambes, que

Babs découvre pour la première fois, sont glabres et d'un blanc d'albâtre, la peau translucide et parcourue de veines arachnéennes violettes.

« En principe je ne prends pas les confessions après deux verres, annonce le prêtre.

— Vous pouvez vous en servir un troisième, réplique Babs, parce que je suis pas venue me confesser.

— Le Seigneur a tout son temps, Babs », fait Clément, les lèvres étirées par un fin sourire. « Contrairement à toi. »

Sans répondre, Babs lui tend le dernier flacon de médicament. Il le prend avec sa main libre et déchiffre l'étiquette en plissant les yeux. « Merci, dit-il. Je commençais à me demander combien de temps j'allais survivre sans ça.

— Alors c'est peut-être vous que j'aurais dû venir voir en premier. »

Le père Clément hausse les épaules, sourit encore. Il y a un moment de silence. Il observe Babs, et bien qu'il semble aussi vieux que Mathusalem, son regard a conservé la sagacité que lui ont conférée cinquante années de prêtrise. Il voit clairement que Babs est en conflit avec elle-même. Enfin, il hausse les sourcils d'un air interrogateur : *Tu as quelque chose à me dire ?*

Babs, qui d'ordinaire ne demande conseil à personne d'autre qu'à elle-même, cède car elle cède toujours face à lui : « Sis a disparu. »

Clément la considère encore quelques secondes, puis il s'écarte et désigne l'intérieur de sa maison. « Entre, on va boire un verre », dit-il.

À trois rues de là, Lori s'engouffre dans son allée, coupe le contact et rentre chez elle sans avoir éteint les phares du pick-up. Il y a plus urgent : le duo gagnant, un bourbon et un Oxy. Ensuite elle fera sa valise, du moins elle prendra le nécessaire pour quitter Waterville, sa famille et Shawn de manière aussi rapide et indolore que possible : des vêtements, ses bottes et ses chaussures de course, la trousse de toilette des Marines qu'elle a depuis la fin de ses classes, et le kit d'urgence qu'elle a depuis presque aussi longtemps : couteau de combat KA-BAR, cordages, bâche et autres équipements de camping, boussole et cartes, des rations en quantité suffisante pour une semaine, un Glock 19, des antibiotiques à large spectre et une trousse complète de premier secours, dix mille dollars en espèces. Quant aux différents objets qu'elle a entassés dans sa maison au fil des huit derniers mois, elle n'en a pas besoin et n'y tient pas.

Elle jette ses clés sur le guéridon du vestibule et va dans la cuisine, tellement déterminée à faire glisser un cachet avec une gorgée de bourbon qu'elle a déjà le verre aux lèvres quand elle remarque enfin que Sis est assise à la table de la cuisine.

Lori se fige. S'étrangle. Manque de recracher l'alcool et le cachet, puis les ravale de force tandis que sa peur se mue en colère.

« Où t'étais, putain ? » demande-t-elle en s'essuyant la bouche avec un torchon froissé trouvé près de l'évier.

Sis demeure silencieuse et voûtée, le visage masqué par les cheveux. Elle ne bouge pas. Ne lève même pas les yeux. Elle est torchée bien évidemment. Et dans un état… Ses cheveux sont humides et emberlificotés, et sa chemise en flanelle constellée de taches bordeaux semblables à un test de Rorschach sur les épaules et la poitrine. Lori sort et revient dans la cuisine quelques minutes plus tard avec sa valise et son kit d'urgence dans un sac en toile râpée qui date de son premier déploiement. Elle lance un regard assassin à Sis, laquelle garde la tête basse.

« Babs va te tuer », dit-elle. Elle laisse tomber le sac sur le lino et se ressert un verre, puis elle s'assied en face de Sis. « *Bonsoir* ?* T'es bourrée ? »

Un silence pour toute réponse.

« Écoute, dit Lori. L'abruti qui te sert de mari a encore cogné sur Jay-Jay. Donc, je sais pas ce qui t'arrive, mais va falloir que tu te reprennes et que tu rentres chez toi. »

Pas un bruit. Pas un geste. Lori n'est même pas sûre que sa sœur respire. Et ça la fout en rogne.

« Bon, j'en ai marre. Hé, connasse, tu m'entends ? Bruce a mis une trempe à Jason. C'est tout ce que ça te fait ? »

Enfin Sis lève la tête, et ce que voit Lori éteint sa colère aussi sûrement qu'un filet d'eau sur une allumette. Cette femme, sa petite sœur, qu'elle aime avec toute la férocité possible, est brisée. Un jouet en plastique fracassé en morceaux de toutes les couleurs sur la terre d'une allée. Les yeux affligés, la bouche morose, la lèvre inférieure retroussée comme si elle allait se mettre à pleurer. Lori n'est pas simplement choquée, elle est alarmée. Une des particularités de Sis – toujours vérifiable et parfois agaçante – est qu'elle demeure toujours gaie même quand les circonstances sont sinistres. Or Lori peine à reconnaître sa sœur dans cette créature pathétique.

« Bon », dit-elle. Elle soupire et se lève. « Viens, on va te mettre sur le canapé. Tu peux dormir ici cette nuit. Mais demain, tu rentres t'occuper de ton fils, d'accord ? »

Lori espère que la tendresse et les encouragements feront effet là où les sermons ont échoué. Mais l'expression de Sis, un mélange inquiétant de désespoir et d'absence, ne varie pas d'un iota. À croire que sa sœur se trouve au fond d'un puits où les sons ne l'atteignent pas, et qu'elle s'y trouve depuis si longtemps qu'elle a perdu tout espoir d'être secourue. La peur commence à s'immiscer dans la chaude bulle amniotique créée par la drogue et qui a tant servi de refuge à Lori. Un autre verre s'impose, dès qu'elle aura couché Sis sur le canapé. Elle décide de partir demain à la première heure, une fois qu'elle aura évalué l'état de sa sœur à la lumière du jour.

Elle se penche pour l'aider à se lever, mais sa main, au lieu de saisir le tissu et la chair, passe à travers l'avant-bras de Sis.

Une seconde s'écoule. Deux. L'instant suivant dure toute une année. Ou peut-être qu'il ne s'achève jamais. Impossible de savoir, car le temps n'a plus aucune signification, la signification même n'existe plus, tout ce qui pourrait être considéré comme une pensée dans le crâne de Lori est soufflé telle une grange par une tornade et remplacé par une abominable stridence, une horreur au-delà du langage et donc de l'entendement, l'horreur immémoriale, surrénale, qu'éprouve le homard au-dessus de l'eau bouillante, l'élan quand les dents du loup se plantent dans sa chair, le Marine coincé par le feu ennemi dans un trou de mortier où il s'efforce de se tasser contre la terre, de s'y enfoncer, et où il appelle le salut en criant des bruits incohérents. C'est une horreur immortelle, inchangée depuis des millénaires, et si vous avez un jour la chance de la ressentir vous comprendrez, enfin et à jamais, ce que c'est d'être en vie.

Lori tombe à genoux. « Oh merde, Sis. Oh non, s'il te plaît. »

Sis continue de la regarder sans ciller ni parler, et des larmes scintillent à présent dans ses yeux.

DEUXIÈME PARTIE

Prélude

11 septembre 2001

Babs n'a jamais oublié quand, à l'école primaire, elle a passé trois heures enfermée dans un placard pour la punir d'avoir parlé français avec son premier petit copain, Rémy LaCroix. Elle n'a jamais oublié le jour où elle a été forcée d'écrire au tableau *I will not speak French in class* jusqu'à ce que ses doigts ne tiennent plus qu'un moignon de craie. Les décennies suivantes n'ont rien fait pour apaiser la brûlure de la lanière en cuir sur ses doigts et ses fesses. Elle n'a jamais cessé de parler sa langue, ainsi les punitions n'ont jamais cessé.

Voilà pourquoi, lorsqu'est venu le jour de scolariser les enfants, Rheal et elle ont construit au fond du jardin une grande cabane qu'ils ont baptisée École primaire Babs.

« L'école publique, elle est faite pour le public, leur a expliqué Babs. Ça signifie qu'elle est au service d'un système. Et les systèmes, ils ont besoin d'esprits formatés qui rentreront dans le rang. Des esprits qui pensent comme il faut, et qui sont rapides. Vous, vous serez des esprits lents, profonds et dangereux. »

Lorsque Babs avait des courses à faire, elle donnait à Lori et Sis le programme du cours, leur disait quoi lire et attendait de ses filles qu'elles fassent leurs devoirs de manière autonome. Ce matin, par exemple, Lori rédige un devoir d'histoire sur l'expulsion des Acadiens du Maine pendant que Sis torche un exercice de grammaire, quand leur grand frère, Jean, qui est en terminale, ouvre la porte de la cabane et leur dit de se ramener dans la maison.

Il ne leur explique pas pourquoi il n'est pas au lycée à cette heure, mais dès qu'il les plante devant la télé la raison devient évidente, pour ne pas dire terrifiante et incompréhensible. Tous trois silencieux, ils regardent une fumée épaisse, presque liquide, se déverser des béances incandescentes qui viennent d'être percées dans deux immeubles. Ça se passe à New York, une ville où aucun d'eux n'a jamais mis les pieds.

Jean est hypersensible aux sons – les conversations ordinaires lui font mal aux oreilles et un bruit de fond aussi discret que le moteur d'un frigo peut l'empêcher de réfléchir. Il a donc, comme à son habitude, mis la télé en sourdine ; le volume est si bas que Lori entend à peine la voix hésitante et abasourdie du présentateur. Elle se lève et va presser plusieurs fois un bouton sur le côté de l'appareil, jusqu'à ce que le son puisse être entendu par d'autres oreilles que celles de Jean et de leur chien Shortstop.

« C'est trop fort, dit Jean.

— Lore, écarte-toi, dit Sis. Je vois rien !

— Tant mieux, répond Lori, faut pas que tu regardes ça.

— Pourquoi toi, t'as le droit mais pas moi ?

— Parce que j'ai treize ans et toi neuf », rétorque Lori. Elle revient sur le canapé et s'assied à côté de sa petite sœur.

« Ça fait seulement quatre ans de différence, dit celle-ci.

— *Fermez vos gueules, toutes les deux**, dit Jean, les yeux aimantés par l'écran. Et Lori a raison, Sis. Monte dans ta chambre. »

Mais Sis ne bouge pas et les deux autres, trop préoccupés par le spectacle, ne songent pas à l'y contraindre.

« Tous les avions actuellement en vol au-dessus des États-Unis ont reçu l'ordre de se poser, annonce le présentateur.

— *Câlice de crisse**, dit Jean. Il faut faire quelque chose.

— Tu penses à quoi ? demande Lori. Envoyer une carte ? Préparer un gratin ?

— C'est pas drôle, Lori. On est en guerre.

— J'ai pas l'impression que la maison brûle.

— Arrête de parler comme Maman, dit Jean. Je suis américain. Toi aussi.

— On est *américains**. C'est pas pareil. »

Comme chaque fois, ils n'arriveront pas à s'entendre. Jean se tourne vers le poste. Lori le fixe encore un moment, puis elle fait de même. Sis, elle, n'a jamais quitté l'écran des yeux, habituée à ignorer leurs disputes.

À la télé, des hélicoptères volent en cercle, les tours vomissent de la fumée et le soleil assiste à tout cela, impitoyable et éclatant. Pendant un moment, rien ne se passe. Puis des gens commencent à sauter des immeubles.

D'abord ce sont deux silhouettes, l'une de sexe indéterminé, l'autre en pantalon de toile et chemise blanche, vraisemblablement un homme. Elles y vont ensemble, s'avancent dans le vide et paraissent flotter dans les airs un instant, suspendues à l'extérieur de la fenêtre qu'elles viennent de quitter. Il est possible qu'elles se tiennent par la main, mais on ne peut en avoir la certitude. Puis elles se mettent à tomber avec une vitesse soudaine et atroce et leur chute les sépare, elles dégringolent, minuscules, impuissantes et seules, devant le décor déroulant de la tour. Sis s'étrangle quand la caméra zoome et les suit, jusqu'au moment où elles disparaissent dans le nuage de fumée qui avale les rues.

Ensuite c'est une cascade de corps – et il est incontestable que ces personnes sautent, choisissent de mourir en sautant plutôt que de mourir en brûlant. Tout le monde en est témoin, et il faudrait avoir des motivations émotionnelles ou religieuses extrêmement puissantes pour affirmer le contraire en y croyant. Ces personnes se jettent du même étage que les deux premières, on dirait un peloton aéroporté en chute libre, ces silhouettes qui tournoient, se tordent et se plient sur elles-mêmes en fondant vers la terre, et la chose dont Lori se souviendra des années plus tard, c'est de ce silence incongru – aucun cri, aucune prière, aucun impact. Rien que des corps qui flottent à l'abandon sur un ciel de cobalt, dérivent dans l'espace, quittent ce monde sans un bruit.

Et Lori se souviendra, aussi, que c'était beau.

Enfin, le présentateur brise le silence en soufflant, « Mon Dieu. »

Le visage de Jean s'assombrit. Il se lève et quitte le salon en jurant comme un charretier en français. Il y a un fracas dans la cuisine, un bruit de verre se brisant sur le carrelage, puis Lori et Sis entendent la porte d'entrée qui claque et la Pontiac Fiero rouge pompier de Jean qui rugit. Il disparaît en les laissant seules toutes les deux.

Elles découvriront plus tard – en même temps que Babs, dont la réaction sera fortement négative, pour parler poliment – que Jean a foncé droit au centre de recrutement des Marines, sur Elm Plaza, à côté de la sandwicherie, et qu'une heure plus tard il signait toute la paperasse et prêtait serment contre les ennemis extérieurs et intérieurs. Il fera ses classes à Parris Island et sera affecté à un bataillon blindé avant même que les pompiers aient fini d'éteindre les incendies de ce qui sera surnommé « Ground Zero ».

Mais pour l'heure, chez les Dionne, Lori et Sis sont toujours assises côte à côte sur le canapé et se rapprochent l'une de l'autre sans le vouloir ni même en être conscientes. ABC a décidé en urgence de cesser de montrer les personnes qui sautent des immeubles, mais la chaîne ne manque pas d'images légèrement moins atroces à diffuser. L'avion qui percute la deuxième tour en boucle. Un trou semblable à la gueule de l'enfer dans le Pentagone. Une balafre fumante dans la terre d'une ferme en Pennsylvanie. Une femme transportée par les pompiers, la jambe brisée. Un homme, chemise blanche déchirée à la poitrine, visage et doigts ensanglantés, qui s'agenouille en pleine rue tel le Christ durant sa Passion. Des foules couvertes de cendres, qui titubent comme des zombies dans les rues et les avenues, ignorant où elles sont et où elles vont, cherchant uniquement à s'enfuir.

Lori se lève du canapé et se dirige vers la cuisine sans vraiment savoir pourquoi, peut-être pour se prendre un truc à boire car sa gorge est tellement sèche qu'elle n'arrive plus à déglutir, peut-être pour nettoyer les dégâts que Jean a causés avant de partir, mais elle n'a pas encore atteint la porte qu'elle entend Sis crier, « Lore, regarde ! »

Elle pivote mais n'arrive pas à assimiler ce qu'elle voit sur l'écran. Une cascade horrifique, une éruption volcanique inversée, le mont Saint Helens – à propos duquel elle a aussi écrit un devoir il y a quelques années –, mais situé en pleine ville au lieu d'être entouré par une nature verdoyante.

« Tout un côté vient de s'écrouler ? demande le présentateur.

— C'est toute la tour qui vient de s'écrouler », lui explique un reporter.

Sis joint ses petites mains et se met à pleurer, et Lori retourne auprès d'elle, oubliant sa gorge sèche et le bazar mis par Jean.

« Qu'est-ce qui s'est passé, Lore ? » demande Sis.

Lori prend les mains de sa sœur entre les siennes et ne dit rien. Comment répondre ? Elles ont toutes les deux vu les images, elles savent ce qui s'est passé. La question que pose Sis est différente et Lori ne sait pas y répondre, n'a probablement pas la réponse.

Elles regardent deux femmes s'abriter derrière une voiture tandis que la fumée engloutit l'avenue devant elles. Au-dessous, le bandeau déroulant affiche les scores de la dernière journée de base-ball – Seattle-Anaheim, 5-1 ; Oakland-Texas, 7-1 – comme si on vivait encore dans un monde où les gens s'intéressent au base-ball, où les gens *jouent* au base-ball. Lori a la conviction profonde que ce monde a disparu, il est désormais aussi mort que les personnes bloquées dans la tour sud. Elle comprend que le monde peut être détruit et refait en quelques instants de violence. Les scores du base-ball et les chiffres de la Bourse seront bientôt, et pour toujours, remplacés par d'autres données. L'heure précise à laquelle les avions ont percuté les tours, par exemple. La durée en secondes de l'effondrement des immeubles. Le nombre de morts parmi les pompiers, les policiers et les secouristes. Le nombre d'unités de sang collectées au cours des jours suivant les attentats et le nombre, bien plus faible, d'unités de sang nécessaires. Le nombre d'orphelins. Le nombre de jours écoulés entre les attentats et le début des bombardements étatsuniens sur l'Afghanistan. Le nombre de soldats tués dans le cadre de l'opération « Liberté immuable », parmi lesquels figurera son frère Jean.

Alors, faute de trouver une meilleure réponse, une réponse plus convaincante à la question de sa sœur, Lori se résout à dire, « Des gens ont fait une chose affreuse. »

Quand Sis entend ça, elle redouble de larmes.

« Hé, dit Lori en lui passant un bras autour des épaules et en essuyant ses joues. Hé, regarde-moi. »

Sis tourne la tête vers elle, mais avant que Lori puisse ajouter quelque chose pour la réconforter, elle lui demande : « Ils vont nous faire des choses affreuses à nous aussi ? »

Cette fois, Lori a une réponse à lui donner. Elle serre sa sœur contre elle, prend sa tête dans le creux de sa main et dit, « Pas moyen. Je laisserai personne te faire du mal, ma puce. »

Chapitre 10

2 juillet 2016

En nage, Lori ouvre les yeux, sur son canapé, dans ses vêtements de la veille. Il est 6 heures du matin, la chaleur est déjà étouffante, mais tout va bien pendant les trois secondes qui suivent immédiatement son réveil, dans la mesure du possible considérant, d'une part, la cuite d'hier soir qui fait résonner un boucan wagnérien dans son crâne et, d'autre part, son singe intérieur qui lui répète *came Came CAME.* Puis tout lui revient d'un coup comme en cauchemar : Sis qui pleurait sans bruit dans sa cuisine, dégoulinant d'un fluide rouge qui était peut-être du sang, mais peut-être pas, et ce souvenir aspire tout l'air de ses poumons. Elle avale deux Oxy à sec, enfile ses bottes, attrape son Glock et deux chargeurs dans son kit d'urgence, et sort sans même prendre le temps de pisser.

Quatre minutes plus tard elle s'arrête avec un crissement de pneus devant la maison de Bruce et Sis, tire le frein à main et gravit les marches du perron en deux sauts. La porte est verrouillée, donc elle tambourine dessus, appelle Bruce, et comme celui-ci ne répond pas elle fait un pas en arrière et se met à balancer de grands coups de talon dans la porte, à tel point que le vacarme fait venir à leur fenêtre toutes les *vieilles dames** de la rue. Lori sait que ces yeux sont directement reliés aux oreilles de sa mère, mais pour le moment elle s'en fout. Elle tape et jure, le chambranle commence à se lézarder, il cède un peu plus à chaque coup et enfin il se brise et la porte s'ouvre en grand.

Elle pénètre dans le vestibule, regarde alentour, remarque tout de suite le sang – une traînée de gouttes et de giclures qui démarre au sommet de l'escalier et descend jusqu'en bas, tourne au pied de la rampe et la mène à la cuisine aussi assurément que les miettes de pain du Petit Poucet. Le sang est brun et complètement sec, il a au moins douze heures.

Elle crie « Bruce ! » en suivant les traces vers la cuisine. Dans l'évier en inox, elle trouve encore des coulures de sang. Deux bacs à glaçons vides sur le plan de travail. La porte du frigo est ouverte, il y a du sang sur la poignée, la loupiote est allumée et le moteur s'acharne vaillamment à contrer la chaleur croissante.

Lori regagne l'entrée et monte l'escalier quatre à quatre. Sur le palier, les gouttes la conduisent dans la salle de bains où elle trouve Bruce, assis par terre, adossé à la cuvette des toilettes. Du moins elle suppose qu'il s'agit de Bruce, car ce visage contusionné et tuméfié est presque impossible à identifier. La tête baissée, il marmonne en frottant sans relâche un endroit précis de la chemise qu'il portait la veille et qui, comme le reste de la maison, est couverte de sang. À côté de lui, deux bouteilles : vin blanc et eau de Javel.

« Qu'est-ce que t'as fait à ma sœur ? » lui demande Lori.

Soit Bruce ne l'entend pas, soit il fait semblant de ne pas l'entendre, quoi qu'il en soit il continue de frotter sa chemise. Des gouttes de sueur, que le sang teinte en rouge, ruissellent sur les ruines de son visage. « Lundi, je suis à peu près sûr que c'était lundi », dit-il à sa chemise, à lui-même, en tout cas pas à Lori.

« Bruce, dit Lori en entrant dans la pièce.

— Mais peut-être que c'était mardi », dit-il encore, en frottant si fort qu'il va finir par trouer le tissu s'il continue comme ça. « Les Sox devaient jouer contre Toronto le mardi, et je *crois* que c'était ce soir-là. »

Lori s'accroupit devant lui. « Bruce, dit-elle tout bas. Regarde-moi. »

C'est ce qu'il fait, un instant, mais tout de suite il plonge la brosse à dents dans la Javel et se remet à frotter encore plus énergiquement. « Babs m'a ordonné de nettoyer cette tache de ketchup. Tu lui diras que j'ai fait ce qu'elle voulait, d'accord ?

— Il y a du sang partout, tu ne crois pas que c'est un problème un peu plus urgent ?

— Babs en a pas parlé. Uniquement le ketchup. »

Lori l'observe quelques secondes. De toute évidence il est parti très loin, que ce soit à cause de l'alcool, de ses blessures, de la chaleur ou d'un mélange des trois. Elle n'obtiendra rien de lui en lui mettant la pression. Elle s'assied donc en tailleur et pose les doigts sur la bouteille de Javel, puis sur la bouteille de vin.

« Fais gaffe à pas les mélanger, dit-elle.

— C'était lundi, dit Bruce. Je crois, ouais.

— Qu'est-ce qu'il y a eu lundi ?

— La dernière fois que j'ai vu Sis.

— Mais encore, dit Lori. Qu'est-ce qui s'est passé ?

— Je me rappelle pas, dit Bruce. C'est la vérité. Je le jure. »

Lori tend la main et lui prend la brosse à dents. Avec l'autre main, elle lui lève le menton pour l'obliger à la regarder.

« Est-ce que tu as fait quelque chose d'irréparable, Bruce ?

— Je veux aider, dit-il. Je veux que ma femme revienne. »

Lori ferme les yeux, inspire profondément et dit, « D'accord. Si tu veux aider, dis-moi avec qui elle traîne.

— Quels hommes, tu veux dire ?

— Toutes les personnes à qui tu penses. » Lori lui prend la chemise des mains, se lève, ferme la bonde du lavabo et fait couler de l'eau froide. « Quand vous

vous engueulez, qui est-ce qu'elle appelle pour se défouler ?

— Toi.

— Plus depuis un moment. » Lori se baisse, prend la Javel et en verse une généreuse quantité dans le lavabo.

« Aubrey, alors.

— Aubrey Genest ? Elle va chez elle ? Qu'est-ce qu'elles font ?

— Elles prennent de l'Adderall, quand elles arrivent à en trouver », dit Bruce.

Lori plonge la chemise de Bruce dans l'eau, qui se colore tout de suite en rose. « Et quand elles y arrivent pas ? »

Il hésite. « De la meth, je pense.

— Putain, Bruce.

— Le dis pas à Babs ! » fait-il en se roulant en boule, comme si sa belle-mère s'échauffait déjà en agitant sa matraque dans le vide.

« Où est-ce qu'elle trouve cette saloperie ? demande Lori.

— Je sais pas ! »

Elle coupe le robinet et se remet accroupie devant lui, à hauteur d'yeux. « Je te pose encore une fois la question, Bruce. Qu'est-ce que tu as fait à ma sœur ? »

Il cligne rapidement des paupières. Son œil gauche ne s'ouvre qu'à moitié à cause des contusions. « Tu penses que je lui ai fait du mal ? gémit-il.

— Est-ce que tu lui as fait du mal ? » demande Lori en soutenant son regard.

Elle voit alors sur le visage de Bruce, aussi clairement que la conscience de sa propre mortalité, qu'il est authentiquement incapable de lui répondre. Et qu'il commence à paniquer.

« On est un couple de merde, dit-il. Je suis un mec de merde, coincé dans une vie de merde… »

Lori le fusille du regard et se relève. « Écoute-moi, dit-elle. Tu vas dessouler. Tout de suite. Je vais revenir un peu plus tard et j'espère pour toi que tu auras retrouvé la mémoire. »

Comparée à la maison robuste et parfaitement entretenue de Rita, celle de Bernette, dans Grove Street, de l'autre côté du terrain de basket – ce même terrain de basket près duquel, environ un demi-siècle auparavant, Babs a été kidnappée –, semble s'écrouler sur elle-même. Le toit est aussi creusé que le dos d'un chameau et, à cette période de l'année, toutes les fissures de l'allée – qui n'en manque pas – abritent des pissenlits si nombreux et sains qu'ils semblent presque cultivés comme des œillets. La dernière couche de peinture, appliquée dans les années 1970, a été presque entièrement décapée par le rude climat du Maine ; en dessous, les planches de cèdre sont noires de moisissure.

Le garage de Bernette, dans un état encore pire que la maison, penche violemment sur un côté et semble prêt à s'effondrer. À une époque depuis longtemps révolue, il avait trois portes, mais désormais l'une d'elles est condamnée par une plaque de contreplaqué tandis que l'autre n'a pas été ouverte depuis 1986. On y accède donc par une porte latérale qui, par une petite ironie méritant d'être soulignée, refuse de rester close si on ne la ferme pas à clé.

À l'intérieur, Bernette et Carmeline se trouvent en compagnie du Dr LaVerdiere, bâillon sur la bouche et bandeau sur les yeux. Elles l'ont intercepté ce matin dans l'allée de sa très luxueuse maison au bord du lac, l'ont assommé d'un coup de matraque et l'ont conduit dans le garage de Bernette où les enlèvements, quoique rares, sont systématiquement soumis au règlement du Conseil.

« Je pige toujours pas », dit Bernette à Carmeline en français.

LaVerdiere est ligoté à une chaise rapportée de la salle à manger de Bernette. Carmeline lui a retiré ses chaussures et ses chaussettes et lui a plongé le pied gauche dans un saladier rempli d'eau.

« C'est une technique d'interrogatoire, lui répond Carmine. La torture par l'eau.

— Je pense que tu te trompes de méthode, dit Bernette. Ça, c'est ce qu'on fait pour que quelqu'un pisse au lit.

— C'est avec la main, pas avec le pied, imbécile. »

Bernette décoche à Carmeline un regard dans lequel se lit qu'il y a en effet une imbécile dans la pièce. « À ton avis, c'est quoi cette histoire ? demande-t-elle.

— Rien du tout, répond Carmeline. Babs perd les pédales.

— L'info venait quand même de Bates, dit Bernette en allumant une cigarette.

— Des gangsters canadiens ? dit Carmeline. Et puis quoi encore ?

— Ben, nous aussi on est des gangsters. Plus ou moins.

— Mouais », dit Carmeline. Elle pique la cigarette à Bernette et tire une longue taffe. « Mais on est pas vraiment Canadiennes.

— Ça, faut pas le dire à Babs. »

Elles se passent la clope et patientent. LaVerdiere, qui a protesté et s'est débattu pendant la première demi-heure de sa captivité, est désormais calme et mutique.

« Il faut qu'on parle de l'histoire avec Rita, dit Carmeline.

— Je sais ce que tu vas dire et ça changera rien, donc c'est pas la peine, dit Bernette.

— Babs est allée trop loin cette fois.

— Plus un mot, dit Bernette.

— Tu sais que j'ai raison. Elle peut pas virer des membres du Conseil comme ça. »

Bernette enfonce ses doigts dans ses oreilles. « La la la, j'entends rien !

— Regarde-moi en face et dis-moi que t'es pas d'accord avec moi, dit Carmeline. Que tu trouves que c'est normal de dégager Rita.

— On s'en fout de ce que je pense, dit Bernette. La parole de Babs, c'est la parole divine.

— Je suis pas sûre, je me demande si c'est pas en train de changer », dit Carmeline.

Bernette sort les doigts de ses oreilles et dit, « Je vais faire comme si j'avais rien entendu.

— Te gêne pas pour moi, dit Carmeline. J'ai pas peur de cette vieille peau. »

C'est alors qu'elles entendent le break de Babs se ranger dans l'allée. Bernette lance à Carmeline un regard qui signifie : *On va voir si tu continues à l'ouvrir autant.*

La poignée de la porte tourne et Bernette va la déverrouiller. Babs entre en essuyant avec un mouchoir son visage qui ruisselle de sueur. Elle assimile la scène et dit, « Pourquoi il a un pied dans l'eau ? »

Bernette pointe Carmeline du doigt. « Elle est persuadée que c'est une technique de torture, mais je lui ai dit que…

— Stop, fait Babs en levant une main. Je me fous des conneries que vous allez essayer de m'expliquer. Qu'est-ce que j'ai besoin de savoir ?

— Autant que tu l'entendes de sa bouche », répond Carmeline.

Babs la fixe un moment, puis s'approche de LaVerdiere, écarte le saladier d'un coup de pied et lui arrache son bâillon.

« Pourquoi vous m'avez mis le pied dans l'eau ? » demande le médecin.

Carmeline donne un petit coup de coude à Bernette : *Tu vois ? La torture par l'eau.*

« Écoute-moi bien, lui dit Babs. Tu ne me connais pas, mais moi je te connais.

— Je ne comprends pas ce qui se passe, dit LaVerdiere. Je ne comprends pas ce que je fais ici ni ce que vous me voulez.

— Mais si, dit Babs. Hier, quelqu'un t'a rendu visite à la clinique. Après la fermeture.

— J'ai peur, dit LaVerdiere.

— C'est très bien. Parce que si tu ne me racontes pas tout ce que tu as dit à ce visiteur, je te lâche dans la rivière avec un parpaing autour du cou. »

Ce matin, Bates revient à Sunnybrook afin de prendre des nouvelles de Melinda, davantage pour calmer son angoisse que par espoir de rassurer sa femme, laquelle ne se rappelle certainement pas que, hier soir, elle lui a hurlé de fiche le camp. Cette fois Bates vient en uniforme, au cas où la vue de ce bleu officiel activerait la zone du cerveau de Melinda qui sait qu'elle est mariée à un policier depuis quarante-deux ans – à condition que cette zone existe encore. Bates enlève sa casquette lorsque les portes automatiques s'ouvrent dans un chuintement et se dirige vers l'accueil en saluant Krystal de la main.

« Bonjour, chef, dit-elle, et elle pose sur le comptoir le registre des visiteurs. Comment ça va ce matin ?

— Il est trop tôt pour le dire, répond Bates. Redemandez-moi quand j'aurai bu un deuxième café. » Il tourne le registre vers lui et attrape un stylo dans le pot sur sa droite.

« Votre femme a du succès, aujourd'hui, dit Krystal.

— Comment ça ? fait Bates sans lever les yeux du registre.

— Déjà deux visites de si bon matin. »

Bates se fige et parcourt la page des yeux. Il n'y a que cinq entrées avant lui, et une seule pour la chambre 208, celle de sa femme.

Nom : Danny Holt.

Le cœur de Bates s'arrête. Holt, c'est le nom de jeune fille de Melinda, mais en trente-cinq ans de mariage, et malgré une quantité innombrable de dîners de Thanksgiving, réunions de famille, mariages et enterrements, Bates n'a jamais rencontré aucun Danny, n'en a même jamais entendu parler.

Lien avec la résidente : Neveu.

Bates déglutit difficilement. « Ben ça alors, fait-il en terminant d'inscrire son nom dans le registre. Danny est là ? Je m'y attendais pas, mais ça me fait plaisir. Melinda a dû être surprise. »

Il repousse le registre vers Krystal, qui lève les yeux vers lui.

« Mais bon, ajoute Bates avec un clin d'œil, Melinda est toujours surprise, pas vrai ? »

Ils échangent un sourire, puis Bates se remet en route, clopin-clopant, vers la chambre 208 avant que sa fausse bonne humeur s'évapore de son visage. Il n'a plus besoin de caféine, l'adrénaline l'a remplacée dans ses veines. Tout paraît normal, c'est une journée ordinaire où l'on attend de mourir à Sunnybrook : les infirmières et autres membres du personnel s'affairent, les pensionnaires sont rassemblés autour des tables à jeux ou assis devant la fenêtre, où ils observent la mangeoire à oiseaux. La préparation du déjeuner est bien avancée quand Bates passe devant la cuisine, un nuage de vapeur s'échappe du lave-vaisselle et un minuteur sonne avec insistance. Dans la salle commune, Mme Sleamaker, une amie de Melinda (du temps où elles avaient encore toute leur tête), planche sur un sudoku avec l'aide de Joanne, l'ergothérapeute. La voisine de Melinda – que Bates appelle mentalement Mme Tumeur parce qu'il n'a jamais appris son nom et parce qu'elle a une grosseur de la taille d'une balle de base-ball dans le cou – a garé son fauteuil roulant dans l'entrée de sa chambre et regarde Bates approcher.

« C'est qui, le canon dans la chambre de Melinda ? » demande-t-elle avec un sourire coquin au coin des lèvres. Comme une bonne partie des résidentes de Sunnybrook, Mme Tumeur a depuis longtemps abandonné la façade de réserve qu'on lui a inculquée dans sa jeunesse, et ne dissimule plus sa libido. Niveau harcèlement sexuel, elle n'a plus rien à envier aux ouvriers du Bronx.

« Le canon ? demande Bates.

— Le beau garçon. »

Confirmation qu'il y a bien quelqu'un avec sa femme. « Oh. C'est son neveu… Danny », répond Bates. Il remarque avec inquiétude que la porte de Melinda est fermée.

« Je ne savais pas qu'un de ses neveux s'appelait Danny, dit Mme Tumeur. Quand il aura fini avec elle, dites à Melinda de me l'envoyer. J'aimerais bien m'asseoir sur son visage pour regarder *Le Juste Prix.*

— Je lui passerai le message », dit Bates. Puis, tout en se rapprochant de la porte de Melinda, il pose la main sur la crosse de son .45.

« Et apportez-moi de la glace, ajoute Mme Tumeur.

— Je vous ai déjà dit que je ne travaille pas ici. En plus, vous n'avez pas le droit à la glace. Vous êtes diabétique.

— Si vous ne travaillez pas ici, comment vous savez que je suis diabétique ? »

La réponse est que, chaque jour que Dieu fait, Mme Tumeur demande à toutes les personnes qui passent à portée de voix de lui apporter de la glace, et Bates en a entendu une bonne vingtaine lui dire qu'elle ne pouvait pas en avoir et pour quelle raison. Mais il ne s'embête pas à lui répondre. Avec la main gauche, il baisse la poignée en acier et ouvre la porte de la chambre. Il est accueilli par la voix d'Alex Trebek, le présentateur de *Jeopardy!*, qui propose une réponse : « Un film de 1950, réalisé par Elia Kazan, évoquant la peste pulmonaire. »

Puis, c'est le silence, à la télé comme dans la chambre. Melinda est-elle assommée ? Bâillonnée ?

Bates ouvre son holster et pousse la porte avec le bout des doigts. Il voit d'abord Melinda, assise dans son fauteuil près de la fenêtre, les yeux ouverts et rivés à l'écran : vivante, éveillée, apparemment indemne. Puis il découvre l'Homme, assis sur une chaise pliante en métal, à portée de main de son épouse. Lorsque le battant heurte le butoir en caoutchouc, l'Homme se tourne vers Bates et lui sourit.

« Qu'est-ce que *Panique dans la rue* ? » dit-il.

À la télé, la question met les trois candidats en échec, et une fois le délai expiré Alex Trebek confirme que l'Homme a vu juste. Bates garde la main sur la crosse de son .45, mais le laisse pour l'instant dans son étui.

« M. Bates, dit l'Homme. Au risque de vous paraître impertinent, permettez-moi de vous dire que votre épouse est aussi charmante que sénile. »

Le cœur de Bates tambourine contre ses côtes, mais il tâche de conserver l'air d'autorité qui convient à son statut. « Vous êtes nouveau ici ? fait-il.

— Votre question vise-t-elle à savoir si je viens d'arriver à Waterville, ou si je viens de m'installer dans cet établissement ?

— Je vous demande ce que vous faites dans la chambre de ma femme », dit Bates en retirant la sûreté de son arme pour appuyer son effet.

Melinda continue à regarder la télé sans leur prêter attention.

L'Homme se lève et vient vers Bates en lui tendant la main pour le saluer comme il se doit. « Je suis ici parce que je souhaite vous parler, dit-il.

— Et pourtant vous refusez de répondre à mes questions, dit-il sans lui serrer la main.

— C'est parce que je veux que vous répondiez aux miennes », réplique l'Homme avec un sourire.

Le visage de Bates demeure impassible, mais son cerveau est dans le rouge. Au bout d'un moment, l'Homme baisse la main et retourne s'asseoir.

« Vous rechignez à me parler, dit-il, et je comprends pourquoi. Jusqu'ici vous profitiez d'un arrangement lucratif et sans danger, et j'arrive comme un cheveu sur la soupe.

— Qu'est-ce que *La Case de l'oncle Tom* ? dit Melinda.

— On ne va pas tourner autour du pot, dit Bates. Vous êtes au courant de mes affaires. Donc : qu'est-ce que vous me voulez ?

— Très bien, dit l'Homme. Moi non plus je n'aime pas perdre mon temps. Quant à ce que je veux, c'est très simple.

— Formidable. Dans ce cas, vous ne devriez pas avoir de mal à me l'expliquer.

— Qu'est-ce que la cautérisation ? dit Melinda.

— Je veux que vous me présentiez, dit l'Homme.

— À qui ? demande Bates, bien qu'il connaisse déjà la suite.

— À la personne qui a la main sur cette ville. »

Bates sourit, ne dit rien.

« Qu'est-ce qu'un crustacé ? » dit Melinda.

L'Homme laisse encore une chance à Bates de répondre, puis il lui demande, « Si vous le voulez bien, je vais vous exposer les différentes possibilités qui s'offrent à vous telles que je les vois.

— Faites-vous plaisir. Mais je ne vous garantis pas que je partagerai votre vision. »

Le visage de l'Homme s'assombrit soudain, nuage masquant le soleil. « Oh, mais si, j'en suis certain », dit-il.

À ces mots, Bates se sent pâlir, le sang se retire de son visage si rapidement que c'en est presque douloureux.

« Qu'est-ce que Fleetwood Mac ? dit Melinda.

— Je vais d'abord recontextualiser un peu, afin que vous compreniez mieux les possibilités que je m'apprête à vous exposer, dit l'Homme. Le concept de golem vous évoque-t-il quelque chose ?

— Le petit monstre tout visqueux dans *Le Seigneur des anneaux* ?

— Non. Pas le petit monstre tout visqueux dans *Le Seigneur des anneaux*.

— Alors je donne ma langue au chat.

— Qu'est-ce que le *r* roulé ? dit Melinda.

— Le golem est une créature du folklore juif, dit l'Homme. Il a inspiré une histoire que vous devez connaître, celle du monstre de Frankenstein.

— Ouais, ça je connais, dit Bates.

— Les golems sont fabriqués à partir d'un matériau inanimé, tel que l'argile ou la pierre. Au moyen d'incantations réalisées par un rabbin, ils s'animent et servent généralement à défendre un village juif contre diverses menaces. Mais, dans tous les récits qui mettent en scène des golems, leurs créateurs finissent par en perdre le contrôle. Ou, pour être plus précis, ils ne les contrôlent jamais vraiment. Parce que le golem n'est pas une personne, mais une force. Une force colossale et aveugle. Et la morale de ces histoires est que, même si vous avez le pouvoir de créer et de déchaîner une force pareille, il ne faut jamais croire que vous pourrez la contrôler.

— D'accord, fait Bates.

— Qu'est-ce que le ministère de la Défense ? dit Melinda.

— Ce qui nous amène à la situation dans laquelle vous vous trouvez, poursuit l'Homme. Je suis une puissance qui dépasse de loin tout ce que vous pouvez concevoir. Cependant, vous m'avez invoqué. Je suis les aspects de votre personnalité que vous tentez de nier et d'ignorer. Je suis votre ambition et votre cupidité. Votre amour, aussi, et toutes les horreurs qu'il vous sert à justifier. Mais je ne suis pas votre ennemi. Au contraire, je suis venu vous offrir une chance de vous réconcilier enfin avec vous-même.

— Vous pourriez essayer de faire des phrases qui ont un sens ? dit Bates.

— Vous ne pouvez ni contrôler ni apaiser ce que vous avez invoqué, dit l'Homme. Vous allez essayer, bien sûr, parce que vous êtes humain, par conséquent vous êtes vaniteux et vous surestimez vos capacités.

Mais vous finirez par comprendre que vous n'avez le choix qu'entre deux issues : mourir, ou bien décider de la tournure que prendra votre avenir sous mon autorité.

— Pas votre autorité, réplique Bates. Je sais reconnaître un garçon de courses quand j'en vois un. L'autorité de votre patron, plutôt.

— Indirectement, oui. Patron que je représente.

— Et qui est ?

— À ce stade, dit l'Homme, vous devez avoir une idée assez précise de la personne pour qui je travaille.

— Pas du tout, désolé. Je ne suis qu'un péquenaud de la police, vous savez.

— Qu'est-ce que la sésie du framboisier ? dit Melinda.

— La Main blanche, dit l'Homme. *Le Serpent du Nord**. Le Roi pâle. Le Muet. Maujag – ça signifie "la neige dans laquelle on s'enfonce", en inuit. Et, pour finir, le plus célèbre : Ogopogo. »

Bates ne dit rien, mais son masque d'indifférence se fendille à peine, l'espace d'un court instant.

Ça n'échappe pas à l'Homme, qui reprend avec un sourire. « Je suis certain que vous avez, sur un des murs de votre poste de police, un portrait-robot du FBI qui s'efforce de lui ressembler. Vous savez donc à qui vous avez affaire. Et vous avez un choix à effectuer.

— Vous comprenez ce que signifie l'uniforme que j'ai sur le dos ? fait Bates en plissant les paupières. Je suis un représentant de l'ordre. Pour être plus précis, je dirige les forces de l'ordre du territoire sur lequel vous vous trouvez. Vous vous pointez ici, vous menacez ma femme, et vous voulez que je gobe ces conneries ?

— Si vous avez le portrait-robot dont je viens de parler, dit l'Homme, vous devez savoir qu'Ogo est responsable, directement ou indirectement, de la mort de deux dizaines de représentants de la loi depuis 1995. Vous vous doutez donc qu'il n'hésiterait pas à en ajouter un à son tableau de chasse. »

L'Homme se laisse aller contre le dossier de sa chaise et joint les mains. « Je ne vais rien vous faire, M. Bates, dit-il. Si vous jugez que la position que vous occupez vous permet de ne pas tenir compte de ma demande, c'est votre choix. Je pars du principe que chaque homme dispose par nature d'un droit à faire ce qu'il désire. Par corollaire, j'estime que chaque homme devra répondre tôt ou tard de ce que ses décisions mettent en branle. Ce n'est pas moi qui ai créé ces règles d'existence, je me contente de les suivre. Elles s'imposent à moi, comme elles s'imposent à vous.

— Qu'est-ce que Nankin ? dit Melinda.

— Première possibilité, dit l'Homme en se levant de sa chaise et en se dirigeant vers la sortie, vous me présentez à la personne que je désire rencontrer. En ce qui concerne la seconde possibilité, les détails viendront un peu plus tard. J'aurai besoin de disparaître quelque temps pour réfléchir. Cela pourra durer plusieurs jours, peut-être assez longtemps pour que vous commenciez à croire que mes menaces étaient des paroles en l'air – voire que j'étais un simple produit de votre imagination. Mais sachez que je peux me vanter d'avoir au moins trois qualités : je suis tout à fait réel, je n'oublie pas, et je n'ai pas l'habitude d'offrir une seconde chance.

— Qu'est-ce que *Le Cri* ? dit Melinda.

— Je vous téléphonerai dans une heure pour vous demander votre réponse », dit l'Homme. Portant la main à un chapeau imaginaire, il prend la porte et Bates entend que Mme Tumeur lui crie de se ramener dans sa chambre et de s'échauffer la langue.

Chapitre 11

2 juillet 2016

Lori est dans son pick-up, devant la maison d'Aubrey Genest. À côté d'elle sur la banquette se trouve une petite Afghane âgée d'environ cinq ans, ses vêtements sont en lambeaux, roussis et couverts d'une poudre blanche, et la peau de ses bras et de ses jambes, en brûlant, a pris un aspect lisse et verni. Elle portait aux pieds des Crocs roses qui ont fondu, et l'essentiel de la peau et des tendons du côté gauche de son visage a disparu, révélant un crâne noirci et des dents de lait. Son œil gauche a explosé puis s'est ratatiné, mais elle regarde tranquillement Lori de son œil intact.

« پرب هـم?هد ?م ې?يـش ه », dit la fillette.

Lori a appris un certain nombre de phrases en pashtoune au cours de son déploiement en Afghanistan, et elle est encore capable de négocier un prix, complimenter une cuisinière et formuler divers ordres : arrêtez, montrez vos mains, couchez-vous, magnez-vous le cul. Mais les seuls mots pashtounes à s'être jamais immiscés dans son sommeil sont ceux que lui répète la fillette : پرب هـم?هد ?م ې?يـش ه.

Durant les heures précédant la première fois qu'elle les a entendus, Lori a assisté à un briefing d'évaluation des risques et, comme à chaque briefing depuis trois semaines, elle a hésité à dire que la route choisie pour les infiltrations et exfiltrations en urgence est utilisée trop fréquemment pour des situations non urgentes. Que, si on continue à l'emprunter hors urgence absolue, on invite n'importe qui à enterrer un bidon de deux cent cinquante litres de nitrate d'ammonium en prévision du prochain convoi qui empruntera l'oued. Avec son grade de sergent-chef, Lori a un petit peu d'influence. Si elle parlait, le capitaine l'écouterait. Mais, comme toutes les fois précédentes depuis trois semaines – trois semaines pendant lesquelles elle a fait connaissance avec l'héroïne et a été à la fois extatique, parano et convaincue qu'elle était grillée, qu'il suffisait de la regarder dans les yeux pour s'en rendre compte –, elle n'a rien dit, même lorsque Sammy a pris la parole et exposé ses craintes comme s'il lisait dans ses pensées, et que le capitaine lui a répondu en substance, *Merci d'avoir exprimé votre opinion, caporal, maintenant fermez-la.*

Avec le recul, elle aurait pu mettre son addiction sur le compte d'un malaise psychologique, comme la majorité des junkies le fait tôt ou tard. Le monde est cruel, oppressant, etc. Mais elle est plus maligne que ça. Si elle s'est fait ce premier fix, et tous les suivants, ce n'est pas parce qu'elle souffre, ni parce qu'elle a peur, mais par une volonté délibérée d'altérer son destin, tel qu'il lui est apparu après trois déploiements.

Un destin qui se manifeste dans la rapidité avec laquelle elle a monté les échelons, dans la déférence que lui témoignent les officiers, dans le regard des Marines qui viennent chercher auprès d'elle des conseils, du réconfort, et toujours des réponses. En somme, elle est vouée à devenir sa mère : à faire, faire, faire sans jamais rien ressentir, et l'horreur que lui inspire cette perspective explique pourquoi elle a décidé de flotter au-dessus des briefings, pourquoi elle pense à l'oued mais garde ses réflexions pour elle.

Deux heures plus tard, des voix s'excitent dans la radio : un engin artisanal a propulsé sur Mars un habitant du coin qui passait par là. L'escouade de Lori a reçu l'ordre de se rendre sur zone, et si elle en avait le droit elle fouetterait ses Marines pour les faire accélérer. Cet engin leur était bien sûr destiné. Elle sait depuis plusieurs semaines qu'il ne faut pas passer par cette ravine, et elle n'a rien dit. Résultat, un innocent paie la facture.

Ils suivent une colonne de fumée noire qui les mène aux débris d'un petit camion à plateau. Le cratère laissé par la mine rappelle à Lori ceux que creusent les bombes MK-82 de deux cent vingt-sept kilos. La cabine du véhicule est intégralement détruite, le toit ouvert comme une boîte de soupe et l'intérieur englouti par les flammes. Au premier coup d'œil, il semble évident que rien ni personne n'a pu survivre, aucune chance. Et pourtant, malgré le grondement des moteurs du convoi, ils entendent des cris au cœur de l'incendie.

Toute l'escouade reste pétrifiée, entre épouvante et fascination, pendant plusieurs secondes. Les cris continuent. Un jour, Lori a entendu un écureuil faire un bruit semblable lorsqu'un aigle l'a chopé sur une pelouse. « Putain mais achevez-la ! » dit enfin un Marine d'une voix blanche qui ramène Lori sur terre. Elle s'empare d'un extincteur, attrape le toubib et ordonne un périmètre de sécurité. Sammy la suit dans la ravine avec un deuxième extincteur.

En trente secondes, le feu est éteint et les dégâts apparaissent : sur le siège conducteur, un cadavre de taille adulte, les mains toujours sur le volant, calciné et momifié, incarnant la souffrance et la mort. Et sur le siège passager, la source des cris : une petite Afghane âgée d'environ cinq ans, ses vêtements sont en lambeaux, roussis et couverts de la poudre blanche des extincteurs, et la peau de ses bras et de ses jambes, en brûlant, a pris un aspect lisse et verni. De son œil droit, elle fixe Lori avec effroi et douleur, et elle implore, « !پرب هم?هد ?م ی?پرب هم !یش ه?هد ?م ی?یش ه »

Quatre ans plus tard, aux États-Unis, dans le Maine, à Waterville, dans le quartier de Little Canada, à l'intérieur du pick-up de Lori, qui n'a pas pris feu ni sauté sur une mine, Lori se tourne vers la fillette et lui dit, « S'il te plaît. Pas aujourd'hui. »

La fillette, dont la supplication n'a pas été exaucée il y a quatre ans, s'exécute et disparaît.

Mais Lori n'est pas soulagée pour autant. Elle serre et desserre les mains autour du volant, sa respiration s'emballe, elle ferme les yeux et sa tête part en arrière.

Des sanglots enflent dans sa poitrine mais elle les combat, son corps tremble et tressaille. Puis, n'arrivant plus à lutter, au lieu de pleurer elle se met à crier et ne s'arrête plus, elle frappe le volant à s'en broyer les phalanges, se griffe le visage et se tire les cheveux…

Cinq minutes plus tard, elle est sous le porche d'Aubrey et aussi impassible qu'un cadavre. Elle appuie sur la sonnette. Rien. Elle sonne encore. Elle tourne la poignée et la porte s'ouvre, ce qui ne la surprend pas complètement. Elle pousse le battant, qui est freiné par un monticule de courriers non ramassés. Les lumières sont éteintes et les rideaux tirés, l'air épais stagne dans cette chaleur brutale.

« Eh ! lance-t-elle. Y a quelqu'un ? »

Quelques secondes plus tard, une réponse, lointaine et étouffée, semble lui parvenir des murs. « Oui ? »

Lori avance de deux pas dans la maison. « Aubrey ? C'est toi ?

— Je sais pas qui vous êtes, dit la voix, mais est-ce que vous pourriez m'apporter de l'eau ? Je suis au sous-sol. »

Une demande apparemment simple, mais dont Lori ne sait pas quoi faire. Elle finit par se diriger vers l'évier et remplir un verre au robinet, après quoi elle sort son pistolet de son étui et descend les marches qui mènent à la cave. La lumière, allumée, lui montre des marches en bois déformées s'enfonçant dans les vieilles fondations en pierre.

« J'arrive, dit Lori. Et j'ai un Glock chargé avec des balles creuses, donc pas de conneries.

— Putain, Lore, fait la voix, j'ai seulement besoin d'un verre d'eau.

— Aubrey ?

— À qui tu t'attendais ? »

Lori rengaine son arme et descend les dernières marches. Peu à peu, Aubrey lui apparaît : assise dans un fauteuil inclinable au tissu râpé, enchaînée par la cheville à la chaudière, entourée par un seau en plastique et trois bidons d'eau vides. Son visage est une constellation de croûtes trahissant l'activité de ses mains de tox. Elle remue les doigts pour saluer Lori et lui offre un sourire jauni par la meth.

« La vache, qui est-ce qui t'a enchaînée comme ça, Aubrey ?

— D'abord l'eau, *s'il te plaît**. »

Lori lui tend le verre et Aubrey l'avale d'un trait, elle le tient avec les deux mains et en renverse une partie sur son visage et son menton. Puis elle le rend à Lori. « Encore, dit-elle.

— Avant tout, tu vas me dire ce qui se passe ici. »

Aubrey lui sourit à nouveau. « J'essaye de décrocher.

— Tu t'es enchaînée toute seule ? »

Elle laisse échapper un rire qui ressemble davantage à un pleur. « Toutes les autres tentatives pour me débarrasser des démons galopants ont échoué, donc…

— Te débarrasser des quoi ?

— Ils viennent me chercher chaque fois que je tape du speed pendant plusieurs jours. Je les supporte plus. Donc j'ai opté pour des mesures extrêmes.

— Et ces démons, ils sont à cheval ?

— Des fois oui. D'autres fois, ils font juste semblant d'être à cheval. Comme les chevaliers dans les Monty Python. Tu sais, quand ils imitent le bruit des sabots avec des noix de coco.

— Oui, dit Lori, perplexe. Quand ils imitent le bruit des sabots avec des noix de coco. »

Aubrey saisit la chaîne qui l'attache à la chaudière et la fait tinter d'un air triomphant. « Mais : cinq jours sans rien, Lore ! Victoire !

— J'imagine que t'as pas vu ma sœur.

— Ta sœur ? Je l'ai pas vue, non. Mais j'ai eu de ses nouvelles.

— Quand ? »

Aubrey cherche la réponse dans les toiles d'araignée qui s'accrochent aux solives juste au-dessus de leur tête. « Attends voir… Lundi ? Ou peut-être mardi.

— Putain, tu vas pas t'y mettre toi aussi.

— Elle m'a appelée, elle chialait et tout, elle voulait que je vienne la chercher. Apparemment elle était coincée à Vassalboro. Je lui ai dit, “Écoute, même si j'étais pas enchaînée à la chaudière, je pourrais pas venir parce que c'est Kenny qui a la caisse. Appelle un taxi”, je lui ai dit.

— Et après, t'as eu d'autres nouvelles ?

— Non. Dans quoi elle s'est fourrée ? T'es la deuxième personne à me poser des questions sur elle cette semaine.

— Je croyais que t'étais là depuis cinq jours.

— Oui. Mais y a une autre personne qui est descendue dans ma cave de désintox.

— Tu veux bien me dire qui ?

— Un mec qu'on connaît pas. Hyper beau, mais plus vieux que nous. Enfin, je sais pas. C'est difficile à dire. Un beau costard. Des belles dents. Chelou, mais genre sexy. Lui aussi il voulait savoir où est Sis.

— Et qu'est-ce que tu lui as dit ?

— Ce que je viens de te dire. Que j'en ai aucune putain d'idée. T'as l'intention de me dire ce qui se passe, ou pas ?

— J'aimerais bien. Elle a disparu. »

Aubrey lève les yeux au ciel et fait claquer sa langue. « Vu l'équipe avec qui elle traîne, ça m'étonne pas. »

Lori resserre son regard sur Aubrey. « Y a qui dans cette équipe ?

— Il vaut mieux pas que tu saches.

— Mon cul, dit Lori. Tu vas me les présenter. Elle est où, la clé ?

— C'est Kenny qui l'a. Il revient lundi à 10 heures. Je me suis dit qu'une semaine suffirait. »

Lori se dirige vers un établi à l'autre bout du sous-sol et cherche de quoi libérer Aubrey. La table est jonchée d'outils : marteau arrache-clou, tournevis, boîtes de clous, étau. Il y a bien une scie sauteuse, mais elle ne fera pas le poids contre les épais maillons de la chaîne.

« Lore, dit Aubrey. M'oblige pas à partir d'ici, s'il te plaît. Il faut que je reste toute une semaine, sinon ça marchera pas. »

Lori ouvre les placards à la volée et y trouve des pots de peinture, un énorme bac à litière pour chat, et finit par tomber sur un coupe-boulons. Elle revient vers Aubrey. « C'est des conneries et tu le sais, dit-elle. Si t'as la volonté de décrocher, tu réussiras à décrocher. Et tu vas me conduire chez ces mecs. »

Aubrey lève vers elle des yeux d'où a disparu toute son énergie de camée. « Franchement, c'est pas une bonne idée », dit-elle.

Lori repère un maillon plus faible que les autres, qui a été soudé, et met le coupe-boulons en place. « Oh, mais si », dit-elle. L'acier cède facilement et elle positionne l'outil sur l'autre côté du maillon.

« Si je vais là-bas, dit Aubrey, je vais continuer à foutre ma vie en l'air. »

Lori serre à nouveau les poignées du coupe-boulons, et le maillon tombe au sol avec un tintement guilleret.

« Comme tout le monde », réplique-t-elle.

Seul dans le salon de Babs, Jason joue sans grand enthousiasme à *Rainbow Six* sur la Xbox quand deux choses se produisent simultanément : un sniper le tue d'une balle dans la tête, et on sonne à la porte. Il met le jeu en pause, son avatar ensanglanté se fige à mi-chute, et il guette les bruits en provenance du porche. Il se sent piégé, il a l'étrange impression qu'il va avoir des ennuis mais il ne sait pas pourquoi. Ce n'est toutefois pas un état d'esprit qui sort de l'ordinaire car Jason se retrouve souvent dans le pétrin sans savoir pourquoi. Cette fois-ci, cependant, l'atmosphère est particulièrement chargée et son anxiété plus aiguë qu'à l'accoutumée. Ce matin, *Mémère** lui a répété *Si quelqu'un sonne à la porte, tu n'ouvres pas, tu m'appelles.* Elle était inquiète, or Jason ne l'a jamais vue inquiète. Cette chose qui faisait peur à sa *Mémère** lui fait donc très peur.

Nouveau coup de sonnette.

Jason se lève lentement et gagne la cuisine sur la pointe de ses pieds nus. Les fenêtres de chaque côté de la porte d'entrée lui permettraient de voir qui se trouve sous le porche, mais, ce faisant, il courrait le risque d'être vu. Il décide donc de coller son oreille au battant de la porte. Après un moment de silence, il entend une toux, grasse et irritée, signe d'un gros fumeur. Jason retient son souffle et plaque tout son corps contre le panneau en espérant presque se fondre dedans.

C'est alors qu'il entend la voix de son père qui marmonne, « S'il te plaît, Babs. »

Un soulagement, bien sûr, mais le fait que son père attende dehors n'est pas non plus exempt de complications. Mémère refuse que Bruce mette les pieds dans sa maison. Elle a été claire. Cependant, elle ne va pas revenir avant plusieurs heures, et Jason n'aime pas le son qu'a la voix de son père. Il pourrait ouvrir seulement une petite minute, dire bonjour, montrer qu'il va bien.

Il tourne le verrou – toujours grippé, qui requiert toutes ses forces pour daigner bouger – et ouvre la porte. Il commence à dire bonjour, mais le mot s'échoue dans sa gorge quand il voit son père. Les bosses sur le visage de Bruce, sa bouche tordue et son œil presque fermé lui rappellent *Elephant Man*, un vieux film sur lequel il est tombé un après-midi et qui l'a fait chialer comme un bébé. Il était content que personne ne soit là pour le voir pleurer, mais à présent son père est là et Jason ne veut surtout pas qu'il le voie verser une larme.

« Salut, fiston, dit Bruce. Je m'attendais pas à ce que ce soit toi qui ouvres.

— *Mémère** est pas là, dit Jason.

— C'est pas grave », dit Bruce. Il tousse encore, appuie avec une main sur ses côtes. « Ça me fait plaisir de te voir. Tu sais quand ta *Mémère** va rentrer ?

— Pas tout de suite. »

Ils gardent le silence un moment, puis Bruce dit, « Comment va ton œil ?

— Bien.

— C'est jamais bien quand quelqu'un te fait ça, Jay-Jay. Même pas moi. Surtout pas moi.

— Alors pourquoi tu l'as fait ? »

Bruce le fixe de son œil indemne et humide, puis il tourne la tête vers le ciel, par-dessus son épaule droite, avec l'air d'y chercher la réponse. « Je sais pas », dit-il enfin.

Jason ignore ce qu'il attend de son père, mais il sait qu'il n'aime pas voir Bruce pleurer et change donc de sujet. « Qu'est-ce qui t'est arrivé ? » demande-t-il.

Délicatement, Bruce essuie son œil et ramène son regard vers Jason. « Je, euh… c'est un peu gênant.

— Tu peux me raconter.

— Je suis tombé dans l'escalier hier soir.

— T'avais bu ?

— Oui.

— C'est pour ça que t'es tombé ? »

Bruce détourne à nouveau le regard, réfléchit, puis dit, « Non, pas vraiment. Tu sais ce que c'est, le karma ? On en a déjà parlé ?

— Je crois pas.

— Eh ben, le karma, ça dit que toutes les choses qu'on fait, les bonnes comme les mauvaises, elles finiront par nous revenir dans la figure d'une manière ou d'une autre. Ça signifie que si tu fais quelque chose de bien pour quelqu'un, il t'arrivera quelque chose de bien un peu plus tard. Tu comprends ?

— Je crois.

— Et ça marche aussi dans l'autre sens. Ce que je t'ai fait, c'était mal, et c'est pour ça que je suis tombé dans l'escalier.

— Comment tu le sais ? »

Bruce réfléchit quelques secondes. « Des fois on le sait, c'est tout. C'est le karma. On se dit, "OK, ça fait mal, mais je l'ai pas volé." »

Jason étudie le visage massacré de son père, son dos voûté par la douleur. « Je devrais peut-être rentrer à la maison avec toi, dit-il.

— Pour le moment, il faut que tu restes ici, dit Bruce. Jusqu'à ce que ta maman revienne.

— Quand est-ce qu'elle va revenir ?

— Je sais pas trop. Elle est allée passer quelques jours chez des amis à elle.

— Tu sais pas où elle est, hein ? »

Coincé, Bruce commence par se taire, puis il dit, « Écoute, je voudrais que tu passes un message à ta *Mémère**, d'accord ?

— D'accord.

— Dis-lui que c'était lundi et que c'est la seule chose dont je suis sûr. Pigé ?

— Lundi, répète Jason, et c'est la seule chose dont t'es sûr. »

Lori quitte la 201 pour s'engager dans une allée gravillonnée qui serpente sur le flanc d'une colline jusqu'à un vieux corps de ferme et une grange. Elle exécute un demi-tour afin de pouvoir repartir rapidement si besoin, puis elle tire le frein à main et balaie les environs du regard. La maison date du milieu du XIXe siècle, elle est en brique rouge avec un porche cintré qui constitue l'unique fioriture dans cette parfaite austérité puritaine. Les deux bâtiments sont entourés sur trois côtés par un champ où poussent des joncs et des herbes folles. Plus loin, de hauts pins blancs tracent la limite de la propriété. Aucun voisin à l'horizon. Lori et Aubrey ne sont qu'à quatre cents mètres de la route, mais en cas de problème, si elles doivent chercher de l'aide ou s'enfuir, elles pourraient aussi bien être sur la lune.

« Je t'ai indiqué le chemin, m'oblige pas à descendre, dit Aubrey. »

Lori sort son Glock, vérifie qu'il est armé, le remet dans son étui. « De quoi t'as peur ?

— À part du fait que je vais avoir envie de fumer à la seconde où je vais mettre le pied dans cette baraque ?

— À part ça, oui. »

Aubrey soupire, ouvre sa portière. « Tu verras bien », dit-elle.

Elles descendent du pick-up, Lori laissant le moteur tourner par prudence. Côte à côte, elles marchent jusqu'à la porte. Lori frappe, Aubrey se met sur le côté et se ronge un ongle.

« C'est ouvert ! fait une voix masculine. *Entrez** ! »

Lori jette un coup d'œil à Aubrey, qui hausse les épaules.

« Me regarde pas comme ça, dit-elle. C'est toi qui as voulu venir. »

Lori tourne la poignée et pousse, et ce qui la frappe en premier lieu, c'est que, pour un squat à meth, l'endroit est étonnamment propre. Ensuite, elle remarque le grand jacuzzi chauffé au bois en plein milieu du salon. Un homme, la petite trentaine, est assis dans l'eau jusqu'à la poitrine et les accueille avec un grand sourire. Ses bras pendouillent de chaque côté du jacuzzi dont l'eau a assombri l'extrémité de ses longs cheveux de rockeur.

« Aubrey ! fait l'homme. J'avais pas vu que c'était toi. »

Aubrey regarde fixement le sol. « Surprise.

— Tu veux bien me rendre un service ? lui demande l'homme tandis que son regard glisse sur Lori. Avant d'aller fumer, ajoute une ou deux bûches dans le feu. L'eau refroidit.

— Oui, monsieur », dit Aubrey qui continue à éviter son regard. Elle va prendre deux morceaux de bois dans un range-bûches où sont entassées des billettes de chêne.

« C'est qui, ta pote ? demande l'homme.

— Rex, je te présente Lori, dit Aubrey. Lori, Rex.

— J'ai des questions à te poser, dit Lori.

— T'es flic ? demande Rex.

— Elle est pas flic. » Aubrey ouvre la trappe du foyer, d'où jaillissent des flammes qui l'obligent à se reculer. Impossible que cette eau soit froide, mais puisque Rex veut qu'elle soit encore plus chaude, Aubrey lance le bois dans le feu en projetant des braises dans la pièce.

« C'est pour ça qu'elle est armée ? demande Rex en désignant d'un coup de menton le holster que Lori porte sous l'aisselle.

— Ça peut toujours servir, des fois que j'aurais envie de faire une fusillade dans une école primaire », dit Lori.

Rex la considère un moment, puis il éclate de rire. « Pas mal, dit-il. Elle me plaît bien.

— Je peux aller fumer maintenant, s'il te plaît ? demande Aubrey.

— Referme la trappe, d'abord.

— C'est trop chaud, j'arrive pas à m'approcher.

— OK, fous le camp, dit Rex en lui faisant signe de dégager avec sa main dégoulinante. T'as réussi à te maîtriser pendant une minute et demie, c'est très bien. »

Sans attendre d'encouragements supplémentaires, Aubrey se précipite vers l'arrière de la maison en laissant Lori seule avec Rex.

« Bon, on va récapituler ce que je sais de toi et de ce qui t'amène dans mon salon, dit Rex. T'es en colère à propos de quelque chose et tu veux me poser des questions. T'es armée et tu ne fais aucun effort pour le cacher, par conséquent tu veux me le faire savoir et tu préférerais éviter les ennuis dans la mesure du possible – obtenir la paix par la dissuasion, tout ça. Mais, en même temps, t'as l'air de te foutre de tout et surtout de ta propre survie. J'ai bon, pour le moment ?

— À peu près.

— Et t'es une tueuse.

— J'ai déjà tué, précise Lori. Mais je suis pas une tueuse.

— Joue pas sur les mots, fait Rex. Qu'est-ce que tu dirais de me rejoindre dans le jacuzzi, ensuite on verra si j'ai envie de répondre à tes questions.

— C'est con, j'ai oublié de prendre mon maillot de bain.

— Le maillot est pas obligatoire. Mais comme tu veux. Vas-y, pose tes questions.

— Il y a une femme qui a disparu, dit Lori. Sis Dionne. J'ai appris qu'elle vient ici de temps en temps.

— Ça c'est pas une question, dit Rex.

— Écoute, connard…

— Tu trouves que je ressemble à une brique de lait ? fait Rex.

— Je comprends pas.

— Des fois, y a des avis de recherche sur les briques de lait. Sur le côté, tu vois de quoi je parle ?

— Ça existe encore ?

— Qu'est-ce que j'en sais ? Ça fait quinze ans que je supporte plus le lactose. Mais on va dire que oui. Donc. Est-ce que. Tu trouves. Que je ressemble. À une brique de lait. »

Il la fixe un long moment d'un air impénétrable.

« Tu ressembles à un homme très détendu, dit Lori. Ou du moins qui veut le paraître. »

Ça suscite un sourire sur le visage de Rex. « Je connais deux ou trois choses très générales au sujet des filles disparues. J'ai un petit peu d'expérience dans la matière. Mais celle-ci en particulier – Sis, c'est ça ? –, elle me dit rien du tout.

— Je te crois pas.

— Qu'est-ce que tu crois, alors ?

— Que l'*Homo sapiens* est une erreur de l'évolution. »

Rex se marre. « Je pense que t'as raison, figure-toi. Je t'aime bien. Et comme je t'aime bien, je vais te faire une faveur et te parler franchement.

— Génial.

— Ta sœur est effectivement venue ici plusieurs fois.

— Qu'est-ce qui te fait penser que c'est ma sœur ?

— Je pense rien du tout, dit Rex. Je le sais.

— Donc elle est venue plusieurs fois ?

— Ouais. Jusqu'à ce qu'on lui demande de plus revenir.

— Pourquoi ?

— C'est mes affaires. »

Lori pose la main sur la crosse de son Glock. « C'est aussi les miennes. Tu l'as dit toi-même, c'est ma sœur. »

À ce moment-là, Aubrey revient en tournant sur elle-même comme une toupie, les yeux exorbités. Rex sourit, frappe la surface de l'eau avec le plat de la main. « Maintenant que t'as eu ton médicament, dit-il, viens rejoindre tonton Rexy dans le fleuve Léthé. »

Aubrey s'exécute sans même se déshabiller. Elle prend place à côté de Rex, qui passe un bras autour de ses épaules et sourit d'un air satisfait. Puis il revient à Lori et son sourire se désintègre. « Tu ferais mieux d'y aller », dit-il.

Derrière elle, Lori entend l'inimitable *tchi-tchac* d'un fusil à pompe qu'on charge. Elle tourne lentement la tête, en veillant à ce que le reste de son corps demeure parfaitement immobile, et aperçoit du coin de l'œil une femme qui a environ son âge, un rictus aux lèvres, et un double canon entre les mains.

« Et si je te revois par ici, ajoute Rex, tu rejoindras ta sœur sur le côté d'une brique de lait. »

Chapitre 12

2 juillet 2016

Babs et Bates baisent de toutes leurs forces dans la salle des machines du Spare Time. Babs a une jambe perchée sur le côté de la machine qui remet les quilles en place pendant que, derrière elle, agrippé à ses hanches, Bates grimace et transpire. Nul désir là-dedans, et encore moins de joie : c'est un simple rendez-vous d'affaires, qui s'achève sans même de soulagement. Bates grogne puis se retire, et tous deux se rhabillent sans un mot.

Une fois que Babs a reboutonné son chemisier, elle dit, « Alors, raconte.

— Il bosse pour quelqu'un, dit Bates en remettant son alliance. Quelqu'un qui ne rigole pas.

— Arrête de faire durer le suspense.

— Le nom Ogopogo, ça te parle ?

— Il bosse pour un serpent de mer ? En effet, ça rigole pas.

— Il veut te parler. Ce soir. À l'usine.

— À l'usine ? Qui est-ce qui a eu cette idée ?

— Moi. Je sais que tu la connais comme ta poche, tandis que lui, il y est jamais allé.

— Sauf s'il y est déjà en repérage, dit Babs.

— Il était avec ma femme, Babs.

— Tu pourrais au moins me laisser le temps d'essuyer ce que t'as laissé sur ma jambe avant de parler de Melinda.

— Qu'est-ce qu'on va faire ?

— Mais quel bébé, c'est pas possible, dit Babs en remettant ses chaussures. Melinda va bien. C'est ma fille qui a disparu. »

Bates ne répond rien. Babs enfile la lanière de son sac à main sur son épaule. « J'ai rendez-vous avec Lore, dit-elle.

— C'est quoi le plan ?

— Très simple : je vais découvrir ce que veut notre nouvel ami, et ensuite je vais lui dire d'aller se faire mettre. Et s'il a quelque chose à voir avec la disparition de ma fille, je le tue.

— Je te le déconseille fortement, Babs.

— À plus, Daryl », dit Babs.

Lorsqu'elle se gare dans son allée un quart d'heure plus tard, le pick-up de Lori l'attend le long du trottoir. Celle-ci en descend et rejoint sa mère.

« T'es en retard, dit-elle.

— À l'intérieur », répond Babs.

En ouvrant la porte, elles entendent le boucan cartoonesque d'un jeu vidéo dans le salon.

« Où est mon petit chéri ? crie Babs pour se faire entendre.

— Ici ! » répond Jason.

Babs se tourne vers Lori. « T'as trouvé quelque chose ?

— Pas vraiment.

— “Pas vraiment”, c'est pas pareil que “non”.

— Bruce a toujours du fromage mou à la place de la mémoire, dit Lori. J'ai une autre piste, mais je sais pas si elle mène quelque part. »

Babs sort ses cigarettes, en allume une et jette le paquet sur le plan de travail de la cuisine. « Ça, c'est à moi d'en décider.

— Je suis passée chez Aubrey Genest qui m'a présenté quelqu'un d'intéressant. Tu connais un Rex White qui vend de la meth du côté d'Albion ? » Lori pointe la cigarette du doigt et Babs la lui tend, le filtre en premier.

« Non.

— Moi non plus je le connaissais pas. » Lori tire une longue taffe et rend la cigarette à sa mère. « Mais apparemment, Sis le connaît bien.

— De la meth ?

— J'y suis pour rien, M'man. »

Babs ravale sa colère, fume. « Il t'a fait quelle impression ?

— Difficile à dire. Il prétend l'avoir foutue dehors il y a longtemps. Mais il est hyper méfiant et clairement persuadé d'être plus malin que tout le monde.

— Ma piste à moi semble un peu plus prometteuse.

— C'est-à-dire…

— C'est-à-dire que je vais rendre une petite visite de courtoisie à un homme qui n'est pas d'ici et qui me cherche. Je le retrouve à l'usine ce soir.

— Laisse-moi deviner. Beau costard. Dents saines. Un teint de mannequin en cire.

— Comment tu le sais ?

— Il est aussi passé chez Aubrey. Il cherchait Sis.

— Quand ?

— Hier.

— *Maudit de calice de tabarnak**.

— Ne tirons pas de conclusions trop rapides, dit Lori.

— Personne ne tire aucune conclusion, dit Babs. Si je dois choisir entre un bouseux défoncé et un professionnel qui pose des questions dans toute la ville en se rapprochant systématiquement de ma famille et de moi, j'ai pas trop de mal à choisir mon suspect numéro 1. »

Ayant fait la connaissance de Rex, Lori en est moins sûre, mais elle ne dit rien.

« Qu'est-ce qui est arrivé à tes mains ? » demande Babs.

Lori baisse les yeux, elle a oublié ses phalanges écorchées. Faute de pouvoir fournir une explication plausible à ces croûtes et à ce sang séché, elle tente de botter en touche. « C'est rien.

— C'est rien, tu parles. Il se passe quelque chose. Il suffit de te regarder pour le voir. »

Lori se force à ne pas penser à ce qu'elle sait, convaincue que sa mère parviendrait aussi à le lire sur son visage. « Les deux derniers jours ont été longs, Maman. C'est tout.

— Donc t'as décidé de faire trois rounds contre un mur ?

— Contre mon volant, si tu veux tout savoir, dit Lori. Je vais t'accompagner ce soir.

— Non.

— Tu ne sais pas ce que ce mec a derrière la tête. Il te faut des renforts.

— J'ai déjà des renforts, ment Babs.

— Qui ?

— Bates.

— Putain, Maman. Tu serais encore plus en sécurité avec Jay-Jay.

— Hors de question que tu m'accompagnes. Point final.

— Entendu », fait Lori, déterminée à venir quand même.

Babs la considère encore un moment, puis elle tourne la tête en direction du salon et crie « Jay ! » pour se faire entendre par-dessus le grondement d'une explosion électronique.

Le son du jeu s'arrête immédiatement. « Oui ?

— Viens voir une seconde. »

Le petit apparaît dans l'encadrement de la porte, mais semble rechigner à s'approcher davantage.

« C'est quoi ce boucan ? lui demande Babs.

— Je joue à *BioShock*, répond Jay.

— Et tu crois que ta *Mémère** a une idée de ce que ça veut dire ? fait Babs.

— Il faut combattre des mutants pour s'échapper d'une ville qui est sous l'eau.

— Un jeudi ordinaire à Waterville, quoi. Dis-moi, est-ce que tu as entendu ce que ta *Mémère** et ta tante Lori viennent de se dire ? »

Jay les regarde toutes les deux tour à tour. « Non.

— Alors pourquoi est-ce que tu ressembles à un chat qui vient de manger un canari ? »

Jason la regarde en clignant des yeux.

« Qu'est-ce qu'il y a, Jay ? lui demande Lori.

— J'ai quelque chose à dire à *Mémère**, mais j'ai peur qu'elle se mette en colère.

— Rien de ce que tu pourras me dire ne me mettra en colère contre toi, dit Babs.

— Papa est venu tout à l'heure. Pendant que tu étais partie.

— Par contre, je risque de me mettre en colère contre lui », dit Babs.

Lori lui jette un regard de travers. « Est-ce qu'il t'a dit ce qu'il faisait là, Jay ? »

Le petit acquiesce. « Il voulait que je te passe un message. »

Une demi-heure plus tard, Lori et Shawn sont étendus côte à côte dans la chambre de ce dernier au Hampton Inn. Cette fois ils sont tous les deux habillés et au-dessus des couvertures, à cinquante centimètres l'un de l'autre. Shawn boit encore du bourbon, mais seul. Les rideaux sont tirés pour bloquer le soleil et la clim vibre de tous ses tuyaux en s'évertuant à maintenir la chambre sous les vingt-sept degrés.

« D'un coup j'ai remarqué à quel point il avait l'air débraillé, dit Shawn. Pas seulement malade, ça je m'y attendais. Mais on aurait dit un clochard. Il s'était pas rasé depuis une semaine. Il avait des petites touffes de cheveux qui poussaient n'importe comment sur la tête. »

Lori le laisse parler.

« Donc je suis là et je me dis, "Pendant quarante-cinq ans, il a mis un point d'honneur à ne jamais sortir de chez lui sans être rasé de près. Là, ça va être la dernière fois, il faut quand même que je le rase."

— Tu penses que son état est aussi grave que ça ? demande Lori.

— Zéro doute. Il y a du sang dans sa pisse. Sa peau est toute jaune. Ses reins, son foie, tout lâche petit à petit. »

Lori ferme lentement les yeux. Elle ressent le miracle de sa respiration qui va et qui vient, profonde, fluide et triste.

Shawn poursuit. « Donc je lui ai tondu le crâne puis je l'ai rasé. Le truc le plus simple, le plus bête du monde. Mais il m'a remercié comme si je lui avais filé un remède contre le cancer.

— Et après ?

— Après je suis allé aux toilettes et j'ai chialé pendant dix minutes. T'es sûre que tu veux pas boire un coup ?

— J'ai besoin de garder les idées claires. »

Shawn se ressert. « Pourquoi ?

— C'est pour ça que je suis là, dit Lori. Pour t'expliquer pourquoi je suis pas venue hier soir. Du mieux que je peux. »

La bouche pleine de bourbon, Shawn émet un bruit affirmatif puis déglutit. « Ouais, à ce propos, dit-il en s'essuyant le coin de la bouche, je pensais me réveiller à Boston aujourd'hui, pas ici pour aller couper les cheveux de mon père. Je me ferai pas avoir deux fois.

— Tu t'es pas fait avoir, Shawn. Il s'est passé quelque chose hier soir.

— D'accord.

— J'en ai encore parlé à personne. Et j'ai personne à qui en parler. À part toi. »

Shawn scrute le visage de Lori pendant un instant, puis se tourne vers la table de chevet, attrape la bouteille et hausse les sourcils en prenant un air interrogateur. Lori acquiesce, il verse le reste de bourbon dans le second verre et le lui tend.

Lori boit une gorgée, puis avale le tout cul sec et lui rend le verre. « Il est arrivé quelque chose à Sis, dit-elle.

— Tu l'as retrouvée ?

— Non.

— Je comprends pas.

— Elle m'est apparue hier soir, Shawn. Quand je suis rentrée préparer mes affaires.

— Attends. T'es en train de me dire que…

— Je te dis que j'ai essayé de la toucher, dit Lori. Mais elle était pas là.

— Putain, Lore.

— J'arrête pas de me répéter que je peux être sûre de rien, mais au fond de moi je sais que j'essaie seulement de me persuader.

— D'accord. Putain. OK, bon. Je sais pas quoi te dire. »

Lori fixe ses mains. « Il faut que je la retrouve, dit-elle. Et il faut que je découvre ce qui s'est passé. Avant que Babs apprenne qu'elle est morte.

— Sinon quoi ? »

Lori lève vers lui des yeux graves. « Tu te rappelles l'Ancien Testament ? demande-t-elle.

— Dans les grandes lignes.

— Ma mère aime davantage Sis que moi, mon frère et mon père réunis. Elle réduira cette ville en cendres pour trouver celui qui l'a butée. Donc il faut que le trouve avant elle. »

Chapitre 13

2 juillet 2016

Nous sommes en plein été, par conséquent le soleil n'est pas tout à fait couché quand, juste avant 21 heures, Rita est réveillée en sursaut par un coup frappé à sa porte. À moitié consciente, elle lève la tête puis s'oriente en balayant les environs d'un œil vaseux : elle se trouve dans sa salle à manger, elle a face à elle un verre à vin vide, toutes les lumières sont éteintes et, derrière la fenêtre, le ciel est d'un rouge apocalyptique sur lequel tranche la silhouette noire des sapins et des érables. Des chiens aboient quelque part dans le quartier. La chaleur est un nœud coulant.

Nouveau coup à la porte. Soudain, les dernières vingt-quatre heures lui reviennent en mémoire, tout remonte d'un coup avec la violence d'une collision frontale. Elle s'est bourré la gueule au mauvais vin blanc, elle a la bouche pâteuse et elle n'est pas en état de recevoir de la visite. Mais elle est aussi profondément, irrémédiablement seule depuis le jour, une cinquantaine d'années plus tôt, où elle a compris que son père finirait par la tuer et que sa mère était bien trop imbibée pour regarder la situation en face, voir la souffrance et la peur dans les yeux de sa fille. C'est pourquoi, du haut de ses huit ans, Rita a traversé Little Canada pieds nus pour se réfugier dans le seul endroit où elle se sentait en sécurité, où elle pouvait dormir en tournant le dos à la porte : la maison de sa meilleure et plus solide amie, Babs. Et la mère de Babs a lavé Rita, nettoyé ses blessures à la teinture d'iode et soufflé dessus pour apaiser la brûlure, tandis que André, le père de Babs, disait sur le ton de l'évidence, une Pall Mall coincée entre les lèvres, que dorénavant Rita vivrait avec eux – et si ça posait un problème à son père, André se ferait une joie d'y remédier.

Voilà comment, en tous points sauf pour l'état civil, Rita devint une Levesque.

Cinq décennies et des brouettes plus tard, les choses ont bien changé. Rita se lève et titube jusqu'à la porte, elle ignore qui elle va trouver de l'autre côté mais elle s'en fout un peu, elle a juste envie d'une autre conscience auprès d'elle, un autre système sanguin, elle a besoin d'une preuve simple et tangible que l'humanité tout entière ne l'a pas oubliée.

Elle ouvre la porte et découvre sur le seuil Carmeline, visage fermé comme à son habitude, une bouteille de blanc à la main.

« Je crois que j'ai eu ma dose, dit Rita.

— Qu'est-ce qui te fait croire que c'est pour toi ? » répond Carmeline, qui entre sans attendre que Rita l'y invite.

Trois minutes plus tard, elles sont assises à la table de la salle à manger avec deux verres du chablis apporté par Carmeline.

« Je te demanderais bien comment tu le vis », dit celle-ci. Elle s'allume une cigarette, pose son paquet sur la table et tire le cendrier vers elle.

« Mais tu as des yeux, dit Rita.

— Tu as pu voir Tim ?

— Je l'ai eu au téléphone, mais il a pas le droit de recevoir de visites tant qu'il n'a pas été jugé.

— Comment il va ? »

Le regard trouble, Rita tourne la tête vers la fenêtre. « Il risque huit ans, dit-elle. Donc pas très bien.

— Au moins, pendant ce temps-là, il sait qu'il aura trois repas par jour.

— C'est pas drôle.

— C'était pas une blague. »

Elles se taisent, Rita observe le ruban de fumée qui s'élève de la cigarette de Carmeline, posée dans le cendrier. Une voiture passe dans la rue et les chiens du quartier se remettent à aboyer.

« T'as raté plein de trucs depuis hier », dit Carmeline.

Rita hausse les épaules, lève son verre. « C'est plus mon problème, maintenant.

— Bien sûr que si, rétorque Carmeline. Tu vis toujours dans le quartier. T'es concernée par ce qui s'y passe. Et ça, Babs peut pas le changer sur un coup de tête.

— Elle peut faire tout ce qu'elle veut. C'est le marché.

— Peut-être plus maintenant.

— Je te laisserai pas dire ça dans ma maison, fait Rita.

— Mais merde, Rita, dit Carmeline. Je suis de ton côté. J'essaie de te faire revenir. Babs est allée trop loin.

— Je crois que tu m'as pas comprise, dit Rita. Babs peut faire *tout ce qu'elle veut.*

— C'est pas une dictature. »

Rita s'allume une cigarette à son tour, tire une longue taffe et recommence à regarder par la fenêtre, où le soleil n'en finit pas de se coucher. « Là-dessus, au moins, t'as raison. »

Carmeline remplit à nouveau leurs verres. « Alors c'est quoi le problème ?

— Tu te rappelles quand je suis partie vivre à New York ? » demande Rita.

Carmeline la fixe quelques secondes. « Je suis sérieuse, dit-elle.

— Moi aussi. Donc, tu te rappelles ?

— Bien sûr que je me rappelle. Tout le monde parlait que de ça.

— Exact. Parce que c'est ce qui arrive dans les villes comme celle-ci : tout le monde fait tout pour t'empêcher de voir plus grand.

— Moi, je te trouvais courageuse, dit Carmeline.

— Tu me trouvais débile, réplique Rita. Sois honnête. Tu croyais que je reviendrais six mois plus tard, la queue entre les jambes.

— C'est pas vrai. Je te donnais au moins un an. »

Rita a un demi-sourire. « Mais j'en ai tenu cinq. Et est-ce que tu savais que pendant ce temps-là, Babs est allée rendre visite à ma mère tous les ans pour son anniversaire et pour la fête des mères ? Elle l'invitait à déjeuner. Elle lui apportait des fleurs et des cadeaux. Tous les ans.

— J'aurais pas cru ça d'elle, dit Carmeline en écrasant sa cigarette avec une torsion du pouce.

— Elle voulait pas que ma mère reste seule. Ça la mettait mal à l'aise. Elle était plus gentille que moi envers ma propre mère, Carmeline. Et elle le faisait en mon nom.

— Elle m'en a jamais parlé.

— On croit que son pouvoir vient de la brutalité avec laquelle elle traite les gens. Mais c'est faux. Son pouvoir, il vient de là. » Rita tapote sa poitrine avec le bout de ses doigts. « Les gens, elle les aime – son petit-fils, ses filles, nous, le quartier – avec une force qu'on n'imagine pas. Si t'avais autant d'amour que Babs dans le cœur, ça te briserait. »

L'expression qui se lit sur le visage de Carmeline montre que Rita a raison.

« Mais elle, ça la brisera jamais. Au contraire, ça lui donne la force de prendre les décisions que personne d'autre veut prendre. Et ça, dit Rita en pointant Carmeline du doigt, c'est la raison pour laquelle personne ne la remplacera jamais. »

Babs aime effectivement beaucoup de choses à Waterville, mais l'usine Hollingsworth & Whitney n'en fait pas partie. Érigée grâce aux capitaux apportés par les brahmanes de Boston, elle est aux yeux de Babs une manifestation physique de l'ordre dominant : des Anglo-Saxons déjà riches s'engraissent sur le dos des ouvriers francophones, lesquels, en contrepartie, tombent malades à cause du pacte faustien conclu avec l'usine et ses patrons. Ce n'est pas un hasard si l'usine a été construite à quatre cents mètres en *amont* de Little Canada. Pas un hasard non plus si les vents dominants soufflent du nord-est vers le sud-ouest, dans la même direction que le courant. Les plus chanceux des ouvriers qui se succédèrent à l'usine pendant cinq générations connurent des migraines aveuglantes, l'étreinte terrible de l'asthme et un mal-être général dû à la fumée que vomissaient les cheminées et aux substances que les conduites d'évacuation dégueulaient dans la Kennebec. Quant aux moins chanceux, ils contractèrent des flopées de maladies théoriquement rares et furent cueillis par une mort douloureuse et prématurée. Emphysèmes, lymphomes de Hodgkin, leucémies décimèrent les rangs des Dionne et des Levesque et emportèrent le père de Babs, dont le corps s'était ratatiné au point que Babs, dix-neuf ans à l'époque, pouvait sans aide le soulever de son lit pour le porter aux toilettes. Cerise sur le gâteau, Little Canada se distinguait par son grand nombre d'enfants « lents », à qui on diagnostiquerait aujourd'hui des anomalies congénitales et/ou des troubles du développement, mais dont les difficultés à lire et à assimiler des opérations mathématiques simples étaient jadis attribuées à la tragique malchance d'être des abrutis de Français. Au cours des années 1980, une chercheuse de l'institut de cancérologie Dana-Farber, à Boston, chercha à comprendre pourquoi elle recevait autant de jeunes patients cancéreux en provenance de cette petite ville dans le centre du Maine. De même que toutes les autres tentatives visant à déterminer ce que rejetait l'usine et de quelle manière cela affectait les adultes, les enfants et même les fœtus, ses efforts ne menèrent nulle part.

Donc, non, Babs n'a aucun amour pour l'usine, bien que celle-ci ait nourri sa famille pendant quatre-vingts ans. Désormais la papeterie est castrée, dépouillée de sa machinerie, vandalisée et profanée, et Babs n'y trouve rien à redire. Si elle avait pensé pouvoir s'en tirer sans encombre, elle aurait utilisé les deux cent cinquante kilos de TNT achetés par Rheal aux frères Saucier durant la grève, il y a des années de ça, pour épargner aux vautours des fonds de pension la peine de raser les bâtiments. Elle y a réfléchi plusieurs fois sérieusement, généralement après deux verres de trop. Il lui aurait suffi de poser des charges, d'appuyer sur un bouton et elle aurait pu se marrer en regardant retomber une pluie de briques pulvérisées. Debout près de son break sur le parking, tandis qu'elle contemple la façade de l'usine en s'interrogeant sur l'identité de celui qui l'attend à l'intérieur, elle songe qu'elle va peut-être enfin concrétiser ce vieux rêve, pourvu qu'elle survive à la nuit qui s'annonce.

L'air est immobile et poisseux, il semble presque s'accrocher à sa peau. La pluie va bien finir par arriver, un gros orage qui fera retomber cette vague de chaleur, mais pour le moment, ça fait deux semaines que le ciel refuse de s'ouvrir. Ce soir, il n'y a comme chaque soir qu'une poignée de nuages pelucheux qui glissent devant la pleine lune. Babs sort un Springfield .45 compact de l'étui fixé dans son dos et vérifie à la lumière de la lune qu'il est bien armé. Elle traverse le parking et pénètre par une ancienne entrée de service, une porte dont elle détient la clé depuis près de cinquante ans, quand elle a pris le trousseau de Sacha Marquette après lui avoir perforé le poumon à coups de couteau et avant de le laisser se noyer dans son sang.

Lori, de son côté, surveille l'usine depuis une heure déjà. Elle est entrée par une fenêtre cassée sur le côté nord de la chaufferie et s'est planquée au rez-de-chaussée sous une cage d'escalier. Elle plane très haut grâce aux trois Oxy avalés à une heure d'écart et commence à piquer du nez quand le grincement de la porte de service la ramène à la réalité. Des pas sur le béton, réguliers et tranquilles, viennent vers elle. Elle se retient de sortir de sa cachette pour jeter un coup d'œil – trop dangereux à cause de la lune qui se déverse par les baies vitrées du mur opposé. Les pas atteignent le pied de l'escalier sous lequel elle est cachée et commencent à le gravir. Encore dix marches, puis quelques enjambées étouffées sur le palier du premier étage, et l'ascension continue. Deuxième étage. Troisième étage. Les pas s'arrêtent. Pendant une minute, peut-être plus, c'est le silence. Lori tend l'oreille dans l'obscurité, mais il n'y a pas un bruit. Enfin, la voix de sa mère, éraillée par la nicotine, résonne contre les briques nues :

« Je suis au troisième étage et j'en ai marre de monter ! Qui que tu sois, tu sais où me trouver ! »

Pas de réponse, aucun bruit. La lune se hisse au-dessus du cadre des fenêtres et la lumière quitte le mur devant lequel est Lori pour dessiner une rangée de rectangles argentés sur le sol en béton. En haut, Babs est immobile et silencieuse. Lori consulte sa montre : sa mère est arrivée depuis une demi-heure. Quand elle relève les yeux, elle n'est pas surprise de voir son père, Rheal, assis par terre à côté d'elle – le vieux a toujours aimé avoir un public captif.

Rheal a l'aspect que Lori lui a toujours connu, jusqu'aux derniers jours ou presque : des épaules larges et puissantes, des muscles noueux dans le cou et les avant-bras, un éclair taquin dans le regard. « Au risque de sous-entendre que je n'apprécie pas ta compagnie, *ma puce**, dit-il, qu'est-ce que tu fous ici ? »

Avec un regard noir, Lori pose un doigt sur ses lèvres.

« Elle peut pas m'entendre, dit Rheal. Tu le sais bien.

— Mais moi, elle peut, chuchote Lori.

— En tout cas, tu n'as pas répondu à ma question.

— Ce que je fais ici ? Je surveille ses arrières. »

Rheal est saisi par une toux violente, ses poumons font un bruit de papier froissé. « Je te demande pas ce que tu fous dans cette usine, dit-il, mais ce que tu fous *ici*. À Waterville.

— Je suis ici parce que t'es mort, répond Lori.

— Essaie pas de me faire porter le chapeau. Si je me rappelle bien, il ne t'a pas fallu plus d'une demi-journée pour me faire tes adieux. Et c'était il y a huit mois.

— Tu vois très bien ce que je veux dire, Papa.

— Oui, et toi aussi tu vois très bien ce que je veux dire. C'est gentil d'être rentrée pour me rendre un dernier hommage. Ça me touche. Vraiment. Maintenant, barre-toi. Va-t'en.

— Je peux pas.

— Pourquoi ?

— Il faut que je trouve Sis, pour commencer. »

Rheal secoue la tête. « Céleste s'en fout que vous la trouviez ou pas. Elle est morte, point.

— Et moi je suis vivante. Et j'ai besoin de savoir ce qui lui est arrivé avant que Maman l'apprenne.

— Ouais, là, ça va être la merde.

— Tu peux le dire, ça va chier.

— Raison de plus pour mettre les voiles. »

Lori s'adosse contre le mur et lève les yeux vers le dessous des marches. « Je peux pas l'abandonner maintenant, Papa. »

Pris d'une nouvelle quinte de toux, Rheal se plie en deux autour de son poing, le souffle court. Une fois remis, il pose des yeux mouillés sur sa fille. « J'ai été marié quarante ans à cette femme, dit-il. Est-ce qu'elle a besoin d'aide ? Oui, c'est exact. Mais est-ce qu'elle acceptera ? Jamais. Elle ne voudra jamais que tu l'aides, ni toi ni personne d'autre. Quand elle apprendra pour Céleste, elle va tout brûler. Le mieux que tu aies à faire, c'est de fuir assez loin pour éviter que les flammes t'atteignent toi aussi. »

Lori ne répond pas.

« Donc arrête avec ces conneries d'*être là* pour ta mère. Tu as fait ce qu'il fallait la première fois que tu es partie de cette ville. Tu ferais bien de recommencer. Tout de suite.

— Non, dit Lori après un temps. Elle n'a plus que moi. »

Rheal l'observe, prend une grande inspiration qui vibre dans ses poumons, et pousse un long soupir. « Je sais qu'on n'a plus le droit de critiquer les femmes, dit-il. Mais bordel, t'es la pire casse-couilles qu'un dieu bienveillant aurait pu engendrer. »

Et, là-dessus, il disparaît.

Une seconde plus tard, le téléphone de Lori, qu'elle n'a pas pensé à mettre sur vibreur, se met à sonner gaiement dans sa poche.

Merde merde merde. Elle chope l'appareil, manque de le faire tomber, assure sa prise et le réduit au silence. L'usine est aussi calme et caverneuse qu'une église ; impossible que Babs n'ait pas entendu ce vacarme. Lori arrive à visualiser sa mère tendue, aux aguets, les sens en éveil, peut-être même en train de humer l'air à la façon d'un animal sauvage. Seule petite chance dans son malheur, Lori n'a jamais éprouvé le besoin de se doter d'une mignonne sonnerie personnalisée. Pas d'extrait de Jimmy Buffett ni de « Vol du bourdon » pour elle, par conséquent Babs n'a aucun moyen de différencier son téléphone d'un millier d'autres appareils semblables. Dieu merci.

Toutefois, même si sa mère ne sait pas qui est là, elle sait qu'elle n'est pas seule dans l'usine. Et c'est un problème. Parce que les pas de Babs se font à nouveau entendre, pas aussi lourds qu'à l'aller mais plus doux, discrets. Ils descendent.

Le cerveau de Lori ordonne à son corps de se relever et de fuir, mais après être restées pliées durant plusieurs heures dans différentes configurations sur ce sol dur, ses jambes mettent du temps à réagir. Elle réussit à se mettre debout et à boitiller vers l'autre extrémité de la chaufferie, loin de la cage d'escalier, en direction de la fenêtre par où elle est entrée, et ses jambes se dégourdissent peu à peu. Il y a de nombreux domaines dans lesquels elle ne pourra jamais espérer égaler sa mère, mais au moins elle est toujours plus rapide que la vieille, et avant que Babs ait atteint le rez-de-chaussée Lori se glisse déjà dans l'habitacle de son pick-up, camouflé par les ombres à l'arrière du bâtiment.

Elle jette un coup d'œil alentour : pas d'autre voiture, personne, rien en vue. Une sirène miaule au loin – flics ou ambulance, impossible de savoir, mais quoi qu'il en soit ce n'est pas pour elle. À part ça, la ville est calme. Sur sa droite, le cours noir et profond de la rivière et les scintillements de la lune parmi les tourbillons. Sur sa gauche, au croisement de Water Street et Bridge Street, les feux tricolores délaissés clignotent en orange. RAS. Babs n'est pas près d'émerger par la fenêtre et le croquemitaine qui devait la rejoindre a manifestement pris sa soirée.

Lori consulte son téléphone. Un appel en absence : Aubrey. Elle met le contact, enclenche une vitesse et la rappelle.

« Lore ?

— Est-ce que ça va ? » Lori tourne dans Water Street, dépasse le Kentucky Fried Chicken, la boîte de nuit et l'association des anciens combattants, cap sur le centre de Little Canada et la maison. Les rues sont désertes.

« C'est pas pour ça que je t'appelle », dit Aubrey. Elle semble tellement perchée qu'elle doit tutoyer les satellites, mais il y a autre chose dans sa voix, une tonalité lourde et primale qui perce à travers la meth : elle a peur. « Écoute-moi, j'ai seulement quelques secondes. »

Une pause. Lori dépasse sa rue sans s'en rendre compte.

« Rex a fumé, dit Aubrey. Et ça l'a rendu bavard. »

Lori se raidit, serre les mains sur le volant. « Raconte-moi.

— Il était avec Sis il y a deux nuits. Dans la décharge le long de la 32, au niveau de Vassalboro.

Il l'a obligée à chourer des autoradios et du cuivre pour revenir dans ses bonnes grâces.

— Je vois où c'est, dit Lori. Qu'est-ce qu'il a dit d'autre ?

— Pas grand-chose. Juste qu'il l'a laissée là-bas.

— Qu'est-ce que ça signifie ?

— Venant de Rex, aucune idée. Mais il avait l'air super content de lui. »

Lori donne un coup de volant et prend à droite dans Grove Street, monte la colline pied au plancher et dépasse le cimetière.

« Il pourrait m'arracher la langue pour t'avoir dit ça, tu sais, fait Aubrey.

— T'es toujours là-bas ? demande Lori. Je viens te chercher.

— C'est pas une bonne idée, sauf si t'as envie de prendre des plombs dans la gueule. Je ferais mieux de rentrer avant qu'il remarque que je suis au téléphone.

— Aubrey, dit Lori, écoute-moi. Il faut que tu partes de là. »

Un silence. « C'est ce que j'avais fait, dit Aubrey. Et puis tu m'as libérée et tu m'as ramenée. Mais je t'en veux pas, Lore. J'espère que tu la trouveras. »

À l'usine, Babs est remontée se poster au troisième étage et elle continue à attendre. Il est trois heures du matin passées, ça fait plus de cinq heures qu'elle est là et le ciel commence à s'éclaircir vers l'est. Mais elle peut patienter aussi longtemps que nécessaire.

C'est une mise à l'épreuve, elle en est consciente. Qui que soit cet indésirable, il ne l'a pas oubliée et il n'a pas changé d'avis. Il lui fait simplement comprendre que c'est lui qui fixe les règles.

Ça force l'admiration de Babs. Et elle a hâte de pouvoir le lui dire.

Mais, pour l'heure, elle laisse son regard errer dans la salle de lessivage, un espace grand comme un hangar à avion qui, du temps où l'usine fonctionnait encore, servait à séparer la pulpe de bois d'un jus toxique appelé « liqueur noire ». Une affectation à la salle de lessivage équivalait pratiquement à un aller simple pour le cancer ; quand un habitant de Little Canada contractait une leucémie ou un lymphome, on ne se demandait pas « Est-ce qu'il fumait ? » (tout le monde fumait) ou « Est-ce qu'il mangeait bien ? » (évidemment que non), mais « Il bossait au lessivage ? » Le plus souvent, la réponse était oui, et le plus souvent, la personne en question était morte avant d'avoir pu toucher sa retraite. Au demeurant, c'est le lessivage qui payait le mieux, et pour la plupart des gens ce facteur était au moins aussi important que leur espérance de vie.

Babs prend une clémentine dans sa poche de poitrine, y plante ses ongles et laisse tomber des virgules de peau entre ses pieds. Sa main droite tremble et ça lui rappelle hier matin, quand elle a menti à Jason comme elle se ment à elle-même depuis trois mois. Elle connaît trop bien la cause de ces tressaillements. C'est la maladie de Huntington, la danse de Saint-Guy qui a déjà eu la peau de sa mère : ça a commencé par un drôle de petit boitillement, et trois petites années plus tard elle était au cimetière. Pas de traitement, pas de remède, rien à faire, ni autrefois ni maintenant. Babs se donne plusieurs claques sur la cuisse, puis elle détache un quartier de clémentine et le porte à sa bouche.

Elle a besoin de cette clémentine pour le sucre qu'elle lui apporte. C'est ce sucre qui lui permet de garder les yeux et les oreilles aux aguets. Quelqu'un arrive, pas trop tôt – elle le sait, comme elle a su que le printemps 1977 apporterait les pires inondations depuis un siècle, comme elle s'est réveillée un matin vers la fin des années 1980 avec la certitude qu'une fille du quartier nommée Janet Brochu avait été assassinée et son corps jeté dans la rivière. Ce don, Babs ne peut pas l'allumer et l'éteindre comme une lampe, ni savoir quand il va lui tomber dessus. Elle ne le considère pas le moins du monde paranormal ; elle a plutôt le sentiment de se connecter par moments à une fréquence que la majorité des gens ne capte pas. C'est pourquoi, bien qu'elle n'ait entendu aucune porte s'ouvrir en bas et qu'elle n'entende aucun bruit de pas dans les cages d'escaliers, elle sait que la personne qui la cherche est arrivée. Elle finit la clémentine et se lève en époussetant son chemisier pour en faire tomber les petits morceaux de peau blanche.

À l'époque où l'usine était encore en fonctionnement, dans l'espace où elle se trouve, la pulpe de bois était barattée jour et nuit dans six énormes lessiveuses. À présent les lessiveuses ont disparu, mais leurs socles en béton demeurent, ils mesurent chacun dix mètres de long pour cinq de profondeur et sont percés tous les deux mètres par des goujons du diamètre d'un poignet qui tenaient les machines en place. Sur le mur opposé, côté est, une autre porte donne sur le deuxième escalier. C'est par là qu'apparaît alors une silhouette obscure qui semble moins entrer que se matérialiser, aussi silencieuse qu'un brouillard.

Babs se campe sur ses pieds et allume une cigarette, elle ne fera pas l'honneur à cet enfoiré de venir à sa rencontre vu l'heure à laquelle il arrive. Quelque part dans le bâtiment, des gouttes d'eau tombent avec régularité, et sous les avant-toits des pigeons roucoulent et s'agitent. Babs tire une longue taffe, elle attendra jusqu'au Jugement dernier s'il le faut.

Mais qui que soit ce type, il semble avoir fini de jouer. Il pénètre dans la salle de lessivage et longe les hautes fenêtres dans un effet stroboscope au ralenti, passant de l'ombre à la lumière, de l'ombre à la lumière. Beau et lisse à la fois, l'Homme franchit la distance qui les sépare d'un pas si raide qu'il en paraît presque guindé, et les semelles rigides de ses chaussures de ville, auparavant silencieuses, claquent maintenant avec élégance sur le plancher. Il s'arrête à portée de main de Babs, laquelle continue à fumer, mutique et impassible.

« Mme Dionne, dit l'Homme.

— En personne, dit Babs. Vous êtes ?

— Mon identité n'importe pas. »

Un ange passe tandis qu'ils se jaugent mutuellement, calcul muet auquel ils excellent tous les deux. Rien dans l'attitude de l'Homme ne trahit l'agitation ou l'excitation que Babs s'attendrait à découvrir à cette distance. Son regard est stable et ses pupilles normalement dilatées considérant le manque de lumière. Sa bouche est une ligne immobile et droite. S'il respire, elle ne l'entend pas et ne le voit pas. Il ne transpire même pas, malgré la chaleur qui s'acharne encore à cette heure entre les briques de l'usine.

« D'accord », fait Babs.

Nouveau silence.

« Écoutez, dit enfin Babs, je sais que ça doit être une habitude chez vous de faire flipper le monde avec votre numéro de type bizarre et calme, mais je suis un peu déçue. Et crevée, aussi. Donc si vous pouviez aller droit au but et m'expliquer ce qu'on fait là… »

L'Homme sourit, un lent et mince sourire qui révèle des dents étrangement parfaites. « L'homme qui m'emploie s'appelle Ogopogo, dit-il. Vous le connaissez ?

— J'ai entendu parler d'un serpent géant qui s'appelle comme ça.

— Ce n'est pas le même Ogopogo.

— Je m'en doutais.

— Tous les deux ans, dit l'Homme, Ogopogo réalise un audit de ses zones d'activité afin d'évaluer les performances de ses employés et de ses produits.

— Vous parlez tout le temps comme ça ? demande Babs.

— C'est-à-dire ?

— Comme si vous vendiez du matériel de plomberie et pas de la came. »

L'Homme sourit à nouveau. Il jette un coup d'œil au rebord de la fenêtre. « Ça ne vous ennuie pas si je m'assieds ? demande-t-il. Je suis debout depuis des jours.

— Faites comme chez vous », dit Babs.

Avec la main, l'Homme balaie quelques morceaux de verre brisé et s'installe. « Lors du dernier audit, reprend-il, il a découvert une baisse considérable de son chiffre d'affaires dans la région de Waterville. Alors que, sur la même période, en moyenne, les ventes ont été multipliées par dix.

— Quel rapport avec moi ? demande Babs.

— Vous l'avez dit vous-même : Ogopogo vend de l'héroïne. Et vous, vous vendez des opiacés. »

Au tour de Babs de sourire.

« Vous devez commencer à comprendre la raison de ma présence, dit l'Homme.

— En effet, dit Babs en terminant sa cigarette et lançant le mégot. Mais avant qu'on en vienne à ça, je vais vous demander de m'accorder un instant.

— Bien sûr, dit l'Homme. Il y a longtemps que j'attends de pouvoir vous parler. Rien ne presse.

— Formidable. J'aimerais vous poser une question.

— Tout ce que vous voudrez.

— Êtes-vous catholique ou protestant ? »

Premier signe, quoique infime, que l'Homme peut être déstabilisé : il met une seconde à répondre et Babs discerne une lueur de perplexité dans son regard : « Je ne me décrirais pas comme étant particulièrement croyant, dit-il. Mais je suis né dans une famille de tradition luthérienne.

— C'est bien ce que je pensais, dit Babs.

— Je peux vous demander quel est le rapport avec le sujet de notre conversation ?

— Mais c'est précisément le sujet de notre conversation, répond Babs.

— J'ai peur de ne pas vous suivre.

— Vous êtes protestant. Je suis catholique. Vu que vous êtes Canadien, vous saisissez certainement l'importance de cette distinction.

— Notre désaccord ne porte pas sur un différend religieux.

— Ça ne m'étonne pas que vous le pensiez. Parce que vous n'avez aucun sens de l'histoire. Vous estimez que les événements qui remontent à plus d'une semaine n'ont aucun lien avec la situation présente.

— Il est vrai, dit l'Homme, que je trouve assez peu utile de consacrer du temps à réfléchir au passé… ou à en débattre.

— Je vais donc vous offrir un morceau d'histoire qui se trouve pile au cœur de notre discussion, que ça vous plaise ou non. Il y a trois générations, mes ancêtres ont quitté le Québec pour éviter de mourir de faim et ils sont arrivés ici. Ils ont travaillé dans cette usine. Les premières années, ils vivaient juste à côté, dans la boue au bord de la rivière. Ils étaient payés une misère. Par des hommes qui avaient les mêmes croyances que votre famille.

— Une fois de plus, ça n'a rien à voir avec le motif de ce rendez-vous, dit l'Homme.

— C'est ce que vous croyez, dit Babs en faisant un pas vers lui. Parce que personne n'a jamais brûlé une croix sur votre pelouse. Vous n'avez jamais été cantonné dans un ghetto où les maladies circulaient en liberté. Vous n'avez jamais été forcé d'écrire mille fois “Je ne parlerai pas français en classe” sur un tableau noir. »

Soudainement, l'Homme s'assombrit et le changement est spectaculaire, c'est plus qu'une expression, on dirait que ses traits, malgré leur rigidité, se sont métamorphosés. Babs ignore s'il réagit à ses paroles ou à sa posture, elle sait seulement qu'il commence à s'agacer et c'est tout ce qui compte.

« Vous ne connaissez rien de moi, dit l'Homme.

— C'est possible, dit Babs. Mais je vais vous dire une chose que je sais. Chaque fois que les Francos laissent des Anglos prendre le pouvoir, nos coutumes disparaissent, notre langue disparaît, notre Dieu disparaît. Mais pas cette fois. Pas ici. Vous pouvez avoir le reste du monde, vous n'aurez pas cette ville. »

Lori n'est ni une policière ni un génie du mal, toutefois elle est suffisamment futée pour ne pas inscrire l'empreinte de ses pneus dans la poussière de la décharge Colbert & Sons, si c'est bien là que se trouve sa seule et unique petite sœur. Elle se gare donc au bord de la Route 32, dans un creux sous les taillis où il est peu probable qu'on remarque le pick-up. Elle vérifie son arme, prend la lampe-torche dans la boîte à gants et épie ce qu'elle réussit à apercevoir de la décharge entre les feuillages. Le bourdonnement des insectes nocturnes et la caresse de la lune devraient créer une atmosphère de paix, voire de réconfort. Pourtant, seule dans la lumière froide que réverbère un caillou en orbite lointaine, entourée par des bestioles qui cherchent des cadavres pour s'en repaître, Lori frissonne malgré la chaleur. Heureux les doux car ils posséderont la terre, mais bonne chance pour puiser de la consolation là-dedans.

Lori sort de son pick-up et, avant même qu'elle ait fermé la portière, ça lui assaille les narines : la morsure inquiétante de la carbonisation. Pas l'odeur ionisée, électrique d'un feu actif, mais ce qui demeure après que les flammes se sont éteintes : la cendre, la suie, le chagrin. Les émanations lui piquent les yeux et le fond de la gorge, et soudain elle est arrachée à l'espace et au temps. Transportée dans l'oued non loin de Kandahar, elle observe les brins de fumée continuant à s'élever des épaules et du crâne brûlé de la fillette qui implore de ne pas mourir. Le monde bascule, Lori s'effondre contre son pick-up, le souffle coupé, et attend de recouvrer ses esprits.

Sous la pleine lune, des montagnes de rebuts se dressent à l'infini, aussi nettes qu'en plein jour. Toujours un peu chancelante, Lori progresse entre les charniers de lave-linge cabossés, de vieux moteurs hors-bord et de réfrigérateurs aux portes arrachées. Des enjoliveurs de tous les types imaginables sont disposés en rang tels des petits soldats sur quatre cents mètres. Des vieux pneus, bien sûr – par milliers, leur format allant du tricycle au semi-remorque. Une ziggourat de six mètres de haut, composée de cubes de ferraille, un mètre de côté chacun. Toute une section de pièces détachées, une benne remplie de lames de tondeuses, une autre de chaînes de distribution tels des serpents assoupis. La grande bête crasseuse du commerce américain – dont Lori n'est qu'un rouage parmi d'autres – dans toute son ignominie.

Elle contourne une colline de ferraille qui lui évoque les débris abandonnés par les tsunamis : des composantes aléatoires de milliers de vies réunies en une masse indifférenciée. Puis, de l'autre côté de ce monument à la perte et au deuil, elle trouve les voitures – certaines compactées, d'autres pliées par des accidents, les dernières irréparables car trop vieilles. Des américaines et des étrangères, des berlines, des breaks, des camionnettes, des SUV. Il y en a toute une mer qui s'étire sur une centaine de mètres et s'achève brusquement au pied d'une légion de pins blancs qui semblent monter la garde sur tout le bazar.

Si Lori avait besoin de jeter un corps, elle sait où elle le ferait.

Elle commence donc à chercher parmi les voitures, arpente les rangées, braque sa lampe sur les pare-brise et les vitres latérales. Elle découvre les restes poilues d'un écureuil sur le tableau de bord d'une Explorer 1997. Une camionnette Chevrolet bourrée de liasses de journaux vieux de plus d'un an. Le manuscrit d'un aspirant auteur de science-fiction sur le siège passager d'une Jetta datant du milieu des années 1990.

Alternant avec les véhicules saisis et ceux qui ont jeté l'éponge se trouvent des carcasses froissées et tordues dont l'habitacle révèle un diaporama de visions d'épouvante : des incisives plantées dans un tableau de bord ; un pare-brise éclaté avec des cheveux et des fragments de matière grise sur la face intérieure ; partout du vieux sang, sur les ceintures de sécurité, les sièges, les consoles centrales, les airbags.

Lori s'arrête et lève les yeux, embrasse du regard la mer de carcasses, commence à désespérer en pensant au temps qu'il lui faudra pour toutes les fouiller et aux horreurs qu'elle y trouvera. Les véhicules s'étendent sur quatre hectares. Elle aura de la chance si elle en couvre la moitié avant que le soleil se lève.

Et puis elle repense à l'odeur de fumée dans l'air et elle a soudain l'abominable certitude que la voiture qu'elle cherche a été brûlée.

« Vous vous demandez peut-être, dit l'Homme à Babs, pourquoi j'ai souhaité vous rencontrer au lieu de vous tuer et de passer à autre chose.

— Non, ça je l'ai déjà compris, répond Babs.

— Et à quelle conclusion êtes-vous arrivée ?

— C'est plus facile pour vous de me convaincre de bosser pour votre patron que de mettre en place votre propre structure avec vos propres équipes.

— Bravo, dit l'Homme.

— Il y a juste un petit problème, dit Babs. Je ne travaille pour personne à part pour moi-même et mon quartier. »

En souriant, l'Homme se lève du rebord de la fenêtre. « Pardonnez-moi, dit-il, mais j'aimerais que vous m'expliquiez de quelle manière vous travaillez pour votre quartier. En l'inondant d'OxyContin ?

— Vous êtes dans le milieu, vous savez comme moi que la loi n'arrête pas la drogue. Ce n'est pas en jetant des gens en prison qu'on les empêchera de se droguer. Le simple fait que vous soyez là montre bien que mon activité n'est pas du deal. C'est de la régulation. Je contrôle les produits qui entrent dans mon quartier. Je contrôle la quantité. Je détermine qui peut y accéder et qui ne peut pas.

— Et vous vous remplissez les poches au passage. C'est accessoire ? Le corollaire inévitable de cette régulation dont vous vous chargez avec tant de générosité ? »

Babs hausse les épaules. « Tout travail mérite salaire. »

L'Homme continue à lui sourire quelques instants, puis il jette un coup d'œil par la fenêtre sur laquelle il était assis. « C'est une chouette philosophie. Hélas, elle ne s'applique pas dans le cas présent. J'ai apprécié cette conversation, Mme Dionne. Vraiment. Mais il est temps d'en venir aux faits.

— C'est-à-dire ? »

L'Homme se tourne à nouveau vers Babs. Il ne sourit plus. « Contrairement à ce que vous semblez croire, cela n'est pas une négociation. Il n'y aura ni compromis ni discussion. Je vais vous dire ce que vous allez faire, et vous allez vous exécuter. »

Babs le regarde d'un air incrédule, et c'est à elle de sourire. Son sourire s'élargit de plus en plus, ses dents apparaissent, et elle commence à rire. Elle ne s'arrête plus. Elle continue à rire longtemps après le moment où, dans la plupart des situations, la gêne commence à s'installer. Authentiquement hilare, elle plaque une main sur sa bouche. Avec l'autre main elle s'appuie au mur et se plie en deux, coincée dans cet espace liminal où rires et larmes se confondent. L'Homme la regarde, pas plus expressif qu'un bloc de granit.

Quelques instants plus tard, Babs commence à retrouver une contenance. Elle soupire, s'essuie les yeux avec le dos de la main. « Je suis désolée, dit-elle avec un dernier gloussement. Je ne voulais pas être impolie, c'est juste que… c'est juste… »

Un déclic, le reflet de la lune sur l'acier, et Babs pose la lame courte et large d'une dague de paume sur la gorge de l'Homme, juste à droite de la pomme d'Adam, où palpite l'artère carotide.

« C'est juste que vous ne savez pas à qui vous avez affaire, dit-elle.

— Je commence à m'en rendre compte, dit l'Homme.

— Ne bougez surtout pas, dit Babs. Ce serait dommage de salir un si joli costume. Bon. Maintenant, je veux savoir où est ma fille.

— Laquelle ?

— C'est mignon. LaVerdiere vous a parlé de Sis.

— Mon échange avec le Dr LaVerdiere était privé et confidentiel.

— Vous êtes avocat, maintenant ? Le toubib m'a tout raconté. Comme vous le savez, il craque vite quand on l'interroge. Qu'est-ce que vous avez fait des informations qu'il vous a données ?

— Désolé, mes affaires ne concernent que moi. »

Babs presse la pointe de la dague contre sa gorge, juste assez pour faire poindre une gouttelette de sang. Ce faisant elle étudie le visage de l'Homme, l'analyse, guette une réaction, mais il ne bronche pas.

« Tu diras à ton patron de s'occuper de ses affaires, et moi je m'occuperai des miennes.

— Ce n'est pas une réponse acceptable, dit l'Homme.

— Pourquoi ? fait Babs. T'as peur qu'il te fasse sauter la cervelle ? »

L'Homme ne répond pas, mais Babs aperçoit un éclat dans son regard.

« Ah, dit-elle. Je comprends. C'est pas ton patron. C'est ton chéri. »

Elle voit à ses yeux qu'elle a visé juste.

« Tu n'as pas peur d'Ogopogo, tu veux lui faire plaisir. Tu cherches son approbation. C'est ce qui te fait te lever le matin.

— Quelle que soit la raison, dit l'Homme, le fait est que je ne peux pas retourner auprès de lui avec un refus.

— Dans ce cas, tu peux rester ici, pas de problème. Je pourrais avoir envie de te revoir, une fois que j'aurai retrouvé ma fille. Mais ma réponse ne changera pas.

— Oh, si, dit l'Homme. Vous n'aurez pas le choix. »

Il se recule et la lame se décolle de sa peau. Il porte un doigt à son cou, l'examine. Salue Babs d'un mouvement de la tête. S'éloigne tel un spectre.

Lorsque Lori la découvre, elle se rend compte qu'il aurait été presque impossible de manquer la voiture qu'elle cherchait. Pas parce qu'elle a intégralement brûlé, et pas non plus parce qu'elle dépasse légèrement des autres véhicules et n'est à l'évidence pas à sa place parmi eux. La vraie raison est, assez simplement, que Lori parvient encore à identifier la voiture de sa sœur : une Subaru WRX 2013 avec une entrée d'air sur le capot pour alimenter le turbo, un spoiler customisé que Lori a toujours trouvé ridicule et, lisible quoique roussie et couverte de suie, la plaque d'immatriculation personnalisée : APLUS.

Lori tombe en arrêt à dix mètres de la voiture. Le châssis est calciné, le spoiler a fondu comme une bougie, la plaque est voilée. Ses jambes flanchent, puis s'engourdissent ; elle doit s'appuyer au capot d'une Toyota pour éviter de s'écrouler dans la poussière. Il y a six mois, Sis a ramené Lori chez elle après une opération chirurgicale en ambulatoire. Lorsque Lori a voulu sortir de la Subaru, ses jambes, toujours un peu anesthésiées, n'ont pas reçu le message et elle s'est étalée tête la première dans son allée, morte de rire, défoncée, insensible à la douleur. Là, c'est pareil, le rire en moins. Les vitres de la Subaru sont brisées, les pneus à flancs blancs sont à plat, le châssis aussi noir qu'un barbecue qui n'aurait pas été nettoyé pendant deux étés successifs. L'oued réapparaît, cette fois transposé sur la décharge, comme imprimé sur un film transparent. Lori est à la fois ici et là-bas. Elle est une junkie apathique et un sergent-chef à la tête d'une escouade de Marines. Une femme qui sait que l'idée même de sauver quiconque de quoi que ce soit est un fantasme vaniteux, et une femme persuadée qu'elle va réussir à sauver une fillette quasi morte. Mais la femme qu'elle est, comme celle qu'elle était, ne peut changer ce qui s'est produit, ni sauver qui que ce soit, ni s'absoudre d'avoir échoué. Elle ne peut qu'être témoin et porter le fardeau de ce qu'elle a vu, *pour toujours et à jamais, amen**.

Lori oblige donc ses pieds engourdis à avancer. Un pas chancelant après l'autre. Des larmes se forment et coulent, sa respiration devient hachée. Approchant de la Subaru, elle distingue ce qui se trouve à l'intérieur, ses jambes lâchent et elle tombe, comme morte elle aussi. C'est une douleur qui va bien au-delà des larmes, une tristesse qui empêche de penser. Elle gît sur le flanc, cataleptique, la tête sur un bras, les yeux ouverts mais aveugles. Sur la banquette arrière, Sis ressemble à l'ébauche d'une sculpture, un être humain grossièrement suggéré dans un bloc d'obsidienne. Les insectes bruissent. Une demi-heure s'écoule, puis une heure, et Lori est toujours absente, perdue dans un néant cognitif. La Grande Ourse tourne autour de l'étoile Polaire de même que l'aiguille des minutes sur le cadran d'une montre ; lorsque Lori reprend conscience, la constellation est passée de 2 heures à 3 heures et demie. Tout en reprenant place dans le présent, Lori n'a qu'une idée en tête. Elle se hisse périlleusement sur ses pieds et tire sur la poignée de la portière arrière ; malgré l'état de la voiture, celle-ci s'ouvre sans peine. Lori se penche à l'intérieur de l'habitacle. En détournant le regard, elle tend la main vers le cou de Sis et retire le médaillon qui n'a pas quitté sa sœur une seule seconde depuis le jour où elle l'a mis il y a plus de dix ans.

Ensuite, Lori part en courant. Le médaillon dans la main, elle revient sur ses pas entre les rangées d'épaves, les déchets du tsunami et la ziggourat de ferraille, les pièces détachées classées par type, les pneus et les enjoliveurs, les réfrigérateurs et les lave-linge, elle sprinte jusqu'à son pick-up, s'engouffre à l'intérieur et cherche sous le tableau de bord la plaquette d'Adderall qu'elle y a scotchée en prévision d'un moment comme celui-ci, un moment où elle aura envie d'éclater quelqu'un sans que la peur ou le bon sens viennent se mettre en travers de son chemin. Elle broie le comprimé et le sniffe, puis elle met le contact et enclenche une vitesse avec une main pendant que, avec l'autre, elle sort le Glock de son étui et frotte son pouce sur la crosse jusqu'à érafler sa peau, et le moteur rugit et les phares engloutissent la nuit.

C'est encore un peu la fête quand Lori déboule dans le vestibule de Rex à 5 heures du matin. Le salon est rempli de tox qui sont partis très très loin, certains à moitié ou complètement à poil, d'autres affublés de têtes d'animaux (dans le jacuzzi, un lion avec une longue crinière ; dans le coin opposé, une antilope au port vigilant surmontant le torse dénudé d'une femme), tous communiant dans une langue inconnue de Lori, un idiome primitif accessible uniquement à ceux qui ont perdu l'esprit. Instantanément, tous perçoivent l'irruption d'une intruse qui vibre sur une fréquence différente et se jettent sur elle comme des zombies. Mais ils commettent l'erreur de croire qu'ils sont les plus effrayants, que le reste du monde doit les craindre parce qu'ils sont bizarres, parce que la dope les a rendus fous, parce qu'ils ont abandonné l'espoir.

Or Lori elle aussi est désespérée, et elle a deux avantages par rapport à ces amateurs : un entraînement et la rage héritée de sa mère. Deux coups de feu lui suffiraient pour siffler la fin de la récré, mais elle est venue se battre et elle a bien l'intention de le faire, donc elle garde le pistolet contre la hanche. Elle rafle un solide bâton de frêne dans le range-bûches et se met à l'ouvrage. L'homme le plus proche reçoit le bâton dans le cou, sur le nerf vague, et tombe immédiatement dans les pommes, ralentissant brièvement les autres qui doivent maintenant l'enjamber. Lori en profite. Son champ de vision se resserre, c'est un viseur dans lequel les êtres humains deviennent des cibles : un nez à pulvériser, une clavicule à briser, un larynx à écraser. Les camés tombent, mais il en vient d'autres, qui l'obligent à reculer. Des mains agrippent ses cheveux, son T-shirt, et Lori cogne avec son gourdin, ensanglante des mains et casse un poignet dans un bruit sec. Puis il y en a quatre ou cinq qui bondissent ensemble, ils ne sont plus qu'à quelques centimètres, une dizaine de mains lui arrachent le bâton, la frappent et la griffent. En sang, Lori commence à céder sous le poids de ses assaillants et comprend que, comme face à des chiens, s'ils réussissent à la faire tomber elle est finie. Alors elle commence à tirer.

En trois balles, elle fait le ménage. Les camés se précipitent vers les portes, sautent par les fenêtres, décampent à quatre pattes. Seuls restent les malchanceux à qui elle a percé de nouveaux trous dans le corps – ainsi que le lion dans le jacuzzi, qui trône au milieu des remous, impassible et impénétrable. Rex. Le Roi. Qui continue à tenir salon même après que sa cour a été abattue.

Lori essuie le sang qui coule de son nez, s'approche du jacuzzi et enfonce le canon du Glock dans le museau du lion. « Enlève ça, dit-elle. Ou je te bute.

— Tu vas me buter quoi qu'il arrive. »

Lori empoigne la crinière et tire, arrache le masque de lion et le jette par terre. En dessous, ce n'est pas Rex.

« Où il est ? demande-t-elle.

— Où est qui ? »

Elle brandit le pistolet tel un marteau, décidée à assommer cet enfoiré pour sa peine – quand elle sent une pression dans son dos. Se retournant, elle découvre la même femme que la première fois, armée du même fusil à double canon.

« Lâche ton flingue, lui dit la femme.

— Tire, vas-y, dit Lori en finissant de se tourner et en se poussant contre les canons.

— Je vais le faire, dit la femme.

— Toujours des promesses, dit Lori, puis elle s'empare de l'extrémité du fusil et le maintient contre sa poitrine. Tue-moi, connasse ! »

Mais les yeux de la femme indiquent à Lori que, si elle cherche la délivrance, ce n'est pas là qu'elle la trouvera. Elle écarte le canon d'une gifle, fait tomber la femme avec une balayette, se met à califourchon sur elle et lui pointe le Glock entre les yeux.

« C'est la deuxième fois que tu me menaces, dit-elle. Y aura pas de troisième.

— Il est dans la remise !

— Qui ?

— Rex. C'est lui que tu cherches, non ? Il est derrière, dans la remise.

Lori rengaine le pistolet et se relève. « Si tu bouges, je te tue, dit-elle en sortant. Et ça vaut pour toi aussi, Mufasa. »

Quand Lori descend les marches du porche à l'arrière de la maison, les derniers camés détalent en direction des arbres. Elle étudie la remise comme elle le fait toujours quand elle doit entrer par effraction : pour commencer, avec ses six mètres de côté, cette remise ressemble davantage à un chalet ; les fenêtres sont occultées mais des traits de lumière se dessinent sur les côtés. À première vue, elle ne comporte qu'une seule grande pièce. Impossible pour Lori de savoir ce qui l'attend à l'intérieur, mais, considérant le chaos que son arrivée a provoqué, il faut partir du principe que Rex est en alerte.

Pas d'effet de surprise, donc, mais elle peut toujours faire diversion. Dans l'herbe, elle trouve une pierre grosse comme son poing, la lance dans une des fenêtres latérales de la remise, puis court vers l'avant et lève un pied pour défoncer la porte, quand la voix de Rex lui parvient depuis la vitre brisée.

« Tu veux pas plutôt entrer, me tuer et qu'on n'en parle plus ? Et grouille-toi, sinon ta pote Aubrey va se vider de son sang. »

En entendant ce prénom, Lori a d'abord une bouffée de panique, puis la panique reflue et il ne reste plus que l'éclat froid de la raison : c'est un piège, évidemment, et pas particulièrement subtil. Rex a peut-être envie de mourir, mais rien n'est sûr ; quoi qu'il en soit, il a certainement prévu de tout faire pour réunir Lori et Sis. Elle recule, imagine une ligne la reliant à la fenêtre cassée et tire à travers la porte dix des douze balles qui lui restent. Il y a un grognement, suivi d'un bruit mat. Elle tourne la poignée, pousse le battant et bondit en arrière tandis qu'une colonne de lumière jaunâtre éclaire le jardin. Pas de coups de feu, pas de mouvement, rien.

Lori s'accroupit et s'avance, balaie l'intérieur avec le canon de son arme. Aucune menace. Deux silhouettes, toutes les deux allongées sur le ventre, l'une par terre et l'autre sur un matelas nu dans un lit en métal, unique meuble de la pièce. Aubrey. Défoncée, entaillée, du sang coule de ses blessures et elle est inconsciente ou morte, difficile à dire. Lori s'approche d'elle, pose deux doigts sur sa gorge. Un tambour affolé, le volume sanguin est très bas mais pour le moment il suffit encore.

Non loin, Rex tape du pied sur le plancher. Lori se décale et le plaque au sol en lui écrasant la poitrine avec son genou. Elle le fouille, trouve son téléphone, appelle les secours et pose le téléphone par terre le temps qu'on décroche. Rex se marre, il a le souffle court et il est blessé à l'épaule et au-dessus de la clavicule, des plaies d'où le sang sort en faisant des bulles.

« 911, je vous écoute.

— Il y a une femme qui essaie de me tuer », rigole Rex.

Lori éloigne le téléphone d'un coup de pied. « Je te donne dix secondes pour te mettre en bons termes avec le Seigneur, dit-elle.

— Il va me falloir un peu plus que ça.

— Alors tu devras assumer.

— T'as trouvé ta sœur ? demande Rex.

— À ton avis, pourquoi je suis là, tête de nœud ?

— Elle va bien ? Où elle était ? »

Lori appuie le canon contre le front de Rex. « Cinq secondes.

— Non non non, fait celui-ci. Pas de clémence. Mets-moi une balle dans chaque genou. Fais sauter mes doigts un par un. Que ça fasse bien mal. »

Lori plonge son pouce dans le trou foré par la balle au-dessus de sa clavicule. Rex se met à hurler.

« Ça fait assez mal comme ça ? demande-t-elle.

— C'est un bon début. »

Elle essuie son pouce dans son T-shirt. « Le temps est écoulé, Rex. Je dois y aller. Mais tu vas partir avant moi.

— Je savais que je t'avais cernée, dit Rex.

— Comment ça ?

— T'es une tueuse.

— Exact, dit Lori. Et j'ai l'intention d'accrocher ta tête sur mon mur, *pardieu**. »

Elle pose le Glock sur la poitrine de Rex, au niveau du cœur. Il ferme les yeux et prend une longue inspiration. Lori enroule son index autour de la détente, lève les yeux et voit alors la petite Afghane, elle se tient à deux mètres de là dans ses Crocs fondues et la regarde de son œil indemne.

« كلذ لعفت ال, dit la fillette.

— Va-t'en », lui dit Lori. Elle se redresse au-dessus de Rex et serre l'arme entre ses deux mains, presse le pistolet contre la poitrine de l'autre.

« كلذ لعفت ال, dit la petite.

— Il a tué ma sœur ! se défend Lori. Tu peux pas comprendre. Va-t'en, maintenant ! »

Rex a rouvert les yeux, il sourit. « La vache, t'es encore plus tarée que moi, dit-il.

— كسفنب اذه لعفت نأ كديرأ ال .هب متهأ ال انأ », dit la petite fille.

Lori a envie de pleurer, mais comme elle refuse de craquer devant Rex, elle se lève et sort de la remise en courant, contourne la maison, remonte dans son pick-up et s'éloigne à toute vitesse en composant un numéro sur son téléphone.

« Décroche », dit-elle. Ses pneus projettent une rafale de gravillons et les pinceaux de ses phares rebondissent quand elle s'engage sur la route. « Putain, Bates, décroche. »

À la cinquième sonnerie, elle entend enfin la voix du flic, assoupi et irrité.

« Écoutez-moi attentivement, dit Lori. Pas un mot, écoutez-moi.

— D'accord, fait Bates.

— Ma sœur est morte.

— Merde.

— Le mec qui l'a tuée vit dans une ferme sur la 32. Il vend de la meth. Rex White. Il y a une autre fille là-bas en ce moment, et elle va pas tarder à y passer elle aussi. J'ai appelé les secours, ils doivent être en chemin et peut-être aussi le shérif. Mais j'ai besoin que vous alliez là-bas. Et que vous y soyez officiellement depuis dix minutes.

— Pourquoi ?

— Parce que j'ai fait un carnage.

— Putain, Lori », souffle Bates. Elle l'entend bouger, il doit être en train de sortir de son lit. « J'ai pas tous les pouvoirs. La police d'État va être prévenue. Si j'essaie de te couvrir, ça risque de tous nous griller. »

Elle raccroche. Son regard se perd quelques minutes dans la lumière de ses phares. Puis elle reprend son téléphone et appelle Paul, l'ami qu'elle contacte quand la seule chose qui puisse lui remonter le moral est une seringue dans la veine. Malgré l'heure, Paul répond tout de suite.

« J'ai besoin de toi, dit Lori. Chez moi. Dès que tu peux. »

Elle rentre pied au plancher, se fait couler un bain brûlant et entre dans la baignoire tout habillée. Elle plonge le médaillon de Sis dans l'eau et essaie de le nettoyer avec son pouce. Comme la suie s'accroche, elle attrape une brosse à ongles sur l'étagère où elle range le savon et frotte jusqu'à ce que la gravure réapparaisse.

ADJ. JEAN DIONNE
1984-2006
RAMADI, IRAK
MORT POUR UN MENSONGE

Lori laisse tomber la brosse dans l'eau et défait le minuscule fermoir du médaillon avec l'ongle du pouce. La photo à l'intérieur – Jean en uniforme de cérémonie bleu, il vient de terminer ses classes, il a sur le visage une sévérité qu'il endosse avec conviction et à l'épaule une barrette le désignant comme soldat de première classe, un rang qui lui a été accordé, au lieu de celui de simple soldat, en tant qu'ancien chef scout – a été détruite par la chaleur du feu. Il n'en reste que des lézardes, des bulles et des volutes de couleur brûlée.

Paul apparaît dans l'encadrement de la porte. Homosexuel flamboyant, il est ami avec Lori depuis leur année de seconde au lycée de Waterville. Lori lève sur lui un regard implorant.

« Ma bichette, dit Paul. On va te remettre d'aplomb. »

Il entre dans la salle de bains et baisse l'abattant de la cuvette. Sans un mot, Lori retrousse sa manche et pose son bras sur le bord de la baignoire, le médaillon pendouillant au bout de ses doigts. Paul ouvre la petite trousse en vinyle dans laquelle il range son matériel. « J'ai plusieurs possibilités, dit-il. La blanche habituelle. Du fentanyl. Ou un mélange des deux. Qu'est-ce que tu veux, chérie ? »

Lori fixe le mur pendant que Paul enserre son biceps dans un garrot. « Qu'est-ce que je veux ? » demande-t-elle d'une voix lointaine, comme si elle ne comprenait ni la question ni même la langue dans laquelle on la lui a posée.

« De la blanche, donc », dit Paul. Cuillère. Pochon. Le chuintement asthmatique d'un briquet à gaz, et Paul qui fredonne tout bas un air guilleret. Plusieurs minutes s'écoulent, durant lesquelles il cuisine au-dessus du lavabo.

Enfin, Lori répond à sa question. « Je veux me souvenir, dit-elle. Je veux oublier. Mais surtout je veux mourir. »

Paul fait claquer sa langue avec un air réprobateur, puis il se tourne vers elle. « Personne ne va mourir ce soir, mon amour. Je vais plutôt te donner des ailes. »

Chapitre 14

3 juillet 2016

Avant le lever du jour, la police d'État, appelée par le shérif conformément à la procédure en cas d'homicide, a déjà bouclé la décharge et la ferme de Rex et commence à étudier les deux scènes de crime. Les inspecteurs photographient, les agents en uniforme arpentent la décharge deux par deux, balayant le sol avec leurs Maglite et prenant des notes. Quelques heures plus tard, au moment où ils s'apprêtent à extraire Sis de la Subaru, Babs est assise dans un profond fauteuil inclinable en cuir, disposé entre des murs d'acajou, sur le sol en marbre de la salle d'attente plaisamment aménagée, décorée avec goût et soigneusement isolée du président de l'université Colby, Robinson Hegemony. À sa connaissance, ses deux filles sont encore en vie. On la fait patienter dans un unique but : lui rappeler où est sa place. Elle consulte l'horloge murale Patek Philippe en cuivre dont le cadran donne l'heure dans vingt-quatre villes différentes et, après avoir eu besoin de quelques instants pour déchiffrer les cercles concentriques et les chiffres, elle parvient à déterminer que, tout du moins à Waterville, il est 10 h 20.

« 10 heures, hein ? » fait Babs.

La secrétaire, vingt-cinq ans à tout casser et insupportablement mignonne, lève le nez de son ordinateur et hausse les sourcils.

« Je croyais que le rendez-vous était prévu pour 10 heures, dit Babs. Je me suis trompée ? Je suis en avance ? »

La secrétaire la gratifie d'un sourire qui suinte la condescendance. « Il va venir dans un instant, dit-elle.

— Est-ce qu'il est là, au moins ? »

Le sourire de la secrétaire s'élargit encore. « Il va venir dans un instant.

— Vous pourriez me dire ce que vous entendez par "un instant" ? »

Le sourire disparaît.

« J'ai compris, dit Babs. Il va venir dans un instant. »

Elle passe encore cinq minutes à décrypter l'heure qu'il est à Caracas, Moscou, Bangkok, Sydney… et enfin la porte d'Hegemony s'ouvre. L'homme passe une tête, adresse un signe impatient à Babs comme si c'était elle qui l'avait fait attendre, et se replie dans son antre tapissé d'acajou.

« M. Hegemony va vous recevoir », dit gaiement la secrétaire.

Babs passe devant elle sans un mot.

« Fermez la porte, s'il vous plaît », dit Hegemony, assis à son bureau.

Babs obéit puis prend place dans un des deux fauteuils, identiques à ceux de la salle d'attente, sur le côté du bureau.

« Tout est prêt ? demande-t-il.

— Oui, répond Babs. La présentation aura lieu sur le chantier cet après-midi. Elle a été déplacée à 15 heures à cause de la chaleur. Demain, avant le défilé, il y aura un petit repas convivial avec de la cuisine franco-canadienne, des airs traditionnels au violon, et…

— Pas la peine de me lire la brochure, l'interrompt Hegemony. Ce n'est pas pour ça que nous sommes là. »

Babs inspire un grand coup. « D'accord, dit-elle. Alors pourquoi est-ce qu'on est là ?

— L'étiquette.

— Je ne comprends pas.

— Votre comportement, dit Hegemony. Avec le conseil d'administration. L'image que nous essayons de donner.

— Et quelle image vous voudriez que je donne ?

— Mère Teresa serait un bon point de départ.

— Mère Teresa était une propagandiste qui exploitait les pauvres afin d'étendre l'influence du Vatican.

— Vous voyez, c'est précisément de cela que je parle, dit Hegemony. Je suis d'accord avec vous, Mère Teresa était une vraie tique, mais les gens comme il faut ne le disent pas. Vous ne comprenez pas comment ces choses-là fonctionnent ?

— C'est la fausse piété qui fait tourner le monde ?

— Exactement. Je n'aurais pas mieux dit. Donc : faites semblant d'avoir de la considération pour les membres du conseil d'administration. Faites semblant de respecter leurs opinions bourgeoises et stupides. Faites semblant de pouvoir supporter leur existence et ils vous rendront la pareille. Opinez du chef, faites bonne figure, n'oubliez pas que seuls l'argent et les bonnes manières peuvent nous sauver du bordel que nous avons mis sur la seule planète habitable de l'univers connu. Et, au bout du compte, vous aurez votre école. Vous pensez pouvoir y arriver ? Vous pensez réussir à tenir votre langue pendant quarante-huit heures ?

— Je pense, oui, répond Babs en le regardant bien en face.

— Parfait. Seigneur. Je ne devrais pas avoir à vous expliquer tout ça, Babs. Le conseil d'administration se fout de vos airs traditionnels et de vos danses paysannes, et moi aussi. Ce que nous voulons, c'est être convaincus que vous allez arranger la situation à Little Canada. Pour que les parents arrêtent de se demander pourquoi il y a un bidonville à côté de l'université où ils envoient leurs enfants et qui leur coûte cent mille dollars par an. »

Babs imagine qu'elle attrape Hegemony par les derniers cheveux qui lui restent et qu'elle plonge la dague dans son larynx. « Je vois, dit-elle.

— Et la meilleure manière de nous convaincre, c'est de nous faire un numéro de citoyenne dévouée qui ne désire rien d'autre que d'améliorer la vie de son quartier.

— C'est exactement ce que je suis, réplique Babs.

— Bien sûr, bien sûr. Mais vous n'êtes pas que ça, n'est-ce pas ? »

Rita a presque fini de charger sa voiture et s'apprête à quitter la ville quand elle reçoit un appel de Clément : elle est convoquée au presbytère. Il lui fait comprendre qu'elle n'a pas le choix et refuse de lui dire de quoi il s'agit au téléphone. Mais elle se doute qu'il y a un rapport avec ce qu'elle essaie de fuir.

Cette vie étant ce qu'elle est, ses soupçons se confirment lorsqu'elle trouve Clément assis sur les marches du presbytère, en train de fumer une cigarette, l'air hagard, en jean et vieux T-shirt éclaboussé de peinture.

« Comment allez-vous, mon père ? demande-t-elle.

— Comment ai-je l'air d'aller ?

— On dirait que vous avez fait quelque chose qui a mis votre patron en colère. »

Clément lui accorde un sourire triste. « N'est-ce pas notre lot à tous ?

— Un point pour vous. » Rita s'assied sur la marche inférieure et s'allume à son tour une cigarette. « Alors, qu'est-ce que je fais ici ?

— J'ai eu vent de ce qui s'est passé entre vous et Babs.

— Évidemment. Mes soi-disant amies sont infoutues de garder un secret, mais c'est vous le roi des pipelettes.

— Je ne suis pas une pipelette. Je prends des nouvelles de mes ouailles.

— C'est kif-kif.

— Je ne vais pas tourner autour du pot, Rita. Cette journée est atroce et elle est loin d'être finie, j'ai besoin d'économiser mes forces.

— D'accord.

— Céleste est morte. »

Un blanc, puis Rita murmure une prière : « *Ne laisse pas les âmes que tu as créées être séparées de Toi, leur Créateur**. »

Clément reprend : « Lori est venue me voir ce matin. C'est elle qui l'a trouvée.

— Oh, non. Babs est au courant ?

— Pas encore. C'est là que ma journée va encore empirer. »

Pendant quelques instants, Rita fume en regardant le parking.

« Babs n'a jamais eu autant besoin de vous qu'aujourd'hui, dit Clément. Plus qu'après Sacha. Encore plus que le jour où son fils a été tué. Et tout de suite.

— Me demandez pas de faire ça, s'il vous plaît, dit Rita. C'est trop.

— Je comprends que vous lui en vouliez. C'est justifié. Mais Tim est vivant, et Sis a été assassinée. Vous devez franchir le fossé qui vous sépare et prendre votre sœur dans vos bras. »

Pareil que dans les films, voilà la première ineptie qui vient à Lori lorsqu'elle se pointe devant la chambre 324 et découvre les deux flics, l'un grand et l'autre gigantesque, qui gardent la porte en faisant la gueule. Elle leur donne son nom, et celui qui se contente d'être grand la fait entrer : murs gris, carrelage au sol, au plafond des lampes à LED qui produisent une lumière couleur *rigor mortis*. Au centre, en plein sous les lampes, les seuls meubles de la pièce : une chaise pliante en métal, un petit plateau roulant sur lequel est posé un gobelet à café en carton, et un lit d'hôpital standard dans lequel est allongé Rex White, son bras valide menotté au cadre métallique du lit, le blessé dans une écharpe. Rex lui sourit, à croire que la perspective de passer le restant de ses jours en prison lui est aussi douce qu'une belle journée d'été.

« Encore toi ! » l'accueille Rex. La porte se referme lourdement derrière Lori. Elle jette un coup d'œil par-dessus son épaule et voit que le planton les observe par le judas.

« Il paraît que tu veux me parler, dit-elle en s'asseyant face à Rex. Que je suis même la seule personne à qui tu acceptes de parler.

— Et j'ajoute : contre l'avis de mon avocat. Son opinion de professionnel, c'est que je devrais la boucler à jamais. »

Lori désigne le planton d'un mouvement de la tête. « Je m'attendais presque à ce que le nabot dehors me passe les menottes.

— Pourquoi ? T'étais pas chez moi hier soir, que je sache.

— Ah bon ?

— Si je le dis, t'y étais pas.

— Dans ce cas, qui est-ce qui t'a tiré dessus ? demande Lori.

— Des mecs masqués. Peut-être un rival qui voulait ma part du marché, ou juste des cambrioleurs. Difficile à dire. En tout cas, il est clair qu'une femme seule n'a pas pu faire ce massacre.

— Qu'est-ce que tu veux en échange ?

— On va commencer par une clope.

— Tu m'as fait venir pour me taxer ?

— Non. Mais puisque t'es là.

— Il me semble qu'on n'a plus le droit de fumer à l'hosto depuis un bon moment.

— Entrouvre la fenêtre. Ils vont pas nous faire chier. Je suis le plus gros poisson que la police de cet État a jamais chopé. Demain à cette heure-ci, je serai aussi célèbre que Charlie Manson. »

Lori ouvre la fenêtre, sort son paquet, allume deux cigarettes et en tend une à Rex. La chaîne qui l'attache au lit est juste assez longue pour lui permettre de la porter à sa bouche. Il tire une longue taffe, garde la fumée, ferme les yeux.

« Tu sais », dit-il au bout de quelques secondes, des bribes de fumée s'échappant de sa bouche à chaque mot. « On a tendance à oublier le plaisir immense d'une simple cigarette. »

Lori fait tomber ses cendres dans le gobelet. « Aujourd'hui on se concentre plutôt sur l'aspect dessèchement et cancer.

— Exactement, dit Rex. Tout le monde a envie de vivre éternellement. Personne ne prend plus la peine de se demander ce qu'il va faire de tout ce temps.

— Rends-moi service, dit Lori. Donne-moi une bonne raison de ne pas t'étrangler avec cette chaîne pour faire économiser un paquet d'argent aux gentils contribuables.

— Bien sûr, dit Rex. J'ai pas tué ta sœur.

— Pourquoi je devrais te croire ?

— Rappelle-toi, je t'ai dit que je t'aimais bien et que j'allais te dire la vérité.

— D'un autre côté, ta copine m'a braqué un calibre 10 dans la gueule. »

Rex sourit. « Écoute. Ils vont bientôt retourner tout mon terrain. Et à ce moment-là, ils vont trouver dix corps. À quoi ça me servirait de mentir à propos d'un onzième ? »

Ils s'observent. Sans flancher, Rex tire à nouveau sur sa cigarette.

« Je suis un tueur, pas un menteur, dit-il. Là-dessus je crois qu'on se comprend, toi et moi. Tu veux que je te raconte ce que je sais à propos de la dernière soirée de Sis ?

— J'attends toujours de savoir ce que tu vas me réclamer pour m'avoir couverte.

— On va y venir. T'es pressée ?

— J'ai rien de particulier à faire, répond Lori. J'essaie seulement d'éviter ma mère jusqu'au moment où je devrai lui annoncer que ma sœur est morte. En parlant de ça, t'as de la chance d'être ici et pas en liberté, parce que sinon, d'ici quelques heures, elle te ferait voir ce qu'il y a dans ton ventre. Si j'étais toi, je m'abstiendrais de payer ma caution.

— Ta mère ne m'inquiète pas.

— Réfléchis davantage avant de dire ce genre de conneries, la prochaine fois. »

Rex grimace en se redressant dans le lit. « La dernière fois que j'ai vu Sis, c'était dans la décharge où son corps a été retrouvé et elle était vivante, à défaut d'être dans son état normal.

— Comment ça, “à défaut d'être dans son état normal” ?

— Elle était très énervée.

— À cause de quoi ?

— J'en avais marre de son insolence et je venais de lui annoncer que je lui fermais le robinet. Pour toujours. J'ai aussi retiré la bougie de sa voiture pour l'empêcher de démarrer.

— Pourquoi t'as fait ça ?

— Un genre de point d'exclamation. »

Lori le fixe en fumant. « Attends, dit-elle, je récapitule. En réalité, tu es un serial killer.

— Plus prolifique que certains, moins que d'autres.

— Et ma sœur a été assassinée un soir où tu étais avec elle, à l'endroit où j'ai trouvé son corps.

— Exact.

— Mais tu veux me faire croire que tu l'as laissée en vie, et qu'elle est morte parce que quelqu'un est passé par là et l'a tuée. Sans raison particulière.

— C'est sur ce point que tu te trompes, dit Rex.

— Sur quel point ?

— La personne qui a tué Sis ne l'a pas fait sans raison. Il y a toujours une raison, et elle entre dans une des deux catégories suivantes : la passion ou le profit.

— Et toi, c'était laquelle ? »

Rex lui sourit à nouveau avec une fausse pudeur grotesque. « Une forme particulière de passion, je pense.

— Pourquoi tu me racontes tout ça ? »

Rex tire une dernière bouffée et laisse tomber son mégot dans le gobelet, où il s'éteint dans un bref grésillement. « J'étais amoureux de Sis, dit-il. C'est pour ça que je lui ai fermé le robinet. Elle m'a donné toutes les raisons de la tuer moi-même, mais je voulais pas. Voilà pourquoi j'ai autant envie que toi de savoir qui l'a fait.

— J'en doute. »

Rex se rassied contre ses oreillers. « Ce que tu crois ou pas, ça n'a aucune importance, dit-il. Tout ce qui compte, c'est les faits. J'ai pas tué ta sœur, mais les flics vont se faire un plaisir d'affirmer le contraire, avant d'enterrer l'enquête en me foutant en taule. Donc voilà ce que j'attends de toi, en échange de mon silence : empêche-les. Trouve qui l'a tuée. »

Six garçons du quartier transpirent dans leurs habits du dimanche : cravate à clip, chemise Oxford à manches courtes et chaussures dont le dernier coup de cirage remonte à plusieurs années, dans le meilleur des cas. L'un d'eux joue de la guitare et ils chantent tous les six, dans une harmonie passable :

Un Canadien errant
Banni de ses foyers
Parcourait en pleurant
*Des pays étrangers**

Sur leur gauche, à côté d'un chevalet recouvert d'un drap, Babs et le père Clément écoutent attentivement. Quelques pas plus loin, face aux garçons, Robinson Hegemony et une dizaine de membres du conseil d'administration de l'université sourient d'un air crispé en jetant des regards à la ronde comme s'ils craignaient d'être agressés à tout moment.

De fait, on ne peut pas leur donner tort. C'est de loin le quartier le plus décrépit où ils se sont jamais aventurés sans être protégés par des portières verrouillées et des fenêtres fermées. Ils se trouvent sur un terrain vague près du KFC désaffecté. Ils ont découvert qu'il était squatté lorsqu'un des occupants a sorti la tête par la porte pour vomir, éclaboussant le trottoir avec le contenu de son estomac – principalement du rouge qui tache. Peu après, de jeunes hommes ont déboulé en voiture et leur ont balancé des pétards ; quand la voiture est repassée quelques minutes plus tard, la seule chose qui leur a épargné une seconde salve a été le regard de Babs, qui a fait comprendre aux plaisantins qu'ils allaient avoir des emmerdes. Ensuite, les choses se sont calmées, mais pour les membres du conseil d'administration – qui, d'habitude, paient des intermédiaires pour s'assurer qu'ils n'auront pas à voir les pauvres ni à interagir avec eux –, un ghetto rural de la trempe de Little Canada demeure plutôt inquiétant. Du point de vue de Babs, le fait qu'ils aient peur de sortir leur portefeuille sert plutôt sa cause.

Clément se penche vers elle. « Je ne suis pas certain qu'"Un Canadien errant" corresponde au message d'espoir que nous souhaitons envoyer.

— Ils écoutent pas, réplique Babs. Et même s'ils écoutaient, ils ne comprendraient pas les paroles. »

Les garçons concluent leur chanson :

Et mon pays, hélas,
*Je ne le verrai plus**.

Applaudissements polis. Les garçons se mettent sur le côté, essuient la sueur qui dégouline sur leur front et leur cou. Babs prend leur place et se tourne vers Hegemony et sa clique avec un grand sourire, soudain métamorphosée en parfaite vendeuse.

« Nous sommes ici sur le site de la toute première église catholique de Waterville, St. John, qui a été construite en 1852. » Retirant le drap qui couvre le chevalet, elle révèle un daguerréotype représentant une construction en bois coiffée d'un petit clocher et d'une modeste flèche. « Cette église, explique-t-elle, a été le cœur vibrant de Little Canada. C'est là qu'on venait prier, se réjouir, pleurer, s'accompagner mutuellement à travers les meilleurs et les pires moments de la vie. C'est là que les liens de la communauté, du langage et de la culture étaient forgés et entretenus. Et, avec votre aide, cet endroit va pouvoir revivre. »

Elle tire une feuille plastifiée de l'arrière du chevalet et en recouvre le daguerréotype : c'est un bâtiment institutionnel moderne, tout de verre, acier et lignes fluides, doté d'un terrain de jeux, d'un terrain d'athlétisme et d'un jardin paysager.

« Dans la future église immersive St. John, les enfants de Little Canada apprendront non seulement à lire et à compter, mais aussi l'histoire et le sens de leur communauté. Je sais par expérience que lorsqu'on est pauvre, on se cherche une identité forte. Un lieu, un groupe auquel se raccrocher. C'est une chose aussi élémentaire que la respiration, surtout chez les jeunes. Et on opte pour ce qui se présente, que ce soit bon ou mauvais. Prenez les gangs, dont nous avons quelques exemples dans la région. L'opinion la plus répandue est que leurs membres devraient tous être jetés en prison, sauf que le gang satisfait leurs besoins élémentaires, des besoins que nous avons tous : la camaraderie, l'amour, la sécurité et un lieu où on se sent chez soi. Vu sous cet angle, un gang n'est pas plus criminel, ni même plus immoral qu'une église ou n'importe quel club. Ou que l'association des anciens élèves d'une prestigieuse université privée où l'argent coule à flots. »

Le conseil d'administration rit doucement pendant qu'Hegemony, derrière sa façade badine, lance à Babs un regard qui signifie *faites très attention*.

« Disons les choses franchement, poursuit Babs. Vous voulez que vos donateurs et vos riches parents d'élèves arrêtent de vous demander pourquoi ils investissent des millions de dollars dans votre campus alors qu'il y a un bidonville juste à côté. Et moi, je veux que Little Canada redevienne aussi accueillant qu'autrefois. Nos objectifs sont les mêmes, il n'y a que l'angle qui change. Et l'école St. John est le meilleur moyen de les réaliser. »

Babs pose un regard béat sur l'assemblée, qui la fixe en clignant des yeux et en suant.

« Je crois qu'il est temps de vous mettre à l'abri de ce soleil, dit-elle. Je me ferai un plaisir de parler de manière plus informelle avec chacun d'entre vous ce soir lors du dîner. D'ici là, profitez du quartier.

Faites un tour. Les jeunes ne vous embêteront plus avec leurs pétards, je vous le promets. »

L'après-midi s'achève quand Bates trouve le courage de rendre visite à Babs. La température est encore de 34 degrés à 18 heures, lorsqu'il se range lentement le long du trottoir et reste quelques instants dans sa voiture de fonction. Le père Clément est assis sur le siège passager en tenue de prêtre, chemise noire amidonnée et pantalon noir. Le policier n'a pas fermé l'œil depuis le coup de fil de Lori, quatorze heures plus tôt, et il a enchaîné les allers-retours entre la ferme de Rex White, où la meth n'était rien à côté de ce qu'ils ont trouvé, et la décharge Colbert & Sons. Les hommes des labos mobiles de la police d'État ont bouclé les deux scènes, pris des notes, mesuré, parsemé le sol de leurs petites balises numérotées indiquant les preuves. Bates a commencé par rationaliser en se disant qu'ils n'avaient pas encore identifié Sis et qu'il n'y avait donc rien à dire à sa mère, sinon que la voiture a été retrouvée, qu'elle a été incendiée et qu'il y a un corps à l'arrière. Ensuite, il a retardé le moment d'aller chez Babs parce que les mecs de la police d'État ont découvert deux squelettes, deux femmes, dans le vide sanitaire sous la maison de Rex, et élargi l'opération afin de chercher d'autres corps, quadrillant le terrain et faisant venir des tractopelles. Quand les médias ont appris ça, ils ont rappliqué comme des mouches à merde. Des équipes de télé sont venues de partout, même de

Boston, et au cours des dernières heures Bates a dû s'en occuper en plus de tout le reste – comme si la nouvelle qu'un tueur en série officiait à son nez et à sa barbe depuis Dieu sait combien de temps ne suffisait pas pour une seule journée.

Lorsqu'il a enfin admis qu'il ne pouvait plus temporiser davantage, il est rentré chez lui, a enfilé son uniforme de cérémonie, s'est envoyé une bonne rasade de Macallan et a appelé Lori et Clément. Et à présent, puisque Lori n'est pas encore arrivée, c'est le prêtre qui le pousse vers une tâche qu'aucun d'eux n'a envie d'accomplir.

« Ça ne sert à rien de rester plantés là en regrettant que les choses soient ce qu'elles sont », dit Clément en sortant de la voiture et en refermant doucement sa portière. Avec un soupir, Bates enfile sa casquette, l'ajuste dans le rétroviseur et lui emboîte le pas.

Ils sont à la moitié de l'allée quand la porte s'ouvre et révèle Babs, aussi souriante qu'une pluie de novembre, en robe de soirée, maquillée, une cigarette entre les doigts. Bates et Clément s'arrêtent net. Babs ne bouge pas, ne dit rien, ne fume même pas ; elle se borne à les regarder et le chic de sa tenue ne suffit pas à masquer qu'elle semble ne pas avoir fermé l'œil depuis un mois. Sa main droite tremble et elle ne cherche pas à la cacher. Parce qu'elle a compris. En les voyant là tous les deux, elle a compris. Il n'y a qu'une seule chose qui puisse amener Bates et Clément chez elle, à plus forte raison sur leur trente-et-un.

Quelques secondes s'écoulent. Enfin, Babs rompt le silence, mais sa voix est presque inaudible : « Venez, entrez. » Puis elle tourne les talons et rentre en laissant la porte ouverte ; au même instant, Lori arrive dans son pick-up.

Les hommes attendent qu'elle les rejoigne, puis ils gagnent la maison tous ensemble et trouvent Babs assise à l'extrémité de sa table de cuisine. Devant elle est posé un mug dont le rebord est maculé de rouge à lèvres.

« Y a du café », dit-elle.

Clément et Bates vont se servir une tasse sans un mot. Lori s'assied à côté de Babs. Personne ne parle. Lori pose une main sur celles de sa mère, apaisant ses tremblements. Babs entrelace ses doigts à ceux de Lori et serre, et Lori baisse la tête en fermant les yeux.

« Où est Jay-Jay, Maman ? demande-t-elle tout bas.

— Dans la chambre d'amis. »

Lori se lève, lâche la main de sa mère. « Je vais l'emmener manger, histoire de vous laisser discuter tous les trois, dit-elle.

— Il ne faut pas que tu lui en parles.

— Alors qui va le faire ? Et quand ?

— Moi, dit Babs. Dans quelques jours, quand j'aurai du temps à passer avec lui.

— Et Bruce ?

— Quoi, Bruce ? Il a de la chance que j'aille pas lui faire la peau, dans le doute.

— Il a le droit de savoir, Maman.

— T'as qu'à lui dire toi-même. »

Lori se lève et va dans le salon, appelle Jason, s'efforce de donner un ton normal à sa voix, bien que la normalité ne signifie plus grand-chose.

« Il va se demander ce que vous faites là, dit Babs à Bates et Clément.

— Si on l'empêche de poser des questions, dit Clément en levant sa tasse, on n'aura pas à lui répondre. »

Babs acquiesce. Quelques instants plus tard, Lori revient avec Jason. Le petit garçon étudie les deux hommes attablés avec sa grand-mère, en s'attardant sur Bates et son uniforme.

« Il paraît que ta tante t'emmène dîner, fait Babs. Où est-ce que vous allez ?

— À Bonanza ! dit Jason en s'animant soudain.

— Berk, dit Babs avec une grimace de dégoût. Je te le laisse.

— T'as tort, *Mémère**. C'est trop bien, Bonanza.

— Je sais que tu adores, dit Babs. Et je t'aime quand même. Fiche le camp, mais avant, fais-moi un bisou. »

Jason s'exécute. Babs écarte les bras et l'attire contre elle. Le serre un tout petit peu trop fort. Le garde un tout petit peu trop longtemps.

Lori échange un regard avec Clément. « Allez, on y va, dit-elle au petit. Avant qu'ils aient vendu toutes les coupes de Jell-O avec cette chantilly tellement vieille qu'elle croustille. »

Elle prend Jason par les épaules et le pousse vers la porte.

Une seconde. Deux. Babs regarde Bates, puis Clément, puis Bates à nouveau. Elle s'allume une cigarette. Tire fort dessus et souffle la fumée, alternant toujours entre les deux hommes. Puis : « Maintenant, dites-moi où ma fille a été retrouvée.

— Colbert & Sons, répond Bates. Du côté de Vassalboro.

— Je connais, dit Babs. Est-ce que j'ai besoin de savoir autre chose ?

— Sa voiture a été incendiée avec son corps à l'intérieur », dit Bates. Il boit une gorgée de café. Sa main à lui aussi tremble un peu. « Le légiste pense qu'elle était déjà morte, mais il faudra un peu de temps pour qu'on en ait la confirmation. »

Babs fixe Bates, ses yeux sont secs. « Si le corps a été brûlé, comment vous pouvez savoir que c'est elle ?

— On ne sait pas, dit Bates. On est en train de comparer avec son dossier dentaire. Mais on a toutes les raisons de…

— C'est elle, Babs », dit Clément en français.

Babs se tourne vers lui.

« Elle avait son pendentif autour du cou, dit-il. Celui de Jean. »

Babs ferme les yeux, pose une main sur la table et inspire sèchement. Les hommes attendent en silence, voient la peine s'immiscer sous sa peau.

Enfin, Babs expire et rouvre les yeux. Ils sont toujours secs.

« On a mis Rex White en garde à vue, dit Bates.

— C'est pas lui qui l'a tuée.

— Babs. C'est lui. On a trouvé je sais pas combien de corps de jeunes femmes dans son terrain. Il était bien parti pour tuer Aubrey Genest quand on est arrivés.

— Elle survit ? demande Babs.

— Pour le moment, oui. Il l'a bien amochée. Les médecins l'ont placée en coma artificiel.

— Qu'est-ce qu'il a à dire au sujet de Sis ?

— Il n'a rien à dire sur rien. Il n'a parlé à personne, sauf à son avocat et à Lori.

— Et qu'est-ce qu'il a dit à Lori ? fait Babs en plissant les paupières.

— Il faudra que tu lui demandes. »

Babs assimile ce qu'elle vient d'entendre, puis elle secoue la tête. « Non, dit-elle. Vous vous trompez. C'est pas lui.

— Il est dans la prison du comté, répond vivement Bates en essayant de devancer le raisonnement de Babs. Il va passer devant le tribunal après le 4 juillet, ensuite il sera transféré à Warren. Là, il sera mis en détention provisoire jusqu'à son pro…

— Daryl, le coupe Babs. Tu sais très bien qui a tué Sis. Et c'est pas un plouc qui vend de la meth.

— C'est une affaire simple et vite bouclée, Babs. Je sais pas quoi te dire d'autre. À part qu'on tient l'homme qui a tué ta fille.

— C'est ce qu'on verra », dit simplement Babs.

Bates se lève, instable sur sa botte orthopédique. « Il faut que j'y retourne. Je vous ramène, mon père ?

— Je le ramènerai tout à l'heure, dit Babs. On a un dîner qui nous attend.

— Babs, dit Clément. Tu es sûre que...

— Certaine.

— Réfléchis, dit Bates. Sers-toi de ta tête. Le Canadien fou n'a aucune raison de nous créer des ennuis, et toutes les raisons de ne pas nous en créer. Si tu t'en prends à lui, tu risques de tous nous foutre dans la merde. »

Un sourire narquois se dessine sur les lèvres de Babs. « Ma fille est morte, dit-elle. De mon point de vue, c'est déjà la merde. »

Éclairage trop vif, boucan de la cuisine, ustensiles en inox tapant contre des poêles en inox, pot-pourri d'odeurs chaudes et humides et impossibles à identifier, assauts continuels sur le buffet, pleurs d'enfants, rires d'enfants, enfants mutiques piégés dans la bulle amniotique et nocive de la pauvreté et des parents médiocres. Au milieu de ce brouhaha sordide, une femme et son neveu sont assis dans un box en plastique moulé et se sourient par-dessus la table en formica. Ils ont devant eux des verres de Coca en plastique moulé ainsi que des coupes de Jell-O en plastique moulé, tout cela sur des plateaux identiques en plastique moulé. Chaque coupe de Jell-O est surmontée d'un monticule de crème fouettée jaunâtre.

La tante sourit malgré son système nerveux qui hurle pour avoir de la dope ; quant au neveu, il entame une nouvelle vie dans laquelle sa mère est absente de la surface du globe, mais il ne le sait pas encore et ne pense qu'au faux-filet qu'il a commandé et qu'il devra manger s'il veut pouvoir attaquer son dessert. À Little Canada, presque tous les enfants de trois à treize ans raffolent des coupes de Jell-O parfum citron vert de chez Bonanza, et le garçon sait qu'il va pouvoir en engloutir non pas une mais deux, car jamais sa tante ne touchera à la sienne – les adultes, dans l'ignorance sinistre qu'ils appellent maturité, sont unanimement dégoûtés par la chose.

Lori s'excuse et va aux toilettes, non sans prévenir Jason de ne pas se couper l'appétit avant que les plats arrivent. Elle traverse la salle du restaurant, esquivant plusieurs jeunes garçons qui se pourchassent autour du buffet avec des pinces, et gagne les toilettes des femmes. Elle vérifie les cabines, entre dans la dernière, sort un Oxy du sachet en plastique qu'elle garde dans sa poche de poitrine et l'écrase sur le distributeur de papier hygiénique. Ensuite elle le sniffe, le nez contre le plastique, et finit en léchant le distributeur, au point où elle en est. Après ça, elle s'assied sur la cuvette, compte jusqu'à dix, sent un relâchement et une chaleur germer dans son tronc cérébral et gagner tout son corps. Elle pleure, des larmes semblables à un poison qu'elle expulse.

Quand elle revient à table, quelques minutes plus tard, Lori n'est pas étonnée de voir que Jason en est à la moitié de la deuxième coupe de Jell-O alors que leurs steaks ne sont toujours pas arrivés. Elle n'est pas non plus étonnée de découvrir Sis assise à côté de Jason sur la banquette et vêtue pour l'éternité de la chemise en flanelle et du jean qu'elle portait dans la cuisine de Lori, la chemise et le jean qu'elle portait lorsque Rex, ou le Canadien, ou qui que ce soit, a aspergé sa Subaru d'essence et craqué une allumette. Lori s'installe en face d'eux et sourit à Jason, pointe un doigt vers son propre visage pour lui indiquer qu'il a de la crème sur la figure. Puis elle tourne la tête vers Sis. Quelque chose dans son apparence perturbe Lori depuis la première fois dans sa cuisine, un détail qu'elle n'arrive pas à cerner mais qui l'obsède, chatouille son cerveau, exige une explication. Puis, enfin, elle comprend : les taches bordeaux sur la chemise de Sis, ses cheveux emmêlés et collés. Ça semble trop liquide pour être du sang, alors qu'est-ce que ça peut être ? Du vin ? Sis détestait le vin, surtout le rouge. Ça ne peut pas être ça...

« Tante Lori, dit Jason. Qu'est-ce que tu regardes ? »

Ramenée dans le présent, Lori sourit à son neveu. « Rien, dit-elle. Je réfléchissais, c'est tout.

— À quoi ?

— À des choses qui ne te concernent pas. Et arrête d'essayer de faire diversion : je ne t'avais pas demandé explicitement de ne pas manger ta Jell-O avant ton steak ? Et en plus, qu'est-ce qui est arrivé à la mienne ? »

Jason éclate de rire. « Tu l'aurais pas mangée, de toute manière.

— En tout cas, on ne pourra jamais le savoir », dit Lori.

Jason replonge dans son dessert et Lori recommence à observer Sis. Bien qu'elle ne puisse rien lui dire, elle mobilise un sentiment amer, le fait tourner dans sa tête, répète les mots tel un mantra en espérant que Sis les entende par télépathie : *Comme par hasard, maintenant tu veux être avec ton fils.*

Voilà près de quarante-huit heures que Bruce est sobre. La guérison fait vrombir son cou, son visage et son crâne, chaque centimètre carré au-dessus de ses épaules. Il a encore la tremblote et n'arrive pas à concentrer son attention plus de quelques minutes sur le match des Sox avant de sombrer dans une noirceur et un désespoir qui l'empêchent de respirer. Ça lui rappelle la fois, en sixième, où Ernie Bourgoin l'a conduit dans les ruines d'une poudrerie datant de l'ère coloniale. Ils ont descendu l'escalier croulant en granit, se sont enfoncés sous la terre jusqu'à un endroit où la lumière et le son ne pénétraient plus, puis Ernie a éteint sa lampe et l'espace d'un instant Bruce s'est senti flotter dans un néant tellement immense qu'il aurait tout aussi bien pu être mort – voire ne jamais avoir existé. Terrifié, il a appelé Ernie, lui a demandé de rallumer sa lampe. Mais Ernie n'a pas répondu. L'obscurité a commencé à l'oppresser physiquement. Il était sourd et aveugle et n'arrivait même plus à respirer. Il a encore crié, mais Ernie n'était plus là – Bruce apprendrait plus tard qu'il avait prévu depuis le début de l'abandonner dans la poudrerie, pour lui faire une farce. Rapidement, Bruce a eu la certitude qu'il allait y rester pour toujours. On ne peut pas s'échapper de l'obscurité, car l'obscurité n'est pas un lieu. Elle existe, point. Et à présent, sur son canapé, sobre et les nerfs à vif, devant le match des Sox, non seulement Bruce est dans cette même obscurité, mais l'obscurité est aussi en lui. Ernie et sa lampe-torche sont partis depuis longtemps. Pourtant, Bruce ne boit pas. Chaque minute ou presque, une envie de crever s'empare de lui, mais il ne boit pas.

La manche s'achève et la télé annonce les infos locales.

« Ce soir à 23 heures, dit une femme jeune et très enceinte, nous parlerons des chaleurs records qui frappent le Maine depuis trois semaines d'affilée. Les agriculteurs regardent leurs cultures se dessécher, et certains d'entre eux annoncent que, sans aides, ils ne pourront pas survivre à la pire saison qu'ils aient connue depuis une génération. Nous ferons aussi un point sur les meurtres de Vassalboro, où les enquêteurs ont retrouvé le corps d'une femme encore non identifiée dans une voiture incendiée. Je vous dis à tout à l'heure, après le match. »

Et c'est ainsi que l'obscurité en Bruce, qui lui avait seulement paru absolue dans la poudrerie, le devient réellement.

Autour de la table de la salle à manger de Robinson Hegemony, on tient à quatorze et il y a encore de la place à revendre ; hors de question que les invités se tapent les coudes en mangeant. Tout dans ce dîner est raffiné et parfaitement dénué de vie : les conversations lénifiantes sur la mondialisation et les politiques universitaires, le tintement assourdi des couverts et du cristal, le pinot noir 2005, la musique, les œuvres d'art manifestement hors de prix qui flottent sur les murs de la salle à manger. La seule chose intéressante dans cette soirée est l'odeur : celle de la chair salée et grillée (*côte de bœuf** en plat principal) et de l'argent. Pour Babs, il n'y a qu'à cette odeur qu'on peut se fier.

Invitée d'honneur, elle préside avec Clément à sa gauche et une certaine Abigail Kinsey à sa droite. La soixantaine, bien conservée, celle-ci a de splendides cheveux noirs et la juste quantité de chirurgie esthétique autour des yeux et sur le cou. Abigail redemande du vin à chaque passage du serveur (« Un millésime *mythique !* ») et, à la fin de son cinquième verre, au moment où on sert la salade, elle admet avoir demandé à être placée à côté de Babs.

« Vous risquez de le regretter avant la fin de la soirée », lui répond le père Clément. Ils rient tous les deux, pendant que Babs observe Abigail d'un œil morne. Elle sait qu'elle doit sauver les apparences, mais elle a besoin de voir Céleste, quel que soit son état, et plus elle boit, plus elle s'enferme dans ce besoin. La pièce et ses occupants rétrécissent, se brouillent, comme vus par le mauvais bout d'un télescope. Babs prend sur elle pour se taire, mais c'est le maximum qu'elle peut faire. La vendeuse est rentrée passer la soirée chez elle.

Problème, Abigail a envie de causer. « Plus sérieusement, dit-elle, je tenais à vous dire que lorsque la question du financement de St. John s'est posée, j'ai lu tout ce que j'ai pu sur l'histoire des Franco-Américains. Quel peuple fier et résilient vous êtes !

— C'est tout nous, fait Babs. De braves mules. » Elle regarde maintenant, par-dessus l'épaule gauche de son interlocutrice, les portes à va-et-vient de la cuisine. Chaque fois qu'elles s'ouvrent, Babs entrevoit une femme de son âge qui récure des faitouts et des poêles, le visage barré par une mèche grise.

« Et pourtant, continue Abigail, malgré tous les avantages que votre blancheur vous confère, vous restez coincés dans la pauvreté d'une génération à l'autre. »

Clément jette un coup d'œil à Babs pour jauger sa réaction, mais elle ne bronche pas, du moins pas extérieurement. Elle continue à regarder les portes battantes en imaginant que les mains de la plongeuse sont les siennes : arthrose qu'elle a appris à ignorer, cuticules déchiquetées qui saignent, peau des doigts et des paumes décapée.

Puis, à retardement, elle intègre ce que vient de dire Abigail. Avec difficulté, elle fait le point sur le visage de celle-ci. « Excusez-moi ?

— Comprenez bien que je suis de votre côté, dit Abigail. Certains membres du conseil ont été difficiles à convaincre. L'époque n'est pas au financement d'une école qui n'accueillera que des enfants blancs. »

Clément avance un pied sous la table et établit un léger contact avec le tibia de Babs.

« C'est certain, dit Babs. Merci d'avoir plaidé notre cause.

— La question qui revenait sans cesse était : comment pourrons-nous justifier de donner une somme pareille à des enfants qui bénéficient déjà du privilège blanc, alors que tant d'autres étouffent sous le poids du racisme systémique ? »

Babs s'envoie cul sec son troisième *old fashioned.* « Si vous le présentez de cette façon, dit-elle, je comprends que vous ayez du mal à répondre. Rappelez-moi d'où vous venez ?

— De New York. Upper West Side.

— Évidemment. Continuez. »

Clément se plaque une main sur la bouche.

« L'argument que j'ai soumis au conseil, reprend Abigail en faisant tourner son vin dans son verre, est que, s'il est vrai que votre communauté ne connaîtra jamais la discrimination, et n'aura pas non plus à craindre les violences policières, ça ne signifie pas pour autant qu'elle n'a pas besoin qu'on l'aide. »

Babs la fixe une seconde. Le serveur, extraordinairement attentif et habile, apparaît à son côté comme si elle l'avait invoqué et lui demande, « Un peu de vin, madame ?

— Un bourbon, s'il vous plaît, répond Babs en lui tendant son verre vide. Canadian Club, si vous avez. Sec. »

Le serveur prend le verre avec un bref hochement de tête et s'éloigne. Babs se tourne à nouveau vers Abigail.

« Interrogation surprise, lui dit-elle. Savez-vous combien de présidents noirs a eus ce pays ? »

Abigail cligne des yeux, soudain méfiante. « Bien sûr. Un seul, hélas. Celui-ci.

— Tout juste. Et maintenant, combien de présidents catholiques ? »

Là, elle est moins certaine. Elle réfléchit et plisse les paupières, promène son regard sur les murs. « Uniquement Kennedy, il me semble.

— Encore exact. Deux sur deux pour le moment, mais ne vous relâchez pas, ça se complique.

— D'accord, fait Abigail.

— Les Francos sont des citoyens de cet État depuis sa création. Combien le Maine a-t-il eus de gouverneurs canadiens-français ?

— Six ? tente jovialement Abigail.

— Un seul. Sur soixante-dix. Le gouverneur actuel, Paul LePage. Un abruti qui brasse de l'air et ne fait que renforcer les clichés sur les Francos.

— Je vois.

— Si je vous fais une confidence, dit Babs, est-ce que vous promettez de ne pas en parler au reste du conseil d'administration ?

— Babs, tu as eu une longue journée, dit Clément. Nous devrions peut-être...

— Est-ce que ça pourra rester entre nous ? demande encore Babs.

— Oui... bien sûr. » Abigail rougit, flattée que Babs lui accorde sa confiance et en même temps un peu nerveuse.

« Vous avez entendu parler de la jeune femme qui a été retrouvée morte ce matin ? » demande Babs.

Abigail semble perplexe ; elle ne s'y attendait pas. « J'ai peut-être vu quelque chose à la télévision dans le hall de l'hôtel...

— Cette jeune femme, dit Babs, c'était ma fille. »

Abigail se tourne vers Clément, qui croise les mains sur la nappe. Le serveur arrive avec le bourbon de Babs, qui le remercie à voix basse.

« Si je vous dis ça, c'est pour vous expliquer ceci, dit Babs une fois le serveur reparti. J'ai été violée par un flic quand j'avais quatorze ans et je l'ai tué pour me venger. Mon frère et mon fils sont tous les deux morts à la guerre, et ma fille aînée est rentrée d'Afghanistan tellement bousillée qu'elle ne peut plus passer une journée sans boire ou se droguer. Quand j'étais ado, les garçons de votre université descendaient de la colline pour venir s'amuser avec les filles comme moi. Parfois, ils ne demandaient pas la permission. Parfois, ils nous cognaient. Mais tout le monde s'en fichait, parce qu'on était de la racaille. Des Québexicains. Des Frenchies. Des nègres de Nouvelle-Angleterre. Donc, Abigail – si vous me permettez de vous appeler Abigail –, ce que je veux vous dire c'est que la vie, la vie que les gens vivent vraiment, elle n'entre pas dans vos jolies petites catégories noires et blanches. Et je vous demande, s'il vous plaît, d'oublier vos certitudes à propos de ce que je suis et de ce que je ne suis pas, de ce que j'ai enduré ou pas. Quand vous me regardez, si vous voyez une femme blanche, c'est vous qui vous trompez. Les choses que vous avez à reprocher aux Blancs, ne me les mettez pas sur le dos – j'ai passé ma vie à fuir les Blancs, comme presque tout le monde sur cette planète. »

Elle boit une gorgée et pose son verre, le regard perdu dedans comme s'il n'avait pas de fond. « J'ai appris la mort de ma fille il y a quelques heures à peine, dit-elle. Mais ça n'aurait pas dû me surprendre. La violence me poursuit depuis toujours. Et ça ne va pas s'arranger tout de suite. Je n'y peux rien. Mais, quoi qu'il arrive – quoi que je fasse, ou quoi qu'on vous raconte –, s'il vous plaît, continuez à plaider la cause de l'école St. John. »

Chapitre 15

4 juillet 2016

Le 4 juillet se lève sur une chaleur de plomb, accompagné par des ululements de sirènes au loin dans la vallée. Elles appartiennent aux quatre garnisons de pompiers qui se dirigent pied au plancher vers un feu de forêt au nord de la ville. La nuit dernière, un patriote particulièrement zélé a tiré une chandelle romaine dans le pré à fourrage des Gervais, et le temps que les camions arrivent, les flammes avaient cinq heures et huit hectares d'avance sur eux. La récolte de luzerne des Gervais est partie en fumée durant la nuit et le feu s'est joyeusement propagé au bois voisin, sec comme l'amadou faute de pluie substantielle depuis plus d'un mois. Des flammes hautes de deux étages menacent à présent une grange qui abrite plusieurs dizaines de vaches laitières, et tous les secours du comté ont été mobilisés.

Clément a remarqué la fumée, noire et épaisse à cause de la résine des pins, tandis qu'il se rendait chez Bruce un peu après 5 heures du matin. Une fumée pareille, il s'est d'abord dit qu'elle devait venir d'un feu d'ordures – du plastique, des vieux pneus. Puis, assis à côté de Bruce sur les marches du perron, pendant qu'ils tournaient entre leurs mains un café infect en regardant le monde s'éveiller, il s'est rendu compte que l'air avait la même odeur que lorsque ses copains d'enfance et lui se baladaient en mettant le feu aux sapins balancés sur le bord de la route juste après Noël, mille ans plus tôt environ. La forêt brûlait, l'incendie était tout proche.

Le père Clément a toutefois des problèmes plus urgents, à commencer par sortir de la tête de Bruce l'idée qu'il a assassiné sa femme. Bruce l'a appelé à 4 heures et demie en lui demandant de venir le confesser, et bien que Clément ne l'ait pas vu à la messe depuis sa confirmation quand il avait treize ans, le pauvre vient de perdre sa femme. Le vieux prêtre a donc tiré du lit sa carcasse percluse d'arthrite après quatre pauvres petites heures de sommeil, s'est habillé et débarbouillé, a pris sa voiture et est descendu chez Bruce en regardant cette colonne de fumée qui planait sur l'aube.

Bruce a le visage en charpie, l'œil droit d'un rouge démoniaque à cause des vaisseaux éclatés, le gauche enflé et presque fermé, la peau des joues brillante et tendue sur ses multiples contusions. Clément a deviné tout seul que c'était l'œuvre de Babs, la punition infligée à son gendre pour avoir frappé Jason. Il n'a donc pas posé de questions, n'y a fait aucune allusion, s'est contenté de l'ajouter au passif de Babs dans l'éventualité où elle viendrait un jour se confesser, et il a salué Bruce comme n'importe quel autre lundi, comme si l'état de Bruce n'exigeait pas qu'on l'emmène fissa aux urgences. Bruce lui a tendu un mug de café et a marmonné à travers ses lèvres tuméfiées qu'il faisait trop chaud pour rester à l'intérieur. Ils sont donc sortis se poser au sommet du perron de l'immeuble voisin, et c'est là que Bruce a annoncé au père Clément qu'il avait tué Sis.

Clément sait, ou croit savoir, que c'est impossible, mais Bruce en est convaincu.

« Répétez-moi encore une fois, lui dit Clément, ce dont vous vous souvenez *précisément*.

— Elle rentre vers l'heure du dîner, dit Bruce.

— On est lundi soir. »

Bruce opine d'un air grave. « Elle rentre et elle est défoncée, elle m'avait dit qu'elle allait faire du shopping, mais elle a les cheveux en bordel et le regard fou, donc je sais qu'elle y est pas allée, sauf si on peut acheter de la meth au centre commercial et baiser sur les matelas en exposition. Excusez mon langage.

— Ce n'est rien, dit Clément. Et ensuite…

— Ensuite, dit Bruce, elle me saute à la gorge comme si c'était moi qui prenais de la came et qui couchais avec n'importe qui. Elle m'en veut parce que je suis bourré et que Jay-Jay est en haut et qu'il a pas encore dîné. D'accord, j'ai bu, mais j'ai pas oublié le petit. J'ai mis des saucisses à bouillir. Donc je lui dis, “Tu ferais peut-être mieux de repartir et de revenir quand tu seras un peu moins déchirée.”

J'aurais pu lui dire d'aller se faire foutre, ça aurait été pareil. J'ai pas le temps de comprendre ce qui m'arrive, elle commence à gueuler, “Ouais, et peut-être que je ferais mieux de pas revenir, ça te plairait, hein ?” et elle me dit que si l'alcool m'empêchait pas de bander depuis un an elle aurait peut-être pas besoin d'aller voir ailleurs.

— Et c'est ce qui a mis le feu aux poudres…

— J'ai pété un plomb. J'ai vu rouge. Vraiment. Je croyais que c'était juste une expression, mais c'est ce qui s'est passé. J'ai pas eu le temps de réfléchir que j'avais déjà les mains autour de son cou et je serrais et elle avait les yeux qui lui sortaient de la tête.

— Et ensuite… plus rien ? demande le père Clément.

— Plus rien jusqu'au lendemain matin.

— Donc, qu'est-ce qui vous fait penser que vous l'avez tuée ?

— Mon dernier souvenir c'est que je suis en train de l'étrangler, et maintenant elle est morte et mon fiston n'a plus de mère. »

Il se met à pleurer. Clément garde le silence.

« Bruce, dit le prêtre une fois qu'il s'est un peu ressaisi, je ne peux pas vous dire ce que je sais à propos de l'enquête. Mais il y a de nombreuses raisons de croire que ce n'est pas vous qui l'avez tuée.

— Moi, j'en suis sûr, mon père.

— Pas moi. Vous pensez vraiment que vous auriez pu tuer Sis, l'emmener à Vassalboro, mettre le feu à sa voiture et réussir à rentrer en ville, tout ça dans un trou noir ? Sans que Jason remarque rien ? »

Bruce ne répond pas. « Tout ce que je sais, fait-il enfin, c'est que je voulais qu'elle meure. À ce moment-là, je voulais qu'elle arrête de vivre.

— C'est possible, dit Clément. Mais ce n'est pas la même chose que de l'avoir réellement tuée. »

Le vieux prêtre se lève, observe la colonne de fumée et soupire. « Pour l'heure, Bruce, je n'ai que deux certitudes, dit-il. La première, c'est que votre fils a besoin de vous. La seconde, c'est que le jus de chaussette qu'on sert aux réunions des Alcooliques Anonymes dans le sous-sol de l'église est bien meilleur que cette saloperie. »

Pendant ce temps, les dames aussi ont un problème de café. Elles ont appris la mort de Sis, mais comme c'est le silence radio du côté de Babs, au lieu de se réunir chez elle pour boire le café, elles se retrouvent en ville, au Jorgenson's.

Après un long moment à essayer vainement de s'y retrouver parmi les vingt variétés différentes présentées dans des carafes en libre-service, Stella va au comptoir tenu par un grand jeune homme svelte au visage saupoudré d'un duvet soyeux. Il lit un livre intitulé *L'Étranger* et paraît lassé par l'existence même.

« Salut, dit Stella.

— Bonjour, dit le jeune homme.

— On voudrait du café.

— Vous êtes passées juste devant », explique-t-il en lui indiquant l'endroit où sont plantées Carmeline et Bernette, des gobelets en carton à la main.

« Oui, j'ai vu, mais on n'a pas envie de boire du Saddam Hussein Aromia, du Chiquita Banana Pepe ou je sais pas quoi. »

Le jeune homme pose son livre à l'envers sur le comptoir. « Tous les cafés que nous avons sont sur la table, dit-il. Quel type de torréfaction aimez-vous ?

— On aime le café. »

Le jeune homme laisse échapper un petit rire. « Ce que je veux dire, c'est…

— Pourquoi tu ris ? J'ai dit quelque chose de drôle ? »

Il dévisage Stella, note la soudaine froideur de son regard. « Non.

— Joue pas au plus malin avec moi. Donne-moi ce qui ressemble le plus au Maxwell. »

Une fois servies en Cream and Sugar (« Notes de caramel et de chocolat au lait »), les dames s'installent dans un box près de la fenêtre et commencent à parler bas en français.

« Vous avez vu cette fumée ? demande Bernette.

— Si je l'ai vue ? fait Stella. Je l'ai sentie quand j'étais encore dans mon lit. D'où elle vient ?

— Dégueulasse, ce café, dit Carmeline dans sa barbe.

— Un feu de broussaille à Fairfield », dit Bernette qui sort un paquet de Virginia Slims et en allume une, suscitant un gémissement affligé chez une femme à deux tables de là. « Il a brûlé toute la nuit avant que quelqu'un s'en aperçoive. Il a emporté une exploitation laitière – les vaches, la grange, tout –, et il s'est enfoncé dans les bois. On va être dans la merde.

— C'est toi qui vas être dans la merde si Dormeur te voit fumer, rétorque Stella en désignant la caisse. » Elle débouche une flasque et verse du bourbon dans son café, y trempe les lèvres, en rajoute un peu.

« Je m'en tape, fait Bernette. Sis est morte et tout crame. Ça fait un peu… comment on dit ?

— *Apocalyptique**, complète Carmeline.

— Voilà », dit Bernette. Elle tire sur sa cigarette. La femme offusquée, trop timide pour l'affronter, sort du café en affichant ostensiblement son dégoût et en serrant contre sa poitrine, à défaut d'un collier de perles, un sandwich à l'œuf dur entamé.

« C'est pas encore l'apocalypse, dit Carmeline, mais ça s'en rapproche. Et j'ajouterai que, vu les circonstances, il faut pas espérer que Babs fera les bons choix. Ni pour elle-même, ni pour personne.

— Possible, dit Stella, mais qu'est-ce qu'on peut faire ?

— Dégainer le vingt-cinquième amendement, dit Carmeline.

— Mince, j'ai laissé ma Constitution chez moi, dit Bernette. C'est quoi, le vingt-cinquième amendement ?

— Destitution du président s'il n'est plus en mesure d'assurer ses fonctions.

— D'accord, fait Bernette. Si t'as envie de te suicider, pourquoi tu l'as pas dit plus tôt ?

— J'ai parlé avec Bates, dit Carmeline. On n'a que deux possibilités, et les deux sont nulles. Ou bien on laisse Babs mettre la ville à feu et à sang, ou bien on se débrouille pour l'en empêcher.

— Encore une fois, dit Stella, c'est facile à dire, mais comment on s'y prend ?

— On se fait aider, répond Carmeline. On commence par convaincre Lori. Bates est avec nous. Ensuite, on trouve l'espèce de vampire canadien et on lui dit que c'est fini, la pharmacie de Babs met la clé sous la porte. Comme ça il repart au Canada et il nous laisse en vie.

— On n'aura plus les moyens de se payer des cafés à cinq dollars, dit Stella.

— Je suis la seule qui a envie de l'envoyer se faire foutre ? demande Bernette.

— Non, dit Carmeline, mais ça pour le coup, ce serait du suicide.

— Pas sûr. On pourrait au moins essayer de le tuer avant de se coucher et de faire les mortes.

— Si on le tue, dit Carmeline, en quarante-huit heures on aura toute une armée sur le dos. »

Le jeune caissier apparaît à côté de leur table ; à voir son air, il préférerait se trouver n'importe où ailleurs qu'ici. « Euh, madame, dit-il à Bernette. Je suis désolé, mais on ne fume pas dans le café. »

Bernette tourne lentement la tête vers lui. « T'es sûr ? »

Stella a un petit sourire.

« Je… en fait…

— Parce que je suis dans le café, dit Bernette, et je suis en train de fumer. Donc, moi, j'ai l'impression qu'on fume dans ce café.

— Oui, mais… est-ce que vous voudriez bien…

— Lui, je parie qu'il pisse assis, dit-elle aux autres en français.

— Madame, je veux pas d'ennuis.

— Personne veut jamais d'ennuis, pourtant on finit toujours par en avoir, dit Bernette. J'éteindrai ma clope quand je l'aurai terminée, et pas une seconde avant. Maintenant, laisse-nous ; on essaye de parler. »

Le jeune homme s'éloigne, les dames gardent le silence quelques instants.

« Putain, Babs doit être dans un état, dit enfin Bernette.

— Exactement, répond Carmeline. Y a pas de temps à perdre.

— Donc, c'est quoi le plan ? demande Stella.

— On trouve Lori, dit Carmeline. Ensuite, Bates nous mettra en contact avec le vampire. »

Babs adorerait se lancer sur la piste de l'Homme, mais elle a des devoirs à accomplir, un conseil d'administration à épater, cinquante millions de dollars d'investissements à sécuriser, le résultat de dix ans de boulot. Demain, elle pourra craquer. Demain, elle pourra verser des larmes et saigner. Aujourd'hui, elle est plantée devant la psyché de sa chambre, vêtue d'un jean et d'un T-shirt noir arborant le drapeau franco-américain – une étoile blanche sur fond bleu avec, dans l'étoile, une fleur de lys. Mais ce n'est pas pour vérifier sa tenue qu'elle se regarde dans le miroir. C'est pour étudier son expression.

Elle répète son sourire, tâche de trouver le juste mélange de bonté et de bonhomie qu'on s'attend à voir dans un défilé. Elle sourit en cachant ses dents et en les montrant, en agitant la main ou pas. Elle sourit de face et de profil. Quoi qu'elle fasse, toutes ses tentatives lui donnent l'allure grotesque d'une figurine en pâte à modeler dont les traits auraient été façonnés afin de représenter un bonheur approximatif. Et elle a beau tordre son visage, le sourire refuse de monter jusqu'à ses yeux. Sa main droite tremble si fort qu'elle fait frémir ses joues. Rien ne va. Mais c'est l'heure d'y aller, Babs envoie donc un grand coup de pied dans le miroir, qui se brise dans une pluie de dagues de verre. Elle sort de sa chambre en se disant qu'elle les ramassera peut-être plus tard, mais qu'elle aura peut-être aussi la flemme. Vu que tout se brise sans arrêt autour d'elle.

Dans le salon, elle s'arrête devant le guéridon où sont disposées ses photos de famille. Il y en a un paquet, qui racontent toute sa vie : Babs petite fille en noir et blanc, devant cette même maison avec sa mère ; une autre photo avec ses deux parents, ses trois frères et ses quatre sœurs agglutinés, tous côte à côte sauf Babs, treize ou quatorze ans à l'époque, isolée sur la droite. Avance rapide : Rheal et elle le jour de leur mariage. Jean, trois jours après sa naissance, dans ses langes de baptême. Des clichés de Lori et Sis à la plage, dans un lit, sur un cheval. Jean avec les filles, quand Lori était bébé et Sis encore un simple éclat dans l'œil de leur père, puis avec elles deux, Lori âgée de quatre ans, Sis encore nourrisson, qui rit en ouvrant grand sa bouche édentée, coiffée de la tignasse hirsute qu'elle avait à la naissance. Et puis la toute dernière photo de la fratrie au complet : le champ de manœuvres de Parris Island, en arrière-plan le mémorial d'Iwo Jima (six Marines de bronze hissant le drapeau au sommet du mont Suribachi), Lori déjà grande, Sis embarrassée par ses dents et ses jambes disproportionnées, Jean en uniforme, grand et strict, tenant ses deux sœurs par les épaules. Peu de temps après, Jean est parti en Irak et n'a plus figuré sur aucune photo, et il a fini par rejoindre son oncle homonyme au cimetière Saint-Francis.

Plus récemment : Jason bébé, nourrisson, en maternelle. Ici une grande brèche dans son sourire, là toutes ses dents ont repoussé. Babs et Sis à Noël, toutes deux hilares. Et enfin… tiens, la photo manque, le cadre est vide. Cette photo est un des trésors de Babs, il s'agit d'un portrait de groupe (sans Jean, bien sûr) pris deux étés plus tôt, Lori était là et toute la famille a décidé d'aller manger des burgers et du poulet rôti à Sunset Beach. Il y avait les Dionne, mais aussi les derniers Levesque, la tante Anne et l'oncle normand de Babs (décédés entre-temps), deux de leurs enfants et plusieurs de leurs petits-enfants, ainsi que tante Anita, qui a intégré la famille Levesque en épousant l'oncle Georges, mort il y a vingt ans.

Perplexe devant ce cadre vide, Babs écoute les sirènes vagir au loin. Puis, elle se dirige vers la chambre d'amis. La porte est fermée à clé. Elle frappe, Jason lui ouvre.

« Tu veux bien me dire où se trouve la photo qui est censée être sur la table du salon ? »

Effrayé par cet air sévère auquel sa *Mémère** ne l'a pas habitué, Jason reste sans voix. Par endroits son œil au beurre noir commence à virer au jaune maladif.

« Mon chéri, lui dit Babs, je ne suis pas en colère contre toi. Je veux seulement récupérer cette photo. »

Ça devrait être simple – pas de drame, pas de reproches, pourtant le petit rechigne. La supplie du regard.

« D'accord, dit Babs en s'accroupissant devant lui afin qu'ils soient à la même hauteur. On va reprendre du début. Est-ce que tu sais ce qui est arrivé à cette photo ?

— Oui.

— Bien. Est-ce que c'est toi qui l'as prise ?

— Oui.

— Pourquoi, Jay-Jay ?

— Je sais pas. »

Elle fronce les sourcils. « Bien sûr que si, tu sais. Tu l'as fait, donc tu dois savoir pourquoi. »

Jason se mure à nouveau dans le silence. Babs soupire, pose une main sur son bras.

« Écoute, dit-elle. Est-ce que tu penses que tu pourrais aller la chercher et la remettre à sa place ? Je ne te demanderai pas pourquoi tu l'as prise et tout sera oublié.

— Tu pourras pas oublier.

— Pourquoi ?

— Parce que j'ai fait quelque chose à la photo. »

Babs encaisse, regarde son petit-fils sans ciller. « D'accord, Jay-Jay. Va la chercher, maintenant. Tout de suite. »

L'ordre est sans appel, Jason réagit immédiatement et prend la photo dans le tiroir de sa table de nuit. Il la jette à Babs comme si elle lui brûlait les doigts, comme s'il pouvait, en la rendant avec autant d'empressement, défaire les dégâts qu'il a causés, à savoir un trou du diamètre d'un feutre, creusé dans le papier brillant.

Babs retourne le cliché et absorbe la scène, une rangée de personnes heureuses bras dessus, bras dessous, le soleil qui leur fait plisser les yeux, le lac à l'arrière-plan, ceux du milieu rient à une blague que vient de faire quelqu'un et un quasi-sourire se dessine sur les traits émaciés et fatigués de Lori. Le trou remplace le visage de Jason. Le petit garçon a effacé sa propre image et laissé le reste intact.

Babs lâche la photo, qui tombe par terre. Elle regarde Jason, lequel lève vers elle des yeux apeurés et désorientés. Il ne mentait pas en disant ignorer pourquoi il a piqué cette photo – il ne sait pas pourquoi il l'a prise, et il ne sait pas pourquoi il s'en est effacé. Il sait seulement qu'il le voulait, pour des raisons qui apparaissent plus clairement à Babs qu'à lui. Et il la regarde maintenant avec l'espoir qu'elle puisse, peut-être, lui expliquer ce qu'il a fait.

« T'es en colère contre moi ? demande-t-il.

— Je ne suis pas en colère contre toi », lui dit Babs, que la simple idée d'en vouloir à son petit-fils insupporte. Et soudain les larmes arrivent, les premières depuis un demi-siècle. Babs n'a pas pleuré à la mort de ses parents, ni quand le cercueil de son fils a été déchargé de l'avion, enveloppé dans le drapeau étoilé, ni quand Rheal est mort dans un soupir qui continue à hanter leur chambre toutes les nuits, mais à présent elle pleure et ça ne sert à rien d'essayer de le cacher ou de le maîtriser, donc elle laisse les larmes couler. « Je ne serai jamais en colère contre toi. Jamais. Quoi qu'il arrive, je t'aimerai, je te protégerai et je te chérirai. Tu comprends ? »

Jason acquiesce.

Elle l'attire contre elle, sent le cœur de son petit-fils qui cogne contre ses côtes. « Jason, dit-elle, le monde essaiera de t'effacer, chaque jour qui viendra. C'est comme ça, c'est la vie. Tu ne devras pas le laisser faire. Tu ne devras pas croire les mensonges qu'il te racontera sur toi-même.

— D'accord.

— Souviens-toi de ce que je te dis. Les autres sont faibles, mais pas toi. Ni moi. N'oublie jamais, jamais ça.

— J'oublierai pas. »

Elle le garde encore un peu contre elle, puis elle retrouve sa contenance et le laisse se reculer tandis qu'elle essuie ses larmes.

« Allez, fait Babs. Ça suffit. À quelle heure ta tante vient te chercher pour le défilé ?

— 11 heures.

— Très bien. D'ici là, tu ne sors pas de la maison. Et quand elle te ramènera, tu resteras à l'intérieur et tu fermeras la porte à clé. Je vais rentrer tard ce soir.

— Pourquoi il faut que je me cache ?

— C'est bientôt fini, lui répond Babs. *Mémère** a un problème à régler, mais dès que ce sera fait, tu pourras sortir autant que tu voudras. »

Lorsque le défilé du 4-Juillet se met en branle, la belle matinée d'été a dégénéré en un étrange crépuscule et les réverbères s'allument les uns après les autres à cause de la fumée qui emplit la vallée. L'incendie, attisé par un solide vent du nord, se propage dans les profondeurs des bois, hors d'atteinte des pompiers municipaux. La foule continue de se masser des deux côtés de Main Street en agitant des petits drapeaux et les parents continuent d'amener leurs enfants, mais les plus prudents, faute d'instructions sur les précautions à prendre, se couvrent la bouche et le nez avec des bandanas ou des mouchoirs. Des informations, certaines précises, d'autres moins, circulent tels des virus parmi la foule qui attend le défilé. On n'a jamais rien vu de tel, disent les gens tout en essuyant le mélange de cendre et de sueur qui leur colle au visage. De l'avis général, ça a des airs de fin du monde.

Traversant le smog, le crépitement martial des caisses claires s'approche peu à peu, et la fanfare du lycée apparaît dans une foulée plus ou moins synchronisée, panaches de plumes oscillant en cadence sur les chapeaux. Pour mieux voir, des enfants se fraient un chemin jusqu'aux cordes avec un enthousiasme que n'entache pas la fumée ; les adultes, eux, ont beau acclamer, applaudir et pointer les choses intéressantes à leur progéniture, ils sentent peser sur eux un malaise partagé. Cette chaleur implacable commence à prendre l'aspect d'une malédiction, peut-être d'essence divine – une plaie de l'Ancien Testament envoyée sur eux pour qu'ils se repentent d'un péché non encore identifié. D'abord ces meurtres atroces – des jeunes femmes mises en terre comme des bulbes d'ail, nom de Dieu – et maintenant ce feu contre lequel personne ne semble pouvoir lutter. Une des rumeurs qui se répand parmi la foule dit que le Service des forêts a été prévenu et qu'il va envoyer plusieurs équipes de pompiers parachutistes. Ce qui n'augure rien de bon.

À la fanfare succèdent une douzaine de majorettes en sequins de Maureen's Danceworks (30 ANS DE DANSE, vante la bannière), elles-mêmes suivies par les derniers vétérans de la guerre de Corée, quatre anciens qui flottent dans des uniformes usés jusqu'à la corde et défilent en souriant et boitant, l'un d'eux aidé par un déambulateur et arborant l'insigne du 5e régiment de Marines. Gyrophare bleu tranchant le brouillard, la voiture de patrouille de Bates roule au pas derrière les vétérans bourrus, et le char de Little Canada, une feuille d'érable géante en papier mâché dans la benne d'un Ford F-150 paré de fanions, lui succède pare-chocs contre pare-chocs. Babs est assise dans un transat au pied de la feuille, laquelle a été un peu esquintée par la pluie qui s'est déversée sur l'avant-dernier 4-Juillet. Babs sourit et salue la foule, sourit et salue.

Derrière le char de Little Canada, vrombissant dans leurs Corvette miniatures, une douzaine de francs-maçons de l'ordre des Shriners dessinent des cercles et des huit. Et s'il est vrai qu'on peut rarement réussir à mettre trois Américains d'accord sur la couleur du ciel, presque tous vous diront que les voitures des Shriners sont le clou de n'importe quel défilé. Plus drôles que les clowns, plus sensationnels que les montgolfières Snoopy, ils font l'unanimité. Même les adultes les acclament et rient, ils oublient pour un instant le Jugement dernier grâce à ces vieux messieurs coiffés de chapeaux rigolos qui déroulent une chorégraphie étonnamment précise en lançant des bonbons et en faisant des grimaces.

Et le spectacle ne s'arrête pas là. Alors que le défilé progresse dans Main Street et dépasse le petit square de Castonguay, un soliste se détache du peloton des Shriners. Il double à toute allure le char de Little Canada, dépasse Bates, écrase les freins en donnant un coup de volant sur la gauche, dérape à cent quatre-vingts degrés et s'arrête devant la voiture de police sous les hourras de la foule. Les autres Shriners pilent, de même que Bates et le char. Le Shriner solitaire jette une poignée de bonbons aux enfants et remet les gaz dans l'autre sens. Sans freiner cette fois, il donne un nouveau coup de volant, dessine une parabole serrée qui fait hurler ses pneus et met la petite Corvette sur deux roues, puis il fonce vers Babs. Ahurie, la foule en a d'abord le souffle coupé, puis elle se remet à crier encore plus fort quand la voiture s'arrête juste derrière le char, reste un instant en équilibre sur deux roues et enfin retombe à plat. Même les autres Shriners applaudissent.

Au volant de la petite Corvette, l'Homme sourit à Babs sous son fez, dont le gland noir pend sur le côté droit de son visage. Il plonge les deux mains dans le compartiment sous le volant, farfouille quelques secondes, puis en sort des poignées de bonbons qu'il lance aux gamins sans quitter Babs des yeux.

Dernière chance, articule-t-il en silence, toujours souriant.

Des centaines de personnes les observent, dont un grand nombre d'enfants qui ont pour certains deux ou trois ans. Le petit-fils de Babs est quelque part dans cette foule, sans même parler d'Hegemony, du conseil d'administration, de la moitié des effectifs de police et de la presse locale. Et il y a aussi, bien sûr, l'œil omniscient des smartphones qui la scrutent sous tous les angles. Ravis par la performance de l'Homme, les spectateurs ne se doutent pas qu'elle va bientôt prendre un nouveau tour, non moins spectaculaire quoique très différent. Babs se lève dans la benne du pick-up et sort les deux dagues de paume des étuis qu'elle porte à la ceinture. Son champ de vision se resserre sur l'Homme, immobile devant elle, net et pressant. Elle sent un goût de métal, comme si elle avait des pièces de monnaie dans la bouche, lorsqu'elle se laisse tomber sur le trottoir, à trois ou quatre enjambées de la voiturette. L'Homme lui fait signe avec les doigts d'une main, il articule, « *Viens voir* », et c'est ce que Babs a bien l'intention de faire. Et même si elle soupçonne que l'Homme ne lui fait pas réellement signe et n'articule pas cette invitation, que cela n'existe que dans sa tête, elle s'en fiche, ça n'a pas d'importance, rien n'a d'importance, ni la foule environnante, ni sa mort prochaine dans les affres de la maladie d'Huntington, ni même que Jason la voie éventrer un homme, tout ce qui a de l'importance, ce sont les comptes qu'elle s'apprête à régler, une fois pour toutes, car ensuite elle pourra à nouveau respirer, ensuite elle pourra endurer tous les châtiments que le Seigneur aurait en réserve pour elle dans Son imagination infinie.

Un pas vers l'Homme. Des cendres tombent autour d'eux telle une neige radioactive. Un deuxième pas, et soudain il y a des mains sur elle, des mains qui lui agrippent les poignets, et des bras qui la ceinturent par-derrière. Elle frappe avec la main gauche et sent que la lame touche la chair, puis on lui tord douloureusement les deux bras dans le dos et l'Homme s'échappe à fond de train dans sa ridicule voiturette pendant que Babs a le visage plaqué sur la benne du F-150 et que Bates lui dit à l'oreille, « Calme-toi, nom de Dieu, reste tranquille », puis elle entend le cliquetis et la crécelle d'une paire de menottes, elle est assourdie par des grondements et des rugissements de bête sauvage, et au bout d'un moment elle se rend compte que ces grondements et ces rugissements sortent de sa bouche.

Chapitre 16

4 juillet 2016

« Maman, il faut que ça s'arrête, dit Lori.
— Comment ça ?
— Plus de sang. »
Babs fait un pas de côté. « Où est Jay-Jay ?
— Chez toi.
— Tu l'as laissé tout seul là-bas ?
— C'était le plan, Maman. Je te rappelle que t'étais censée rentrer après le défilé. Le défilé qui n'est jamais arrivé jusqu'à l'endroit où on était. Parce qu'il y a eu un incident au début du cortège. C'est tout ce qu'on a entendu.
— Va chercher Jay-Jay et emmène-le chez toi.
— C'est ce que je vais faire. Une fois que t'auras accepté de ranger les armes.
— Il a tué ma fille.
— Mais merde, Maman, t'as aucun moyen de le savoir. Et en plus, on s'en fout.
— Je vais faire comme si j'avais rien entendu.
— Non. Entends, et retiens : on s'en fout. Sis est morte. Par contre, Jason, lui, il est toujours là. Moi

aussi, je suis toujours là. Le quartier est toujours là. Mais pas pour longtemps, si tu continues comme ça. »

Un silence. Dans les bureaux, derrière la porte verrouillée, elles entendent plaisanter deux policiers en uniforme.

« Je peux pas laisser courir, Lore.

— Mais si, tu peux. T'as juste à faire des choix différents.

— Ça a l'air simple quand tu le dis.

— Ça l'est.

— Je vais pas changer maintenant, dit Babs. C'est trop tard.

— Promets-moi, Maman.

— Lore…

— Je suis la dernière enfant qu'il te reste. »

Encore un silence, assourdissant celui-ci.

« Tu vas aller chercher le petit ?

— Dès que tu m'auras promis d'arrêter. »

Silence.

« Avant ça, dit Babs, je vais t'expliquer ce qui arrive quand on dépose les armes.

— D'accord.

— Quand on dépose les armes, dit Babs, il faut être prête à fuir.

— Sans déconner, fait Lori. Maintenant, promets-moi. Je veux te l'entendre dire. »

On pourrait raisonnablement espérer que Bruce ne s'arrêterait pas en si bon chemin après deux jours de sobriété, toutefois il serait naïf d'attendre cela de lui. Son fils lui a été pris, il vient d'avoir la confirmation que sa femme est morte, peut-être par sa faute, et la mauvaise conscience, la honte, la haine de soi, tout l'arsenal des tortures psychiques ordinaires qui peuvent servir d'excuses pour se noyer dans l'alcool prend ses aises dans son crâne. Ce matin, pendant la séance des Alcooliques Anonymes, à côté du père Clément, il a dû endurer le témoignage d'un invité – un dénommé Mark – qui leur a raconté sa vie, une histoire terrifiante qui a débuté lorsqu'il est tombé dans l'alcool à l'âge de douze ans. Mark leur a expliqué que ça n'a rien d'exceptionnel là d'où il vient, et Bruce a pensé, *Sans blague Mark, figure-toi que c'est pas non plus du jamais-vu par ici.* Mais, naturellement, l'histoire de Mark ne s'est pas arrêtée à son asservissement chimique précoce. À l'âge de vingt-cinq ans, accro à l'héroïne et au crack, il avait pour habitude de mélanger les deux, se confectionnant ainsi ce qu'il appelait un Hillbilly Speedball. Il bourrait sa pipe avec le plus de crack possible et remplissait sa seringue au maximum. Ensuite, il se garrotait le bras, enfonçait l'aiguille dans une veine et aspirait une goutte de sang pour s'assurer qu'elle était bien amorcée. La première étape du Hillbilly Speedball était le crack, une dose colossale, prodigieuse, théoriquement mortelle. Mark allumait la pipe, aspirait et retenait la fumée aussi longtemps qu'il le pouvait, tel un apnéiste décidé à battre le record du monde ou à y rester, les oreilles sifflantes et le cœur prêt à exploser, pendant qu'une obscurité bienheureuse envahissait son champ de vision comme une tache d'encre. Lorsqu'il arrivait à la lisière de la perte de conscience et de la crise cardiaque fatale qui ne manquerait pas de suivre, au dernier moment il appuyait sur le piston de la seringue, l'héroïne lui rendait la vue puis il s'écroulait au sol et y restait plusieurs heures, dans une félicité qu'il n'avait plus connue depuis le ventre de sa mère. L'objectif, leur a expliqué Mark, n'était pas tant de se défoncer que de voir jusqu'où on pouvait frôler la mort. Et Mark aurait dû mourir mille fois, pourtant il en avait toujours réchappé. Il n'avait pas eu la chance d'y rester et il était désormais bloqué sur terre, sobre comme un con et forcé de revivre à jamais tous les actes honteux, immoraux et impardonnables qu'il avait commis, pour rendre service à un interminable chapelet de trous de balle semblables à ceux qu'il avait devant lui. Il était un nouveau Sisyphe, à cette différence près que le rocher qu'il poussait était une boule de deux tonnes composée de sa propre merde. L'histoire de Mark a horrifié même les plus endurcis des camés, les revenus de tout, et c'est précisément le rôle de ces indépendants qui vont de ville en ville, d'églises en salles des fêtes et en associations de vétérans. Le sous-entendu étant que, si une crevure aussi irrécupérable que Mark a pu se sortir du trou et se présenter devant eux sans rien de plus fort dans les veines qu'un peu de caféine, tout le monde peut y arriver.

Bien sûr, se dit Bruce, *ça a l'air super, sauf que t'as beau être une ordure, Mark, toi t'as jamais tué ta femme, je me trompe ?*

Impossible de nier, cependant, que le café des Alcooliques Anonymes est mille fois meilleur que celui de Bruce.

Et ainsi, malgré l'histoire de Mark, en sortant de Notre-Dame, Bruce rentre chez lui et se bourre la gueule. Pendant tout le temps où il boit en suant, il pense à Jay-Jay, se demande si on lui a déjà annoncé la mort de sa mère et arrive à la conclusion que ce n'est probablement pas le cas, ce qui l'amène à la conclusion suivante : c'est sa responsabilité, à lui, car le petit est son fils et personne, même pas Babs, ne peut rien y changer. Plus il y pense et plus il boit, plus il boit et plus ça lui paraît sensé, et le voilà qui sort de chez lui et titube à travers la chaleur et la fumée, cap sur la maison de Babs.

De son côté, Clément se trouve au poste de police de Waterville, séparé de Babs par une porte grillagée. Il pince le grillage entre deux doigts avec un maigre sourire.

« Ça te rappelle quelque chose ? dit-il.

— Très drôle.

— Il n'est jamais trop tard, Babs. Ici, il n'y a que nous deux et le Seigneur.

— Vous pouvez toujours rêver. »

Clément a un petit rire. « Tu imagines comme ta vie aurait été plus simple si tu avais demandé à être pardonnée ?

— J'ai rien fait qui exige d'être pardonnée.

— Peut-être pas aux yeux des hommes, concède Clément. Mais le Seigneur a des critères quelque peu différents.

— Vous avez jamais envisagé la possibilité que le Seigneur m'ait envoyée pour punir Sacha ?

— Babs, l'ange vengeur ?

— Jamais ?

— Si. Ça ne m'a pas convaincu.

— Pourquoi ?

— Le Seigneur ne nous traite pas selon nos péchés, de même qu'il ne nous punit pas en fonction de nos crimes.

— On doit pas lire la même traduction, rétorque Babs. Personnellement, j'ai une préférence pour la Bible du Roi Jacques. »

Clément émet un bruit méprisant. Il sort de sa poche arrière une flasque en étain, boit une gorgée et la tend à Babs à travers le guichet. Elle sourit en voyant l'inscription – EAU BÉNITE – et prend à son tour une longue rasade.

« Tu ne m'as jamais demandé comment je suis devenu prêtre, dit Clément. Pourquoi ?

— Hein ?

— Je sais que ça t'a intriguée, lorsque je suis arrivé ici. Toute la ville était intriguée. »

Babs réfléchit. « Je crois, dit-elle, que, dans le doute, j'ai tendance à m'occuper de mes affaires.

— Et imagine que je brûle d'en parler à quelqu'un. Imagine que j'attends depuis cinquante ans que tu me le demandes.

— Dans ce cas, vous auriez sûrement mieux fait de me le dire.

— Ce n'est pas ce que je suis en train de faire ?

— D'accord, soupire Babs. Comment êtes-vous devenu prêtre, mon père ?

— Eh bien, au départ, je voulais seulement pouvoir violer des petits garçons. Comme n'importe quel homme d'Église.

— Ça va de soi. »

Clément se laisse aller contre le dossier de la chaise pliante que lui a apportée Bates et croise les doigts sur sa petite bedaine compacte. « D'abord, il faut que tu saches que toutes les rumeurs sont vraies, dit-il. J'ai bel et bien joué de la trompette dans un orchestre de jazz. Et, comme tous les trompettistes blancs dénués de talent, j'ai été accro à l'héroïne. Et il est aussi vrai que j'ai été marié.

— Qu'est-ce qui s'est passé ?

— C'est le nœud de l'affaire, n'est-ce pas ?

— Vous attendez depuis vingt-cinq ans. Dites-moi.

— Elle s'appelait Simone. Elle est morte d'une overdose. Pendant que je dormais à côté d'elle.

— Donc vous êtes tombé dans la came, et quand elle est morte, votre pénitence a été de devenir prêtre.

— Pas exactement, fait Clément. D'une part, c'est elle qui m'a fait découvrir la came. D'autre part, elle était enceinte et nous nous étions mis d'accord pour ne plus consommer.

— *Baptême**.

— *En effet**, dit Clément. Dans des moments pareils, on revient aux fondamentaux. Qu'on le veuille ou non. Sais-tu ce que les gens demandent, le plus fréquemment, avant de mourir ? Ils veulent revoir la maison dans laquelle ils ont grandi. Revenir où tout a commencé, donner autant de sens que possible à l'ensemble et boucler la boucle. Tous les prêtres le savent, c'est presque devenu un cliché. Mon mentor au séminaire utilisait l'expression "mettre la touche finale". Maintenant que j'accompagne des centaines de mourants, je la trouve plutôt juste.

— Dans ce cas, j'ai pris de l'avance, dit Babs. Vu que j'ai jamais quitté la maison où j'ai grandi.

— Tu as toujours été quelqu'un de sage », dit Clément. Babs le regarde de travers, se demande s'il se fout d'elle, mais le prêtre paraît franc comme l'or. « Enfin, bref, avant la mort de Simone, j'avais cessé de réfléchir à la religion depuis le jour où j'avais persuadé mes parents de me laisser quitter le séminaire à la fin de ma première année. Mais lorsque je me suis réveillé et que je l'ai trouvée près de moi, quand j'ai posé la main sur son ventre et senti que ça ne bougeait plus à l'intérieur, je me suis rappelé ce qu'on m'avait promis au séminaire et que j'avais pensé pouvoir rejeter : j'allais souffrir. C'est la seule promesse que fait le Seigneur. Il ne nous promet jamais que nous trouverons l'amour, la richesse, la santé, ni même la vie éternelle : tout ça, c'est contingent. La seule chose qu'Il nous promet, sans rien attendre de notre part, c'est la souffrance. À part ça, rien ne nous est acquis à la naissance. Quand Simone et le bébé sont morts, j'ai vu la forme que prendrait ma souffrance et j'ai fait le seul choix possible : ne pas souffrir seul. »

Clément fait un grand geste des deux mains qui englobe son col romain, sa chemise noire et son pantalon noir.

« Comment ça s'applique à moi, tout ça ?

— Hélas, l'Église est un peu rétrograde et refuse toujours d'ordonner des femmes. Donc rien à faire de ce côté-là.

— Faut dire que Jésus avait une bite.

— La littérature ne le précise pas, mais c'est vraisemblable, dit Clément. Quoi qu'il en soit, tu dois commencer à comprendre où je veux en venir.

— J'ai choisi de souffrir seule.

— Encore et encore, depuis des décennies et bien que le Seigneur t'ait souvent proposé de partager ta souffrance. Et regarde où tu en es, Babs. Pour l'amour du Ciel, regarde où tu en es. »

Babs ne réagit pas. Elle porte à nouveau la flasque à ses lèvres, la rebouche et la rend à Clément par le guichet. « Pourquoi vous êtes venu ? demande-t-elle.

— Pourquoi je suis venu ? répète le prêtre d'un air ahuri. Pas par plaisir, ça c'est sûr. Je vais avoir quatre-vingts ans en mai prochain. Tu penses que j'ai encore envie de jeter de l'eau bénite sur des bébés qui pleurent ? De marmonner quand je dois parler en latin pendant la messe pour cacher que j'ai oublié la moitié des phrases ? L'évêque a essayé trois fois de me convaincre de prendre ma retraite. La dernière fois, il m'y a presque obligé.

— Qu'est-ce qui vous en empêche ?

— Tu n'es pas sérieuse ?

— Je suis parfaitement sérieuse.

— Bon, ça a le mérite de clarifier les choses : tu es officiellement la personne intelligente la plus bête que je connaisse, dit Clément. Il y a cinquante ans, tu m'as choisi pour être ton accompagnateur spirituel. Sacré cadeau que tu m'as fait, ce jour-là. Mais tu m'as confié une mission que je n'ai pas fini de remplir. Voilà pourquoi je ne peux pas prendre ma retraite, imbécile. J'essaie de me faire virer, mais je ne peux pas arrêter. Parce que j'attends encore que tu te décides à te confesser. »

Un blanc. Le regard de Babs se perd entre les barreaux de la fenêtre, vers le ciel saturé de fumée. « Moi qui pensais que vous n'arriviez pas à envisager la vie sans moi, dit-elle.

— Je l'envisage chaque jour.

— Je suis désolée pour Simone. Et pour le bébé.

— Moi aussi. Ils étaient ce que j'avais de plus beau. »

Le sujet semble plus ou moins épuisé. Après quelques instants de silence, Babs se lève, va à la fenêtre, secoue énergiquement sa main droite et dit, « Donc, où est-ce qu'on en est ?

— De retour au point de départ, lui répond Clément. Le rendez-vous va avoir lieu, Babs. Tu ne peux rien y changer.

— Vous êtes de leur côté ?

— Je ne suis du côté de personne, dit Clément. Mais dans la mesure où ça peut te faire sortir de prison, oui, c'est ce que je te conseille. Sinon tu risques cinq ans, au minimum. L'État n'aime pas qu'on poignarde ses policiers, même si ce n'était pas volontaire. Cette fois, du moins.

— Si Bates me la fait à l'envers, dit Babs, moi aussi je la lui ferai à l'envers.

— Tout ce qu'il veut, c'est que tu déposes les armes. Que tu t'épargnes – et que tu épargnes à tout le monde – des ennuis superflus. »

Babs le fixe à travers le grillage. « Ce mec a tué ma fille, Clément. »

Le prêtre baisse les yeux, serre entre ses genoux ses doigts entrecroisés. « Bates n'est pas de cet avis, dit-il. Le bon sens non plus.

— Qu'est-ce que je dois comprendre ?

— Que les policiers n'ont pas encore fini de recomposer les corps démembrés qu'ils ont trouvés chez Rex White, dit le père Clément. Il a assassiné au moins dix femmes. Sis a passé du temps avec lui, et ensuite on l'a retrouvée morte. Pas besoin d'être Columbo pour faire le lien. »

Babs se tait.

« Accepte le marché, Babs. Laisse la dope aux professionnels. Sors de prison, construis ton école. Et ramène-toi au confessionnal, bon sang. Pour ton bien. Et aussi pour le mien. »

Elle réfléchit. « La retraite a des avantages, admet-elle au bout d'un moment.

— Je ne te le fais pas dire. » Clément se lève, grimace, appuie avec une main dans le bas de son dos. Avec l'autre, il lui tend encore la flasque. « Une dernière gorgée avant que j'y aille ? »

Babs décline.

« Bon. Ce qui a été convenu, c'est de se retrouver à 9 heures derrière le bowling. Bates t'escortera. J'y serai avec les autres. Et avec le Canadien.

— D'accord, dit Babs. Mais rendez-moi un service en partant.

— Oui ?

— Dites à Bates que je veux le coup de fil auquel j'ai droit. »

Jason sait que son père est encore ivre, mais il s'en moque. Aussi loin que remonte sa mémoire avant de sombrer dans le néant, Jason a toujours vu son père ivre. Sis aimait raconter que, pendant qu'elle accouchait, Bruce a passé les seize heures qu'a duré le travail accoudé au bar d'en face, et qu'il était tellement torché quand Jason est arrivé que Rheal, furax, a dû aller le choper par la peau du cou comme un clébard mal éduqué. En fait, Jason est tellement habitué à voir son père ivre qu'il aurait été perturbé de le découvrir sobre sous le porche de Babs, sans son regard vaseux et les chancellements qui donnent l'impression que le sol bouge sous ses pieds. Papa bourré, c'est le seul père qu'il connaît.

Mais Jason sait aussi d'autres choses. Il sait, par exemple, que son père n'est pas tombé dans l'escalier, que c'est Babs qui lui a réduit le visage en bouillie. Il a compris que sa mère est morte, qu'elle a été assassinée. Il sait que son oncle est en prison, et que c'est à cause de Babs et de Lori. Il sait toutes ces choses parce qu'il parle parfaitement le québécois, parce que sa mère le lui a enseigné, généralement le soir entre le dîner et le coucher, depuis ses quatre ans – un âge où il était assez grand pour comprendre ce qu'est un secret et comment le garder.

« Le français, c'est ton superpouvoir, lui rappelait Sis au moins une fois par semaine. Mais seulement à condition que personne ne sache que tu le parles. »

Et puisque Jason obéissait au doigt et à l'œil à sa mère, il a toujours caché qu'il sait parler français, y compris à son père. Il est ainsi devenu, de même que le reste de sa famille, un expert en faux-semblants, en mensonges par omission, et il a pu dissimuler comme personne sa véritable identité à ceux qui l'aiment et devraient le connaître. Tous ceux-là croient donc pouvoir utiliser le français pour se dire les choses qu'ils veulent lui cacher. Avec pour corollaire qu'il est au courant de tout mais doit se taire, sous peine que son superpouvoir n'ait plus rien de super et devienne un bête truc ordinaire, comme frapper une balle à effet quand c'est son tour à la batte, ou se frotter le ventre et se taper sur le crâne en même temps.

Voilà pourquoi, lorsqu'il a ouvert la porte et que Bruce a commencé à postillonner en lui annonçant que sa mère était morte et qu'il pensait l'avoir tuée, Jason a pu le détromper.

« C'est pas toi, Papa, dit-il.

— Comment tu le sais ?

— Parce que *Mémère** sait qui c'est. »

Bruce le dévisage. « Où elle est, ta *Mémère** ? Elle est là ?

— Non. Elle est jamais revenue du défilé.

— T'es tout seul ?

— Je suis souvent tout seul.

— Eh ben c'est terminé, ça. Prends tes affaires, on rentre. »

C'est au tour de Jason de le dévisager.

« T'attends quoi ? lui demande Bruce. Va prendre tes affaires. »

Mais Jason se fiche de ses affaires, et au lieu de rentrer les chercher, il se jette sur son père et enroule ses bras autour de sa taille. Il veut un gros câlin, il veut sentir l'odeur de formol qu'il a toujours associée à l'amour. Les yeux fermés, agrippé à son père, il s'en remplit les poumons.

« OK, fiston, dit enfin Bruce en lui caressant la tête, la gorge pleine de larmes. On rentre à la maison. Ensuite, je verrai si je peux trouver ta *Mémère**. »

C'est pourquoi, lorsque Lori arrive chez Babs une demi-heure plus tard et trouve la porte d'entrée ouverte, les lumières allumées, les vêtements de Jason, son gant de base-ball et ses Lego *Minecraft* dans la chambre d'amis, même si elle n'est pas du genre à paniquer, elle doit refouler l'envie pressante de courir dans les rues en appelant Jason, frappant aux portes et menaçant tout le monde jusqu'à ce qu'elle retrouve son neveu. Elle s'efforce de se calmer, mais comme elle n'y parvient pas, elle broie et sniffe deux Oxy sur le plan de travail de la cuisine en se répétant « *Réfléchis, RÉFLÉCHIS* », puis trente secondes plus tard l'Oxy monte, son cerveau se remet en marche et elle s'oblige à fonder ses décisions uniquement sur ce qu'elle sait, c'est-à-dire presque rien – ni où est Jason, ni s'il est parti de son plein gré, ni s'il a été enlevé – excepté deux choses : la première, elle doit passer chercher Clément car ils ont rendez-vous au bowling dans six minutes, et la seconde, elle ne doit surtout pas laisser filtrer que Jason a disparu, sinon sa mère va abattre le Canadien sur place, et bien que tant de choses aient déjà été perdues et que la situation soit abominable, ça la rendrait encore pire, ce serait la fin de tout, et ça, Lori doit l'empêcher à tout prix.

Chapitre 17

4 juillet 2016

Bates et Babs arrivent au Spare Time à 20 h 40, la Lincoln Town Car du policier fendant le crépuscule tel un requin de métal et gagnant l'arrière du bowling. Lorsque le policier exécute son demi-tour, ses phares balaient un autre véhicule, une petite Chevrolet Cruze tous feux éteints.

« Allons bon, c'est qui, ça ? » demande Bates en arrêtant la voiture mais en laissant tourner le moteur, phares braqués sur la Chevy.

« Rita, dit Babs.

— Qu'est-ce qu'elle fait ici ?

— Aucune idée, dit Babs. Le plus probable, c'est qu'elle a retourné sa veste comme tout le monde et qu'elle est venue se coucher devant notre ami canadien. »

Babs sait que ce n'est pas la vérité : Rita est venue parce qu'elle lui a demandé de venir ; le coup de téléphone qu'elle a passé en prison a été pour sa sœur adoptive. La mort d'une enfant efface les rancœurs et Rita est venue, aussi fiable que la mort en personne et encore plus ponctuelle que Bates, qui avait pourtant l'intention d'arriver le premier à la réunion du soir.

Bates coupe le contact et les phares de la Lincoln s'éteignent. Babs et lui sortent de leur voiture, imités par Rita. L'atmosphère a l'odeur de ce qui continue à flotter dans l'air après qu'on a éteint un feu avec un seau d'eau ; le carbone leur pique la gorge.

« On a des nouvelles du feu ? demande Babs tandis qu'ils marchent à la rencontre de Rita.

— Il a doublé depuis ce matin. Le ranch Melody a brûlé un peu après midi. Les autorités envisagent une évacuation. Comme si j'avais pas assez de trucs sur les bras. »

Ils s'arrêtent devant Rita. Sans un regard pour Bates, elle prend Babs dans ses bras, laquelle reste aussi raide qu'un mannequin.

« Je suis désolée, dit Rita, le visage enfoui dans son épaule. Céleste. *Mon Dieu**, Babs, je suis tellement désolée. »

Ce sera le seul moment sincère de leur échange, toute la suite sera un numéro qu'elles joueront à l'intention de Bates.

« Merci, dit Babs en se reculant. Qu'est-ce que tu fais ici ?

— Carmeline m'a demandé de venir.

— Donc t'es de leur côté.

— Je suis du côté de tous ceux qui essaient d'empêcher que cette ville soit réduite en cendres, répond Rita.

— Dans ce cas, au lieu de t'en faire pour le Canadien, tu ferais peut-être mieux de prendre un tuyau d'arrosage et d'aller à Fairfield. Il paraît que les pompiers sont un peu débordés. »

Toutes les têtes se tournent car deux nouvelles voitures – la Ford Focus de Carmeline et l'Impala blanc d'os de l'Homme – arrivent en même temps et se garent de chaque côté de la Lincoln. Carmeline, Stella et Bernette descendent de la Focus pendant que l'Homme – en costume croisé et chemise blanche crânement ouverte – sort de son Impala. Les quatre s'avancent, plus ou moins ensemble, vers Bates, Babs et Rita.

Ils forment un cercle et pendant un moment, personne ne parle. Des yeux nerveux se posent sur Babs, tentent de déchiffrer son expression, mais elle ne laisse rien transparaître à part un calme résigné.

C'est Carmeline qui trouve le courage de briser le silence. « Babs, je sais que t'as envie de nous arracher la tête. Mais on fait ça pour le bien commun, donc aussi pour toi.

— Merci », répond Babs.

Encore un silence. Carmeline et Stella échangent des regards incrédules ; elles ne s'attendaient à rien de précis, mais certainement pas à des remerciements.

« Pouvons-nous commencer ? demande l'Homme en regardant Babs.

— On attend encore deux personnes, lui répond Bates. Il est important que toutes les parties concernées soient là, pour vous montrer que nous sommes tous d'accord.

— La seule personne dont je doute de l'accord est déjà arrivée », dit l'Homme.

Babs ne dit rien, refuse même de lui accorder son attention. Impassible, elle a le regard perdu au loin, derrière les voitures, et l'air de se projeter au-delà de cette soirée, de chercher à distinguer la suite des événements dans l'obscurité.

Tous se taisent. Carmeline et Bernette s'allument des cigarettes en jetant des coups d'œil furtifs à Babs. Stella porte sa flasque à ses lèvres, boit une grande gorgée, grimace, inspire entre ses dents et boit encore un coup histoire de s'endurcir. L'Homme sort un couteau de sa poche arrière – façonné dans une seule pièce d'acier, étroit manche s'élargissant en une lame de type rasoir – et commence à nettoyer ses cuticules et le dessous de ses ongles. Bates regarde tour à tour les ongles de l'Homme et le visage de Babs. De l'intérieur du Spare Time leur parvient de temps à autre le fracas d'une boule percutant des quilles, comme un coup de tonnerre souterrain.

Il est 21 h 08 à la montre de Bates quand le pick-up de Lori apparaît enfin au coin du bowling et se range à côté d'une benne à ordures.

« En vérité, je vous le dis, l'un de vous me trahira », murmure Babs en regardant sa fille approcher avec le père Clément.

L'Homme range sa lame et tout le monde se redresse un peu.

« Bien, fait Bates. On va pouvoir en finir. »

L'Homme se racle la gorge et fait un pas en avant. « D'abord, les termes. À compter d'aujourd'hui, plus personne ne trafique d'opiacés – licites ou illicites –, hormis ceux qui proviennent du réseau de distribution d'Ogopogo. Vous aurez obligation de vendre les produits d'Ogopogo en utilisant l'infrastructure et le personnel qui sont déjà en place. Ce n'est pas négociable. Pour le dire simplement, dorénavant vous travaillez tous pour Ogo, et vous le ferez de manière loyale et sans vous plaindre, aussi longtemps qu'il décidera d'avoir recours à vos services. »

L'Homme passe le cercle en revue, évalue les réactions dans la faible lumière orange des réverbères. Tous les visages sont sinistres, sauf celui de Babs qui demeure distant, insondable.

« Vous pourrez appliquer une marge de dix pour cent sur le prix d'achat en gros. Cette marge représentera votre revenu et vous aurez interdiction de l'augmenter, même d'un centième de point. Vous tiendrez une comptabilité méticuleuse et codée avec le système en vigueur dans tout le réseau d'Ogo, système qu'il vous enseignera. Vous ne pourrez modifier ou diluer les produits sous aucun prétexte. Vous vendrez exactement ce que vous recevrez, ni plus ni moins. Je ne saurai insister suffisamment sur ce dernier point. »

Bates lève une main. « Vu les risques que je prends, dit-il, à dix pour cent ça ne vaut plus le coup. On gagne cinq fois plus actuellement.

— Non, rétorque l'Homme. Actuellement, vous ne gagnez rien du tout. N'oubliez pas : vous n'êtes pas en train de décider si vous allez accepter ou non les termes dictés par Ogo. Vous allez décider si vous voulez survivre ou pas. Je vous encourage, M. Bates – comme je vous encourage toutes –, à sortir du paradigme dans lequel vous vous trouvez. Faites comme s'il n'avait jamais existé. Ne comparez pas la nouvelle situation avec la précédente, cela ne fera que vous rendre malheureux. Or, les gens malheureux sont sujets aux erreurs.

« Et c'est tout. Pour la suite, vous serez mis en contact avec les personnes responsables de la distribution, de la facturation, de la comptabilité, etc. Vous n'entendrez plus jamais parler de moi, sauf si vous enfreignez les règles élémentaires que je viens d'énoncer. Dans ce cas, vous me reverrez, mais les retrouvailles ne seront pas heureuses et je ne serai pas là pour discuter. »

L'Homme se tait, scrute les visages.

« J'ai maintenant besoin d'un accord verbal de chacun d'entre vous, montrant que vous estimez ces termes acceptables. Un simple oui suffira et aura valeur d'engagement. »

Chacun se tait, espérant qu'un autre lui épargnera l'indignité de parler en premier.

Enfin, Carmeline crache son assentiment : « *D'accord**. »

Les yeux de Babs reviennent alors du lointain où ils étaient et se concentrent sur ces personnes qui représentent l'intégralité de sa vie.

« Oui, dit Bates.

— Oui, dit Bernette.

— Oui, disent en même temps Stella et Clément.

— Oui », dit Rita.

Lori inspire, tourne la tête vers sa mère, dit, « Oui. »

Tous les regards sont braqués sur Babs.

« Je ne vais pas commencer à jouer sur les mots, dit-elle. Mais puisque mon accord aura valeur d'engagement, comme vous dites, avant de vous le donner j'aurais une objection à formuler.

— Maman… fait Lori.

— Nous vous écoutons, dit l'Homme avec un sourire.

— Mon objection, dit Babs, porte sur votre usage du mot *acceptable*. »

Un silence, la tension monte d'un cran. « Allez-y, dit l'Homme.

— Ma fille chérie est morte, dit Babs. Vous êtes en train de tout me prendre – le travail d'une vie, mon quartier, ma raison d'être. Je préférerais crever plutôt que de vous laisser annoncer à votre patron que ses termes, et ce qu'il nous a fait à ma famille et à moi, me semblent *acceptables*.

— Je comprends, dit l'Homme. Néanmoins, je dois vous avertir que votre posture peut passer pour menaçante. Vos pupilles sont dilatées.

— Elle n'est pas armée, dit Bates. Tout va bien. Elle vient directement de la prison.

— Ne t'inquiète pas, le Canadien, dit Babs. Je vais pas te faire de mal. Je l'ai promis à ma fille. Je veux seulement être sûre qu'on se comprend bien avant de ne plus jamais te revoir. »

Elle lui tend sa main droite. L'Homme la considère, puis revient sur son visage.

« Je vous crois, dit-il. Mais permettez-moi quand même de vous expliquer comment je vois les choses. Vous allez accepter les termes d'Ogo, mais vous écumerez de rage, car vous êtes toujours persuadée que j'ai assassiné votre fille. Et chaque minute qui passera, vous vous acharnerez à trouver un moyen de me faire payer et de regagner votre souveraineté. Votre désir de vengeance vous rendra malade. Il vous tourmentera jour et nuit. Il ne vous laissera jamais en paix, jusqu'à votre dernier souffle. Tout ce qui compte pour vous et que vous aimez cessera d'avoir de l'importance à vos yeux, et vous finirez par être consumée jusqu'au tréfonds de ce que vous appelez votre être. La femme farouche, intelligente et sans pitié que vous êtes cessera d'exister. Il n'en restera plus une trace. Vous deviendrez une coquille vide. Le véhicule de votre rage et rien de plus.

— Ça me va, réplique Babs.

— Alors votre vœu est exaucé, dit l'Homme en prenant la main que Babs continue à lui tendre. Nous nous comprenons. »

La tension semble se relâcher et l'assemblée s'autorise à respirer un peu. Mais Babs et l'Homme évoluent à un niveau d'instinct et d'intuition plus élevé que la normale, leurs sens sont affûtés au point d'en devenir presque douloureux, leurs réflexes sont ceux des prédateurs sauvages dont les calculs se limitent à une arithmétique sommaire : manger ou être mangé.

Il existe plusieurs théories expliquant que la coutume du serrage de mains se soit répandue à travers tout le monde occidental. Selon la plus communément admise, le geste est né dans la Grèce antique où il servait à montrer qu'aucune des deux parties n'était armée. Quelques millénaires plus tard, lorsque les sœurs de Saint-Joseph tapaient jusqu'au sang sur les doigts de Babs pour l'obliger à écrire de la main droite, elles ignoraient que leur fureur descendait en droite ligne des vieux préjugés contre les gauchers, que l'on n'estimait traditionnellement pas dignes de confiance.

Les bonnes sœurs n'ont pas réussi à la faire devenir droitière, pas plus qu'elles n'ont réussi à l'empêcher de parler français. Babs est toujours restée une fausse patte. L'Homme, lui, est droitier, et cette petite différence fait en réalité toute la différence. Car tandis qu'ils se serrent la main en se toisant, Babs réfléchit à utiliser le stylet que Rita portait à sa ceinture lorsqu'elles se sont embrassées. Si elle s'en saisit, elle aura une fraction de seconde d'avance sur l'Homme puisqu'elle se servira de sa bonne main alors qu'il devra recourir à sa main faible pour se protéger. Elle conserve un regard neutre afin de dissimuler l'activité de sa machinerie interne et le fait que son instinct lui hurle d'enfoncer la lame entre les côtes de l'Homme et de l'abandonner au milieu des autres ordures qui jonchent le parking, offrant ainsi le repos au fantôme de sa fille, et tant pis pour les conséquences.

Sauf qu'il y a aussi sa dernière fille, à qui Babs a fait une promesse. Ce n'est pas anodin, surtout que pour tenir cette promesse il lui suffit de ne rien faire. De lâcher la main de l'Homme, s'en aller et laisser chacun poursuivre sa vie. Elle commence à prendre de l'âge, son orgueil est déjà à ramasser à la petite cuillère, et si elle se montre honnête, le combat qu'elle mène ou qu'elle s'imagine mener est perdu depuis longtemps. Le monde continue de s'effacer pour se recréer sans cesse. Quand on reste planté devant une locomotive, on finit toujours aplati.

Alors, d'accord. Elle va tenir sa promesse et déposer les armes. Cette décision s'impose à elle et Babs n'en revient pas. La grande Babs Dionne qui capitule devant cet enfoiré de WASP, et cela sous les yeux de tout son entourage. La honte lui monte aux joues, c'est plus fort qu'elle. Pourtant, elle lâche la main de l'Homme et tourne les talons, sa reddition est totale, sa honte méritée. C'est alors que le coup de feu claque.

À part elle, tout le monde se couche par réflexe et regarde alentour, les mains sur la tête, en essayant de comprendre ce qui vient d'arriver. Babs se retourne vers l'Homme et prend conscience, ce faisant, d'une lointaine douleur dans son épaule gauche. L'Homme se tient le cou avec les deux mains. Le sang commence à suinter entre ses doigts. Tous les autres sont ahuris, leur cerveau tâche d'assimiler ce que voient leurs yeux, et l'Homme fait un pas chancelant en arrière, tousse comme pour recracher l'objet qui a déchiré sa gorge, mais rien ne sort que du sang, un gros caillot qui éclate sur ses hanches. Il fait encore un pas en arrière, incertain, ses orteils cherchent un appui et de sa gorge sortent des bruits laissant penser qu'une énorme araignée essaye de s'échapper de son larynx. Babs le regarde flancher puis tomber, et elle sourit. Elle presse les doigts de sa main droite contre son épaule douloureuse, effleurée par la balle qui s'est logée dans la gorge de l'Homme. Maintenant qu'il est à terre, tous se tournent vers l'origine du tir et voient Bruce, sonné comme s'il avait lui aussi reçu une balle, qui tient contre son flanc un pistolet d'où s'échappe une bribe de fumée.

Quelques secondes plus tard, Babs se retourne, le souffle lourd, et ses yeux fatigués passent de l'un à l'autre pendant que le sang dégouline le long de son bras gauche et goutte de sa main tremblante.

« Eh ben, fait-elle. On dirait qu'on est tous dans la merde, maintenant. »

Chapitre 18

5 juillet 2016

Trois silhouettes, assises côte à côte, occupent un banc sur la terrasse Dufferin dans la haute ville de Québec, devant le Château Frontenac et les multiples flèches qui le hérissent. Le soleil brille au milieu d'un ciel sans nuages et, malgré le vent qui souffle du Saint-Laurent et balaie les remparts, il fait chaud à Québec, même en degrés Celsius, comme sur tout le littoral atlantique de l'Amérique du Nord mais plus encore sur la terrasse Dufferin qui n'offre pas le moindre brin d'ombre. Il y a cependant foule sur la promenade, des hordes de touristes se croisent comme des fourmis ayant à la fois la capacité de prendre des photos et le besoin pathologique de le faire. Des musiciens massacrent des chansons de Léonard Cohen pour un peu de monnaie, les vendeurs de *crêpes** au Nutella et au Grand Marnier font un malheur, et plusieurs statues vivantes, couvertes de la tête aux pieds d'une peinture argentée qui doit être affreusement toxique, effraient les enfants et laissent inopinément entrevoir aux adultes l'étrangeté de l'existence.

Au milieu de cette profusion de choses à manger, sentir, voir et photographier, personne ne semble remarquer les trois silhouettes assises sur le banc.

Et c'est précisément ce qu'elles recherchent. Deux sur les trois, tout du moins. Carmeline et Bernette, affublées de lunettes de soleil et de visières sur lesquelles est brodé le slogan *Vive le Québec libre !** en lettres cursives, encadrent la troisième silhouette. En l'observant de près, on pourrait remarquer que quelque chose cloche, mais on aurait du mal à dire quoi, hormis qu'elle est très avachie, parenthèse de chair figée dans une immobilité surnaturelle, à la fois étrange, morbide et rebutante. Cette personne ressemble à s'y méprendre à un mannequin de cire, et ce pour la simple raison que ce n'est plus tout à fait une personne mais un cadavre, plus précisément celui de l'Homme, confié par Babs à Carmeline, Bernette et Stella pour qu'elles le rapportent au Canada et l'y laissent en évidence. Cela fait, elles devront se faire oublier pendant que Babs attendra la réaction d'Ogopogo à Waterville.

Toutefois, malgré la rupture amicale provoquée par leur tentative de faire la paix avec l'Homme, Bernette n'est pas à l'aise avec l'idée de laisser Babs seule face à son sort, et ce temps radieux n'y change rien.

« Enfin, je sais pas pour toi, mais moi j'ai l'impression d'avoir bien profité de la vie, dit-elle à Carmeline. J'ai pas envie de devenir une gloutonne de la vie.

— Comment ça ?

— Je sais pas, de vouloir garder toute la vie pour moi toute seule.

— Tu fais ce que tu veux, mais je vais aux chutes du Niagara, répond Carmeline d'une voix dénuée d'émotion. J'ai presque soixante-dix ans, c'est maintenant ou jamais. Je te dépose à la gare routière sur le chemin, si tu préfères rentrer et avoir une mort nulle. »

Le corps de l'Homme penche contre Bernette, qui le redresse d'un coup d'épaule. « Je suis sérieuse, dit-elle, qu'est-ce qui nous prend de fuir Little Canada ? Après tout ce temps ? Tu penses pas qu'on devrait y retourner ?

— On devrait rentrer mourir ?

— Non. On devrait rentrer se battre. Se battre avec Babs.

— Ah, donc on devrait se battre *puis* mourir !

— Ouais. Peut-être. Tu trouves ça vraiment si dingue ?

— Au cas où t'aurais pas remarqué, dit Carmeline, il reste plus grand-chose à sauver.

— C'est ce que je dis ! À part nous, il reste plus personne pour empêcher que tout tombe en ruines.

— Mais on a échoué ! On n'a rien empêché, Bern. Le monde continue à tourner sans nous. On est une espèce en voie d'extinction. C'est juste que personne n'a encore pris la peine de nous l'annoncer. »

Bernette laisse son regard errer sur les passants, l'architecture du vieux monde, les panneaux rédigés en québécois. « Je sais pas, dit-elle. Tout a l'air plutôt vivant ici.

— Tu parles, fait Carmeline. C'est un musée. Ou peut-être un zoo. Dans tous les cas, c'est une cage et les Francos auront le droit de la garder aussi longtemps que *le roi le veut**. »

Elles se taisent un moment, contemplent le monde qui tourne pendant qu'elles restent immobiles.

« T'y es déjà allée ? demande Carmeline.

— Où ça ?

— Aux chutes du Niagara.

— Tu sais bien que non.

— Viens avec moi.

— Je rentre. Je peux pas abandonner Babs.

— C'est Babs qui nous a dit de ne pas revenir.

— Ça fait rien », répond Bernette, placide mais déterminée.

Les deux femmes retombent dans le silence.

« J'ai fait tout ce qu'on attendait de moi, dit enfin Carmeline en plissant les yeux face au soleil. J'ai chié huit gamins que j'ai élevés dans la foi. J'ai récité mon chapelet tous les jours. J'ai cousu des cols et des poignets pendant quarante-cinq ans et avalé tellement de fibres que, si je toussais un peu trop fort, je suis sûre que je cracherais une chemise complète, avec les boutons et tout. Je suis restée avec Henry même s'il se comportait comme un connard les trois quarts du temps. Aujourd'hui, toute ma famille est éparpillée à droite à gauche ou sous terre et, *pardieu**, j'ai bien l'intention de voir les chutes du Niagara.

— Qui est-ce que tu essaies de convaincre ? lui demande Bernette. Moi, ou toi ? »

Encore un silence. Puis Carmeline pousse un soupir. « Je vais jamais y aller, hein ?

— Tu les apercevras peut-être en montant au paradis. »

Carmeline éclate de rire et l'Homme glisse à nouveau sur Bernette.

« Il commence vraiment à puer, dit Bernette en le redressant une fois de plus. Et qu'est-ce qu'elle fout, Stella ?

— Elle a dit qu'elle allait se chercher une *crêpe**.

— C'était y a une demi-heure. Je te parie cent balles qu'elle s'est arrêtée dans un bar et qu'elle a encore oublié d'en ressortir.

— Eh ben on n'a qu'à aller la chercher. Je boirais bien un verre moi aussi.

— Et lui, on le laisse là ? demande Bernette.

— On l'a pas trimballé pour rien depuis la voiture. Babs nous a dit de le laisser à un endroit où quelqu'un le trouverait. On envoie un message.

— Quel message, au juste ? »

Carmeline écarte la chemise de l'Homme avec un pouce. « Il le porte sur lui, dit-elle. On y va ? On se lève et on bouge. »

Elles se lèvent donc et, sans Bernette pour le soutenir, l'Homme recommence tout de suite à pencher. Il restera là, plié sur lui-même, à cuire au soleil, bien après que Carmeline et Bernette auront repêché Stella au pub L'Oncle Antoine et regagné le Maine en franchissant la frontière à hauteur de Jackman. Les passants ne verront pas un mort mais un poivrot, et c'est après 19 heures, le soleil ayant disparu derrière les flèches et les horloges du Vieux-Québec, que deux agents de la Sûreté arrivent à sa hauteur en faisant leur ronde. Ils ont déjà remarqué l'Homme lors de leurs deux précédents passages et s'approchent du banc pour le secouer. Ils lui crient de se réveiller, tapent des mains. Comme rien ne marche, l'un des agents lui donne avec sa matraque un petit coup qui le fait tomber en arrière, et ainsi son collègue et lui sont les premiers à découvrir le message de Babs à l'intention d'Ogopogo, écrit à la bombe sur le T-shirt de l'Homme, lettres tarabiscotées par-dessus le dessin d'un coucher de soleil au bord de la mer :

Bienvenue dans le Maine
Maintenant rentre chez toi

Lori est sur le perron du 134, Cherry Hill Terrace, dans le quartier chic où vivent les médecins, les avocats et les professeurs d'université. Toutes les maisons ont des colonnes doriques à l'avant et une piscine à l'arrière, ce qui est un luxe considérable dans une ville où on n'a vraiment besoin de se rafraîchir qu'une dizaine de jours par an. Une génération plus tôt, la famille de Shawn vivait à Little Canada comme tout le monde, mais le père de Shawn, Wayde, qui agonise à l'intérieur au moment où Lori frappe, a réussi à s'extirper de sa condition de mécano pour fonder un mini-empire de garages automobiles, et lorsque Lori et Shawn avaient sept ans, les Paradis ont décidé de déménager de l'autre côté des voies de chemin de fer et de ne plus revenir à Little Canada que le dimanche, pour la messe.

Mais cet après-midi, même du côté droit des rails, la fumée rend l'air irrespirable. Lori frappe une seconde fois, recule d'un pas, attend. La maison s'est claquemurée contre la chaleur et la clim bourdonne avec confiance à l'arrière. Deux écureuils se donnent la chasse sur la pelouse à droite du garage, et lorsque Lori entend, au loin, des enfants qui s'éclaboussent autour d'une piscine, ça lui donne envie de pleurer.

Enfin, la porte s'ouvre sur la mère de Shawn, Maddie, vêtue d'un jogging, ses cheveux frisés attachés en chignon. Elle écarquille les yeux. « Lore ! fait-elle. Jésus Marie Joseph, c'est toi ? »

Lori tente un sourire. « Dix ans et deux désintox plus tard. Désolée de venir à un moment aussi horrible…

— Pas du tout, dit Maddie en s'écartant pour la laisser passer. Entre. »

Lori s'exécute, Maddie referme la porte et la serre dans ses bras. « J'ai appris pour Sis, dit-elle. Lore, je ne sais pas quoi te dire.

— Il n'y a rien à dire. Mais merci. Je suis désolée pour M. Paradis. »

Maddie se recule mais garde les mains sur la taille de Lori. « Qu'est-ce qu'on y peut ? dit-elle. C'est affreux, ça l'a toujours été. Vivre, c'est se persuader du contraire jusqu'au moment où on ne peut plus faire semblant. Ta mère tient le coup ?

— C'est le rocher de Gibraltar. Shawn est dans le coin ? »

Maddie la considère un moment, puis elle acquiesce et retire ses mains. « Oui, dit-elle en se dirigeant vers la cuisine. Il est avec son père. Je vais le chercher. »

Lori la suit et s'assied à la table de la cuisine pendant que Maddie va dans le bureau qui a été transformé en chambre pour Wayde il y a quelques mois, avant que celui-ci ne soit plus en mesure de monter à l'étage. Lori épie leur conversation, un aller-retour entre Maddie l'alto et Shawn la basse, trop étouffé pour qu'elle puisse distinguer les mots. Enfin, Shawn apparaît, suivi par Maddie.

« Salut », fait-il en s'arrêtant à l'entrée de la cuisine. Maddie vient s'attabler à côté de Lori.

« Salut, fait Lori.

— Est-ce que ça va ?

— Non. Et toi ?

— À peu près, je crois. Mon père est en train de mourir, et si le vent ne se calme pas bientôt, il va falloir trouver un moyen de l'évacuer. Mais à part ça, tout roule. »

Maddie plonge une main dans la poche de son sweat-shirt et en sort un joint aussi parfaitement roulé qu'une cigarette industrielle. « Wayde refuse de prendre le cannabis que son médecin lui a prescrit, dit-elle à Lori. Moi, par contre, je ne dis pas non à un petit remède. Ça te tente ? »

Lori sourit faiblement, acquiesce.

« Viens avec nous, Shawn », dit-elle. Le joint circule autour de la table, et lorsqu'il arrive à Shawn, celui-ci le pince maladroitement entre deux doigts, tire dessus d'un air hésitant, avale la fumée et se met à tousser comme un moteur qui a des ratés.

« Je vois que monsieur a l'habitude de se droguer, dit Lori en reprenant le joint.

— J'ai l'habitude d'avoir un travail, réplique Shawn. D'être un adulte.

— De te faire vernir les ongles des pieds. » Elle se tourne vers Maddie. « Tu étais au courant de ça ?

— Hé, chacun son truc, fait Maddie. On ne va pas se mentir : j'adore mon fils, mais il n'a jamais eu le cœur assez dur pour sortir avec toi. À ce propos, c'était comment, l'Afghanistan ?

— Splendide. »

Maddie lui offre un demi-sourire triste, elle semble saisir tout ce que Lori a mis dans cet unique mot. « Bon, dit-elle, vous avez sûrement des choses à vous dire et ça ne me concerne pas. Je vous laisse, je retourne auprès de Wayde. »

Une fois Maddie partie, Shawn ouvre le bar et revient avec une bouteille de Jameson et deux verres.

« Merde, j'ai oublié de te demander si tu voulais des glaçons.

— Sec, ça me va.

— Parfait. »

Ils trinquent et boivent.

« Je suis conscient que c'est peut-être le pire moment pour te demander un service, dit Lori. Mais j'ai un service à te demander.

— Tu peux me demander ce que tu veux, quand tu veux, dit Shawn. Je tiens à ce que ce soit clair et qu'on n'ait plus jamais à revenir là-dessus. »

La gorge serrée par le chagrin et la gratitude, Lori boit une nouvelle gorgée pour les dissoudre. « D'accord, dit-elle. Est-ce que ta proposition de m'héberger à Boston tient toujours ?

— Tant que j'aurai un toit à Boston, t'en auras un.

— Ça va te paraître malsain, parce que ça l'est en grande partie, dit-elle. Mais voilà ce que je te propose : tu ne dois rien me demander, et surtout pas de décrocher. On n'est pas ensemble, toi et moi. Je n'ai aucune idée de ce que je fais ni des délais. Tout ce que je sais, c'est que j'ai besoin de quitter cette ville. Rien de plus. En gros, je me sers de toi et je suis bien trop à la ramasse pour prétendre le contraire.

— T'es dure en affaires, Dionne, dit Shawn.

— Je sais. Donc ?

— Donc, c'est d'accord. *Mi casa es su casa.* Aussi longtemps qu'il faudra.

— T'es sûr ?

— J'ai jamais été aussi sûr de quoi que ce soit. » Shawn lève son verre, semble réfléchir une seconde, puis termine son bourbon.

« Et ton amour-propre, alors ? » demande Lori sans méchanceté.

La bouteille de Jameson à la main, Shawn la regarde, perplexe. « Tu sais vraiment pas ce que ça signifie quand quelqu'un te dit qu'il t'aime ? »

Lori ne sait pas quoi répondre.

« Besoin d'autre chose ? demande Shawn.

— Non. Juste de te dire merci.

— OK. Tu pars dès ce soir ? » Shawn se lève, va fouiller dans les poches de son blouson suspendu près de la porte et revient avec un trousseau de clés qu'il tend à Lori.

« Je pars dès que je peux, lui répond-elle. Il me reste juste un truc à régler.

— Quel truc ?

— Je dois découvrir qui a tué ma sœur.

— Je croyais qu'ils avaient arrêté le mec.

— Ils ont arrêté un mec. Mais il dit que c'est pas lui.

— Et tu le crois. Un type qui a, combien, sept autres cadavres dans son jardin ?

— Dix. Et, oui, je le crois.

— D'accord, fait Shawn.

— Est-ce que tu veux bien me rendre un autre service ?

— Tout ce que tu voudras.

— N'attends pas l'ordre d'évacuation. Ça va partir en vrille rapidement et vous feriez mieux de vous mettre en sécurité. Trouve un moyen d'emmener tes parents à l'abri et foutez le camp. Au moins pour quelques jours.

— Ça a quelque chose à voir avec ta mère ?

— Tout.

— Tu veux m'en parler ? »

Lori se lève et se dirige vers la porte. « Elle a encore moins de temps à vivre que ton daron », dit-elle, puis elle s'en va.

Babs est coincée dans un long embouteillage qui bloque Silver Street, à quelques centaines de mètres de la bifurcation vers Notre-Dame du Perpétuel Secours. Elle commence par s'étonner qu'il y ait des bouchons dans cette ville, puis elle remarque que tous les véhicules qui l'entourent ont des coffres sur le toit et des vélos à l'arrière, et qu'ils sont remplis à ras bord de gamins, de chiens et de valises, à croire que tout le monde a décidé de partir en vacances au même moment. Enfin, elle comprend que ce n'est pas si loin de la vérité : ces gens n'attendent pas que le maire, le gouverneur ou quiconque leur ordonne de fuir. Ils ont vu les nuées d'oiseaux poussées vers le sud par la panique, ils ont senti les poils de leurs bras se hérisser à l'approche du feu, et le vent forcir et gémir tel un chœur infernal. Alors ils ont mis les voiles. Ou, du moins, ils aimeraient mettre les voiles, mais pour ça ils doivent d'abord réussir à rejoindre la I-95.

Un quart d'heure plus tard, Babs range enfin son break sur le parking désert de l'église et en sort sans prendre la peine de remonter les vitres. En principe, un mardi après-midi, l'église devrait être fermée, mais Babs sait qu'elle trouvera les portes ouvertes.

Elle quitte la chaleur et la fumée pour la fraîcheur saisissante de la nef. Une fois que ses yeux se sont accommodés, elle voit Clément agenouillé au premier rang, en train de prier ce Christ ensanglanté qui agonisait déjà avant la conception de Babs. Elle se glisse près du prêtre et attend, sans bruit, qu'il ait terminé.

« Vous devriez faire vos valises, dit-elle. Vous devriez déjà être parti.

— Qu'est-ce que je dois fuir ? Le feu, ou la colère d'Ogopogo ?

— Ce que vous préférez, dit Babs. Dans les deux cas, c'est pas la prière qui vous sauvera. »

Clément se redresse avec un grognement et se rassied sur le banc. « Femme de peu de foi. »

Babs sourit. « Je vais vous expliquer avec des mots que vous comprendrez. Vous vous rappelez De Niro dans *Les Incorruptibles ?*

— Voyons voir. "Je veux qu'il meure ! Je veux que sa famille meure ! Je veux voir sa baraque en cendres ! Je veux aller là-bas au milieu de la nuit et pisser sur son cadavre !"

— Vous devez être imbattable au *Trivial Pursuit.*

— Le célibat a ses bons côtés, dit humblement le père Clément.

— Mais là, c'est pas du cinéma, Clément. Ils vont vouloir faire un exemple, et ils vont s'assurer que tout le monde sera au courant. Ils hésiteront pas à tuer un prêtre.

— Ils vont devoir faire la queue, par les temps qui courent, dit Clément. Et si tu t'inquiètes tellement pour ma santé, il aurait peut-être fallu y penser avant de charger ton gendre de tuer cet homme.

— J'y suis pour rien, dit Babs. Il a décidé ça tout seul. »

Clément se lève, se faufile devant Babs et monte une par une les trois marches qui mènent à l'autel.

Il ouvre un rangement dans la base de l'autel, y prend le tabernacle – une boîte parcourue d'inscriptions argentées en latin avec, en relief sur un côté, un agneau gisant sous une croix – et en sort une grande burette en cristal remplie de vin. Il tire un coup sec sur le bouchon, s'en envoie une bonne rasade, retourne auprès de Babs et lui tend la burette.

« Tu peux en boire, tu ne risques pas de prendre feu, la rassure-t-il en voyant son air effaré. Il n'est pas consacré. C'est encore du chianti premier prix.

— Je passe quand même mon tour.

— Ça en fera plus pour moi, dit Clément en se rasseyant à côté d'elle.

— Vous êtes le prêtre le plus bizarre que je connaisse.

— *Oui, bien**. Je te l'ai expliqué, j'essaie de me faire virer depuis des années. Avec ça, je vais peut-être enfin réussir. » Nouvelle gorgée. « Qu'est-ce qui t'amène dans la maison du Seigneur par cette belle journée d'incendie ?

— Je vous l'ai déjà dit. Vous devez quitter la ville. »

Clément a un petit rire sarcastique. « Même en étant aussi bouchée que tu l'es, tu dois bien te rendre compte que ce n'est pas la vraie raison.

— Vous sous-entendez que je ne sais pas ce qui se passe dans ma propre tête ?

— Non. Je sous-entends que je sais ce que tu as dans le cœur, et que tu penses à la forme qu'aurait pu prendre ta vie si tu n'avais pas tué Sacha. Je sais que tu aimerais plus que tout permettre au Seigneur de t'ôter ce fardeau et tous ceux qui en ont découlé. Il y a une foule de gens qui ne désiraient pas autant le salut que toi et qui l'ont quand même accepté. Il n'est pas trop tard. Il te suffit de le demander.

— C'est pas votre chantage qui me fera dire que j'ai mal agi.

— Personne ne veut te faire dire que tu as mal agi. Tu n'as qu'à dire que tu es désolée.

— Sauf que je ne le suis pas.

— Bien sûr que si, dit Clément. Tu es désolée d'avoir dû t'entourer d'une carapace comme on n'en a plus vu depuis le général Patton. Tu es désolée que tes parents aient dû trimer autant pour si peu. Tu es désolée d'avoir transmis leur souffrance à tes enfants comme un bijou de famille. Je continue ? »

Une pause, puis : « Oui, s'il vous plaît. »

Clément opine, boit une gorgée. « Tu es désolée que l'amour soit imparfait et les gens incapables d'arrêter de faire du mal. Tu es désolée que Sacha ait été détraqué au point de violer une jeune fille. Tu es désolée que la vie soit pleine de souffrance. Et je vais te dire une chose. C'est pareil pour le Seigneur. Ça fait longtemps qu'Il attend de compatir avec toi. Donc, tu vois, il te suffit de dire que tu es désolée. Après ça, je pourrai prendre mes affaires et foutre le camp, histoire de ne pas te donner une nouvelle raison d'être désolée. »

Clément soupire et presse son pouce et son index sur ses paupières. « Depuis que je suis prêtre, l'intégralité de ma vie tourne autour d'une seule chose : apprendre à accepter ce qui ne peut pas être changé. Je ne peux pas ramener Simone, je ne peux pas faire vivre notre bébé – et je ne peux pas non plus te persuader de vivre. Mais je te ferai entrer dans ce confessionnal, Barbara, et je veillerai au salut de ton âme. Sinon, je veux bien être damné. »

Et, là-dessus, Clément en a fini. Il se lève et passe une nouvelle fois devant Babs, traverse la nef et se dirige vers le confessionnal avec la burette de vin. Il ouvre l'entrée réservée au prêtre et se retourne vers Babs. « À tout de suite », lui dit-il en refermant la porte.

Babs sent la nef désertée se refermer sur elle. Elle regarde alentour, se remémore le jour lointain où elle était venue, maigrichonne, rebelle et couverte de sang comme à sa naissance, ce jour où Clément, avec ses cheveux en brosse et ses taches de rousseur, l'a sauvée. Voyez maintenant ce qu'ils sont devenus : lessivée, Babs ressemble moins à un pur-sang qu'à une poire, et sur le visage de Clément prédominent désormais taches brunes et mélanome.

Elle sourit malgré elle. Quelque part, une personne au bras long doit trouver tout ça très drôle, car sinon le monde et sa vie seraient bien différents.

Elle lève les yeux vers Jésus, le suspect numéro 1. « T'es un bel enfoiré, tu sais. »

Jésus continue à la fixer en se vidant de son sang.

« C'est bon, c'est bon », dit-elle en se mettant debout et rejoignant Clément dans le confessionnal. Elle ferme la porte, s'agenouille devant le grillage et, sans réfléchir, sans avoir rien prémédité, elle se met à parler.

« Pardonnez-moi, mon père, car j'ai péché, dit-elle. Je ne me suis pas confessée depuis… quarante-huit ans. »

Un silence entre eux.

« Présenté comme ça, dit enfin Clément de l'autre côté du grillage, je ne suis pas sûr d'avoir assez de temps devant moi. »

Ils éclatent de rire tous les deux.

Contrairement au père Clément, Bates a fait sa valise et est prêt à décoller quand Lori déboule à l'improviste, et tout en se dirigeant vers sa voiture, il se maudit de ne pas être parti trente secondes plus tôt.

« C'est fini, Lori, dit-il en montant dans sa Lincoln et en mettant le contact. Je vais chercher ma femme et je fiche le camp d'ici. Si t'as quelque chose dans la cervelle, tu devrais te faire oublier toi aussi. »

Lori pose les mains sur le cadre de la vitre conducteur et se baisse vers le policier. « Vous avez vérifié son téléphone ?

— De quoi est-ce que tu parles ?

— Du téléphone de Sis. Aubrey a dit qu'elle l'avait appelée ce soir-là pour lui demander de venir la chercher. Aubrey lui a répondu de commander un taxi. Est-ce que vous avez sorti la liste de ses appels ?

— Bien sûr.

— Et ?

— Et il n'y avait rien à voir.

— Elle n'a pas appelé de taxi ? »

Bates enclenche ostensiblement la marche arrière. « Lori, écoute…

— C'est une question très simple. » Elle s'agrippe à la portière, obligeant Bates à remettre la voiture au point mort.

« Si, elle a appelé PT Taxi. Et, de toute évidence, personne n'est venu la chercher. Tu veux savoir comment je le sais, Lori ? Parce qu'on a trouvé son cadavre à l'endroit d'où elle a appelé. Elle n'a jamais quitté la décharge. La vache, ce que tu peux être butée quand tu t'y mets.

— Donc vous devez aussi avoir le bornage de son téléphone, pour confirmer qu'elle n'a jamais quitté la décharge. »

Bates lui jette un regard noir. « Les données GPS, c'est pas la même histoire. Il y a un tas de paperasse à se farcir à cause du Quatrième Amendement. Et on n'en avait pas besoin.

— Très bien, dit Lori. Je vais aller chez PT Taxi et faire votre boulot à votre place. Bonne continuation. »

Elle lâche la portière et s'éloigne dans l'allée.

« Lori ! » crie Bates dans son dos.

Elle continue à marcher.

« Je vais t'enseigner une chose que j'ai apprise à mes dépens en quarante ans d'enquêtes », dit-il.

Cette fois, Lori s'arrête et fait demi-tour. « Y a intérêt à ce que ça soit intéressant, dit-elle.

— Le rasoir d'Ockham, jeune femme. La réponse la plus simple est toujours la plus vraisemblable.

— C'est pas ça, le rasoir d'Ockham, réplique Lori. Pas du tout.

— Bon, on s'en fout, dit Bates. Là où je veux en venir, c'est que si tu refuses de voir la réponse qui se trouve juste sous ton nez, tu finiras par découvrir des choses que tu préférerais ne pas savoir. La vie est déjà assez dure comme ça. »

Bruce est formel : il en a terminé avec l'alcool. Il le sent et c'est la première fois de sa vie qu'il est aussi certain de quelque chose. Aussi sûrement qu'il sait comment il s'appelle, il sait que cette gueule de bois est sa dernière. Il a pris la vie d'un homme, et il ne touchera jamais plus à la boisson.

Babs en est moins convaincue.

« T'es sobre depuis quoi, douze heures ? dit-elle. On va peut-être attendre avant de s'emballer. »

Comme toujours, son mépris est cinglant. Bruce parvient seulement à répondre, « J'en suis à peu près sûr, Babs, vraiment.

— À peu près, c'est pas suffisant, dit-elle. Pendant la première année de sobriété, en principe, tu ne devrais même pas avoir une plante verte chez toi. Je peux confier Jason à quelqu'un le temps que tu sois prêt.

— À qui ?

— À Lori.

— Lori ? Elle est tellement camée qu'elle arrive même pas à s'occuper d'elle-même. Tu trouves ça mieux ? »

Une question légitime, à laquelle Babs n'a cependant pas l'intention de répondre.

« Bruce, dit-elle. Au lieu de t'inquiéter pour Jason, tu ferais mieux de penser à te barrer d'ici. Tu ne lui serviras plus à rien quand tu seras mort.

— Je comprends pas. T'as dit qu'ils penseraient que c'est toi qui l'as tué.

— C'est vrai, mais ils vont tout brûler. Ils vont tuer tous les gens avec qui j'ai bu un café une seule fois dans ma vie, histoire de ne laisser échapper vraiment personne. »

Bruce prend quelques instants pour assimiler, tâtant avec le bout de ses doigts les protubérances autour de son œil droit, un geste qu'il répète de manière compulsive depuis l'arrivée de Babs. « J'ai fait ce qu'il fallait, hein, Babs ? demande-t-il. Pour une fois j'ai fait ce qu'il fallait. »

Dans sa tête, Babs a envie de rétorquer *Beaucoup, beaucoup trop tard*, mais elle ne sera bientôt plus là et elle a besoin que le père de son unique petit-fils ait un tout petit peu confiance en lui-même. « Oui, Bruce, dit-elle. Et je suis fière de toi. Mais maintenant il faut que je voie Jay-Jay.

— Je… je refuse que tu le prennes. »

Babs le toise. « Laisse-moi lui parler, dit-elle. Ce sera à lui de décider.

— D'accord.

— Mais, Bruce.

— Quoi ?

— Pendant que je parlerai avec lui, fais ta valise. »

Chapitre 19

5-6 juillet 2016

Au fil de sa carrière dans la police aux frontières du Canada – plus de cinquante heures par semaine durant quinze ans, pas un seul jour de vacances ni de congé maladie, un dévouement intégral à son travail afin de nourrir sa famille tout en l'évitant –, un total de 1 625 jours-personnes occupés à recevoir, interroger et fouiller les individus passant la frontière entre le Québec et le Maine, Kay Whiteduck n'a connu que trois événements notables. Trois pauvres histoires méritant d'être racontées autour d'un verre au McVeigh's, où elle va presque tous les soirs (pour éviter la famille évoquée plus haut, famille qu'elle aime mais qu'elle considère essentiellement comme un poids sur ses épaules) lorsqu'elle termine à 18 heures. Trois anecdotes pour résumer sa vie professionnelle, qui, si on est lucide, est en réalité sa vie entière. Et voilà qu'on la prive d'une de ces histoires dans des circonstances pour le moins louches. On lui demande – de manière plus succincte que ce qui va suivre, mais le sens est le même – de regarder ailleurs, de ne pas poser de questions, de faire comme si les trois femmes qu'elle a contrôlées alors qu'elles tentaient de rentrer dans le Maine à bord d'une voiture de location dont le coffre est tapissé, architapissé de sang, comme si ces trois jeunes femmes, donc, n'étaient jamais arrivées à la frontière.

Kay Whiteduck est beaucoup de choses – une grosse buveuse, une femme tourmentée par son infidélité compulsive, une Mi'kmaq presque de souche, une mère aimante quoique distante –, mais elle n'est pas une menteuse. Sourire en prétendant que les choses ne sont pas ce qu'elles semblent être ? Pisser sur la jambe d'un autre en lui racontant qu'il pleut ? C'est pour les Blancs, ça. Et justement, les deux Blancs qui se trouvent avec elle dans le bureau lui font comprendre en souriant qu'ils attendent qu'elle entre dans leur jeu et, plus grave encore, qu'elle ménage sa petite tête brune en ne se posant pas trop de questions.

L'un des Blancs en question est Hunter, le superviseur de Kay. Cet enfoiré d'Hunter. Le plus blanc de tous les Blancs. D'accord, elle a couché avec lui, mais ça ne change rien. Ce n'est pas pour ça qu'elle devrait mentir ni enfreindre la loi. Elle n'a pas à risquer son travail et sa liberté pour lui faire plaisir. Que se passe-t-il ? Pourquoi n'est-elle pas au McVeigh's avec trois Negronis dans le cornet, au lieu de se trouver dans le bureau d'Hunter alors que son service est fini depuis longtemps, avec la nette impression d'avoir été rattrapée par une force colossale et malveillante, une conscience presque divine qui escompte qu'elle joue le jeu, sinon gare.

« Quelquefois, lui dit Hunter, pas souvent, mais à de rares occasions, se présente une situation qui exige… de la discrétion. De la souplesse. La capacité de prendre des décisions qui, à première vue, ne respectent peut-être pas la loi à la lettre, mais qui correspondent à cent pour cent à son esprit. Tu me suis, Kay ? »

Le ton condescendant de ce salopard. Comme si elle ne faisait pas ce boulot depuis quinze ans. Comme si, depuis tout ce temps, elle se comportait comme une espèce d'automate dépourvu de libre arbitre et de discernement. Comme si on ne lui avait pas enseigné, à la fois pendant sa formation initiale et au cours d'innombrables stages de rafraîchissement, que dans son métier aucune situation ne peut être passée à la trappe, glissée sous le tapis et autres clichés.

Kay se demande à combien se monte le bakchich que touche Hunter.

Tout cela n'a aucun sens. Il suffit de voir l'autre personne dans ce bureau, celle qui représente la force malveillante que Kay sent flotter autour d'eux comme les pollens au printemps : une mère de banlieue plus toute jeune avec un sourire extatique aux lèvres. Elle dit s'appeler Amy, mais Kay en doute. Une Amy, c'est le genre de personne à qui on confierait ses gosses cinq minutes après l'avoir rencontrée. Alors que cette femme semble sortie d'une usine produisant à la chaîne des cinquantenaires qui ont, peut-être avec un certain soulagement, abandonné l'idée d'être des objets de désir : T-shirt trop grand à rayures bleu et blanc (horizontales, les rayures !), short en lin écru retenu par un cordon noué, cuisses épaisses, grosses baskets blanches. Normale, banale, et surtout inoffensive. Pourtant, elle dégage une aura qui a déclenché toutes les alarmes internes de Kay. Et ça, c'était avant qu'« Amy » essaie de récupérer les trois vieilles dames du Maine pour leur faire Dieu sait quoi, avant aussi que Kay se rende compte qu'« Amy » a suffisamment d'influence, d'argent et de pouvoir d'intimidation pour convaincre Hunter de la laisser faire sans poser de questions.

« Non, répond-elle à Hunter. Je ne te suis pas.

— C'est pas grave », dit celui-ci avec un regard en direction d'« Amy », laquelle continue de sourire avec son air de clown terrifiant. « En gros, j'ai vraiment, vraiment besoin que tu comprennes qu'on n'a pas le choix, et que moins tu en sais, mieux ce sera. »

C'est alors qu'« Amy » ouvre la bouche et, d'une voix tout aussi guillerette que son sourire, dit, « Je peux répondre à toutes vos questions. Je vous dirai tout ce que vous voulez savoir. »

Hunter ferme les yeux et se masse les tempes en marmonnant des choses incompréhensibles.

Kay observe la femme un long moment. « D'où vient le sang dans le coffre ? demande-t-elle.

— Qu'est-ce qu'elles vous ont dit ?

— Que c'est une voiture de location et que si on veut le savoir il faut contacter Hertz.

— Malheureusement, elles ont tué un de mes collègues. » Toujours ce sourire.

« Un collègue ?

— Il a été retrouvé cet après-midi même à Québec. Ces femmes rentrent chez elles après l'avoir largué là-bas, le pauvre.

— Donc vous êtes une sorte d'espion du gouvernement. Des services secrets.

— Non.

— Vous travaillez pour la Gendarmerie royale ?

— Non plus. »

La femme continue de sourire à Kay, ses yeux sont grands ouverts et brillants.

« Tu commences à comprendre, Kay ? » lui demande Hunter.

Elle commence. Et elle a beau savoir qu'elle en a déjà trop entendu, elle veut en savoir davantage. « Qu'est-ce que vous avez l'intention de leur faire ? demande-t-elle.

— Est-ce que ça vous embête si je réponds à votre question par une question ?

— Non, dit Kay. Allez-y.

— Est-ce que vous avez déjà eu vraiment très soif ? Un jour où il faisait très très chaud, comme… eh bien, comme tous ces derniers jours !

— J'ai plutôt soif en ce moment même, dit Kay.

— D'accord, mais moi je vous demande si vous avez déjà eu tellement soif que vous le sentiez dans tout votre corps. Comme si toutes vos cellules réclamaient de l'eau. Vous avez déjà eu aussi soif que ça ?

— Je ne crois pas, dit Kay.

— Moi, je peux vous assurer que non. Parce que, lorsqu'on a connu une soif pareille, on n'a pas le moindre doute. Donc, je ne peux pas vous dire avec certitude ce qui va arriver à ces dames – ça dépend de mon patron –, mais je peux vous dire qu'à ma connaissance il n'y a pas pire que de mourir de soif.

— Ah bon ? demande Kay.

— Croyez-moi. Je préfère encore une balle de .45 à tête creuse sous le menton. Tous les jours de la semaine, et deux le dimanche, sans hésitation. Ça en fout partout, d'accord, mais au moins c'est rapide ! Vous voyez ce que je veux dire ?

— Je...

— Boum ! Fini ! Beaucoup mieux que mourir de soif, ligotée dans une pièce sans fenêtre avec des lampes à chaleur braquées sur vous. Impossible de déterminer combien de temps s'est écoulé parce que le jour et la nuit n'existent plus et qu'on vous réveille chaque fois que vous piquez du nez. Des fois, on pose une éponge humide contre vos lèvres, on vous laisse même la téter un peu, mais ça ne fait qu'empirer les choses. S'ils vous en veulent vraiment, ils peuvent vous poser une perfusion avec juste assez de solution saline pour vous garder en vie. Vous pouvez survivre des semaines comme ça, mais le plus bizarre c'est que vous continuez à avoir tout aussi soif.

Et à la fin, juste avant de mourir, vous perdez la tête, bien entendu.

— J'imagine », dit Kay.

Le sourire d'« Amy » devient encore plus éclatant. « Vraiment ? C'est super, ça. C'est exactement ce que je veux. Que vous réussissiez à imaginer comme ça doit être horrible. Parce que maintenant je vais m'en aller, et je vais emmener ces femmes avec moi, et si, dans les années à venir, il vous prend l'envie de raconter à quelqu'un ce qu'on vient de se dire, je veux que vous repensiez à ce que ça fait de mourir de soif. Avant d'ouvrir la bouche, demandez-vous si votre envie de raconter ce qui s'est passé aujourd'hui mérite de connaître ce sort-là. »

Sur ces mots, « Amy » se lève, hisse sur son épaule un énorme sac en cuir au fond duquel, Kay en a la conviction, se trouve un rouleau de bonbons à la menthe entamé, et elle sort du bureau sans se donner la peine de fermer la porte derrière elle.

Une demi-heure plus tard, Kay a déjà bien entamé son deuxième Negroni et, malgré les quatre amies qui l'entourent, elle ne décroche pas un mot, même quand celles-ci la poussent à parler, lui donnent des coups de coude en lui demandant ce qui lui arrive. Elle boit tellement qu'à la fin elle ne sait même plus où elle est, alors ses amies la ramènent chez elle, la portent jusqu'à l'entrée, lui prennent ses clés pour ouvrir la porte et les laissent dans la serrure, puis la déposent sur le canapé du salon où elle continue à ronfler. Mais tout cet alcool n'empêche pas les cauchemars, et lorsque Kay se réveille en hurlant quelques heures plus tard, elle n'a jamais eu la bouche aussi sèche.

Quand Babs pénètre dans la chambre de Jason, elle le trouve allongé sur son lit – un matelas sans draps –, en train de lancer une balle et de la rattraper.

« Bonjour, mon petit chéri, dit-elle.

— Salut. » Jason ne la regarde pas. Il lance la balle tout droit au-dessus de lui, et elle retombe dans sa paume avec un bruit creux.

« Tu m'as entendue discuter avec ton père ? demande Babs.

— J'entends tout, dit Jason. Et je comprends tout. C'est comme ça depuis toujours.

— Qu'est-ce que tu veux dire ?

— Je parle français, *Mémère**. *Je sais tout ce que tu voulais garder secret**. »

Babs sent qu'elle perd Jason, qu'il s'éloigne d'elle en flottant. Elle a eu la même sensation avec Jean, puis avec Lori et maintenant avec Sis, quand elle n'a plus été capable de les influencer ni de les protéger.

« Bien, donc tu sais ce que je suis venue te demander.

— Où tu vas ? » Il lance, rattrape.

Étrangement, Babs n'a pas prévu cette question.

« Je ne vais nulle part, dit-elle. Mais toi, il va falloir que tu te caches quelque temps.

— Pourquoi c'est toi qui décides ? »

Là, elle est complètement prise de court. Elle ne reconnaît plus son petit-fils, soudain si direct et maître de lui-même. Ce petit garçon dont la mère a été assassinée est très différent de celui qu'elle a toujours connu, et l'inconnu hostile qu'elle a devant elle la fait bafouiller. « C'est pas moi qui décide, Jay, lui dit-elle enfin.

— Alors pourquoi c'est toi qui me le dis ? » Il lance, rattrape. « Tu sais ce que je pense, *Mémère** ? Je pense que c'est toi qui décides tout, je pense que t'as toujours tout décidé.

— Eh bien maintenant, c'est à ton tour, dit Babs. Il faut que tu partes d'ici pendant un moment. C'est non négociable. Mais tu peux choisir : est-ce que tu veux aller avec ton père ou avec ta tante Lori ?

— Je veux aucun des deux. Je veux que ma maman rentre à la maison, je veux que tante Lori aille bien et je veux rester ici parce que c'est chez moi.

— Mémère ne peut pas faire ça pour toi, mon cœur.

— Bien sûr que si. C'est toi qui décides. Tout le monde fait toujours ce que tu dis.

— Jay-Jay, je…

— C'est à cause de toi que Maman est morte. C'est à cause de toi que tante Lori va aussi mal. C'est à cause de toi que Papa va peut-être me laisser partir sans lui. Tout ça, c'est toi qui l'as fait. Donc pourquoi tu le défais pas ? »

Dévastée, Babs essaie en vain de trouver quelque chose à dire.

Jason lance, rattrape. Lance, rattrape.

Enfin, elle se laisse tomber lourdement sur le lit. Sans un regard pour sa grand-mère, le petit continue de lancer sa balle.

« Jay-Jay, dit-elle. Tu as énormément grandi en très peu de temps. Donc je vais te parler comme à un adulte.

— D'accord.

— C'est la dernière fois qu'on se voit, tous les deux. »

La balle retombe dans sa paume, mais cette fois il ne la relance pas. « Pourquoi ?

— Je ne changerai pas, et le monde ne changera pas, et je ne peux rien défaire. C'est comme ça.

— Donc il y a quelqu'un qui va te faire du mal ?

— Je me suis fait du mal toute seule, Jay-Jay. Comme je vous ai fait du mal à tous. Tu viens de le dire. »

Jason s'assied sur le lit. « Je veux pas qu'on te fasse du mal. »

Babs agite une main en l'air, comme pour minimiser. « Quoi qu'il arrive, ta *Mémère** sera capable d'encaisser, lui dit-elle. Mais une chose que je trouverais insupportable, ce serait de m'en aller sans te demander pardon. Alors je te demande pardon, mon ange. Je suis désolée. J'aurais aimé pouvoir trouver un autre moyen de faire les choses. Dis-le à ton père de ma part, s'il te plaît. Et à ta tante Lori, quand tu la verras. Dis-le à tous ceux qui voudront bien l'entendre, pendant tout le reste de ta vie. Tu veux bien faire ça pour ta vieille *Mémère** ? »

Jason opine. Son regard aussi a changé : il est maintenant vide et froid, toute la joie et la candeur sont remisées loin derrière ses yeux. Babs reconnaît ce regard, elle l'a vu bien des années plus tôt, à la fin de l'été 1968, quand, au lieu de se préparer à entrer au lycée, elle a atterri chez les sœurs de Saint-Joseph dans le Vermont. Elle avait les mêmes yeux, ce premier matin au couvent, lorsqu'elle s'est regardée dans le miroir de la salle de bains qu'elle partageait avec cinq autres novices. Elle a passé presque toute cette matinée à étudier son visage en peinant à se reconnaître, comme elle peine maintenant à reconnaître Jason. Par la suite, son regard n'a plus jamais changé ; simplement, un jour, elle a cessé de le trouver étrange, et elle a perdu le souvenir du temps où ses yeux n'étaient pas vides et froids.

Babs se penche vers son petit-fils et le prend dans ses bras, mais c'est une statue qu'elle serre contre elle. Quelques secondes plus tard, elle le lâche, se lève et quitte vivement la chambre. Elle retrouve Bruce au rez-de-chaussée, devant deux valises défoncées ouvertes en grand sur le canapé.

« Prends ton fils et quitte la ville », lui dit-elle, puis elle sort dans le vent et la chaleur. Au sud, le ciel est rouge, la fin est proche, peu importe la direction qu'elle prendra.

Si c'est cet homme qu'elles devaient tant redouter, alors il paraît évident à Carmeline qu'on s'est bien fichu d'elles.

« Il a pleuré, dit-elle en français à Stella et Bernette en désignant celui qu'on leur a présenté comme étant Ogopogo. Regardez ses yeux ! Ils sont tout rouges !

— C'est peut-être juste un rhume des foins, dit Stella. Avec tout le pollen qu'il y a dans l'air.

— Mesdames, dit la prétendue Amy.

— Un vrai bébé, dit Carmeline.

— Vous avez déjà vu des photos d'El Chapo ? demande Bernette.

— El qui ? fait Stella.

— Mesdames, vous voulez bien vous taire une seconde ? dit la prétendue Amy.

— Un petit Mexicain qui avait une tête à cultiver des avocats, dit Bernette, mais qui a fait plus de morts que les crises cardiaques et le cancer réunis.

— Mesdames, Ogopogo aimerait s'exprimer, dit la prétendue Amy.

— Même des innocents, ajoute Bernette. Et des gosses. Si ça se trouve, il est pareil, lui.

— Moi, je parie qu'El Chapo pleurait pas comme une fillette, dit Carmeline.

— C'est exact, dit Ogopogo, j'ai pleuré. Et je n'ai pas honte de l'admettre.

— Oh, merde, il parle français », dit Stella.

Les dames sont assises sur un canapé nordique dépourvu d'accoudoirs et tapissé de lin, le type de meuble que l'on trouve près des cabines d'essayage dans les boutiques de luxe. La pièce est circulaire et immense, avec un sol en marbre poli à l'éclat mortel et un dôme de granit au plafond. Elles pourraient être dans la rotonde d'un capitole d'État. Pourtant ce n'est qu'une pièce, probablement parmi tant d'autres, de la maison d'Ogopogo.

Quant à Ogopogo lui-même – blanc, calvitie, carrure moyenne, yeux marrons, cheveux poivre et sel, tonsure, poignets fins, lunettes, pantalon de toile, polo rouge et bleu aux armes des Canadiens de Montréal, un homme comme on en croise des milliers au cours d'une vie sans jamais les remarquer –, il leur fait face dans un fauteuil assorti au canapé. « Amy » se tient debout près de lui.

« J'ai pleuré, dit Ogopogo, parce que je ne me suis pas encore fait à l'idée que le seul homme que j'aie jamais aimé a été tué. Et pas seulement tué : assassiné d'une balle dans la gorge et laissé pourrir sur un banc comme un détritus.

— Vous savez ce qu'on dit, répond Carmeline. Pourri dedans, pourri dehors.

— Euh, Carmy, fait Bernette.

— Quoi ? Je l'emmerde. Il va nous tuer, de toute façon.

— Je disais donc, reprend Ogopogo, que le deuil n'est pas une chose à laquelle je suis habitué et que je vous présente donc mes excuses pour la manière dont je me présente devant vous.

— Le deuil, ben voyons, dit Carmeline. Vous vous tapiez un mec, et il s'est fait buter. Vous voulez savoir ce que c'est, le deuil ? Passez cinquante ans avec quelqu'un. Vous devrez apprendre à le haïr avant de pouvoir vraiment faire votre deuil.

— C'est une vision bien triste de la vie.

— C'est celle que la vie m'a donnée », dit simplement Carmeline.

Ogopogo laisse paraître un sourire si fin qu'elles se demandent s'il ne sort pas de leur imagination. « Quoi qu'il en soit, vous vous trompez en disant que je vais vous tuer.

— Vraiment ? fait Bernette avec espoir.

— Je préférerais l'éviter, dans la mesure du possible. Votre amie, Mme Dionne, devra mourir, oui. Mais je ne suis ni un voyou ni un sadique. Ce qui m'intéresse, c'est de gagner de l'argent en ayant aussi peu de soucis que possible. Par conséquent, si je le décide, vous pourrez survivre tout en m'enlevant un souci.

— Qu'est-ce que ça signifie ? demande Carmeline.

— Très simple, dit Ogopogo. Quand Mme Dionne ne sera plus là, ce qui sera effectif d'ici quelques heures, vous rentrerez chez vous et vous reprendrez le réseau. Vous travaillerez pour moi.

— Vous rêvez, dit Carmeline.

— Vous ne souhaitez pas prendre une minute pour y réfléchir ? En parler entre vous ?

— J'avoue que j'aimerais bien qu'on en parle, dit Bernette.

— Cinquante ans d'amitié, réplique Carmeline en se tournant vers elle. De *sororité*. Et tu serais prête à tirer un trait dessus en échange de quoi ? Vivre jusqu'à un âge où tu recommenceras à te chier dessus ?

— Et les chutes du Niagara ? demande Stella.

— Il paraît que c'est surfait, dit Carmeline. T'y vas, tu prends de l'eau plein la tronche, t'achètes un truc à la boutique de souvenirs. Fin.

— Il y a douze heures, t'aurais pu te couper une oreille pour y aller, dit Stella. Et maintenant, d'un coup, c'est surfait ?

— Mesdames, intervient Ogopogo.

— En plus, c'est quoi cette histoire de sororité ? demande Bernette.

— Une question de principe, lui répond Carmeline.

— De principe ? Ils étaient où, tes grands principes, quand tu complotais pour discréditer Babs et filer Waterville à l'autre taré ?

— Mesdames, s'il vous plaît, dit Ogopogo.

— Il fallait renverser Babs, dit Carmeline. On était toutes d'accord. Pour le bien de tout le monde.

— Et pour le bien de tout le monde dans cette pièce, dit Bernette, moi je trouve qu'on devrait réfléchir à ce que nous propose… Octopago ici présent.

— Ogopogo, rectifie Stella.

— C'est pareil, dit Bernette.

— Laissez tomber », dit Ogopogo. Il se lève de son fauteuil et quitte la pièce sans un mot de plus. Les dames et « Amy » le regardent disparaître, puis elles entendent le bruit d'une lourde porte qui s'ouvre et se referme.

« Il se passe quoi maintenant ? demande Bernette.

— Maintenant, dit la prétendue Amy, maintenant j'ai une mauvaise nouvelle pour vous, Mesdames. Moi aussi je vais m'en aller, car le véritable Ogopogo va arriver dans un instant et je ne suis pas autorisée à le voir.

— Le véritable Ogopogo ? demande Stella.

— Oui. Seuls ceux qui vont mourir voient son visage, et comme je ne suis pas encore prête à passer l'arme à gauche, je vais déguerpir. »

Sans leur en dire plus, « Amy » sort rapidement, ses semelles giflant le marbre, et les trois dames restent seules, mais pas pour longtemps.

Des informations nous parviennent. L'explosion d'une usine dans le Kansas. Une sécheresse quelque part en Afrique. Un pogrom dans un des pays en « stan » que nous sommes à peu près capables de situer sur une carte. Nous apercevons, en passant dans un aéroport ou avant un rendez-vous à l'hôpital, des images d'un tsunami qui balaie des villes côtières et emporte des maisons à quinze kilomètres dans l'intérieur des terres. Et nous nous disons : *Quelle tristesse* – puis notre embarquement débute, ou bien l'infirmière nous appelle. Par la suite, éventuellement, après l'atterrissage ou l'intervention de routine, nous nous souvenons de faire un don. Et puis, comme on dit, la vie continue, du moins pour ceux qui ne l'ont pas perdue.

Mais, avec le temps, la Chose que nous avons vue frapper tant d'autres que nous finit fatalement par nous tomber dessus. En cet instant précis, la Chose, s'intéresse à Babs et se réunit dans un ancien entrepôt industriel en banlieue de Toronto qui sert de base opérationnelle à l'un des aspects les plus rebutants de la vaste entreprise d'Ogopogo. Cette Chose est composée d'hommes dont le nombre approche celui d'une escouade, des hommes qui viennent tous des Forces spéciales et/ou sont d'anciens tueurs à gages, qui ont abandonné leur statut d'instruments gouvernementaux au profit de celui de mercenaires, avant d'être soigneusement sélectionnés pour entrer au service d'Ogo, une position suffisamment lucrative et intéressante pour lui assurer leur fidélité durant le reste de leur carrière. Ces hommes qui constituent la Chose ne sont pas subtils et ne sont pas payés pour l'être. Ils connaissent mais n'utilisent pas souvent les tactiques des opérations clandestines. Les situations qui requièrent leurs talents sont généralement semblables à celle-ci. Ce sont des situations dans lesquelles Ogopogo désire envoyer un message clair et imparable qui trouve son expression idéale dans la doctrine des Navy SEALs : tuer ce qui doit être tué, rapidement, bruyamment et sans pitié. Écrire son nom avec du sang.

À l'instar des gardes du corps présidentiels et des équipes combattant dans les conflits asymétriques du monde entier, la Chose se déplace à bord de gros SUV noirs. En l'occurrence, des Chevrolet Suburban dernier modèle dotés des équipements classiques pour les missions de ce type : blindage balistique, plaque anti-mines sous le châssis, pneus runflat, vitres capables d'absorber une balle d'AK-47, moteur démesuré pouvant propulser tout ce bazar à la vitesse de 225 km/h. L'un des SUV est en outre muni de contre-mesures électroniques permettant de neutraliser des bombes artisanales, roquettes et missiles antichars guidés.

Plusieurs décennies d'entraînement et d'assassinats ont eu pour effet d'annihiler les dernières bribes de ce qu'on pourrait appeler l'humanité au sein des hommes qui constituent la Chose. Il leur suffit de savoir qui ils doivent tuer, jamais pourquoi. Ce sont des armes ambulantes qui ne pensent pas davantage au sang versé que ne le ferait un char d'assaut ou un avion de chasse. Ils s'entassent maintenant dans leurs SUV et prennent la direction de la rive occidentale du lac Ontario, d'où ils bifurqueront plein est avant d'entrer dans l'État de New York par l'Interstate 390. Le GPS leur annonce neuf heures de route jusqu'à Waterville, c'est plus de temps qu'il ne leur en faut pour se familiariser avec la liste de cibles qu'ils ont reçue.

Manifestement, le coordonnateur de PT Taxi, un gros mec en T-shirt *RETOUR DU JEDI* imprégné de transpiration, est aussi avocat à ses heures perdues car il connaît sur le bout des doigts la loi interdisant à la compagnie de divulguer toute information concernant sa clientèle, mais aussi la jurisprudence associée.

« Affaire Bushell contre Lenny's Liquorland, 1973, dit-il en regardant Lori dans les yeux. La Cour suprême, présidée par le juge Burger, a estimé qu'aucune information personnelle ne peut être communiquée sans un mandat portant explicitement le nom d'un client de la société. Et j'imagine que vous n'en avez pas.

— Je veux seulement savoir si vous avez reçu un appel d'une personne qui se trouvait dans la décharge Colbert & Sons, à Vassalboro, il y a quelques nuits, dit Lori. Je n'ai même pas besoin de connaître le nom de la personne. »

Sur le bureau se trouvent deux téléphones à cadran. Ils se mettent à sonner l'un après l'autre, mais au lieu de décrocher, le coordinateur mord dans un sandwich au jambon et répond à Lori la bouche pleine. « Si vous disposez déjà d'informations permettant d'identifier la personne, et si je les confirme en vous disant qu'une personne a effectivement appelé depuis la décharge pour demander une voiture le... quel jour vous avez dit ?

— Vendredi dernier.

— Si je confirme votre supposition concernant l'identité de la personne qui a appelé vendredi soir dernier, sur le plan légal c'est comme si je vous donnais moi-même l'information permettant de l'identifier. »

Tandis que la sonnerie des téléphones continue à vriller les oreilles de Lori, le coordonnateur attrape un grand gobelet de soda et fourre la paille dans sa bouche sans cesser de la regarder.

« En outre, reprend-il en posant le gobelet, nous ignorons tout des personnes qui nous appellent et nous n'enregistrons pas les communications. Nous savons seulement où nous les prenons en charge et où nous les déposons.

— Et c'est parfait, parce que c'est tout ce que j'ai besoin de savoir. »

Les téléphones sonnent toujours. Le coordinateur reste impassible, les sourcils dressés, et ne répond rien.

Lori ferme les yeux, se calme. « Avant que je dise ce que je m'apprête à dire, je veux que vous compreniez bien que je ne vous menace pas. Je fais appel à votre compassion. Je vous demande de me montrer qu'il en reste encore un tout petit peu dans ce monde. »

Un des téléphones se tait, bientôt suivi par l'autre. Le coordinateur paraît gêné et ce n'est pas uniquement dû à la chaleur : il ne s'attendait pas à ce que la conversation prenne ce tournant.

« Je ne suis pas certaine d'avoir encore de la compassion en moi, poursuit Lori, mais si vous me montrez que vous en avez, je crois que je pourrai en retrouver.

— D'accord, dit le coordinateur.

— Je pourrais vous obliger à me donner l'information que je cherche d'une demi-douzaine de manières différentes, dit Lori. Pour commencer, j'ai une arme. En général, c'est efficace. Je suis aussi assez forte pour tordre les articulations. Je n'aurais pas de mal à vous empêcher de respirer, ce qui convainc souvent les gens. Mais la véritable raison pour laquelle je pourrais vous forcer à dire ou à faire à peu près tout ce que je veux, c'est que ça ne me dérange pas de faire du mal. La plupart des gens, ça les gêne énormément. Ils ont beau se persuader qu'ils seraient capables d'aller aussi loin que nécessaire dans une situation donnée, tant qu'on fait mal – vraiment mal – à une personne qui nous regarde dans les yeux et qui nous demande d'arrêter, on ne sait pas à quel point c'est dur. La plupart des gens ne le supportent pas. Moi, par contre, si je veux quelque chose et si je dois vous faire du mal pour l'avoir, ça ne me posera pas de problème. Mais je n'en ai pas envie. »

Le malaise du coordinateur croît à vue d'œil.

« J'ai perdu quelqu'un, continue Lori. Ma sœur est morte. Mon frère est mort depuis si longtemps que je n'arrive plus à entendre sa voix dans ma tête. Mon père est mort il y a huit mois. D'ici un jour ou deux, ma mère sera morte. Vous pouvez me dire que c'est la vie. Vous aurez raison. J'ai connu des bébés en Afghanistan qui avaient perdu toute leur famille. Eh oui. La vie n'est que souffrance. Il n'empêche que j'aimerais bien souffrir un peu moins. Et vous pouvez m'aider. Peut-être.

— Et si je continue à refuser ?

— Je m'en irai. »

Le coordinateur fixe Lori quelques instants, puis il écarte son sandwich et balaie avec le tranchant de la main les morceaux de salade tombés sur le bureau.

Il pose un cahier à spirale devant lui, tourne quelques pages et le fait pivoter vers Lori.

« Vendredi 1er juillet, dit-il. Les entrées sont par ordre chronologique. Je vais aux WC, je ne veux pas vous voir à mon retour. Et ne touchez pas à mon dîner. »

Il s'en va et Lori se penche sur le cahier, un doigt sur la colonne de gauche qui indique l'heure des appels. Ceux-ci datent tous du matin. Elle tourne encore une page, puis une autre, son cœur commence à s'emballer, et à mesure qu'elle s'enfonce dans la nuit une pensée intrusive lui susurre que Bates a peut-être raison, qu'il vaudrait mieux ne pas déranger l'eau qui dort, elle se demande ce qu'elle va trouver et si c'est vraiment ce qu'elle désire. Elle pourrait très bien refermer le cahier et s'en aller, monter dans son pick-up, récupérer Jason et se tirer, vivre le restant de ses jours sans en savoir davantage que ce qu'elle sait déjà. Elle pourrait vivre ainsi. Après tout, Sis est morte et c'est la seule vérité qui importe.

Mais au même moment, ses yeux tombent sur une entrée qui suscite en elle une décision qui sera irrévocable : *23 h 28, Décharge Colbert -> 11 King Street.*

Lori a le souffle coupé. C'est impossible. Bates avait raison, Sis a demandé une voiture mais elle n'est jamais montée dedans, car si elle l'avait fait et si le taxi l'avait conduite à cette adresse, elle serait encore vivante. Cela signifie que, pour une raison ou une autre, le chauffeur ne l'a jamais trouvée. Il faut que ce soit la vérité. Sauf que la dernière colonne, tout à droite de la page, intitulée *Course effectuée*, indique un *Oui* qui ne laisse aucune place au doute.

Un souvenir fonce sur Lori telle la calandre d'un poids lourd : vendredi soir dernier, pendant que Babs et Jason jouaient à la Xbox, Babs a dit à Lori que, si elle s'inquiétait tant pour Rita, elle n'avait qu'à aller prendre de ses nouvelles, et Lori a décidé de ne pas le faire. Maintenant qu'elle a vu cette entrée dans le registre, elle pourrait passer le reste de sa vie à se repasser cette poignée de secondes comme une scène d'un film en espérant que l'actrice qui joue son rôle finisse par faire un choix différent, se lève d'un bond, se rue vers la porte et parcoure en sprintant les quelques centaines de mètres qui la séparent de la maison de sa tante, coupant à travers les pelouses et sautant par-dessus les haies comme lorsqu'elles étaient enfants, les bras et les jambes écorchés par les ronces et le sommet brisé d'un piquet de clôture, afin d'arriver chez Rita quelques heures avant que le taxi dépose Sis et de la sauver, de sauver Babs, et de sauver Rita.

Chapitre 20

27 juin – 1er juillet 2016

La manière la plus terre à terre et déprimante de considérer l'assassinat de Sis est peut-être de l'envisager comme une série de moments mal choisis.

Le moment où Babs décide que Tim est allé trop loin. Le moment où Tim décide de braquer une pharmacie. Le moment où Bates décide de punir plus sévèrement ce type de délits. Le moment où Sis décide que le soir du 1er juillet est celui où elle a besoin de vider son sac auprès de la seule personne qu'elle pense capable de la comprendre et de compatir.

Le lundi de la dernière semaine de sa vie, Sis rentre donc chez elle après trois jours d'absence en sachant pertinemment que c'est une très mauvaise idée d'approcher de sa maison et encore plus de son fils. Elle n'a ni dormi ni mangé pendant les soixante-douze heures où elle a manqué à l'appel. Elle est à moitié folle à cause de la meth et elle ne peut pas le cacher ; partout où elle va, l'air se met à vibrer d'une énergie dangereuse, évoquant un tas de braises qui n'attend qu'un peu d'oxygène pour repartir. Malgré ça, elle rentre chez elle parce qu'Aubrey s'est tirée et qu'elle ne sait pas quoi faire d'autre, parce qu'une chose autrefois solide dans sa tête a vrillé ou s'est brisée, parce que pour la première fois elle a peur d'être allée trop loin et de ne pas pouvoir revenir.

Elle entre par l'arrière, trouve la cuisine déserte, et bien que ce soit le besoin d'être auprès de sa famille qui l'a fait revenir, c'est un soulagement. Une petite casserole fume sur la cuisinière et diffuse dans la pièce l'odeur grasse et salée d'un plat indien industriel et gorgé d'eau. Un sachet de petits pains est posé sur le plan de travail, l'emballage ouvert et flasque, la petite attache blanche toujours accrochée au plastique. Des assiettes s'empilent en vrac dans l'évier telle une énigme à déchiffrer. La pendule Mickey, un classique des foyers américains qu'elle adore depuis toute petite, veille sur la table ; sa pile étant usée, les bras de la souris sont figés à la même heure depuis des semaines.

Tremblante, Sis prend une grande inspiration. Sa cuisine. Sa maison. Elle n'a qu'à se servir. Si seulement elle pouvait.

Bruce doit être dans le salon, devant le match des Sox. En voyant son mari, son petit ventre et sa drôle de calvitie, une bouffée d'amour et de soulagement envahit Sis. Disparue, toute la pourriture accumulée. Elle tente de tout lui avouer mais ne va pas très loin, car, soudain, Bruce pose les mains sur son cou et se met à serrer. Elle n'arrive plus à respirer et ne comprend pas ce qui se passe. Comment ses excuses ont-elles pu le mettre dans un état pareil ? Les mots qu'elle a pensés ne sont peut-être pas ceux qu'elle a prononcés ? Parfois la meth l'embrouille. Merde, merde. A-t-elle dit des choses atroces au lieu de présenter une repentance pleine d'amour ? Ses yeux sortent de leur orbite, des vaisseaux éclatent dans ses joues. Le regard de Bruce est à la fois brûlant et absent. La nuit tombe sur le monde, la peur et l'amour disparaissent en même temps que la lumière. Sis sait qu'elle meurt, mais ce n'est pas grave. Et puis Bruce lâche son cou.

Elle s'écroule par terre, hoquette, et Jay-Jay se jette sur elle pour la protéger, fusille son père du regard et hurle, « Qu'est-ce qui te prend, laisse-la, fais pas de mal à ma maman ! » Bruce a recouvré ses esprits, Sis s'en aperçoit – ses yeux sont de nouveau habités, inondés par le désarroi et la honte, sa fidèle compagne. Il tourne les talons et s'enfuit dans le vestibule, puis Sis entend qu'il monte à l'étage, Jay-Jay pleure et la serre maladroitement contre lui, et soudain elle comprend qu'elle doit partir, s'en aller loin de ce pauvre gosse, alors elle se relève et sort de la maison et disparaît à nouveau.

La vérité fait mal, brûle comme un acide, la vérité peut rendre fou quand on ne l'est pas et encore plus fou quand on l'est déjà, et que ça plaise ou non à Sis, Rex est la seule personne qui comprenne exactement ce qu'elle traverse – peut-être parce que c'est à cause de lui qu'elle en est là. Elle retourne donc à la ferme en cramant de la gomme sur l'asphalte, quand Rex l'invite dans le jacuzzi elle se déshabille et le rejoint, et Rex la calme, examine doucement les hématomes qui entourent son cou, lui allume la pipe en vrai gentleman, fait tourner la flamme sous le foyer d'une main qui ne tremble pas. « Voilà, ça va mieux, non ? » lui demande-t-il tendrement, et hélas tout va affreusement mieux, personne ne sait mieux prendre soin d'elle que Tonton Rexy, il est si gentil, et elle se fiche qu'il l'ait invitée dans le jacuzzi pour débarrasser son corps de la sueur de camée qui s'y est accumulée pendant trois jours afin qu'elle ne pue pas la mort quand les hommes arriveront d'ici une heure, mais à ce moment-là elle sera à des kilomètres et des kilomètres car c'est précisément pour cette raison qu'elle se défonce autant, pour déserter son corps et les demandes mesquines avec lesquelles il la harcèle, la faim, la douleur, toutes les sensations douloureuses qu'il produit et qui semblent si réelles et importantes alors que la meth prouve clairement qu'elles ne le sont pas et montre à Sis qu'elle est en sécurité tant qu'elle est défoncée, pendant qu'elle est au ciel son âme éternelle flotte sans attaches et tous les traitements dégradants qu'on inflige à son corps ne la concernent pas. Lorsque les hommes ont fini leur affaire, Rex lui dit qu'elle a besoin de se reposer, lui administre une injection qui ramène durement son âme dans son corps, et elle sombre.

Le lendemain matin, elle se réveille au fond du trou, consulte son téléphone et découvre des messages de Babs, Bruce et Lore, mais elle n'y répond pas tout de suite, elle en est incapable, et surtout qu'est-ce qu'elle leur dirait ? La vérité ? Babs la tuerait, la déception de Lori serait insupportable, et quant à Bruce, eh bien Bruce est déjà au courant. L'autre possibilité consiste à mentir, à embrouiller sa mère et sa sœur, à leur proposer un joli tableau que personne ne lui demande ni ne croira vraiment, alors à quoi bon ?

Elle envoie donc un seul message, pragmatique, à sa mère, pour lui dire qu'elle est au taquet sur les affaires du jour – récupérer les commandes auprès de leur petit réseau de fournisseurs, compter et classer les recettes, les répartir aléatoirement sur quatre comptes distincts. C'est son travail depuis des années, elle pourrait le faire en se tenant sur la tête. Sis s'extrait du lit, tire un peu sur la pipe et se bouge.

La tournée des dealers de Babs l'emmène à sillonner tout le centre du Maine pendant plusieurs heures entre Oakland et Fairfield, Benton et China. Ce qu'elle a fumé n'a pas réussi à la défoncer suffisamment pour la dissocier de son corps tout en lui permettant d'assurer son travail, et le profond désespoir que lui causent les passes qu'elle effectue pour Rex – il ne lui demande plus d'argent en échange de la meth, uniquement l'usage de son corps – pèse aussi lourd sur ses épaules que le péché originel. Le boulot lui change un peu les idées, mais pas tant que ça ; la honte vrombit dans son ventre comme une ligne de basse, et lorsque la journée s'achève elle ne pense qu'à une chose : elle accepte de se plier à toutes les exigences de Rex, du moment que cette sensation disparaît. Mieux que ça, elle devance ses demandes. C'est un cycle : elle fait la pute pour soulager le désespoir de faire la pute. Et ainsi de suite. La boucle dans laquelle Rex l'a enfermée n'a rien de compliqué, mais elle est efficace.

La piqûre, l'écroulement, puis le réveil vaseux et endolori où elle se demande combien de temps ça va pouvoir durer. Elle songe à se rendre à l'église. Clément saurait peut-être l'aider. Mais cette idée s'évapore aussi vite qu'elle est apparue. Se lever, fumer, sortir. Une seule course pour Babs aujourd'hui : déposer du fric pour LaVerdiere. Mais Sis n'y arrive pas. Une raison mystérieuse et dépourvue de nom l'en empêche. Elle fume un peu plus, fait une chute de tension, perd plusieurs heures entre la fin de matinée et le début d'après-midi et finit par errer dans les rayons du Target en s'efforçant de faire taire une douleur persistante dans son bas-ventre, touchant des objets dont elle n'a pas besoin comme si elle les découvrait pour la première fois : un mixeur, un casque de vélo pour enfant, une affiche dont le mantra, *Vois la beauté*, sonne comme une supplication. Enfin – qui sait au bout de combien de temps –, un vigile, guère plus qu'un enfant perdu dans un uniforme de pseudo-flic dont le bas de pantalon, cinq centimètres trop long, tombe en accordéon sur ses chevilles, l'aborde en lui demandant si tout va bien. À force de la voir tripoter des articles avec un air rêveur, il a peut-être cru qu'elle essayait d'en voler. Et c'est peut-être ce qu'elle a fait ; impossible à dire. Elle s'en va.

Quatre jours et des poussières depuis son dernier repas. Manger, voilà ce qu'il lui faut, même si elle n'en a pas très envie. Au Burger King elle se pose, seule, sur une banquette avec un sandwich dont la garniture se limite à du ketchup afin d'éviter toute agression gustative qui la découragerait de s'alimenter. Elle réussit à en avaler trois bouchées, plus une demi-douzaine de frites qui ne sont pas mauvaises du tout – le sel l'aide à émerger du brouillard. Mais elle a du mal à déglutir. La nourriture reste coincée dans sa gorge et semble vouloir emprunter le mauvais tuyau. Sis considère ce repas dont elle a mangé le quart, s'enjoint à prendre une bouchée de plus, puis regarde alentour : il y a dans la salle une femme qui doit avoir son âge et qui est débordée par trois jeunes enfants, deux veuves aux cheveux bleutés qui papotent autour d'un café, et un homme vêtu d'un costume remarquablement bien coupé, très beau mais à la peau bizarrement lisse et brillante, comme s'il s'était évadé de chez Madame Tussaud. Il lève les yeux. Remarque qu'elle l'a remarqué. Soutient son regard. Sourit, peut-être. Elle ne l'a jamais vu, mais elle est convaincue qu'il sait exactement qui elle est, ce qu'elle a fait et les actes dont elle devra répondre devant Dieu quand son tour viendra. Sis baisse les yeux sur son burger écrasé et ses frites éparpillées. Elle se lève brusquement et met le cap sur la sortie en laissant son plateau sur la table. Gagne sa voiture au pas de course en jetant un coup d'œil derrière elle ; personne ne la suit. Elle trébuche, manque de s'étaler, se rattrape in extremis et monte dans la Subaru. Nouveau coup d'œil dans le rétroviseur – aucun signe de l'homme. Elle fout le camp.

Défoncée, toujours plus défoncée, tellement défoncée qu'elle ne quitte pas seulement son corps mais s'évapore presque, se transforme en abstraction, en rumeur, elle n'est plus que l'histoire, triste et sans rapport avec les faits, d'une femme qui naguère aimait les gens et était aimée en retour. Ce n'est pas vrai et elle n'en croit pas un mot, quand bien même cette histoire vient du fond d'elle-même. Ensuite il y a de nouveau l'aiguille de Rex, et lorsqu'elle reprend conscience elle est avec lui dans le jacuzzi.

Une fête, des gens qui vont et viennent, des bribes de musique, de lumières et de voix qui lui donnent la nausée. Des têtes d'animaux qui doivent être des hallucinations. Sis glisse et coule et Rex la repêche, la maintient hors de l'eau. Elle n'est pas éveillée, mais elle ne peut pas non plus dormir. Une nouvelle injection, risquée, mais qui fonctionne. Rex la porte dans la chambre d'amis et quand elle se réveille, le lendemain après-midi, elle est furieuse, alors elle va chercher un couteau, elle surprend Rex dans son lit et le menace de lui couper les couilles, elle ne veut plus faire de passes pour lui ni pour personne et elle serre ses couilles dans son poing en pressant la lame, très tranchante, contre les boudins de peau fripée de son scrotum, elle n'aurait pas besoin d'appuyer très fort pour le changer en hongre et alors il lui appartiendrait pour toujours, mais Rex est tellement cool qu'il en faudrait plus pour l'inquiéter. Il lui parle d'un ton apaisant, lui fait des promesses délirantes, lui dit qu'il l'aime et Sis finit par craquer, elle lâche le couteau et s'attend à ce qu'il la cogne, mais il n'en fait rien. Se lever, fumer, sortir, tous les deux cette fois, Rex dans sa Mustang et Sis à sa suite avec sa Subaru.

Son téléphone déborde de messages de Babs et de Lori. Elle les parcourt d'un œil tout en conduisant, en ignore la plupart sans y penser et surtout sans y répondre. Puis elle tombe sur celui-ci, envoyé par Lori :

13:32 : T'as besoin d'aide ?

Évidemment qu'elle a besoin d'aide, elle en a énormément besoin, elle n'arrive pas à se tirer des griffes de Rex et si quelqu'un peut l'en débarrasser, c'est Lori, sa sœur solide et fiable qui n'aurait besoin que d'un seul mot de sa part pour venir éclater le crâne de Rex à coups de batte. Sauf que Lori ne doit surtout pas savoir pourquoi elle se trouve dans une situation aussi désespérée. Tomber dans la meth, c'est une chose, mais faire des passes ? Sis préférerait encore les coups de batte à la déception qu'elle causerait à sa sœur.

Elle ne répond donc pas et suit Rex jusqu'à la décharge. Fidèle à lui-même, Rex y entre comme s'il était le patron, mais cette fois, au lieu de se garer derrière l'atelier, il s'enfonce dans la décharge, serpente lentement dans les canyons d'appareils cassés et de ferraille jusqu'à la grande plaine des véhicules accidentés et abandonnés où ils s'arrêtent enfin. Ils sortent de voiture et Rex annonce à Sis qu'il a une mission à lui confier. Une sorte de chasse au trésor. Une chance de se racheter après l'offense gravissime qu'elle a commise en menaçant de le castrer. Elle a deux heures pour trouver et lui rapporter une paire de dés en peluche. L'enjeu : si elle réussit, tout sera oublié et elle n'aura plus jamais à se prostituer ni même à verser un seul cent à Rex pour avoir le droit de fumer. De la meth gratuite à vie, autant qu'elle voudra, quand elle voudra, le jackpot pour une tox. Par contre, si elle échoue… Rex estime que c'est le bon moment pour lui raconter qu'il a étranglé une certaine Rhonda quand il avait vingt ans, juste après avoir acheté la ferme avec l'argent qu'il avait gagné en faisant entrer une cargaison d'herbe mexicaine par le Texas. Rhonda était une junkie sans abri qui ne manquait donc à personne, sauf peut-être dans la ville de son enfance, Orlando. Sa mort, quoique pas tout à fait accidentelle, n'était pas non plus totalement intentionnelle, mais Rex s'est rendu compte qu'il aimait ça, il a commencé à revoir sans arrêt le moment où la lumière s'est éteinte dans les yeux de Rhonda, et au fil de la décennie et demie qui a suivi, il a assassiné neuf autres femmes qu'il a enterrées à divers endroits de son terrain. Plus il parle et plus

Sis a peur, bien sûr, mais en même temps elle se méfie de ses yeux et de ses oreilles ; tout cela peut très bien être – et elle prie pour que ça le soit – une nouvelle illusion de train fantôme issue de son cerveau embrouillé. Cependant, Rex n'en a pas fini avec les surprises. Il lui avoue son amour et lui demande si, comme lui, elle pense que l'amour est une chose atroce, insoutenable, peut-être le pire tourment qu'une entité divine puisse infliger aux hommes, et à ce propos la conscience, prérequis à l'amour et à la souffrance, n'est-elle pas un cadeau ignoble à faire à une âme qui autrement dériverait pour l'éternité dans la béatitude et le néant ? Et Sis, comme toutes les autres femmes que Rex a connues, ne souhaite-t-elle pas, au fond, être libérée et regagner ce néant ? Retrouver le ventre maternel, en un sens ? Rex explique qu'il lui pose toutes ces questions parce que, faute de lui rapporter les dés en peluche qu'il demande avant 22 h 21 et pas une minute de plus, elle ira rejoindre ces autres femmes. Il la libérera de même qu'il les a libérées. Sis le regarde sans ciller, terrifiée et mutique, puis Rex ajoute qu'elle ferait sûrement mieux de s'y mettre car l'heure tourne, hop hop hop. Alors, incrédule et assommée, Sis commence à sillonner le labyrinthe mécanique où elle déniche toutes sortes de choses horribles mais aucun dé en peluche, c'est une quête sans espoir, et tandis que la lune glisse dans le ciel obscur et que les minutes défilent, elle songe à s'enfuir – ce serait facile de disparaître dans les bois –, mais les paroles de

Rex sur la malédiction de la conscience lui reviennent avec la puissance des vérités absolues et elle retourne vers lui, bredouille, à 22 h 21 pile. Plus ou moins prête à être libérée et à regagner le néant.

Étrangement, Rex s'y refuse. Il tente de sauver la face, prétend que c'était prévu depuis le départ, qu'il n'a jamais eu l'intention de mettre un terme à ses souffrances et que son véritable châtiment est l'excommunication, il va lui fermer le robinet pour toujours et couper tous les liens avec elle. Alors, en voyant son regard éperdu, tout devient clair pour Sis : maintenant que le moment de la tuer est arrivé, il n'arrive pas à s'y résoudre. Il tient trop à elle. Et il ne sait pas comment s'en sortir.

Il se dirige donc vers la Subaru, arrache quelque chose sous le volant, lui souhaite bonne continuation et fiche le camp. La voiture de Sis ne démarre plus. Elle a beau tourner la clé, rien ne se passe. Elle ignore ce que Rex a enlevé, quelle pièce minuscule et pourtant essentielle. Elle est impuissante. La meth commence à descendre, violemment, et Sis se met à paniquer.

Elle déverrouille son téléphone et appelle Aubrey, qui finit par répondre au bout de douze sonneries. Rien à espérer de ce côté. Aubrey éclate de rire et lui dit de se servir de sa tête, elle a un téléphone, elle n'a qu'à appeler un taxi. Quand Aubrey raccroche, Sis est seule et horriblement vivante sous la lune.

Elle maudit Rex, se maudit elle-même. Appuie son front contre le volant et pleure. Et puis, quand elle arrive à court de larmes, il se produit une chose aussi étrange que merveilleuse : elle comprend pourquoi tout cela lui arrive. Maintenant que Rex est sorti de sa vie, elle peut enfin décrocher. Redevenir une mère. Remettre de l'ordre dans son couple, d'une manière ou d'une autre. Arrêter d'être une adorable tarée aux yeux du monde entier. C'est limpide. Tout ce qu'il lui faut, c'est un endroit où elle pourra se faire oublier.

Mais où ? La désintox, hors de question ; rien ne donne plus envie de se défoncer que les murs coquille d'œuf et la condescendance affable d'un service hospitalier. Elle ne peut pas non plus rentrer chez elle, du moins pas avant plusieurs jours. Son état va empirer avant de commencer à s'arranger, et la prochaine fois qu'elle verra Bruce elle aura intérêt à être certaine que les mots qui sortiront de sa bouche seront ceux qu'elle formule dans sa tête. Chez sa mère ce n'est pas possible, chez Lori non plus. Et elle n'a aucun ami dont l'hospitalité pourrait la mettre sur la voie d'une sobriété nouvelle.

Reste donc sa tante Rita. Qui soufflait sur ses écorchures alors que Babs lui ordonnait d'arrêter de pleurnicher. Qui l'a accompagnée pour acheter son premier joli soutien-gorge. Qui la couvrait chaque fois qu'elle commettait une erreur de jeunesse (boire dans des bars avec des hommes adultes, exploser les vitres de la voiture d'une rivale du lycée, planter son cousin Tim avec une fourchette parce qu'il essayait de piquer dans son assiette durant un dîner de Thanksgiving) et qui, ensuite, lui faisait la leçon en des termes durs mais aimants, et surtout en privé. Tante Rita, dont la présence, combinée à celle de Babs lui donnait une mère complète.

Sis appelle PT Taxi, et bien qu'elle soit en pleine cambrousse la voiture arrive au bout de cinq minutes. Elle monte à bord et donne l'adresse de Rita : 11, King Street, Little Canada. Le chauffeur jette un coup d'œil dans son rétroviseur, lui demande si tout va bien, et Sis se laisse aller contre la banquette, lève les yeux, promène son regard sur le plafond taché par la fumée des cigarettes et répond, « Quand vous m'aurez déposée, ça ira. »

Vingt-trois minutes plus tard, le taxi s'arrête devant chez Rita et Sis s'engage dans l'allée aux briques parfaitement droites. Vu l'heure, elle est soulagée qu'il y ait de la lumière à l'intérieur. Elle monte les marches, inspire un grand coup, appuie sur la sonnette et attend. Elle a le sentiment que c'est le début d'une nouvelle ère, et en un sens elle ne se trompe pas, car il lui reste environ deux minutes à vivre, après lesquelles une chose entièrement nouvelle débutera.

La porte s'ouvre en grand et Rita apparaît, un verre de vin dans la main droite.

« Tante Rita, dit Sis. J'ai besoin que tu m'aides. »

Chapitre 21

6 juillet 2016

La porte s'ouvre en grand et Rita apparaît, un verre de vin dans la main droite.

« Tante Rita, dit Lori. T'as une minute ?

— Bien sûr. »

Lori lui montre la page arrachée au registre de PT Taxi, et lorsque Rita comprend, ses traits s'affaissent. Tout son corps devient flasque, mais il est difficile de déterminer si c'est du soulagement ou de la fatigue. « Oh, *petite Lori** », dit-elle.

Lori lâche la page, qui tombe entre elles jusqu'au sol.

« Tu es venue régler tes comptes ? lui demande Rita.

— Je sais pas encore. Pour le moment, je veux surtout savoir ce qui s'est passé.

— À ta place j'y réfléchirais à deux fois, ma chérie.

— Merci du conseil, fait Lori. Mais tu vas quand même me le dire. »

Rita acquiesce, tourne les talons et repart vers sa salle à manger. Lori ferme la porte et la suit.

« Tu devais bien te douter que je finirais par venir un jour ou l'autre, dit-elle.

— Toi ou ta mère, oui. » Rita reprend sa place au bout de la table. « Tu veux un verre de vin ?

— Je peux pas rester. Et j'ai de la route.

— Tu quittes la ville ?

— Dès que je pars d'ici.

— Babs est au courant ?

— C'est elle qui a insisté. Elle a dû décider que ça lui suffisait d'avoir perdu deux enfants.

— Ça ne va plus être très long, maintenant. Si c'est pas les hommes du Canadien, je pense que ce sera ce feu. »

Elles gardent le silence quelques secondes.

« Tu pourrais peut-être commencer par m'expliquer pourquoi », dit Lori.

Rita ferme les yeux. « Tu es assez intelligente pour savoir qu'un truc pareil n'a pas de pourquoi.

— Un truc comment ?

— Tu veux m'obliger à le dire ?

— Non, dit Lori. Mais j'en ai besoin.

— Je ne sais pas comment t'expliquer…

— Tes *raisons*, Rita. Démerde-toi. Fais de l'association libre, s'il le faut.

— J'étais en colère à cause de Tim.

— En colère ?

— Furieuse. Infiniment triste.

— Bien sûr. Quoi d'autre ?

— Je venais de me faire jeter. Par ma propre sœur.

— Continue.

— J'étais bourrée.

— Pas de ça avec moi.

— Quoi ? réplique Rita d'un ton amer. Tu crois que si j'avais pas été bourrée, je l'aurais pas fait ?

— Fait quoi ? » réplique Lori en la toisant.

Titubante, Rita considère Sis depuis une grande hauteur. Il n'y a pourtant qu'une demi-marche entre le pas de la porte, où elle se tient, et le haut du perron où est Sis, mais elle a l'impression que sa nièce est au fond d'une ravine. Elle réussit tout de même, grosso modo, à comprendre ce que lui dit Sis.

J'arrive de la décharge Colbert & Sons. Ma voiture est morte. J'ai besoin d'un endroit où me poser pendant quelque temps.

Évidemment. Pile le jour où le fils de Rita a été mis en taule et où Rita elle-même a été éjectée par Babs, Sis se pointe en demandant, non, en exigeant son aide. Un culot pareil, c'est incompréhensible. Autant essayer de calculer combien de balles de tennis il faudrait pour remplir le Grand Canyon, ou chercher à entrer dans l'esprit de Dieu. Le cerveau s'y refuse purement et simplement.

J'ai déconné. J'y suis allée trop fort sur la meth. Je peux plus me faire confiance.

C'est impossible, Rita n'y croit pas. Un stratagème de Babs pour tourner le couteau dans la plaie ? Elle aurait manigancé ça avec Sis afin de lui montrer qui a de la valeur dans cette famille et qui n'en a pas ? Dans ce cas, Sis mérite un Oscar. Et la médaille du courage. Et voilà qu'elle en rajoute encore une couche :

Il faut pas que Maman le sache. Est-ce que ça peut rester un secret entre nous ?

Elle a l'air authentiquement convaincue que Rita va lui ouvrir sa maison et lui donner sa confiance – avec joie et amour, sans poser de questions. Parce que, étant Sis, elle est habituée à ce qu'il y ait toujours quelqu'un pour la sortir du pétrin – contrairement aux autres membres de la famille, qui en cet instant sont contraints d'assumer leurs erreurs. Rita a vu des parents purger de longues peines de prison, et elle a vu ce qu'ils étaient devenus en sortant. La même chose va arriver à son fils, mais Sis se pointe comme une fleur, en chialant parce qu'elle s'est mise toute seule dans la merde et en demandant à tata Rita de lui faire un bisou magique. Cette injustice, cette *absurdité* la fait trembler de rage.

Il faut que tu m'aides.

Vraiment ? Tout en écoutant Sis lui raconter ses malheurs, Rita sent une pression étrange et inquiétante se former dans son ventre, monter dans sa poitrine, enserrer tous ses organes, expulser le sang de son cœur, l'air de ses poumons et la raison de son esprit.

Tante Rita ? Tu me proposes pas d'entrer ?

Un acte simple et inoffensif, presque élégant en vérité. Une manière digne et civilisée d'exprimer sa colère et sa vexation, le genre de choses qu'on fait précisément parce qu'elle esquinte seulement les vêtements et égratigne l'amour-propre. Sans réfléchir, à bout portant, Rita jette son verre de chianti au visage de sa nièce, qui se met à hurler en levant les mains, qui fait un pas en arrière pour battre en retraite mais son pied rate la marche et flotte en l'air une fraction de seconde, et puis c'est terminé. Sis tombe en arrière, Rita essaie de la rattraper et elle essaie de s'accrocher à Rita, mais elle tombe avec une lenteur effroyable, sans que rien puisse empêcher sa chute. Elle ne touche plus le sol et son cri s'interrompt d'un coup lorsqu'elle s'écrase sur la dernière marche du porche, que sa tête se fracasse contre une des dalles du sentier parfaitement droit de Rita. Sis ne fait plus un bruit, ne bouge plus, et le sang se mélange au vin sous la masse inerte de sa chevelure.

Instantanément dessoûlée, Rita s'appuie au chambranle de la porte et lâche le verre qui se brise sur le sol du vestibule en crochets et en pointes. La peine l'enveloppe à la manière d'un linceul noir. Elle n'arrive plus à penser, uniquement à se répéter, *Oh non Oh non Oh non*, comme si elle venait d'assister à la mort de Sis au lieu de l'avoir provoquée. Mais Rita est une femme forte, presque aussi forte, froide et pragmatique que Babs. Alors même que son esprit continue à vriller et à hurler, elle comprend, quelque part au tréfonds de son cerveau, que ce qui vient d'arriver ne peut être annulé et ne s'envolera pas par magie, donc :

Elle soulève Sis par les bras et la traîne à l'intérieur et ferme la porte.

Elle s'assied par terre dans le vestibule et glisse un coussin sous la tête de Sis et prépare du café et en boit trois tasses, coup sur coup, en se brûlant la gorge.

Elle va dans la salle de bains et se regarde dans le miroir et se donne plusieurs gifles en s'ordonnant de se réveiller de ce cauchemar.

Elle rentre sa voiture au garage.

Elle enveloppe Sis dans une bâche bleue qu'elle ferme avec du ruban adhésif et la traîne dans le garage et la dépose soigneusement sur la banquette arrière.

Elle repart nettoyer le porche et les dalles du sentier et passe trois fois la serpillière dans le vestibule. Elle met ses vêtements dans un sac-poubelle et prend une douche et se rhabille et ressort.

Elle attrape deux vieux bidons de térébenthine dans le placard sous l'établi du garage et met le contact et s'éloigne lentement de la maison.

Elle conduit précautionneusement mais pas trop, 10 km/h au-dessus de la vitesse autorisée, que ce soit 30 ou 90 km/h. Elle va jusqu'à la décharge Colbert & Sons et éteint ses phares et tourne en rond pendant une heure avant de trouver la Subaru de Sis.

Elle sort Sis de la bâche et l'installe sur le siège arrière et lui dépose un baiser sur la joue. Elle laisse la bâche sur le plancher de la voiture de Sis et vide les deux bidons de térébenthine sur les sièges.

Elle récite le *Notre Père** et craque une allumette.

Elle rentre chez elle et enfouit tout ça au fond de sa conscience.

Lorsque Babs l'appelle pour lui demander de l'aide, elle décroche.

Quand Rita finit de raconter son histoire, Lori et elle sont toutes les deux en larmes, mais chacune pleure seule, isolée par ce que Rita vient d'avouer. Elles sont assises de part et d'autre de la table et refusent de se faire face, séparées par un mètre de bois et un gouffre sans fond dans lequel tous les sentiments que Lori a pu éprouver pour sa tante ont été engloutis, déchiquetés, atomisés.

Lori parcourt la pièce du regard. « C'était mon endroit préféré quand j'étais petite, dit-elle. On adorait tous venir ici, même Jean. La maison de tante Rita, c'était un peu la zone neutre dans les parties de gendarmes et de voleurs.

— Vous aviez besoin d'un endroit comme ça, dit Rita.

— Sis continuait à en avoir besoin.

— Je sais. Je suis désolée.

— Pourquoi t'étais aussi gentille avec nous ? » demande Lori.

Après un instant de réflexion, Rita dit, « Ta mère n'a jamais su ce que c'est, d'avoir peur de ses parents. Ton grand-père traitait ses enfants comme si c'était des oisillons et ta grand-mère était une sainte. Mais moi, je sais ce que ça fait d'avoir peur des personnes qui devraient nous protéger.

— Tout est gâché, maintenant, dit Lori en baissant la tête. Tout. Il reste plus rien. »

Rita ne répond pas.

« Bates m'avait prévenue, reprend Lori. Il m'a dit de ne pas chercher ce que je n'avais pas envie de découvrir.

— J'aurais préféré que tu l'écoutes.

— Ben ouais, mais bon. On fait tous des erreurs, hein ?

— Je sais que tu as ton pistolet avec toi, Lore. Rends un service à ta tante.

— Non, dit Lori en levant les yeux. Ce serait trop facile. Tu nous dois plus que ça.

— Alors quoi ? »

Des sirènes vagissent à l'extérieur, et il y a aussi une voix d'homme amplifiée par un mégaphone. Le feu est presque là, dit l'homme. Tout le monde doit évacuer immédiatement.

« Tu peux pas défaire ce que tu as fait à Sis, dit enfin Lori à Rita. Mais tu peux faire une dernière bonne action pour ma mère. Tu vas aller la voir. Tu vas t'asseoir avec elle. Et tu vas lui permettre de quitter cette vie en croyant qu'il y a au moins une personne dans ce monde sur qui elle peut toujours compter. »

Dix minutes plus tard, Lori est devant la maison de Babs, son kit d'urgence dans la benne du pick-up, et elle regarde les braises qui filent dans la nuit, glissent et tourbillonnent sur le trottoir. C'est la dernière fois qu'elle voit sa mère, elle le sait et n'a qu'une envie, y aller, prendre Babs dans ses bras et la serrer contre elle sans un mot. À sa connaissance, personne n'a jamais aimé Babs de cette manière, avec insistance, sans rien craindre ni rien attendre d'elle. Certainement pas Rheal, qui lui a toujours laissé un espace grand comme une piscine olympique pour qu'elle puisse être elle-même, sans reproches ni commentaires, et qui l'aimait d'une façon qu'il estimait sûrement délicate, voire progressiste, mais qui, tout compte fait, relevait aussi de la lâcheté. Et ce n'est pas non plus le cas des dames, dont la loyauté envers Babs a été jusqu'ici inébranlable – elles auraient arraché les ongles de n'importe qui si elle le leur avait ordonné, sans poser de questions ni demander d'explications. Le règne de Babs était incontesté, et dans sa suprématie elle a toujours été aussi seule que le Christ sur la croix. De même que le Christ, aussi, elle s'est choisi ce destin toute seule.

Lori imagine ce que ça ferait de pousser la porte et de faire à sa mère le genre de câlin dont on se souvient jusqu'à sa mort, et ce fantasme la fait frissonner. Mais ce n'est qu'un fantasme. Une vaine rêverie, une impossibilité au sens strict du terme. Lori a fait et traversé des choses qui exigeaient théoriquement du courage, mais elle n'a pas le courage d'aimer sa mère comme sa mère a besoin d'être aimée.

En plus, il est très possible que Babs soit attablée dans la cuisine avec son fusil à pompe, en train d'attendre le jugement d'Ogopogo, prête à cribler de plomb la porte d'entrée à la seconde où la poignée commencera à tourner. Lori sait que, si c'est le cas, sa mère a déjà armé le fusil. Elle n'entendrait même pas le coulissement de la pompe – Babs n'a jamais été du genre à prévenir avant de tirer.

La petite Afghane est assise à côté de Lori sur la banquette du pick-up. Avec son œil valide, elle aussi observe la maison de Babs. Tous les stores sont baissés et seules deux fenêtres, celle de la cuisine et celle de la chambre d'amis, laissent filtrer des traits de lumière. Dans la rue, la fumée danse telle une brume à travers les cônes lumineux des réverbères et les braises continuent à pleuvoir, plus grosses à présent, semblables à une tempête de neige qui forcit. Rien ne va, tout se désintègre. Les cellules du corps de Lori se dégradent et meurent, son pick-up rouille peu à peu en cet instant même, et bientôt elle sera la dernière Dionne de Waterville à respirer encore.

La fillette se tourne vers elle et lui demande, « هل هذا منزلك؟

— Oh, ma chérie, fait Lori en se tournant vers son visage massacré. Je n'ai plus vraiment de maison, tu sais. Mais, oui, c'est dans celle-ci que j'ai grandi.

— Mon arrière-grand-mère est née dans la maison où j'ai grandi, lui dit la fillette. À cause de ça, ce sera toujours ma maison. »

Lori lui sourit, l'envie la prend de caresser le bras de la petite, mais elle sait que sa main ne rencontrerait que de l'air. « Bon, si c'est la coutume, alors oui. C'est ma maison. »

Satisfaite, la fillette opine et sourit. « Elle est très jolie. Et grande.

— Y a tout plein de cachettes dedans, abonde Lori. Dis, est-ce que je peux te demander une chose que j'ai toujours voulu savoir ?

— D'accord.

— Comment tu t'appelles ?

— J'ai plus de nom, répond la fillette. Mais, avant, c'était Shazmina.

— Celle qui aime trop ?

— Oui. »

En entendant ça, Lori se remet à pleurer.

La fillette la laisse finir, puis elle lui dit, « C'est pas grave si tu m'as pas sauvée. Tu as essayé.

— Je sais qu'on ne peut jamais sauver qui que ce soit, mais je suis désolée.

— Si tu le crois vraiment, dit la fillette, alors pourquoi tu es venue ici ? »

Une minute plus tard, Lori gravit le perron et, prenant le risque d'être tuée, fait comme chez elle et entre sans frapper. Babs est assoupie dans un fauteuil qu'elle a traîné dans la cuisine et disposé face à la porte. Elle se réveille en sursaut et braque son fusil sur Lori, mais elle la reconnaît juste avant de presser la détente. Lori ne bronche pas, ne ralentit pas. Elle traverse la cuisine sans un mot, écarte le canon du fusil et prend sa mère dans ses bras. Elle pose une main sur la nuque de Babs, attire sa tête contre son épaule, et Babs finit par accepter l'invitation et se détend entre les bras de sa fille.

« Jay-Jay me déteste, dit Babs une minute plus tard.

— Qu'est-ce qu'il sait ?

— Tout. On a jamais imaginé qu'il puisse en savoir autant.

— Hein ?

— Il a compris absolument tout ce qu'on s'est dit ces cinq dernières années. »

Lori ne comprend pas. « Comment c'est possible ? demande-t-elle enfin.

— Ta sœur, dit Babs. Elle lui a appris le français en douce. »

Évidemment. Sis, toujours si discrète, si maline, si malicieuse. Lori se met à rire, mais son rire est étranglé et abattu.

« Avant que tu partes, dit Babs, va dans la buanderie et regarde sous le sèche-linge. Il y a de l'argent scotché. Deux cent cinquante mille. Prends-les.

— Viens avec moi, Maman. Je pars à Boston. On pourrait se faire oublier quelque temps puis s'acheter une baraque. Ils ne nous trouveraient jamais.

— Bien sûr que si, rétorque Babs. Y a qu'un seul moyen pour que Jay-Jay, toi et les copines puissent espérer passer une journée sans regarder par-dessus votre épaule. Il faut que je reste ici et que j'encaisse ce qui va arriver. »

Lori sait que sa mère a raison, mais elle refuse de l'admettre. Elle garde donc le silence et continue à la serrer contre elle.

« En plus, reprend Babs, c'est pas désagréable de savoir quand on va passer l'arme à gauche. La majorité des gens ont pas cette chance. Ils s'inquiètent et se posent la question tous les jours. Moi, j'ai qu'à attendre ici, dans mon fauteuil.

— Oh, Maman, dit Lori. C'est trop. J'y arrive plus. Je peux plus.

— Mais si, dit Babs.

— Parce que j'ai pas le choix ?

— Non. Parce que tu es ma fille. Et rassure-toi, ta maman a prévu une surprise à ces *putains**. Je vais peut-être y passer, mais je les emporterai avec moi.

— J'en doutais pas.

— Maintenant fous le camp, pendant que tu le peux encore. Allez.

— D'accord. » Lori inspire une grande goulée d'air, s'essuie les yeux. « D'accord. »

Dans la buanderie, elle tâte le dessous du sèche-linge, trouve la brique de billets, l'arrache et se dépêche de s'en aller en faisant un dernier câlin à sa mère.

« Rends-moi service, Lore, dit Babs. Jay-Jay. Dans quelque temps… quand il sera en âge de comprendre… essaie de lui expliquer. »

Lori se recule et plante son regard dans celui de sa mère. « Comment tu veux que je fasse, lui demande-t-elle, alors que moi-même je ne comprends pas ? »

Chapitre 22

7 juillet 2016

*Rendre visite** est l'expression qui désigne les réunions féminines informelles dans les Little Canada de toute la Nouvelle-Angleterre. Elles ont toujours lieu dans les cuisines, avec du café brûlant à volonté et des *tartes au sucre** ou des *pets de sœurs** sur le plan de travail. Les *visites** se passent d'invitation ou, plus précisément, l'invitation est toujours ouverte : on vient quand on veut, pour n'importe quel motif, et on trouvera de l'amitié, du réconfort, de la bonne humeur et de l'honnêteté, tout cela servi sur un ton franc, sans détours ni chichis. Ces séances de papotage qui renforcent les liens dans le quartier, Babs les a depuis longtemps converties en réunions de travail. Depuis des siècles, les femmes de la diaspora française en Amérique du Nord se servent des *visites** comme moyen de s'organiser, de discuter les affaires du quartier et de mobiliser les bonnes volontés pour résoudre les problèmes – Babs s'est contentée de codifier ces aspects de la sociabilité féminine.

En cet instant, Babs et Rita, les deux dernières restantes, sont tête à tête pour une dernière *visite**. Le feu a atteint la lisière sud de Little Canada, il s'approche de la station de traitement des eaux usées et les vieux immeubles près du terrain de jeux commencent à flamber, diffusant dans les environs la puanteur épaisse de leurs entrailles calcinées. Le foyer principal est suffisamment proche pour qu'elles entendent les gémissements et les sifflements du courant d'air ascendant, affamé d'oxygène, qui attire une quantité colossale d'air vers le cœur des flammes. Elles ignorent encore lequel, du feu ou d'Ogopogo, arrivera jusqu'à elles en premier, mais vu qu'il est 2 heures du matin et qu'elles s'apprêtent à mourir d'une manière ou d'une autre, Babs et Rita carburent au caribou, un mélange de vin rouge et de Canadian Club qui était le cocktail préféré d'André, le père de Babs. On raconte que, en des temps anciens, le caribou était préparé avec du bourbon et du sang de caribou et que les bûcherons en buvaient pour se fortifier avant d'affronter le froid des forêts du nord. Cette mixture avait la réputation de rendre franchement mauvais les Francos irascibles, mais lorsque André en buvait il se mettait à chanter des chansons paillardes à la mère de Babs qui finissait par l'envoyer balader, gênée, riait si fort et si longtemps qu'elle devait parfois s'asseoir pour reprendre son souffle.

De fait, les caribous font rire Babs et Rita, qui se remémorent un après-midi de leurs huit ou neuf ans, quand elles partageaient une chambre au premier étage de cette même maison avec une sœur de Babs, Dominique. La cadette avait trois ans, et même si André affirmait ne pas avoir de chouchou parmi ses enfants, tout le monde dans la famille Levesque savait que Dominique était sa favorite. Babs y voyait une injustice colossale – elle était l'aînée des cinq filles, la première, ce qui aurait dû lui garantir de rester la prunelle des yeux paternels. Babs étant ce qu'elle est, elle s'est mise à chercher une manière explicite et inventive d'exprimer son mécontentement. Et c'est ainsi que Rita et elle se sont rendu compte qu'elles avaient un don pour monter des stratagèmes ensemble – elles se comprenaient instinctivement et il leur a suffi d'une poignée de minutes pour trouver le plan parfait, dont le cœur simple et brillant était une idée de Rita.

Elles ont attendu qu'André rentre de la papeterie, déjeune et s'installe dans son fauteuil inclinable avec l'édition locale du *Morning Sentinel* et un verre de bière, comme à son habitude. Les filles avaient pour consigne de jouer avec Dominique – et de l'empêcher de faire des bêtises – entre le milieu d'après-midi, moment où André rentrait de la papeterie, et le début de la soirée, quand la mère de Babs rentrait de l'usine Hathaway où elle cousait des chemises. Dominique étant trop petite pour suivre les filles dehors, toutes trois passaient généralement ces quelques heures dans leur chambre, dont la fenêtre se trouvait juste au-dessus de celle du salon, face à laquelle était tourné le fauteuil d'André. C'est là-dessus que reposait l'idée de Rita : tout ce qui se produisait devant cette fenêtre était en plein dans le champ de vision paternel.

Les filles lui ont laissé le temps de prendre ses aises, de boire la moitié de sa bière, de lire comme à l'accoutumée les nouvelles locales de la première à la dernière ligne, l'intégralité des résultats du baseball, et toutes les informations nationales et internationales présentant un intérêt. Après cela, il a posé son journal, satisfait, et s'est laissé aller dans son fauteuil, les yeux mi-clos, prêt à piquer du nez – et c'est alors qu'il a entendu un cri à l'étage, la voix de Babs a ricoché dans la cage d'escalier et les paupières d'André sont remontées comme des stores qu'on tire : « Rita, le bébé ! »

Une demi-seconde plus tard, avant qu'il ait pu quitter son fauteuil, une forme qui était sans équivoque celle d'un jeune enfant passait en tournoyant devant la fenêtre du salon et s'écrasait avec un bruit étouffé sur le gravier de l'allée. La suite : un silence gigantesque. André s'est levé d'un bond, a traversé le salon et la cuisine en trois enjambées, a ouvert la porte et s'est précipité dehors – où il a trouvé la poupée de Dominique gisant raide, son bavoir blanc maculé de boue car il avait plu la nuit précédente.

Puis il a entendu un bruit derrière lui, s'est retourné et a vu Babs et Rita à la fenêtre de leur chambre, qui se tenaient dans les bras et s'étouffaient de rire, comme elles le font maintenant, un demi-siècle plus tard, autour de la table de Babs.

« Mon Dieu, le pauvre, dit Babs. J'ai jamais entendu autant de *tabarnak** à la suite.

— Et après ! Et après ! fait Rita. Il m'a regardée et il m'a dit, “Je viens tout juste de t'adopter, sale petite *merde** ! C'est comme ça que tu me remercies ?” »

Un nouvel éclat de rire les reprend, puis, de même que le souvenir, il finit par se muer en une chaude mélancolie. Les deux femmes reprennent leurs esprits, s'essuient les yeux et marmonnent quelques mots heureux, puis Babs pioche une cigarette dans le paquet sur la table et sa main tremble si violemment qu'il lui faut plusieurs tentatives pour l'allumer.

« Tu veux m'en parler ? » demande Rita.

Babs tire une taffe et jette le briquet sur la table. « Tu te rappelles comment ma mère est morte ?

— Bien sûr.

— C'est la même chose. »

Rita observe la main de Babs pendant un moment. « Mauvaise nouvelle, dit-elle. Heureusement qu'on sera bientôt mortes toutes les deux.

— Remercions le Seigneur pour Ses bienfaits », dit-elle avec un sourire triste.

Rita se tourne vers l'obscurité derrière la fenêtre, remarque quelque chose et penche la tête sur le côté.

« Je vois du feu, dit-elle.

— Où ?

— À trois rues. Près de chez moi. Dans Paris Street, je pense.

— C'est fini pour le quartier.

— Tu sais quoi ? dit Rita. On aura l'air bien connes si les tueurs viennent pas et si on finit cramées.

— Ils vont venir, dit Rita. C'est pas un petit incendie qui va les décourager. En parlant de ça, tu veux voir un truc ?

— Ça dépend quoi. »

Babs lève son fusil et le retourne, révélant un petit interrupteur assez semblable à une sonnette, scotché à la crosse de pistolet.

« C'est quoi ? demande Rita.

— Tu te rappelles en 84, pendant la grève, quand Rheal voulait foutre deux cent cinquante kilos de TNT dans un camion et faire péter toute l'usine ?

— Vaguement. Il avait souvent des idées dingues.

— C'est vrai, dit Babs. Mais il se trouve qu'il a acheté plein de TNT aux frères Saucier, assez pour leur filer des sueurs froides, et pourtant il leur en fallait beaucoup. Comme tu t'en doutes, il s'en est jamais servi.

— Qu'est-ce qui lui a fait changer d'avis ?

— Je lui ai annoncé que j'étais enceinte de Jean, et qu'il vaudrait peut-être mieux que le père du gamin ne soit pas en prison quand il naîtrait. Depuis ce jour, la TNT est dans la cave. »

Rita assimile cette information, puis elle désigne le fusil d'un air interrogateur.

« Interrupteur de sûreté, répond Babs. Bluetooth. À partir du moment où j'appuie dessus, il est armé. Si je le lâche – parce que je le choisis, ou parce qu'on m'a tiré dessus –, tout pète.

— Alors pourquoi on s'emmerde avec des flingues, puisqu'on va tout faire sauter ?

— Faut bien les attirer à l'intérieur, dit Babs, si on veut être sûres d'en épargner aucun. »

Rita boit une gorgée de caribou, déglutit difficilement, s'allume une cigarette, regarde Babs, se détourne, regarde à nouveau Babs. « Écoute, dit-elle. Il faut que je te dise un truc.

— Non, réplique Babs. Je me fous de savoir ce que c'est, je veux pas l'entendre.

— Babs, s'il te...

— Ce que je déteste le plus quand des gens meurent, dit Babs, c'est qu'il y a des squelettes qui se mettent à sortir des placards en faisant des claquettes. À croire que la mort est pas assez pénible comme ça, il faut en plus que tout le monde vide son sac. Si t'as quelque chose à confesser, va voir Clément. Même si tu risques d'avoir du mal à le trouver.

— Je suis d'accord, mais...

— Rita, *stop*, dit Babs d'une voix douce, presque un soupir. Arrête, et laisse-moi plutôt dire quelque chose.

— Jusqu'au dernier moment, tu peux pas t'empêcher de donner des ordres.

— J'essaie de te demander pardon. Si tu veux bien la boucler deux secondes. »

Rita tombe dans un silence abasourdi, comme si elle venait de recevoir une gifle ou d'apprendre qu'elle a gagné au loto.

« Tu ne m'as probablement jamais entendue prononcer ces mots dans cet ordre, dit Babs.

— Non, vraiment jamais.

— Eh ben ça y est. Je te demande pardon pour Timmy. Je te demande pardon de t'avoir infligé ce que je t'ai infligé ces derniers jours. Je te demande pardon de m'être toujours comportée comme une connasse en acier trempé. Ça vaut ce que ça vaut, mais je pensais agir le mieux possible vis-à-vis de tout le monde. C'est peut-être ça, ma vraie faute. Croire que je savais toujours mieux que les autres.

— Tu tiens peut-être un truc.

— Mieux vaut tard que jamais.

— Eh ben, dit Rita. Je te remercie. Est-ce que je peux parler, maintenant ? »

Babs a un petit rire. « Vas-y, je t'écoute.

— J'allais pas t'avouer quoi que ce soit, dit Rita. Je voulais te demander pardon, moi aussi.

— Me demander pardon pourquoi ?

— De ne pas avoir retenu Sacha.

— T'étais toute jeune, Rita. T'aurais rien pu faire.

— C'est pas vrai, dit Rita. Si j'avais été plus comme toi. Si j'avais eu un couteau sur moi. Si j'avais été une connasse en acier trempé.

— Mais c'est pas ce que t'étais. Et ça vaut mieux comme ça.

— J'ai passé beaucoup de temps à essayer d'imaginer ce que t'as dû ressentir là-bas, dans les bois. Je me disais que si j'arrivais à le ressentir, moi aussi, je pourrais partager ton fardeau.

— J'ai jamais rien entendu d'aussi con.

— Ah bon ? Ça fait cinquante ans que je me réveille toutes les nuits. Je pense que, si j'avais réussi à l'arrêter, j'aurais épargné beaucoup de souffrance à beaucoup de gens. À toi en premier lieu.

— Peut-être la prochaine fois, lui dit Babs avec un sourire nostalgique.

— Ouais, peut-être.

— Écoute, dit Babs. T'as pas pu me sauver de Sacha, mais pendant des années, t'as fait quelque chose pour moi qui était beaucoup plus important. T'as fait en sorte que mes enfants ne se demandent jamais, pas une seconde de leur vie, s'ils étaient aimés. Moi, j'en étais incapable. J'avais des choses plus dures à leur enseigner. Mais toi, tu leur as toujours donné la seule chose vraiment essentielle à des gamins. »

Comme Rita n'a pas envie que Babs la voie pleurer, elle se tourne à nouveau vers la fenêtre. Des braises, poussées par le vent, tambourinent contre la vitre où elles explosent en feux d'artifice miniatures. Les deux femmes se taisent un moment, puis Rita se redresse dans son fauteuil, en alerte.

« Qu'est-ce qui se passe ? demande Babs en attrapant son fusil.

— Je sais pas trop. La fumée m'empêche de voir. »

Babs contourne la table, fusil en main, et toutes deux vont à la fenêtre.

« Là, dit Rita, à droite de ta voiture. Tu vois ? »

Babs distingue quelque chose, mais à peine. Une petite silhouette sur le trottoir à côté de son break.

« On dirait un chien.

— Qu'est-ce qu'il fait là ? » demande Rita.

Puis une bourrasque balaie la fumée et elles s'aperçoivent que ce n'est pas un chien, mais une renarde.

Elles l'observent, la renarde les observe, et Babs sent en elle une chose qu'elle n'a plus ressentie depuis qu'elle était enfant, avant Sacha, avant que son frère Jean revienne avec le crâne en morceaux : la paix. L'assurance confortable que, malgré les horreurs et les épreuves, tout a toujours été exactement ce qu'il devait être. Elle est soulagée de comprendre qu'elle n'a jamais, pas un seul instant, contrôlé quoi que ce soit. Ni le monde, ni le quartier, ni ceux qu'elle aime, ni même elle.

« Pourquoi elle s'enfuit pas ? demande Rita.

— Parce qu'elle n'a pas peur. »

Sur quoi la renarde disparaît à nouveau derrière un rideau de fumée.

« Bon, j'en ai marre, dit Babs. Si on faisait une partie de Crib ? »

Rita sort le plateau, Babs mélange les cartes et cette soirée pourrait ressembler aux milliers d'autres qui l'ont précédée, deux vieilles amies qui boivent trop, de l'amour dans chaque geste et chaque plaisanterie. Les règles maison sont impitoyables, comme toujours – non seulement il est autorisé de tricher et de se chambrer, mais c'est même encouragé. Une demi-heure s'écoule, les verres de caribou se vident, et Rita est bien partie pour mettre une raclée à sa sœur quand elles entendent du bruit au sous-sol. Si elles étaient chacune chez soi, elles pourraient croire qu'elles ont rêvé. Mais elles ont entendu la même chose au même moment : un léger choc, comme si on venait de laisser tomber ou de percuter quelque chose dans le noir. Quelle bande d'amateurs. Babs et Rita se figent, se regardent en haussant les sourcils, posent leurs cartes et s'emparent de leurs armes. La pièce a quatre accès : Babs couvre la fenêtre au-dessus de l'évier et, plus important, la porte du sous-sol ; Rita se charge de la porte d'entrée et des fenêtres du porche.

« Hé, chuchote Babs.

— Quoi ?

— Je t'aime.

— Moi aussi je t'aime, Babs.

— Maintenant respire et tire droit, dit Babs à sa sœur. Saint-Pierre te laissera pas entrer au paradis si tu butes pas au moins un protestant avant de mourir. »

Épilogue

Et à présent, deux ans plus tard, tu nais : Évangeline Barbara Paradis, fille de Lori et Shawn, petite-fille de Babs et Rheal, arrière-petite-fille de Rose et André. Tes parents s'aiment profondément, mais au moment où tu es arrachée au néant et jetée dans la grande moissonneuse-batteuse de la vie, ils ont déjà admis, tacitement, en eux-mêmes, que leur couple ne durera pas. Quatre ans plus tard, lorsqu'ils se l'admettent à voix haute, tu déménages avec ta mère dans un appartement en rez-de-chaussée dans East Seventh Street, à deux rues de Carson Beach. Les fenêtres laissent passer les courants d'air et les voisins du dessus n'enlèvent apparemment jamais leurs chaussures mais tu es heureuse, la plupart du temps. Ta mère te conduit dans un refuge pour animaux où tu choisis un matou orange polydactyle qui dort sur ton lit toutes les nuits. Tu vas chez ton père un week-end sur deux, sa maison est bien plus propre et jolie, mais ton chat te manque et il n'y a pas de plage à proximité, uniquement la rivière Charles, apathique et boueuse. Tu préfères la plage, tu la sens dans tes os et dans ton ventre. C'est peut-être cette eau qui s'étend jusqu'à l'horizon. Elle ne paraît pas seulement vaste, mais infinie, comme le temps. En hiver, quand les embruns glacés se déposent en vernis sur le sable, ton regard se perd au loin, là où les deux bleus se rencontrent, et ta mère te permet de laisser ton esprit vagabonder aussi longtemps qu'il en a besoin, même quand il gèle. Avec toi elle ne parle que français, depuis le premier jour, *Frère Jacques, frère Jacques, dormez-vous, dormez-vous**, c'est donc ta langue maternelle, mais lorsque tu entres en maternelle personne ne te comprend et tu ne comprends personne et l'anglais ne tarde pas à prendre le dessus sur le français. Voilà comment ça débute : le gouffre qui sépare la mère et la fille, la personne dont tu viens et celle que tu es, celle que tu seras. Ta mère s'efforce de rivaliser, mais quand bien même tu entends du français et parles français à la maison, tu entends davantage d'anglais et parles davantage anglais à l'extérieur, si bien que tu finis par refuser de lui parler dans une langue que vous êtes les deux seules à utiliser. Tu ne vois pas l'intérêt et elle ne daigne pas te l'expliquer, tu doutes même qu'il y en ait un. Une pointe d'accent de Boston s'immisce dans ta diction, longues syllabes ouvertes et *r* secs. Vous êtes bientôt engoncées dans un *contretemps** où ta mère parle français tandis que tu lui réponds en anglais et aucune de vous n'en démord. Tu n'as jamais mis les pieds dans une église, jamais mangé de *tourtière**, ne serais pas capable de faire la différence entre une *fleur de lys** et une flagelle. Et puis, un jour, tu descends du bus et tu parcours à fond de train les quelques rues qui te séparent de la maison, et quand tu pousses la porte il y a des cartons partout. Ta mère t'annonce que vous déménagez. Alors vous partez.

Trois heures de route, quand on a huit ans, c'est aussi long que le purgatoire. Vous ne parlez pas beaucoup. Tu es désorientée et blessée et ta mère te laisse baigner un moment dans le silence ; il faut apprendre à vivre avec la douleur comme il faut apprendre à lacer ses chaussures. Vous traversez un grand pont vert qui enjambe une rivière et vous entrez dans le Maine, où LA VIE DEVRAIT ÊTRE COMME ÇA à en croire le panneau qui vous accueille. Tu n'as jamais vu autant de rien. Du vert à perte de vue de chaque côté de l'autoroute, ponctué çà et là par un panneau SORTIE et une bretelle, jusqu'au moment où la sortie est pour vous. Le clignotant se met à tictaquer et vous amorcez la descente vers la périphérie orientale d'un patelin nommé Waterville. Vous dépassez des fast-foods et des grands magasins cubiques et des centres commerciaux interminables et des lave-autos. Vous dépassez une grande église ronde et un cimetière, vous descendez une colline escarpée, croisez un terrain de basket, des immeubles décatis, le local d'une association de vétérans, une épicerie. Cette partie de la ville ne ressemble à rien de ce que tu connais, tu as l'impression que quelque chose cloche mais tu n'arrives pas à mettre le doigt dessus. Un terrain sur trois est inoccupé et, contrairement aux autres quartiers que vous venez de traverser, ici les arbres sont jeunes, à peine plus hauts que toi. Ta mère arrête la camionnette le long d'un trottoir et en descend. Elle ne dit rien, s'éloigne et s'enfonce dans la pelouse en friche d'un terrain sur lequel se trouvait autrefois une maison mais où il n'y a désormais qu'un grand trou et des fondations en pierres qui s'écroulent, calcinées par endroits. Elle s'arrête au bord, les mains dans les poches, et parcourt les environs du regard. Tu finis par sortir de la camionnette et par la rejoindre, tu n'as aucune idée de ce que tu fais là ni de ce que tu as devant les yeux, et c'est alors que ta mère ouvre enfin la bouche et t'explique que c'est la maison de son enfance. C'est même la maison dans laquelle est née ta grand-mère, et sa mère avant elle. Tu entends pour la première fois parler d'une grand-mère et même de la famille du côté de ta mère ; avant ça, pour ce que tu en savais, elle était sortie directement du front de Zeus. Tu lui demandes ce qui est arrivé à la maison et elle te répond qu'il y a eu le feu et ne s'étend pas davantage. Tu songes à lui demander ce qui est arrivé à ta grand-mère, mais tu as peur qu'elle soit morte dans le feu et tu ne veux pas le savoir et tu es à peu près sûre que ta mère refusera d'en parler. Vous ne dites plus rien pendant une minute ou deux, tu sens que ta mère attend. Elle attend, et elle espère. Enfin, tu lui demandes si elle attend quelque chose ou quelqu'un, et d'abord elle ne répond pas, puis elle dit « Je pensais peut-être trouver ta grand-mère ici. » Tu ne comprends pas pourquoi ta mère espérait cela, vu que la raison pour laquelle vous êtes là, pour laquelle vous avez pris toutes vos affaires et êtes venues jusqu'ici, c'est que ta grand-mère est morte. Mais tu ne réponds rien parce que tu sens qu'une chose se met en place que tu ne comprends pas et ne sais même pas nommer. Quelques minutes s'écoulent encore, puis ta mère regarde alentour et dit : « J'ai autre chose à te montrer », et vous regagnez la camionnette et vous vous éloignez, vous prenez à droite, vous allez jusqu'au bout d'une autre rue et là vous prenez à gauche. Cette rue serpente en parallèle de la rivière et vous la suivez pendant un kilomètre et demi environ puis ta mère se gare à nouveau. Vous descendez de la camionnette. Devant vous, derrière un robuste grillage peint dans un bleu vif et joyeux, se trouve le plus joli terrain de jeux que tu aies jamais vu. Les cours ont commencé depuis longtemps, pourtant il y a encore plein d'enfants qui jouent au ballon, grimpent dans des cages à poules et se pourchassent sans but, les filles en jupe écossaise, les garçons en pantalon noir et chemise blanche. Derrière ces enfants, un beau bâtiment en verre et en acier capte et reflète d'une manière spectaculaire le soleil de l'après-midi, comme un prisme. Comparé à tout ce que tu as vu dans ce lieu inconnu, ce bâtiment est si beau qu'il semble avoir été construit ici par erreur. Et, tandis que tu écoutes les enfants parler et crier tu te rends compte, progressivement, qu'ils parlent français, une langue que tu n'avais jusqu'à maintenant entendu sortir que de la bouche de ta mère.

Et d'ailleurs, ta mère se met à te parler en français : « Je ne te forcerai plus jamais à rien faire, dit-elle. Mais tu iras à l'école ici, et toi, Évangeline, tu sauras exactement qui tu es. »

Remerciements

Merci à mon agent, Simon Lipskar – vingt ans contre vents et marées.

Merci à mon éditrice, Daphne Durham, qui nous a sauvés, Babs et moi, juste à temps, qui a compris ce que je faisais et m'a aidé à mieux le faire. Un grand merci à la Team Babs chez Penguin/Putnam : Aranya Jain, Nicole Biton, Brennin Cummings, Andy Dudley, Alexis Welby, Lindsay Sagnette et les autres amis, les vieux et les récents, qui ont cru en Babs et travaillé d'arrache-pied pour elle.

Merci à Josh Mohr, excellent partenaire d'écriture et exceptionnel ami, qui n'a pas d'autre addiction que l'allitération, et c'est déjà bien suffisant. Merci aussi à Rick Russo pour sa sagesse, sa générosité et son amitié.

Merci à Jack Kerouac pour avoir parlé de notre monde au reste du monde. St. Gerard reste vivant.

Merci à ma femme, Lisa, pour avoir dompté la houle et, si besoin, écopé pour nous éviter de couler.

Un merci tout particulier à Heath Trefethen, qui m'a enseigné la science et la psychologie de la coiffure.

Enfin, merci à tous les fantômes pour m'avoir autorisé à raconter leur histoire.

NORD COMPO
m u l t i m é d i a

Composition et mise en pages
Nord Compo à Villeneuve-d'Ascq

Les Éditions Flammarion sont investies dans une démarche active pour l'empreinte environnementale de leurs parutions. Ainsi, le livre que vous tenez entre vos mains a été imprimé en France sur des papiers issus de forêts gérées durablement, par un imprimeur engagé dans la protection de l'environnement.

Imprimé en France par CPI en septembre 2025

Dépôt légal : octobre 2025
N° d'édition : 646606-0
N° d'impression : 185178